01
AUTHOR. wooden spoon
ILLUST. 阿蟬蟬
重生使用說明書
REGRESSOR INSTRUCTION MANUAL

目錄

CONTENTS

第001話　我的天賦等級低於普通水準

〔新手教學開始。〕

「搞什麼……」

幾欲咒罵出聲的我環顧了一下四周，黑漆漆的建築內部映入眼簾，昏暗的光線之間透露出不明的紋路。

這座建築內部的形態與地球上的建築截然不同，生平第一次看到的景象令人不禁瞠目結舌。雖然沒看過金字塔內部，但我想應該就是長這個樣子吧。

目睹這過於超現實的情況後，我轉了轉眼珠。

我記憶中的最後一幕是正在和妹妹一起吃飯。

這到底是什麼情況……

我試著回溯記憶，事情是這樣的。

我的手機收到了一則來路不明的KakaoTalk[1]訊息。

—請問您是否要加入遊戲？

我以為那是朋友傳來的遊戲邀請，便不假思索地按下按鍵。

就只是這樣而已。我記得的只有這件事。

眼前的情況實在太令人費解，以致於我的下巴和雙腿都不由自主地顫抖了起來。畢竟突然來到這輩子前所未見的地方，會感到難以理解也是理所當然的。

1　一款由韓國 Kakao 集團於 2010 年推出的手機通訊軟體，為韓國使用率最普及的通訊軟體。

最引人注目的是這裡的氛圍。這裡瀰漫著讓人聯想到恐怖片場景的氛圍，也許是因為如此，導致大部分的人都被籠罩在恐懼之中。我還沒來得及思考其他事情，便聽見從四周傳來的各種聲響。

「這、這裡是什麼地方？」

「不要問我，我、我也不知道。」

「那、那裡還有別人在嗎？這裡到底是……而且這裡怎麼會有劍跟武器？」

「我們要是知道的話，還會變成現在這副模樣嗎？大家應該都遇到了同樣的情況吧，有沒有人記得什麼？」

「哈囉！那裡有人在嗎？哈囉！」

有人開始互相交談，有人席地而坐，有人以為自己在作夢而捏著臉頰，大家都在各做各的事。這不是夢，也不是只有我一個人落入這個地方。

我甚至該死地感受不到違和感。

正當我嚥下一口唾沫時，一道聲音再次響徹這座狹小的洞窟。

〔各位玩家已被邀請進入異世界。我們向玩家們發送了邀請函，而各位接受了我們的邀請。各位已被選為拯救瀕死大陸的勇士。〕

「媽的！什麼勇士啊！」

「別開那種爛玩笑了，快給我出來，這群混帳！」

「我、我會報警喔，我、我會報警喔！」

「這是在拍整人節目嗎？我告訴你們，準備吃官司吧！」

〔但是並非所有人都能出發前往大陸，只有少數通過新手教學的人才能獲得前往大陸的資格。〕

「這是在胡說什麼啊！」

〔請仔細聆聽我接下來要說的話，這個問題攸關各位能否生存。〕

我的頭腦一下子清醒了過來。

在一片奇妙的氛圍中，「生存」一詞吸引了我的注意。

〔我再重申一次，有資格出發前往大陸的，只有在本次新手教學中存活下來的少數生存者而已。〕

「所以……這是要對我們進行屠殺的意思嗎？」

〔這就取決於各位的表現了。我接下來要說明的是對各位的生存及往後的生活不可或缺的要素。這並不是夢，嚴格來說，這就是各位所面臨的現實。我不建議各位否定這件事實，因為我身為新手教學的嚮導，有義務為各位提供幫助。〕

「別開玩笑了！去你的！」

「拜、拜託放我出去，求求妳。」

儘管各種聲音此起彼落，那該死的女人依然在冷靜地進行說明。

〔現在我將開始進行說明。首先，各位目前所在的地方是起始點，是讓各位在新手教學開始前等候的地方，可以想成是準備大廳。起始點放置了對各位來說不可或缺的必需品，包括飲用水、糧食，以及各位之後要使用的武器。武器的等級一共分為普通、稀有、英雄、傳說四種，而此處的武器等級皆低於普通級。〕

有幾樣東西格外顯眼，像是放置在角落的並非地球上隨處可見的寶特瓶，而是皮革製水壺。

除此之外，最引人注目的莫過於那些令人感到陌生的武器。

弓與箭、劍與盾，乃至長槍與錘矛。感覺只有在中世紀才會使用的各種武器一字排開，形成了異樣的光景。

那是真品，不是仿冒品。

雖然大多是破損的劍或老舊的武器，但看起來仍然相當鋒利。

一股真實感無端襲來。

〔各位可以使用這裡的武器來防身。順帶一提，新手教學的目標是生存與攻掠。這裡除了各位以外，還有大陸的居民，也就是被稱為『怪物』的生命體。牠們會伺機攻擊各位，而各位必須對抗牠們。〕

這簡直就是奇幻小說裡的設定。

有趣的是，人們逐漸停止大吼大叫的行為，開始聚精會神地聆聽那道聲音。雖然還是會不時冒出一些咒罵聲，但除此之外現場一片靜默。

〔當然，要各位憑自己的力量對抗牠們也許是強人所難，不過請各位放心，我們準備的東西不僅如此而已。〕

「這到底是在搞什麼……」

〔各位是受到選擇的玩家，從不同的地方、帶著不同的個性來到了這裡，而這個地方會將各位的個性發揮到極致，並幫助各位成長。各位只要試著說出『狀態欄』，就能明白我的意思了。〕

我沒有立刻念出「狀態欄」三個字，因為我認為在釐清狀況以前，必須謹慎行動。

這時，果不其然，有人小聲呢喃：「狀態欄。」

「狀態欄？嗯？這是什麼？」

「啊！」

我看見一個女人朝著半空中尖叫，還有一些人四處張望，似乎嚇了一跳。

〔狀態欄是一種指標，會如實呈現各位的狀態。根據各位所付出的努力，能力值可能上升，也可能下降。接下來我要說明的是職業。職業大致可分為戰士、魔法師、祭司、弓箭手四種，之後再按照成就細分成不同分支，例如戰士之下有野蠻戰士，野蠻戰士之下又有狂戰士。成長的方向有很多種，要朝著何種方向成長也完全取決於各位的選擇。〕

「啊……」

〔職業的等級有普通、稀有、英雄、傳說四種，但若是要成為魔法師或祭司，就必須具備神聖之力或魔力親和性，因此如果有部分職業無法選擇，還請各位見諒。當各位完成被指派的任務或隱藏任務，又或是看不見的經驗值累積到一定程度時，便可以選擇職業。〕

職業。

我越聽越覺得這些內容似曾相識，應該說和線上遊戲的系統很類似。

祭司和魔法師似乎在這個地方也很稀有。

假設這裡真的有所謂的怪物，而且怪物會將我們視為攻擊目標的話，恐怕大部分的人都不想成為戰士，因為沒有人會想要站在第一線為所有人戰鬥。

我立即開口，「狀態欄。」

〔姓名：李基英〕
〔稱號：無，仍需多多努力。〕
〔年齡：25〕
〔傾向：心思縝密的謀略家〕
〔職業：無業遊民〕

〔能力值〕
〔力量：10〕
〔敏捷：11〕
〔體力：11〕
〔智力：19〕
〔韌性：12〕
〔幸運：21〕
〔魔力：00〕
〔裝備：無〕

突然浮現在眼前的畫面令人無法適應。

我感覺自己彷彿進入了遊戲世界，驚訝地默默張大嘴巴，此時，那道女聲再次傳來。

〔最後我要說明的是特性。每當各位成長到一定水準時，都會開啟特性。每位玩家的特性都不相同，與職業同理，會根據玩家的個性決定，所以玩家本身的個性是最重要的。而特性同樣分為普通、稀有、英雄、傳說四種等級，等級越高，功能就越好。〕

「嗯……」

〔特性也會隨著職業的發展方向開啟，而且和職業一樣，會對成長方向帶來極大的影響，請務必謹慎選擇。〕

老實說，我並沒有認真聽到最後。

因為我看到了在狀態欄最下方發光的文字。

〔特性（英雄級）——是否要瀏覽？〕

嗯？「英雄級」三個字散發著紫色的光芒。

在剛才的說明中，確實有提到特性分為普通、稀有、英雄、傳說四個等級，以及之後可能會根據玩家的個性開啟其他特性。

太好了。我不知道自己為什麼一開始就擁有這種東西，也不知道現在這個情況是不是真的發生在現實中，但至少目前看來感覺不壞。

〔特性〕

〔心眼（英雄級）〕

〔可以瀏覽自己和他人的狀態欄與隱藏的天賦等級。〕

雖然不確定這是不是好東西，不過在開局前就握有一張牌是很大的優勢，畢竟那女人很清楚地點出了我們的目標是生存。

生存。要活下去，無論如何都要活下去。

不管眼下的情況是真是假，總之能做的事都得先嘗試一遍——會有這樣的想法是理所當然的。

律夏……

想到被獨自留在家裡的妹妹，我不自覺地咬緊了下唇。

在我周圍的人反應各不相同。

有人可能是獲得了特性，因此在跟別人討論有關特性的事，還有幾個男人在擺弄刀劍或尋找盾牌。儘管現況並不明朗，但面對威脅近在眼前的既定事實，還是要想辦法用自己的方式找出一條生路。

然而也有癱坐在地哭泣的女人，以及不斷高聲叫喊的中年男子，我甚至看到了貌似還是學生的孩子。

我也很想一屁股坐在地上放聲大叫，但現在可沒有那個閒時間。

我不曉得視窗中提到的「天賦」什麼意思，不過事先確認一下應該不是壞事。

光是得到特性就是一大收穫了，我相當於站上了和別人不同的起跑點。

這種類似少年漫畫或奇幻小說的情節讓我一度產生了微妙的希冀感，期待自己也許會是主角，但又隨即搖了搖頭。

怎麼可能嘛。

〔您正在確認玩家李基英的天賦等級。〕

〔姓名：李基英〕

〔力量：成長上限值低於普通級〕

〔敏捷：成長上限值低於普通級〕

〔體力：成長上限值低於普通級〕

〔智力：成長上限值高於英雄級〕

〔韌性：成長上限值低於普通級〕
〔幸運：成長上限值高於英雄級〕
〔魔力：成長上限值低於普通級〕
〔總評：玩家李基英所擁有的天賦等級十分慘澹，就算努力也於事無補呢。無論再怎麼努力，看起來都難逃三流水準，幾乎所有等級都令人感到絕望。看來不但是個天生肢障，在魔力方面也很難有所發展。只有智力和幸運尚可，但……您的未來還是令人深感憂心。您沒有必要刻意揮劍或做其他嘗試，反正結果已經很明顯了。〕

雖然多少有料想到我的戰鬥力可能不高，但這個等級實在與我的期待天差地遠。

我揉揉眼睛，一看再看，結果還是一樣。

「嗯？」

活下來是我的最終目標，我從沒想過要當主角，也知道現實和漫畫不一樣，然而看到這令人絕望不已的等級時，我還是不自覺地張大了嘴巴。

「媽的。」

我的天賦等級竟然低於普通水準。

＊　＊　＊

「媽的……」

〔所有說明到此結束。起始點即將開放，請小心怪物的攻擊。〕

「可惡……」

我的思緒亂成一團。

還來不及對自己感到失望，情況就準備進入到下一個階段了。

未知的野獸發出的叫聲從外面傳來，被嚇壞的人們漸漸往牆邊靠去，也有一些人拿起了武器，似乎覺得至少要保護好自己，而我也是其中之一。

目前武器的數量並不匱乏。

我的第一反應當然是衝上前拿起一把長槍。雖然劍還有剩，但我可不想與野獸近距離面對面。

怎麼辦？我該怎麼做？

千頭萬緒浮現心頭，不過想當然耳，感到驚慌失措的不只我一個人。從四面八方迸發的喊叫聲說是慘叫也不為過。

來自外頭的野獸號叫聲，加上密閉空間的特殊性，讓恐懼深植人心。

「救命啊！」

「拜、拜託放我出去，拜託……」

「別開玩笑了，還不快把門打開？我要把你們通通告上法院！我要告死你們！快給我開門！」

「嗚嗚……拜託救救我，拜託……」

「我要報警了！我要叫警察來了喔！」

「快拿起武器！你們沒聽到外面傳來的聲音嗎？快去拿武器！」

「要拿你自己拿！大家快拿起盾牌，快點！」

「你們這是在做什麼！不要再助長這種奇怪的氛圍了，還不快停止這種爛玩笑？」

「誰在跟你開玩笑！大家沒看到出現在眼前的狀態欄嗎？快去拿起武器！喂，那邊那位大叔！你覺得這看起來像是在開玩笑嗎？」

一個死命高呼的壯碩男子拿起了木盾。

有不少人正在號召大家挺身而戰，不過那傢伙又比他們更積極一點。

我還沒發動任何技能，他的完整情報就出現在我眼前。

〔您正在確認玩家朴德久的狀態欄與天賦等級。〕

〔姓名：朴德久〕

〔稱號：無，仍需多多努力。〕

〔年齡：23〕

〔傾向：單純無知的熱情家〕

〔職業：無業遊民〕

〔能力值〕

〔力量：21／成長上限值高於英雄級〕

〔敏捷：16／成長上限值低於稀有級〕

〔體力：21／成長上限值高於英雄級〕

〔智力：10／成長上限值低於稀有級〕

〔韌性：30／成長上限值高於英雄級〕

〔幸運：11／成長上限值低於普通級〕

〔魔力：00／成長上限值高於普通級〕

〔總評：整體能力維持著不錯的平衡。力量與韌性的潛在能力值高，有望成為不錯的戰士。韌性與體力方面的潛力尤其驚人。雖然魔力與敏捷值低是一項缺點，但應該可以靠其他部分彌補吧？和玩家李基英相比，玩家朴德久具備非常優秀的潛能。〕

不用連這種事都告訴我……

他的外表簡直讓人不敢相信他才二十三歲。雖然身材高大、體型魁梧，整個人看起來卻不會顯得肥胖，不如說給人一種全身都覆蓋著肌肉的感覺。

他和體力與韌性都只有十點的我不同，具備二十點體力和三十點韌性。

我頓時意識到自己不僅擁有最糟糕的天賦等級，連基本能力值都奇差無比。

動。

正如我用特性「心眼」所看到的，他很適合當戰士，或是說肉盾。

如果我直接過去跟他裝熟的話，勢必會引起他的戒心。我首先要做的，就是拿著槍在他附近走動。

果不其然，我才剛拿著槍，擺出要加入戰鬥的架式，那個名叫朴德久的傢伙就興高采烈地向我搭話：「老兄，你也要戰鬥嗎？」

「對，感覺現在不這麼做不行。外面好像有什麼東西……與其就這樣坐以待斃，還不如做點什麼。」

「你講話還真是乾脆啊，老兄。明明外表看起來弱不禁風的。」

「謝謝，總之我們先做好準備吧。」

那傢伙似乎渾然不覺自己講話有多失禮，還露出一臉滿意的表情。

光是像這樣交談一兩句就有效果了。

我再次開口，但這次是對著群眾喊話。

「即便否認現況，處境也不會產生任何改變。既然如此，我們不是應該先解決眼前的問題嗎？現在外面不斷傳來野獸的叫聲，無論這是現實、整人節目還是夢境，我們總得做點什麼。請大家拿起武器，我們要先抵擋威脅才行。」

「我就叫你們別開這種玩笑了！」

「我沒有在開玩笑。我既不想開這種玩笑，也希望這只是個玩笑。總之，請大家先拿起武器，如果這真的是個玩笑，到時候再另作應對也不遲。」

目前還無從得知敵人的數量與類型，因此必須先增加我方戰力。

這時有人低聲說道：「是、是啊，先拿起武器吧。先、先把外面的東西處理掉，再看看情況怎麼樣，這麼做肯定不會錯。剛、剛才那個人說過我們可以打贏，我、我們一定可以的。」

「沒、沒錯！」

「先戰鬥再說吧！」

這裡當然沒有任何人熟悉戰鬥，但大家都接二連三地開始拿起武器，有人純粹是被氣氛煽動，也有人是為了保護自己。氣氛逐漸好轉。

感覺還不賴，這個走向不差。

「你們也把武器拿起來。」

「咦？」

「我不是要你們到前線戰鬥，只是接下來不知道會發生什麼事，所以還是得先拿起武器。不要指望有人會保護你們，這就是現實。」

「啊，好、好的……」

他們肯定聽懂了我的意思，最後一臉不情願地拿起武器，卻也不再有其他動作。

仍舊有三三兩兩的幾個人在後面遊蕩，雖然他們實在很礙眼，但我也不方便在這裡把話說得那麼白，因此只能一邊緊張地吞著口水，一邊等待敵人現身。

我們能打贏嗎？當然不可能。

但至少能撐過去。

我不知道會不會有很多人犧牲，不過眼下的第一要務是守住這個大本營。

新手教學。那個女人分明說過這是新手教學。

現在氣氛正好，大家都有心要戰鬥，每個人眼中都充滿求生欲望，肯定沒問題的。

〔起始點即將開放。五、四、三、二、一。〕

〔起始點現在開放，祝各位好運。〕

然而，「總會有辦法的」、「一定能撐住的」、「總會熬過去或發生奇蹟的」，這些都不過是我的錯覺。

「啊啊啊啊啊啊啊！」

前方的石門文風不動，後方的石門卻開啟了。與此同時，一名正想往後退的女人被外觀近似人形的怪物咬破了喉嚨。

我所在的位置距離那名女人相對較遠，鮮血卻仍然濺到了我這裡。其他人的眼中還來不及染上懼色，怪物便從四面八方襲來。

「啊啊啊啊啊！救命！」

「快逃啊！」

媽的！

哭喊聲瞬間蔓延開來，這裡簡直是人間煉獄。

帶頭號召大家戰鬥的朴德久大概也沒料到真的會出現那種怪物，只能拿著劍與盾，呆若木雞地望著前方。這些人都是從未拿過劍的普通人，甚至不熟悉打鬥，碰到這樣的狀況，他們根本就不可能撐得住。

攤在眼前的現實對所有人來說都一樣難以置信。

我不由自主地對著呆視前方的朴德久開口，「你還愣著幹嘛？想死嗎?!」

「老、老兄！」

我的雙腿和拿著長槍的手都不停顫抖，但我緊咬下唇，不顧一切地將長槍往前刺去。也許只是湊巧，但總之長槍精準地貫穿了怪物的腦袋。

朴德久則是牙一咬，用盾牌一鼓作氣推開怪物。

陣形在剎那間崩潰，轉眼間，敵我交雜，也開始有人逃往開放空間。

必須逃跑才行，繼續待在這裡的話會死，我們無疑會全軍覆沒。

我沒有時間多想了。

「快跑！」

「欸？欸？欸？」

「你這個死豬頭！快跑啊！沒聽到我說的話嗎?!」

我不管三七二十一，對著那個被我看中的傢伙高喊。

聽到我的呼喊後，他似乎頓時清醒，拿起盾牌拔腿就跑，我也奮力從狹窄的縫隙間逃出去。

對了！

在行進的過程中，我想起了糧食和水。現在我們跟物資之間的距離還算近。在無法確認有沒有其他營地的情況下，一定要先帶上那些東西。

「老、老兄！你要去哪裡！」

「你去拿水！」

「了、了解……！」

明明有各種聲音混雜在一起，我卻覺得慘叫聲格外清晰。

我和一個被怪物緊緊抓著咬住肩膀的女人四目相交。

「救、救命……」

「該死。」我苦惱了一下，但握著長槍的雙手終究還是背叛了女人的期待。

我沒有看向她充滿絕望的雙眼，而是隨手撿起兩三個散落在地的皮革袋子，一回頭便目睹怪物宛如成群的野狗般，衝過去撲向那個女人。

多虧有那個女人，我才能存活下來，應該要向她道謝才對。

——抱歉。

明知不會得到回應，我仍在心中默默道歉，之後立刻邁開腳步。

「老兄！」

朴德久聲嘶力竭地大喊，我轉頭朝他望去，出現在眼前的卻是往我這裡飛身撲來的怪物。

「操……」

噗滋！

「嘰欸！」

不知道從哪裡正巧飛來一把劍，刺中了怪物的頭部。我不確定這跟幸運值有沒有關係，反正遇到這種情況可以說是運氣絕佳。

我感覺好像有一瞬間和那個把劍射來的男人對上了眼，但我沒時間確認他的情報。唯一可以確定的是，我感受到了一股強烈的異樣感。

他是怎麼搞的？

那個人既沒有露出驚恐的表情，眼神也沒有因為害怕死亡而顫抖。雖然看起來很迫切，但他的迫切不像是源自於對生存的執著。

是我的錯覺嗎？那是一張非常令人印象深刻的臉。

我和那傢伙在剎那間擦肩而過，之後便看見朴德久拿著盾牌，正在一旁等我。

「你拿到水了嗎?!」

他沒有回答，不過我看見他右手提著皮革袋子，該拿的東西似乎都有確實拿到。

看來他是使命必達的類型。

「裡、裡面好像還有人耶！」

「你這個白痴豬頭！閉上你的嘴巴，不想死的話就跑起來！你沒看到後面那些怪物嗎？」

「知、知道了，老、老兄！」

轉眼間，我們逃到了空曠處，放眼望去，無論是在逃跑途中被抓住的人，還是打從一開始就沒逃出來的人，全都一覽無遺。

我回頭看了一眼，沒看到有怪物追上來。所有怪物都將注意力放在起始點內的獵物身上。

慘叫聲此起彼落，這代表可能還有人在反抗，但我只是摀住耳朵，當作什麼也沒聽見。

「救、救命啊！」

「正面迎擊啊啊啊啊！」

「嘰欸！」

「啊啊啊啊啊啊！」

「救救我，嗚嗚……救救我，嗚……」

「呃啊啊啊啊啊啊！」

朴德久也緊緊閉上眼睛，大概是剛才拋下的那些人的神情還歷歷在目。

「不要有罪惡感，我們也是迫不得已。」

「可、可是……」

「我們也沒辦法，是迫不得已的……」

在那個情況下，我們別無選擇，朴德久應該也心知肚明。

「媽的……」

但我沒辦法阻止他的口中溢出咒罵。

第002話 適應

「老、老兄，我們接下來該怎麼辦？」

「我要是知道的話，事情還會變成這樣嗎？」

剛才受到的震撼尚未褪去，我神經質地反問後，朴德久開始默默地看我臉色。

自從起始點的事件爆發後，我就一直對他使用半語[2]，他卻沒有對此多說什麼，看來是決定接受了。

「我們現在連這裡究竟是什麼地方都不知道，也只能先看看附近有什麼東西了。」

「我、我們要出去外面嗎？」

「還不是現在。」

「那、那就是說我們遲早都要出去囉？」

「我不是說了不是現在嗎？」

我們好不容易才在迷宮般的建築內部找到一個藏身處，雖然同時容納我們兩人有點擁擠，但已經算是不錯了。至少就目前來說，安全應該能獲得最低限度的保障。

我們現在有水、糧食，還有武器。要撐的話總會有辦法撐下去。問題是我們要撐到什麼時候？還有這裡真的安全嗎？要思考的事情實在太多了。

「我真的沒想到會發生這種事情……」

「你不是也看到狀態欄跟那些怪物了嗎？那不是全息投影，也不是遊戲，無庸置疑是現實……」

雖然我也希望這是一場夢。」

我們現在無疑身處於現實當中。只是我們對起始點發生的事選擇避而不談，但也都親眼目睹了

2　韓語中有敬語、半語之別，敬語通常對年長者、不熟悉的人或需要表示尊敬的對象使用，半語則對與自己同齡、年紀比自己小或關係較親近的人使用。

別人被殺死，甚至看到了無法用言語形容的怪物入侵的景象。

即便否認現實，也不會有任何改變。

「這、這個新手教學的目標是生存什麼的吧？我、我記得那個奇怪的女人有、有這麼說過……那我們只要一、一直躲在這裡……」

「這不是那麼簡單就能解決的問題。」

「不然呢？」

「現在的問題在於我們無法預估這個情況會持續多久。雖然我們想辦法拿到了糧食和水，但光是撐一個禮拜都很吃緊……而且這裡也不保證一定安全，誰知道我們現在躲藏的地方是不是剛剛那些怪物的棲息地？」

「真的假的？」

「我只是說有這種可能性。再說，即便我們靠這種方法通過了新手教學……之後要怎麼撐下去？」

「那、那是什麼意思？」

「雖然我也不確定，但新手教學結束後，我們應該會去一個名叫『大陸』的地方。也就是說，之後還有可能遇到更糟的狀況，甚至讓我們覺得相較之下待在這個副本裡根本是置身天堂。沒有人能保證我們離開這裡以後，會進入一個更安全的地方，所以一味死撐著並不是個好辦法……」

那小子無法反駁我說的話，因此閉上了嘴巴。

當然沒有人知道之後會發生什麼事，可是萬一我們真如那個女人所說的，是被選為拯救大陸的玩家，事情不可能就這樣結束。

以後說不定還會不斷碰上剛才那些怪物，或是人類與人類之間必須互相對抗。甚至可能會遇上更糟的狀況。

「換句話說，就算我們現在窩在這裡，以後出去還是難逃一死。」

「那、那你有其他打算嗎？」

「我們要戰鬥。」

「跟那些怪物戰鬥嗎？」

「你有玩過線上遊戲嗎？」

「一般人都玩過吧？」

「狀態欄、能力值、稱號、裝備、職業，你不覺得這些東西很眼熟嗎？假設我們現在是進入了遊戲裡的世界，那我們該做什麼？」

「我不知……」

「我們要升等，至少要強到可以保護自己。只要做出行動，殺死怪物，就能提升能力值，然後像那女人說的一樣得到職業，當然也會開啟所謂的特性。雖然會很辛苦，但這樣一來，我們就不用再躲著那些怪物了。」

「啊……」

「我們現在至少有在逃跑時帶上的劍與盾，還有飲用水和糧食，狀況比別人好一點。」

「話、話是這麼說沒錯……」

這小子果然還是不想到外面去。

事實上，大概所有人都是這麼想的，天底下哪有人會想遇見吃人的怪物？但我們沒有選擇的餘地。一旦遭到淘汰，就只有被吃掉的份，沒有機會活下去。

「我們再來思考你擔心的那個問題。」

「這是有答案的嗎？」

「沒有答案就生一個出來啊。」

沒有答案就生一個出來。不對，其實答案比想像中簡單。

「我們可以殺死那些怪物。」

「我們怎麼打得贏吃人的怪物……」

仔細想想，我們並非打不過那些傢伙。

我對第一場戰鬥的記憶一片空白，因為怪物從四面八方襲來，大家都被嚇破了膽。但我的手上還殘留著當時的觸感。用長槍刺中怪物時，那令人毛骨悚然的觸感。

我甚至還來不及好好施力，長槍就輕而易舉地穿透了怪物的表皮。

我當時只是被恐懼支配了，只是對當下的情況、對生平第一次看到的怪物感到不知所措，而喪失了戰意。

我是如此，我身旁的朴德久也是如此，當時在場的所有人都是如此。

但只要冷靜下來重新思考，就會發現牠們並非贏不了的對手。

「要想得單純一點，盡可能單純一點。」

「什麼意思？」

「就是不要害怕，而是要用客觀的角度來看那些傢伙。這肯定不容易，畢竟我們現在也怕得瑟瑟發抖、不知所措。不只是你，我也一樣。可是除非被團團包圍，或是怪物突然從背後撲上來，不然我們還是有勝算的。牠們的表皮很脆弱，運動能力也不太好。我們逃跑時沒有任何一個傢伙追上來，全都在中途就放棄了。在那個起始點還是什麼鬼的地方，之所以會有那麼多人死掉，只是因為人類的數量居於劣勢，而且大家都被嚇壞了，才沒有及時反應過來而已。」

雖然在親眼確認以前都無法肯定，但我認為我的推論應該沒錯。

論身體素質，牠們只有咬合力和爪子優於人類。說不定在這方面，反而是我們占上風。此外，我們和那些赤手空拳的傢伙不同，有長槍和劍之類的武器，實際上就算說我們在各方面都占有優勢也不為過。

「冷靜下來想一想，我們是可以打贏的。」

問題是朴德久這小子實在是白長了個子。他在聽完我的說明後，還是不安地吞著口水。

真是死腦筋的傢伙。

「嘰欸。」就在此時，一道聲音從某處傳來。

我瞬間下意識地倒抽一口氣，不只是我，就連在我旁邊的朴德久也狠狠吸了一口氣。

「嘰欸！」

不知道是那些怪物本來就不會集體行動，還是其中一個傢伙從群體中落單了，總之可以聽見怪物的聲音。

「這裡該不會真的是那些傢伙的棲息地吧？」

操你媽的……我不由得在心裡爆了粗口。

我真的能打贏怪物嗎？

反正早晚都得面對那些傢伙。

心臟彷彿被人拿著棍子猛烈敲擊，但我還是咬緊了下唇，因為我知道一直躲在這裡的話，什麼事都辦不到。

〔您正在確認怪物貪婪餓鬼的狀態欄。〕

〔姓名：無〕

〔稱號：無，仍需多多努力。〕

〔年齡：5〕

〔傾向：本能〕

〔職業：無業遊民〕

〔能力值〕

〔力量：11〕

〔敏捷：15〕

〔體力：14〕

〔韌性：12〕

〔幸運：10〕

〔魔力：00〕

我從狹窄的縫隙間看見了怪物，牠的情報也隨之出現在我的視野中。

這項能力還可以對怪物發動，算是一個值得高興的好消息。

我贏得了牠，唯一必須克服的是恐懼。

我之前並沒有仔細觀察過，現在才發現這種怪物長得實在很噁心。全身上下一絲不掛就算了，綠色的眼睛和突出的下顎及牙齒都讓人不忍直視。

先前那個不知名的女人被怪物用下顎和牙齒咬住脖頸的畫面一直在我的腦海中重複播放。

但是……牠的能力值糟糕透頂。

雖然我自己的能力值也沒有好到哪裡去，不過那傢伙的能力值比我想像中還低。

如果只是這種程度的對手，我們就有可能打贏。

我握著長槍的雙手忍不住用力。

朴德久一臉焦慮地看著我，幸好他並沒有想逃的意思。

我必須證明給他看，我們是可以打贏的。

「現、現在是不是不該出去？」

我並沒有回答，因為我的背後已經被汗水浸濕，手腳也都抖個不停。

可惡……一旦失手就完了，八成難逃一死。

可是我不能永遠躲在這裡。雖然不知道是什麼時候，但我總有一天還是會碰上這些傢伙。

「反正不出去也是死路一條。」

我屏住呼吸，緊接著衝了出去。

「嘰欸！」

媽的！雖然我有料到距離縮短到一定程度後會被發現，卻沒想到竟然這麼快就穿幫了。

必須在移動的同時揮動長槍——我的腦袋裡當然這麼想，然而雙手不聽使喚，恐懼使我全身僵硬。

「呃啊啊啊啊！」

結果我只能一邊氣急敗壞地大吼，一邊將長槍刺向朝我逼近的怪物腦袋。

那傢伙可能已經預料到我會發動攻擊，牠見狀立刻彎下身子。

要改變長槍的攻擊路徑並不容易。我對著顫抖的手施力，用力將長槍往下壓，誤打誤撞地刺中了怪物的肩膀。

「嘰欸欸欸！」

噗滋！令人起雞皮疙瘩的觸感害我差點鬆手，但我現在沒有時間發愣。

「呃啊啊啊！」我順勢將長槍推向牆壁，那傢伙就這樣被我釘在牆上。

怪物掙扎的模樣讓我不自覺皺起眉頭，即便如此，我還是拿起旁邊的石頭，開始砸向牠的腦袋。

奮力掙扎的怪物用爪子在我身上留下了傷痕，但我絲毫沒有感覺到痛楚。

「媽的！媽的！媽的！」

嘎吱！噴濺到手上和身上的奇怪黏液及鮮血令人毛骨悚然，不過我並沒有停下雙手，繼續用力將石頭往下砸去。

「媽的！」

嘎吱！

「去死！」

嘎吱！

「嘰欸欸欸……」

嘎吱吱！

直到怪物的臉變得血肉模糊後，我才放下手中的大石頭。

劇烈的心跳難以平復，手臂沾滿了不明液體，不知是怪物的唾液還是鮮血。

這是我第一次殺死有生命的東西。

下巴還在打顫的我和透過隙縫看著我的朴德久四目相交。他沒想到我真的會成功，眼神透露著訝異。

我自己也不敢置信。

〔體力值上升1點。〕

事實證明我的猜想是對的。

正當我揚起嘴角時，那傢伙小心翼翼地對我開口。

「那個……你叫什麼名字？」

「李基英。」

「那……我以後可以叫你基英大哥嗎？」

我微微點頭代替回答。

那傢伙用微妙的眼神看著我，我則是直視著他，接著說道：「我都辦到了，你一定也可以。不對，你會比我更強。」

「我好像懂你的意思了，基英大哥，儘管交給我吧。那我們現在開始要做什麼？」

看來我似乎收服了一個不錯的傢伙。

我們要做的事情可多了。

我看著他說道：「首先，我們要擺脫無業遊民的身分。」

獲得職業——這就是我們要做的第一件事。

第003話　重生者

「首先，我們要擺脫無業遊民的身分。」獲得職業——這就是我們要做的第一件事。

「但是要怎麼樣才能獲得職業？」

「我也不知道。」朴德久一臉荒唐地看著我。

「我又不是什麼萬事通，也沒有多聰明。」

「大哥已經很聰明了吧？我覺得你看起來至少比那種只會念書的書呆子可靠，雖然你也長得有點像書呆子。」

他只說對了一半。我其實也不太會念書，但要說是書「呆子」好像也不能算錯。

「那我們要怎麼獲得職業？」

「現在唯一的答案就只有到處打怪了，畢竟那個女人說過職業會根據我們付出的努力來決定。」

「我、我好像也有聽到她這麼說……」

「我們總得先做點什麼，才能有所改變，要就站起來揮揮劍，不然就繼續戰鬥打怪。一直窩在那裡的話，什麼都還來不及做就會先沒命。」我邊說邊將皮革袋子裡的東西全都倒了出來。

朴德久先是對我投以困惑的眼神，直到我開始將運動鞋的鞋帶從腳上拆下，把皮革隨意編在一起，然後固定在他身上，他才意識到我在做什麼。

我看到他的表情帶有一絲感動。

「這樣還滿像鎧甲的耶……大哥你不需要嗎？」

我剛才站出去又不是平白無故發神經，反正之後要在前方戰鬥的是這小子，沒必要做我的，我只需要一條可以保護頸部的領巾就夠了。但我應該沒有跟他說明這些的必要。

「我們兩個比起來，你的塊頭比較大。」

「雖然我很怕會辜負你的期待……但我會一步一步慢慢來的。」

聽到他這麼說，我點了點頭。

＊　＊　＊

朴德久確實沒有辜負我的期待。

其實當初看到他的基本能力值時，我就猜到他大概頗有兩下子的。雖然無法理解能力值會如何對身體造成影響，但他的能力值幾乎是我的兩倍，尤其是三十點的韌性值實在令人瞠目結舌。

從高大的身軀中迸發出的力量搭配劍與盾，再加上做工粗糙的皮革鎧甲，朴德久儼然變成從電影裡走出來的劍鬥士。

我對他抱有期待是當然的，感覺他實際上的表現也不會差到哪裡去。不過那小子的自信達到某種程度後，表現開始大大超乎我的預期。

「大哥！」

「知道了。」

朴德久的背影出現在我的視線中，他用將盾牌推著兩隻怪物。雖然他臉色鐵青，似乎還在害怕，但遭到他的盾牌攻擊的怪物卻大不相同。他不過是用蠻力壓制住怪物而已，被夾在牆壁和盾牌間的傢伙卻除了伸長爪子之外便無計可施。

我趁朴德久困住其中一隻怪物時，用長槍刺向另一隻怪物。接著，長槍伴隨著詭異的觸感命中怪物的臉。

正中目標。

「嚇噫！」朴德久也一面發出奇怪的慘叫，一面揮動另一隻手中的劍。

儘管眉頭緊皺，握著劍的手仍沒有放鬆，因為他已經從之前的經驗中學到了一旦掉以輕心就會受傷的教訓。

「嘰欸欸欸欸……」

朴德久鬆懈下來後，我又往怪物的臉上補了一記刺擊。

「呼……呼……」

好累，這一連串的動作看似簡單，卻沒有一件事是容易的。

我的工作和朴德久相較之下算是輕鬆，但我們的基本體力本來就有一段差距。光是跟這些怪物周旋幾分鐘，我就已經汗流浹背了。

「來，喝點水吧。」

「謝了。」

我只是輕輕嘆了一口氣，朴德久就用憂心忡忡的語氣開口，「你的體力會不會太差了啊？」

「因為我沒做過所謂的運動。」

不過幸好體力值有上升——雖然只上升了一點。

相較之下，朴德久的情況倒是有些不同。他的韌性值本來是三十點，現在上升到了三十三點。跟我相比，可說是戰果豐碩。

不知道能力值的提升是不是也會受到天賦等級的影響，但我猜多半是有。這傢伙在韌性方面的天賦等級高於英雄級，表示只要他下定決心，甚至有可能超越傳說級，難怪他的能力值上升得如此迅速。

我當然不會無聊到去嫉妒他，我只是擔心朴德久會覺得他不需要我了。

儘管他現在看起來一臉單純，不像有那種想法的樣子。

根據我的判斷，必須讓他對我產生依賴，才有利於我的生存。

「話說，我們今天要不要再稍微走出去一點看看？大哥？」

「先在這附近再多觀察一下……還有，你說話的時候小聲點。」

「果然還是得小心一點嗎？」

「你覺得之前為什麼會有那麼多怪物聚集到最一開始的起始點？」

「因為那個自稱嚮導的女人……」

「那也是一種可能，但我有不同的想法。那些怪物雖然很遲鈍，卻對聲音很敏感。長時間不斷有人在同一個地方發出叫喊，會吸引一堆怪物從四面八方聞聲而來也不奇怪。我們如果安靜地開始新手教學，在場的人大概有一半以上都能活下來。」

「是、是嗎？」

「沒錯，所以戰鬥的時候也要避免發出『嚇噫！』之類的喊聲。我們現在雖然可以輕鬆對付一兩隻落單的怪物，可是一旦有四五隻聚集過來，死的就是我們。我之所以一直移動，也是因為擔心固定待在同一個地方會被包圍。」

朴德久的眼神中帶著微妙的敬意。其實這種事只要稍微冷靜下來想一想，無論是誰都能察覺得到，但這個單純的傢伙只要能對我有不錯的評價，我就該偷笑了。

我點點頭後再次開口，「我猜我們現在能夠在這裡稍微喘口氣，也是因為本來在這裡的怪物都聚集到起始點去了，當時有成功脫逃的人現在的處境應該都跟我們差不多。」

我看我以後只能像這樣把腦袋裡的情報逐一說明給他聽了。

「我們暫時停下來吃點東西吧。」

「嗯，好啊。」

正當我默默席地而坐，拿出連狗都不會想吃的乾巴巴糧食時，隱約有一道聲音從某個地方傳來。

我很想裝作沒聽到，但朴德久那小子已經豎起了耳朵，對我開口，「那是不是人的聲音？」

「怎麼可能？」

「呀啊啊啊啊……救命啊。」

而且那道聲音還離我們越來越近。對方知道這裡有人。

是我的失策，為了防止迷路，我剛才在沿途經過的牆壁上留下了刀痕。

我是希望有人來找我們沒錯，可是我想都沒想到會有人一面發出響徹整個區域的尖叫聲，一面接近我們。

「大、大哥。」

「你先把劍拿好。」

現在要避開對方已經太遲了。

稍微值得慶幸的是，追在後面的怪物數量看起來並沒有很多。

「嘰欸！」

有新人加入我們是一件值得高興的事，但從另一個角度來看又高興不起來。如果對方身上有水和糧食的話就另當別論了……

問題是資源有限，我們可不是做慈善的。

我們需要的是可以並肩作戰的伙伴，而不是累贅。

成為伙伴的條件是有心要戰鬥、有糧食和飲用水、人數不能太多。基於這個標準，我將現在這個聲音的主人評為不及格，她不是可以一起行動的伙伴。

「真是煩人……」

「大哥，你不用太擔心，好像沒幾個敵人。」這個頭腦簡單的傢伙。

朴德久那小子拿著劍與盾率先衝了出去，我也抄起長槍緊跟在後。

跑到稍微空曠一點的地方後，便看見一個女人拖著三隻怪物狂奔。

她的衣服被扯破了一半。雖然整體看起來是一位美女，但我已經沒有心思注意她的外貌了。

媽的。對方也許是看到了我們，急急忙忙朝這裡跑來，那副模樣著實可觀。

她身上既沒有武器，也沒有糧食。

我確認過後面幾隻怪物的能力值以後，立刻發動「心眼」看向那個女人。

〔您正在確認玩家鄭白雪的狀態欄與潛在能力。〕

〔姓名：鄭白雪〕

〔稱號：無，仍需多多努力。〕

〔年齡：21〕

〔傾向：純真的擁護者〕

〈職業：無業遊民〉

〈能力值〉

〈力量：10／成長上限值低於稀有級〉

〈敏捷：11／成長上限值低於稀有級〉

〈體力：12／成長上限值低於英雄級〉

〈智力：22／成長上限值高於英雄級〉

〈韌性：14／成長上限值低於稀有級〉

〈幸運：23／成長上限值高於英雄級〉

〈魔力：10／成長上限值高於傳說級〉

〈總評：玩家鄭白雪擁有高於傳說級的成長上限值。身體素質整體偏低，但將來若是成為魔法師或祭司，會有爆發性的成長。目前處於尚未意識到自己能夠感知魔力的狀態。玩家李基英若是和這個女人相比，即便說是螞蟻腳尖的塵土都不為過。〉

這是怎樣？

氣喘吁吁地跑向這邊的女人擁有令人難以置信的能力值。其他方面姑且不論，至少這是我第一次看到有人的潛在能力高於傳說級。跟完全沒有魔力的我不同，她已經有了十點的魔力值。

「我們沒有同時對付過三隻怪物耶。」

我剛才明明還在腦海中盤算著拋下那個女人，但是在確認過她的能力值後，所有的選擇都頓時產生了改變。

「我們有勝算嗎？」

「去狹窄的地方。」

「我知道了。」

來。

比起被敵方包圍，貼著牆戰鬥對我們更有利。缺點是無路可退，但我不認為我們會馬上敗下陣來。

我用力握緊了手中的長槍。那個女人大概是注意到了這裡，正在全速跑向我們。我對她招手示意她過來，從她立刻點頭的反應看來，應該不是個腦袋空空的傢伙。

「我們去轉角等待時機。」

「了、了解。」

最後那女人率先抵達我們所在的位置，怪物隨後經過轉角，朴德久就在此時用力揮動盾牌。

「就是現在！」

「喝！」

一隻怪物原本已經被朴德久推了出去，之後又打算再次朝他撲來，我見狀立刻用長槍刺向牠。

「大哥！」

長槍被另一隻怪物抓住的剎那，我的腦袋一片空白，但朴德久一揮劍，怪便倒地不起。

然而朴德久的姿勢也因此亂了陣腳。一次對付三隻怪物果然不容易。

我能為屈身扶著盾牌的朴德久做的，就只有揮舞長槍而已。就在我再次咬緊下唇的瞬間，朴德久的背後忽然竄出一把劍。

「謝、謝謝。」

「不會。」

有人來幫我們了。怪物全數倒地後，從後方現身的是跟我有過一面之緣的人。

就是那個在起始點幫助過我的男人。

我還記得他那略顯迫切的表情。

〔您正在確認玩家金賢成的狀態欄與潛在能力。〕

〔姓名：金賢成〕

〔稱號：阿塔努斯的重生者、開始第二生的劍士、無法戰勝之人、背負犧牲之人、領悟之人〕
〔年齡：22〕
〔傾向：善意的仲裁者〕
〔職業：劍士（普通級）〕

〔能力值〕
〔力量：19／成長上限值高於傳說級〕
〔敏捷：28／成長上限值高於傳說級〕
〔體力：23／成長上限值高於傳說級〕
〔智力：18／成長上限值低於英雄級〕
〔韌性：22／成長上限值低於英雄級〕
〔幸運：23／成長上限值高於英雄級〕
〔魔力：11／成長上限值高於英雄級〕

這是什麼鬼……莫名其妙的狀態欄讓人不由得瞪大雙眼。
重生？是穿越時空嗎？這傢伙不是第一次經歷這種情況了？

＊　＊　＊

我再次把他的能力值慢慢看了一遍。
我並沒有看錯。
〔您正在確認玩家金賢成的狀態欄與潛在能力。〕

〔姓名：金賢成〕
〔稱號：阿塔努斯的重生者、開始第二生的劍士、無法戰勝之人、背負犧牲之人、領悟之人〕
〔年齡：22〕
〔傾向：善意的仲裁者〕
〔職業：劍士（普通級）〕

〔能力值〕
〔力量：19／成長上限值高於傳說級〕
〔敏捷：28／成長上限值高於傳說級〕
〔體力：23／成長上限值高於傳說級〕
〔智力：18／成長上限值低於英雄級〕
〔韌性：22／成長上限值低於英雄級〕
〔幸運：23／成長上限值高於英雄級〕
〔魔力：11／成長上限值高於英雄級〕
〔特性：劍術專家（英雄級）〕
〔總評：真是太驚人了。即使您親眼目睹仍不敢相信，我也無話可說。他在力量、敏捷、體力方面的潛在能力都無法精準測量，在其他方面也展現出了驚人的潛力。若他成為魔法師，其成長可能性足以令人感到畏懼，不過作為近戰戰士時的成長可能性又更勝一籌。目前玩家金賢成已獲得普通級的職業，但還有更大的成長空間。和玩家李基英相比……不，拿他來和您比較就太對不起他了。光是能和他說上話，您就應該感到榮幸。〕

這太扯了……即使擦亮眼睛重看一遍，「重生者」這個稱號依然原封不動。

他真的……經歷了時空旅行？

會對此感到難以置信也是人之常情。

但是在怪物的存在已然被揭露的此刻，就算告訴我有人正在以我為對象拍攝整人節目，我也會相信。

開始第二生的劍士。

我不禁啞然失色。

如果我的固有能力「心眼」沒有在說謊，就代表我眼前的這個小子已經經歷過一次這種狀況了。

回想起來，他在起始點的時候也沒有露出驚恐的表情。

靠……

我忍不住飆出髒話。

雖然我多少有認知到這個世界本來就是不公平的，但我沒想到都來到這種地方了，竟然還要面對這樣的不公。

能力值高，潛在能力值也高，而且還有職業和英雄級特性。

我可以查看他的特性嗎？

我腦中才剛浮現這個想法，情報就馬上出現在眼前。

〔特性：劍術專家〕

〔用劍時，所有動作獲得額外加成。攻擊力將依據用劍的時長獲得一定比例的提升。〕

雖然我無從得知攻擊力的計算公式，但修練時間能轉換成具體成果這一點，讓人覺得這真的是個很棒的特性。

我不知道以後還會見識到什麼樣的特性，不過這小子的特性非常有利於劍士奠定基礎。

我總覺得心理不太平衡，於是咬緊了嘴唇。可是，假如這小子真的是從未來穿越回來的，那我也不是不能理解他為什麼在各方面都特別出眾。

「老兄你是……」

「我叫金賢成。」

「我是朴德久。」

「那這位是……」

「那位是基英大哥。」

「你們……不是第一次戰鬥啊？」

「對啊，如你所見，我們不是第一次了。基英大哥幫我做了這身皮革鎧甲，我現在也對打怪稍微熟悉了一點，不過戰鬥經驗還不算很豐富就是了。多虧大哥之前用長槍捅爆怪物的腦袋，我看到他那麼做以後，就得到了一點勇氣。」

「雖然你這麼說，但你看起來……滿熟練的。」

「這都是託大哥的福。話說回來，老兄你看起來更熟練耶……你剛才不是一劍貫穿了怪物嗎？」

「我只是運氣好而已。」

那小子將視線轉移到我身上。他聽完朴德久的話以後，便目不轉睛地盯著我看。

都怪朴德久說了一些多餘的話……我的腦海中浮現了各種有的沒有的想法，因此很難裝出若無其事的樣子。

我和那小子對上眼的瞬間，不知為何有種被他看透的感覺，彷彿全身被剝個精光，讓人很不愉快，而且還有一股微妙的感覺使我渾身顫慄。

是殺氣，還是魔力？反正我也分不出來，所以無論是哪一種都沒差，總之就是一股奇怪的感覺。

「咳……」

他知道我在看他的狀態欄嗎？

我現在擺出了一個正在查看某個東西的姿勢，任誰看了都會覺得很不自然。

狀態欄顯示這小子的傾向是「善意的」，但這不代表他就是個濫好人。他應該是為了某種目的從未來回到現在，雖然可能性很渺茫，但他一旦將我判斷為敵人，說不定就會立刻朝我揮劍。

不對，在那之前，我根本不想無端遭到懷疑。

正好就在此時，朴德久一邊偷笑一邊開口說道：「大哥，你別再看狀態欄了，你是得到職業了嗎？」

做得好，朴德久。

「差不多吧，我等一下再跟你說。」

我覺得自己還沒冷靜下來，因此沒有馬上跟金賢成說話，而是先走向那個名叫鄭白雪的女人。

大概是因為受到了驚嚇，她喘著粗氣，過了一會兒才抬起頭，看著我開口，「謝謝你。」

「不客氣，我們正好在尋找生存者。」

「啊……」

「起來吧，我扶妳。」

「不、不用了，我不能再給你添麻煩了……」

她的體力已經到極限了，見我靜靜地對她伸出手，她便半推半就地抓住了我的手。

金賢成緊盯著這邊，視線像針一樣扎在我臉上。

我平靜地對他開口，「謝謝你對我們伸出援手，我叫李基英。我們是第一次同時對付三隻怪物……要是沒有你的幫忙，就大事不妙了。」

「我叫金賢成，不過我好像有見過你。」

「我記得之前在起始點也受到了你的幫助，那時候真的很感謝你。」

「啊……是那個時候……」

「對，我當時忙著逃跑，手忙腳亂的……」

其實我記得不是很清楚。回想起當時的狀況，不記得也很正常，我反而又想起了我沒能救出的那個女人被成群怪物撕咬吞噬的畫面。

我搖了搖頭，接續了剛才的對話。

「賢成先生，你是獨自行動的嗎？這樣應該很辛苦吧……」

「目前是這樣沒錯……但我正在召集生存者，也有一起行動的伙伴。」

「什麼？」

「我正在召集生存者，經過這附近的時候剛好聽到尖叫聲……你們先跟我走吧，我在一個合適的地方準備好了營地。」

我看見朴德久悄悄看向我，用眼神詢問我該怎麼做。

金賢成大概也意識到了自己的說法有點失禮，因此改口說道：「啊，我太失禮了。請問你們願意跟我走嗎？」

德久那小子這才點頭，不過這個問題讓我有點猶豫。

「那裡目前有多少人？」

「目前大約有三十人。」

「那可以戰鬥的人有……」

「不是很多。但如果德久先生和基英先生願意加入我們的話，狀況一定會比現在更好一點。坦白說，我巴不得求你們加入。」

真令人擔心……我不知道狀態欄上的傾向有多準確，但這小子果真如我所料，他的頭銜「善意的仲裁者」顯然不是騙人的。

這個濫好人，說好聽點是天使，說難聽點就是軟柿子。萬一生存者營地裡大部分的人都只會無病呻吟，事態就嚴重了。因為那樣一來，營地裡的人沒辦法填飽肚子不說，還會天天活在恐懼中。

人數越多並不代表越有利。

只要五個人湊在一起，就一定有一個人是廢物。更何況三十個人在這種狀況下聚集在一起，我想問題肯定會更大，人多口雜是一定的。

雖然會有更多人可以輪班守夜或應付突發狀況，但要保護的對象變多，反而會更加混亂。

儘管如此，我還是只能點頭答應，這是無可奈何的現實，因為實在有太多事讓我感到好奇了。

重生是怎麼回事？他是怎麼獲得職業的？為什麼可以有與眾不同的開始？魔力要如何使用？這

個新手教學副本究竟隱藏著什麼祕密？

金賢成知道攻掠這個地方的方法，甚至握有關於大陸的情報，現在無論如何都應該先跟著他再說。

「那就這麼辦吧。」

「這麼做就對了。那我們立刻出發吧，不然怪物可能會再聚集過來。」

「好。」

「啊，這位是……」

「我叫鄭白雪。我是……那個……」

「啊，很、很高興認識妳，鄭白雪小姐。我叫金賢成。」

兩人簡單打過招呼。

我扶著鄭白雪，開始慢慢打量金賢成的臉。他的表情跟看著我或朴德久時稍有不同，因為他的目光停留在鄭白雪身上很久，臉上似乎還帶有一絲訝異。

金賢成臉上浮現出微妙的成就感。我不知道這樣比喻恰不恰當，但他露出了彷彿在沙漠中找到綠洲的表情，感覺就像見到失散多年的家人似的。

鄭白雪大概也注意到了金賢成緊緊盯著自己的視線，因此眼神充滿警戒。也對，不管是誰，被那樣盯著看都會產生戒心吧。

他本來就在找鄭白雪嗎？我甚至忍不住這麼懷疑。說不定鄭白雪真的是他在找的人。

「妳的身體還好嗎？」

「是的，我不要緊。」

「如果有哪裡不舒服，請隨時告訴我。」

「我、我沒事，真、真的沒事。」

兩人小心翼翼地交談著，我暫時無視他們，陷入了沉思。

雖然這麼做有點可笑，但還是來設想一下吧。假如我重新開始了一次同樣的人生會怎麼樣？

我不知道金賢成在前一生迎來了什麼樣的結局，可能幸福，也可能不幸，但如果他是被迫重生的，就很可能對前世還有留戀。

「無法戰勝之人」——這是他的其中一個稱號，即便他並不想持有這項稱號，也無法改變這個事實。

人類就是一種會後悔的動物。就拿我來說好了，我也會不由自主地在腦海中思索，要是我救了那個在起始點見到的女人會怎麼樣。

如果我有能力的話，當初也許會選擇帶著那個女人和朴德久一起逃跑。

假設我知曉未來的一切，也知道哪些人將會扮演重要的角色，那我會怎麼做？

就我個人而言，我勢必會努力去改變讓我感到後悔的事，不僅如此，當然還要從一開始就搶占所有對自己有利的資源，包括人才、寶物、職業，以及以後要用的錢財。除此之外，也得事先剷除以後會遇到的敵人與威脅。

雖然很可笑，但從這層意義上來看，金賢成那傢伙看到我和朴德久時沒有表現出特別的反應，代表未來的我們至少不是阻擋他前途的絆腳石，或是動搖世界的極惡之人，也不是什麼重要的角色。

我們絕對只是跟他擦肩而過的路人之一。

「我可以叫妳白雪小姐嗎？」

「啊……可以，謝謝，你、你叫起來方便就好。」

不過，現在對我紅了臉的這個女人就不一樣了。

鄭白雪——成為魔法師或祭司時，將具備爆發性潛能的女人。

若是將金賢成的反應和我用特性「心眼」看到的情報聯想在一起，就能立刻看出一件事。

她可是寶物啊。

這說穿了終究只是我的假設，但是將這些微小的情報整合起來進行推論，便能得出一個煞有其事的結論——這個女人未來將會撼動世界。

雖然不知道她會做出什麼事，但肯定會成為極為重要的人物。

這或許只是我個人的猜想。她可能是金賢成的恩人；可能是他無力拯救的伙伴，因此令他耿耿於懷；甚至可能和我或朴德久一樣，只是沒做什麼就喪命的角色之一。

即便如此，鄭白雪還是有套交情的價值。

這個女人，不再是累贅了。

珍貴的寶物自己從天而降了。

＊　＊　＊

其實不只是鄭白雪，金賢成這小子也一樣。再怎麼說，他畢竟是極有可能見證過這個世界毀滅的強者。他知道今後會發生的所有事情，也有心要改變以及利用即將面臨的未來。

借用奇幻小說裡的說法，他就是一名「被選擇的勇士」，我沒理由不跟他維持友好關係。

真是令人羨慕的傢伙。

我羨慕的不是他背負的使命，而是他今後能得到或加以利用的東西。

這傢伙會往上爬已經是既定的事實，我必須先把能從他身上得到的好處都盡量弄到手。

「我們要走到什麼時候？你確定是走這條路嗎？」

「對，就快到了。」

朴德久漫不經心地嘟噥著，金賢成則是微微點頭回應。

看到金賢成保持警戒、注意周遭的模樣，我莫名覺得很新鮮。

他也在提防怪物來襲。

金賢成現在的能力值的確不是非常高。單就他擁有特性、職業及魔力這一點看來，他確實站在比別人有利的立場上，但怪物若是從四面八方襲來，就算是他，也束手無策。

就是因為這樣，一開始才會失守吧。如果他有辦法以寡敵眾的話，起始點就不會有犧牲者了。

「話說回來，感覺生存者比我想的還多耶，我還以為大部分的人都死了……」

「其實我剛才在起始點時應該可以再救出更多人的，但我一開始也措手不及，因此沒能好好對抗怪物。要是當時可以戰鬥的人再多一點的話……」

「我也差不多，那時候只顧得上逃跑……如果沒有基英大哥，我早就沒命了。活下來的那三十個人都是當時在那裡的人嗎？」

「啊！其實不是，他們好像是來自其他地方的起始點，不過離我們所在的地方有點遠……」

「嗯……原來不是只有我們來到了這個世界啊。」

「沒錯，如果可以擴大搜索範圍的話，一定會有好消息的，搜索隊也正在陸續尋找其他人的蹤跡。」真不知道他說的好消息到底是指什麼。

「你打算尋找更多的生存者嗎？」

「如果條件允許的話，我認為這麼做是當然的。」

他的眼神十分真摯，看來他的傾向會冠上「善意的」這個形容詞並不是在唬爛。

雖然不清楚他有什麼隱情，但他似乎抱持著「要救出所有人」、「要跟大家一起活下去」這類的想法，讓我頭痛了起來。這小子……總覺得我已經能預見生存者營地的運作模式了。

「你的臉色不太好呢，這、這樣果然還是很不方便嗎？」

不知道是不是因為我的表情看起來有點臭，鄭白雪邊看我的臉色邊問道。

「啊，不是的，我只是在想事情……」

「你、你要是覺得不方便的話，還是……」

「我沒關係。」

「雖、雖然現在才說有點晚，但是……謝謝你救了我。」她向我道謝，並微微一笑。

扶著這個女人是有點不方便沒錯，但還不至於構成問題，因為我想趁能討好她的時候盡量討好她，即便只是從一點小事著手也好。

鄭白雪的臉上泛著微妙的紅暈，我想她應該是不習慣與異性發生肢體接觸。

與其跟對方的身體靠太近，保持一段距離反而更有助於讓對方放下戒心。

我盡可能保持親切的笑容，這才看見鄭白雪往我這邊靠了過來，似乎覺得依靠我也不是件壞事。

再往前走一小段路，一個頗為寬敞的空間便映入眼簾。

這個空間還不賴。只有一個入口這點很不錯，看起來他已經在一定程度上做好了防止怪物從入口闖進來的準備，而且從外面看不見營地內部的情況。

「這還真是驚人，你是怎麼找到這個地方的啊？」他早就知道了吧。

「我是偶然發現的，在尋找生存者跟合適的紮營地點時發現的。」

「你的運氣真的很好耶……」

他恐怕上輩子就使用過這個空間了。

這裡不同於四周毫無遮蔽物，導致怪物可以一舉闖入的起始點。雖然有些破舊簡陋，但是在這種地方已經可以說是固若金湯了。不過起始點距離此處非常遙遠，能夠偶然發現這個空間的機率微乎其微。這讓我開始有一點相信這小子真的來自未來了。

「看起來好厲害，對吧？大哥？」

我微微點頭。

「待在這裡的話，感覺就算有上百隻怪物攻過來也能守得住。」

「應該不可能吧。」

「我、我是有點誇大啦。」

只要人力充足，確實有可能守住，不過這裡有個缺點，就是無路可退。萬一真的有數量多到我們難以應付的怪物入侵營地，那我們百分之百會全軍覆沒。

除了幾個運氣好的人以外，大家都會死。我看著金賢成，緩緩開口，「這裡四周都是死路，如果有大量的怪物從入口闖進來……」

「所以我們在行動上都會盡量小心，也會確實清理聚集在附近的怪物。」

「你是說你們會定期出去打怪嗎？」

「對，至少在找到其他線索之前都會這麼做……」

那個「打怪」是誰負責的，還真是令人好奇。

我們慢慢走到入口，便看見一個女人出來迎接我們。那個女人的個子有點嬌小，整體而言給人一種很會撒嬌的印象。

「賢成哥，你回來啦？啊，有新來的人啊。」

她看到體型龐大的朴德久拿著劍與盾大步流星地走進來時，稍微瑟縮了一下，但臉上依然掛著笑容，還語帶笑意地率先向我們搭話，讓我有點驚訝。

她的態度很和善，感覺是個很有親和力的人。

「智慧小姐。」

「我看你好像回來得有點晚，所以很擔心你。」

〔您正在確認玩家李智慧的狀態欄與潛在能力。〕

〔姓名：李智慧〕

〔稱號：無，仍需多多努力。〕

〔年齡：29〕

〔傾向：自私的野心家〕

〔職業：無業遊民〕

〔能力值〕

〔力量：05／成長上限值低於普通級〕

〔敏捷：09／成長上限值低於普通級〕

〔體力：09／成長上限值低於普通級〕

〔智力：18／成長上限值高於稀有級〕

〔韌性：08／成長上限值低於普通級〕

〔幸運：12／成長上限值低於普通級〕
〔魔力：00／成長上限值低於普通級〕

看到比我更令人絕望的廢物登場，讓我不由得在心中暗忖。然而實際上，我們是半斤八兩。

〔總評：玩家李基英，恭喜您終於遇見了靈魂伴侶。她可能會與玩家李基英成為非常相配的一對，不僅能力值低，潛在能力也糟糕到了極點。我不建議她拿起劍或魔杖，除非她怨嘆自己的無能，想用來自我了斷。我也不期望兩位在一起，因為將來被你們生下的孩子太可憐了。〕

我硬是嚥下了差點脫口而出的髒話。總覺得那個狀態欄上顯示的訊息似乎在挑釁我。

迅速關掉狀態欄後，我在腦中回想有關那個女人的情報。比起糟糕透頂的潛在能力和奇差無比的能力值，她的傾向更吸引我的注意——自私的野心家。她說不定是跟我很像的類型。

她沒有跟其他人一樣待在裡面，而是跑出來迎接金賢成，這個舉動多半也是做給別人看的。為了生存，她選擇跟金賢成攀關係。

「嘿嘿，我可以請教各位的大名嗎？」

「我叫朴德久。」

「我是李基英。」

「我、我是鄭白雪，請多多指教。」

「嗯，很高興認識你們。那我先為大家介紹一下休息的地方。可以吧？賢成哥？」

「當然沒問題。那就麻煩妳了，智慧小姐。」

「好，包在我身上，賢成哥。」

她握起拳頭的模樣乍看之下很可愛，但一想到她的傾向，就讓人覺得有些看不順眼。

她上下打量著我、鄭白雪和朴德久，似乎是在思考我們為什麼會加入他們。

朴德久人高馬大，手上又拿著劍與盾，姑且算是合格，而跛著腳的鄭白雪，還有攙扶著她、弱不禁風的我看來是沒有及格。

她毫不掩飾地往朴德久那邊靠過去，嘰嘰喳喳說著話的模樣實在很可笑。

「你們遇到怪物了嗎？」

「不只遇到，還殺了幾隻。」

「天啊……你不會害怕嗎？」那副略帶驚訝的表情十分做作。

「當、當然會啊……咳，老實說，要是沒有基英大哥的話就大事不妙了。」

朴德久這麼一多嘴，李智慧便立刻將目光轉回我的身上。不知道是不是因為我們是同類，我可以明白她現在在做什麼。

她正在重新幫我打分數，我在她心裡的評價大概從「阿貓阿狗」升級成了「朴德久的大哥」。

「原來如此，基英先生也有一起戰鬥啊。」

「當然有啊！大哥每揮一次長槍，就能把三四隻怪物打個四腳朝天呢。」

這個豬頭，給我閉嘴……真想堵住朴德久那張嘴。

我承認我在那小子面前展現了滿令人印象深刻的模樣，但他也對我太有好感了吧。

雖然不用擔心他會背叛我是一件值得慶幸的事，不過他這樣的行徑讓我相當不知所措。

「啊，這樣啊，那真是太好了呢，這樣一來營地就會變得更安全了。」

她的語氣中似乎帶有一絲期待。然而即便聽到這番話，也無法讓人高興起來，因為我讀懂了這裡的生存者對進入營地的我們投來的眼神。

我發動特性「心眼」，一一確認所有人的情報，卻沒看到什麼特別的人。

不過我完全可以理解他們眼神中的含義，那代表著安心。

每個人的眼神都透露出了安心。看見我們拿著長槍、刀劍、盾牌的模樣，都安心地鬆了一口氣。

雖然之前就大概有料到會出現這樣的情況，但親眼目睹後，我還是忍不住嘆了口氣。

金賢成打造的這個地方，是一個非常安全的地方，不過並非對我們而言，而是對他們而言。

第004話 職業

我不是慈善家，反而可以說是和慈善家相反的那種人，就和現在笑咪咪地站在我面前的李智慧是同一種人。

有幾個生存者似乎很高興看到宛如身經百戰的勇士般拿著槍與劍的我們加入，還朝我們點了點頭。

感覺不妙……再這樣下去，我就要變成肉盾了。

「雖然我剛才誇下海口說要為各位介紹這裡，但其實沒什麼好介紹的。畢竟這裡除了男女分開的生活空間以外，就沒有其他東西了。」

「不，光是有這些就謝天謝地了。」

「謝謝你這麼說，我本來還覺得有點擔心呢……」

「有什麼好擔心的？你們願意邀請我們進來就很令人感激了。」

「你人真好，嘿嘿。我可以叫你德久哥嗎？」

「啊……妳高興就好……」

「你真是可靠呢。」

單純的朴德久幾乎已經落入了李智慧的圈套，被一個比自己大六歲的女人叫「德久哥」，竟然還一副心情很好的樣子。

「那基英先生呢？我也可以叫你基英哥嗎？」

「叫什麼都無所謂，妳方便就好。」

李智慧很明顯看都不看鄭白雪一眼。

「那我以後就叫你基英哥囉，嘿嘿。啊！白雪小姐請跟我來。我們沒有什麼生活公約，之後賢成先生會再針對這個地方為各位進行詳細的說明，我也會另外告訴白雪小姐幾件注意事項。各位今天就先好好休息吧。」

「啊……好的！基、基英先生，待會見，謝謝你一路扶我到這裡。」

「不客氣，待會見。」

「嗯！」

鄭白雪低頭向我致意後，便和李智慧一起走向其他女生所在的地方。她應該正在聽其他人說明各種規定事項，不過我對她們的事不感興趣，我關心的是自己以後該如何行動。

「大哥，你不覺得這裡看起來滿適合生活的嗎？」

「雖然是沒錯……」

「有什麼問題嗎？」

「不是什麼大問題，只是……」

「只是？」

「沒什麼。」

「哎唷，什麼嘛……」

想到自己即將成為保護這個營地的肉盾，就讓我微微蹙起眉頭。但轉念一想，又覺得這場交易不虧。反正我只要能拿到該拿的好處就行了。

我可以從這個地方得到的好處不勝枚舉。和金賢成一起行動可以確保打怪時的安全，又能透過打怪獲得職業，除此之外，我還可以趁機拉攏鄭白雪。

雖然過程中可能會發生一些問題，但那當然不關我的事。

隔天早上，金賢成果然把我和朴德久找了過去。

「昨晚睡得好嗎？」

「託你的福，我睡了個好覺。」朴德久簡短地回應了金賢成的問題。

之前只有我和德久兩個人的時候，我們連覺都睡不好，只能斷斷續續地小憩。相較之下，昨晚的睡眠品質簡直無可挑剔。

我已經大略猜到金賢成今天要說什麼了。我看他有些欲言又止，便搶先開口，「這裡可以戰鬥的人看起來沒有很多，大部分都是女人或傷患，不然就是無心戰鬥的人。」

「對，說來慚愧，但確實如此。」

「這個地方目前是怎麼維持運作的？」

我真心對此感到好奇，所以提問的態度有點直白。

金賢成停頓了一下，才再次緩緩開口，「其實這裡的狀況不是很好。」

果然如我所料。

我摸了摸下巴，順著他的話說道：「你指的是在缺乏糧食和飲用水，加上戰力不足的情況下，還要照顧三十個巨嬰的狀況吧。實際存在的問題也許比我提到的更多，而且以後還會越來越嚴重。」

「……」

「你們目前為止都是靠你儲備的糧食和飲用水等物資硬撐，但你事先搜集的物資比想像中消耗得更快，所以也差不多到了必須找出新對策的時候——我說得沒錯吧？可是依照現況而言，根本不可能到分散在各處的起始點去帶回那裡的物資，眼下就連清理附近的怪物都很吃力了，無法戰鬥的累贅卻還在不斷增加。」

「他們不是累贅。」

「以後或許有機會擺脫累贅的身分，但現在就是累贅。」

金賢成沉默不語，也許是在一定程度上同意了我說的話。

「坦白說，就現在的狀況來看，乾脆離開這裡也不失為一種選擇。」

「你要離開這裡嗎？大哥？」

我針對朴德久的提問搖了搖頭，繼續說道：「我沒有要離開，只是想表達我們一直在這裡苦撐也沒有好處。」

「我懂你的意思……」

「賢成先生，我跟德久稱不上是多厲害的人。他也許還能幫上忙，但我就不一定了，其實我就只會拿著長槍站在一邊而已。」

「……」

「話雖如此，我還是願意跟你一起戰鬥，成為你的助力。德久當然也有這個意願。」

「謝謝。」

金賢成雖然假裝若無其事，但之前的日子肯定過得十分辛苦，無論身心都極度疲憊，甚至可能就快到達臨界點了。我和朴德久的出現想必讓他喜出望外。

「但是，我可不是來當義工的。」

「啊……」

「我大概知道你在想什麼。你希望大家都能活下來，並回到原本的世界去吧。我可以理解，也認同你的想法。可是我跟你不一樣，我沒辦法為別人犧牲，也不覺得非得跟大家一起走下去不可。就算你要說我自私，我也無話可說……」

「不，我可以理解。你一定有想要的東西吧。」

他比我想像中還好溝通。

我本來還怕他拔刀指著我，說我違背正義。但他這樣回答，反而讓我覺得滿感激的。

「那我就直說了。首先，我希望以後找到的資源可以有一部分歸我們所有。」

他輕輕點了點頭，大概是覺得答應這點程度的要求沒什麼關係。

「再來就是……」

「……」

「我希望你可以讓我們參與你將來的計畫。」

金賢成的表情稍微僵住了。

在短暫的僵持後，他又用一種微妙的表情朝我看來。那是有點驚訝的表情。

不過他的臉上最後逐漸泛起一抹若有似無的笑意。

「你已經知道了啊。」

「在起始點的時候，那個奇怪的女人很明確地給了我們兩個選擇——攻掠與生存。我個人認為第二個選項是不可能成功的。不對，如果能由少數幾個人壟斷多數資源的話，或許有可能成功，但我不記得有聽到她說具體要生存多久、生存到什麼時候。」

「……」

「假如非得將生存設為目標，那集合所有的生存者絕對不是一個好辦法。不然就算沒被怪物吃掉，也遲早會餓死，這是任何人都能推理出的結論。」

其實我不過是在知道這小子是重生者的前提下，把我的推論搬出來硬湊罷了。

但他似乎很佩服我在腦內利用一些極為零碎的線索拼湊出來的故事，甚至對著我微微低下頭。

我的猜想是正確答案。

「那就請你們多多關照了。」

「我們才要請你多多關照……」

我握住金賢成的手，並在他的眼中看到了一股奇妙的信任感。

金賢成應該知道我的能力值不強才對，但是在他眼裡，我或許是個有用的人才。

就好比軍師或策略家之類的。

*

*

*

「大哥！」

「我知道。」

金賢成加入我們以後，打怪稍微變得簡單了點。不僅如此，我又更加相信用特性「心眼」看到的狀態欄了。

「德久！」

「我來了。」

因為金賢成那小子用劍的方式看起來確實有種熟練的感覺。

雖然不知道他是不是因為想隱藏實力，偶爾會故意失手，但是當我或朴德久陷入困境時，他所展現出的反應看起來並不像是第一次拿劍。

很好。

趁朴德久絆住幾隻怪物的空檔，我和金賢成負責解決眼前的怪物。

那些傢伙對聲音很敏感，因此可以用劍敲擊盾牌來製造聲音引誘牠們，再趁機迅速將牠們一網打盡，這就是我們採用的方法。

我可能還是不太習慣打怪，握著長槍的手依然止不住地顫抖。

我將長槍刺向朝朴德久撲去的怪物，那傢伙便插著槍栽倒在地，朴德久再藉此機會舉起盾牌對牠砸下去。

「喝！」

「好像還有幾隻怪物正在聚集過來，我會先擋住牠們一陣子，你們就趁這段時間……」

「知道了。德久，你記得把糧食拿好。」

「我已經拿了，基英大哥。話說那小子在地球上的時候有學過劍道嗎？」

「我也不知道，我猜他應該有玩過類似的運動吧，不然也可能是因為他已經獲得職業了。」

「哇，他下手真狠。」

金賢成善用高敏捷度閃避後揮劍，做出了看似易如反掌，卻一點也不簡單的動作。

朴德久也知道金賢成的實力已經大幅領先我們，因為金賢成曾經親口說出自己擁有職業的事。

在那之後，朴德久就顯得有些焦躁。夢寐以求的職業遲遲沒有開啟，讓他倍感壓力。

「喝！」

就在我們殺死最後一隻怪物後，朴德久默默點了點頭。從表情看來，他似乎驚魂未定。

「這個起始點的怪物好像比我預想的還少。」

「他應該有先來這附近清怪。」

「你說金賢成嗎？」

「我猜的。畢竟這裡有很多糧食，但好像沒有生存者……不對，如果還有生存者的話，糧食就不可能剩下了。」

「我實在沒想到我們真的可以只靠三個人的力量來起始點找糧食。」

「你也幫了很大的忙。」

「老實說，我沒做什麼，都是那個人的功勞。」

「沒那回事。要是沒有你，我們連進來這裡都有困難。」

這番話並不是單純的安慰之詞。

我們是因為有朴德久才能來到這裡，這是無庸置疑的事實。即便金賢成的才能再怎麼出眾，也很難獨自擊退從四面八方湧上來的怪物。

金賢成目前也還在成長階段，有個可靠的前鋒替他守著前方，顯然為他減輕了不少負擔。

正當我們打開狀態欄，準備檢查能力值有沒有上升時——

「哦？大哥。」

伴隨著朴德久的驚呼，我的視野中也同時出現了某個畫面。

〔數種職業已開放，請根據需求選擇職業。〕

很好。

進度比我想像中還快。跟金賢成一起快速掃蕩周遭怪物的計畫有了成果。

〔您正在瀏覽已開啟的職業。〕

〔戰士（普通級）〕

〔弓箭手（普通級）〕
〔魔法師（普通級）〕
〔指揮官（稀有級）〕

有個非常吸引人的職業闖入了我的視線。

＊　＊　＊

指揮官？不同於其他白色的文字，這幾個字是以藍色呈現。
也許是因為寫著「稀有級」三個字的關係，顯得更加醒目。不過我首先要做的事是先看過所有職業的介紹。

〔戰士（普通級）〕
〔能夠在前方戰鬥的戰士是隊伍中不可或缺的存在。雖然投資報酬率不高，但無論是劍與盾、長槍或斧頭，各種武器都能輕易上手。之後可轉職為野蠻戰士、騎士、聖騎士、騎兵、傭兵等相近職業。選擇後韌性、體力、力量將各上升1點。〕
〔弓箭手（普通級）〕
〔弓箭手能夠進行遠距離攻擊，玩家可習得關於弓與箭的基本知識。之後不僅可轉職為盜賊、刺客等相近職業，亦有機會轉職為屬於上級職業的精靈弓箭手、魔力弓箭手。選擇後敏捷將上升3點。〕
〔魔法師（普通級）〕
〔魔法師是能夠使用魔法的遠距離型職業，玩家可習得關於魔法的基本知識。之後可轉職為黑魔法師、煉金術師、召喚師等職業。選擇後魔力將上升3點。〕

三種都不差。如果選擇戰士，就能提升三種很難靠自己提升的能力。如果選擇弓箭手，便能習得有關弓與箭的基本知識，對於想在遠處坐享其成的我來說，是非常不錯的職業。

至於選擇魔法師的話，則是能讓原本跟我完全沾不上邊的魔力獲得提升，同樣很吸引我。

不過最令我感到好奇的還是「指揮官」這個稀有職業。

稀有〈指揮官（稀有級）〉

〈指揮官是幾乎沒有戰鬥能力的職業。在戰鬥中比起站上前線，更屬於退一步掌握情況並發號施令的職業。玩家的視野將會變得較為寬闊。之後可轉職的職業不明。選擇後智力將上升1點。〉

老實說，在看到說明之前，我的心就已經偏好指揮官了。

可是看完所有說明後，才是真正頭痛的開始。

指揮官本身的能力不差，但是——視野將會變得較為寬闊到底是什麼意思？

更何況能夠提升的只有智力值一點。想到其他三種能夠提升三點能力值的職業，就讓人覺得足足損失了兩點。

而且不僅如此。說明中沒有提到之後可轉職成什麼職業，怪令人不安的。

這麼說來，金賢成那小子的職業——劍士，也是普通級職業。

如果是他的話，應該有機會得到稀有級職業，或是和他本人資質相符的英雄級職業才對。

不過他似乎是因為已經擁有特性「劍術專家」的關係，才立志成為「劍士」。他肯定是覺得與其追求投資報酬率，還不如沿著已知的路線前進吧。

就在我感到有些苦惱的時候，我看見金賢成朝這裡走來。

「看來你們的職業開啟了吧。」

如果能像這小子一樣知道哪些是好的職業，以及之後的成長方向，就能輕鬆做出選擇了。但第一個選擇關乎未來的一切，因此苦惱還是在所難免。正當我猶豫著要不要假裝不經意地向他尋求建議時，朴德久先開口了。

「大哥，這個……」

「怎麼了？」

「這讓人有點煩惱耶。上面有普通級的戰士跟祭司，還有稀有級的盾兵，我不知道該選哪個才好。」

「祭司？」

「以後好像可以轉職成聖戰士什麼的……戰士看起來可以轉職成狂戰士之類的職業……但稀有級是不是比較好？」

考慮到朴德久的潛在能力都集中在體力和韌性，盾兵這個選項絕對不差。

「盾兵是……」

「嗯……這上面說是一種專精於防禦的職業，拿盾的時候會有一些加成，問題是沒有提到以後能轉職的職業。啊，而且力量還會被扣掉兩點……韌性跟體力則會各提升三點。」

「聽起來不錯。」代替我開口的是金賢成，看樣子就算我們不主動向他求助，他也打算不露聲色地提供幫助。

「你的韌性值好像很高……雖然有附帶降低力量值這樣的反效果，但韌性值的提升幅度實在很驚人。這樣一來，就算力量值會下降，總能力值還是提升了四點。」

是這樣嗎？假如這是線上遊戲，那在前線戰鬥的戰士和坦克就是不可或缺的存在。

從金賢成的反應看來，這裡的系統似乎也大同小異。除了祭司以外，坦克好像也被視為珍貴的人才。

「嗯……果然是這樣嗎？」

「你的特性還沒有開啟嗎？」

「我還沒有特性。」

「以我自己為例，我的職業是普通級劍士，同時擁有提升攻擊力的特性。我本來想選擇能夠提升力量值的戰士，但後來認為能讓敏捷能力大幅上升的劍士是更好的選擇。偶然開啟特性後，我現在覺得當初做了正確的決定。」

金賢成不著痕跡地發表了自己的意見。

重要的不是只有職業而已，能力值的平衡、特性的有無，以及特性的功能也很重要。由此便可大略推知，當這三項要素達成協調時，效益會是最高的。

儘管金賢成沒有大力主張該怎麼做，我還是能從語氣中感覺到他希望朴德久選擇稀有級的盾兵。

「大哥，你覺得呢？」

「我的想法也差不多。雖然不知道你之後會不會得到提升攻擊力的特性，但目前攻擊力不足的部分可以靠賢成先生彌補。而且如果先不考慮未來的事，單就現在而言，提升四點能力值也許確實是個不錯的選擇……不過最終決定權還是在你手上。」

「嗯……」

「至於祭司……是最爛的。」

祭司是最糟的選項。即便之後可以轉職為聖戰士之類的職業，我還是覺得不該把祭司列入考慮，因為朴德久在魔力方面的潛在能力並不高。

沒過多久，我發現朴德久的身體有短暫的瞬間散發出了藍色的光芒。

他成功轉職了。

「你選好了嗎？」

「好像還是選盾兵最適合我。」

「是嗎？」

「雖然大哥不需要別人擔心，不過選盾兵的話，感覺可以把你保護得更好，攻擊的部分交給其他人負責也不錯。而且以後要是有魔法師的話，不是還可以砰砰砰地亂炸嗎？站在最前面是有點可怕沒錯，但我覺得自己應該辦得到。」

「選得好。」金賢成也跟著點頭。

「如果這麼問不會很失禮的話，我可以請問基英先生選了什麼嗎？」

他欲言又止片刻，才索性開口問道。

「我還沒選。我的選項有普通級的戰士、弓箭手和魔法師，好像還有一個稀有級的指揮官。」

「指揮官……」金賢成的臉上頓時閃過一絲猶豫。

難道是陷阱卡嗎？

他的反應讓我不禁猜想「指揮官」這張牌是個陷阱。

「嗯……這樣啊。」

「哇，大哥，指揮官！感覺指揮官很適合你耶！」

「是、是嗎？」

「雖然我之前沒說過，但大哥你完全就是指揮官類型的人吧？光是想像你英姿煥發地站在後方揮手下達指示的樣子——哇……只要由你來指揮，一定戰無不勝。」

朴德久聽到我說出「指揮官」三個字後，似乎興奮過了頭，但我實際上並不適合擔任指揮官類型的角色。

因為我根本不懂兵法什麼的。我也沒看過兵法書之類的東西，圍棋或西洋棋這類遊戲同樣稱不上擅長，頭腦也沒有比別人好。

說起指揮別人的經驗，頂多只有在如今連名字都不記得的線上遊戲裡當過幾次隊長而已。老實說，我的個性比起指揮官，反而更接近騙子，我甚至覺得嘗試看看盜賊之類的職業也不賴。

「就等你一聲令下了！大哥！」

這小子……要說可愛，他是滿可愛的。他看起來已經認定我會選擇指揮官這個職業了。

「上面寫到選擇後視野將會變得較為寬闊，智力也會提升一點。其他職業你們應該都看過了。」

「能獲得的東西有點少呢，我之前看過的其他職業通常都會提升三點能力值……」

感覺他有點想阻止我選這個職業，看來稀有級的指揮官真的是個陷阱。

「大哥是指揮官！指揮官！」

我決定先不管那個獨自興奮的傢伙，再仔細考慮一下。

「也許現在會覺得稀有級看起來很棒，但是看不到以後能獲得的職業還是有點令人在意，也不能排除將來的職業全都是普通級的可能性。第一份職業的選擇事關重大，首先還是……」

「哎呀，我就說大哥要當指揮官了！大哥是指揮官！快來指揮我吧！」

「選弓箭手感覺也不錯。基英先生，學會使用弓箭也是一項優勢……如果你能進行遠距離支援的話，一定能成為很大的助力，而且以後還可以轉職成盜賊之類的職業……」

「吼唷，大哥是指揮官啦！指揮官！聽我的！」

「現在先提升能力值……對你會有幫助的。」

「當指揮官才能讓大哥發揮長處！一定要選指揮官！」

「還是選弓箭手吧！」

「指揮官！」

「那弓箭手……」

「指揮官！！！」

媽的，再這樣吵下去，感覺附近殘存的怪物都要跑來了。

金賢成好像知道一些關於指揮官的情報，雖然他推薦我當弓箭手，似乎是有培養我的打算，但是他還不知道我的潛在能力一塌糊塗，要不然我也很想直接選弓箭手啊。

儘管如此，若是因此選擇指揮官，又會衍生出其他問題。而且我又一直想起魔法師這個選項，雖然我的魔力值低到不行，但總覺得相對較高的智力值能派上用場。

怎麼辦？現在的重點是必須最大限度地發揮自身優點，反正我的特性「心眼」都已經斷定我沒希望了。唉……

結果我只能選擇投資報酬率看起來最高的職業。

我在內心做出決定，並閉上眼睛，緊接著伴隨一道閃光，我感覺到身體產生了細微的變化。

轉職成功。

金賢成和朴德久同時向我問道：「你選了指揮官，還是弓箭手？」

第005話　純真代表容易被影響

「我選了魔法師。」

「嗯……」

「指、指揮官……」

兩人的反應有幾分相似。

不過朴德久的表情看起來是真的很失望，而金賢成則是給我一種「雖然有點可惜，但也不差」的感覺。

弓箭手能使用弓箭，確實很有吸引力，不過弓箭手的強大奠基於敏捷能力，而敏捷值太低正是我的缺點。假如敏捷值將來有望提升的話還可以考慮，奈何我在敏捷方面的潛在能力值是最低的。

不對，基本上需要用到體能的職業本來就不適合我。

我不免覺得即便先成為弓箭手再轉職為盜賊，也會面臨類似的煩惱。

其實選擇魔法師的結果也大同小異。雖然我早就知道自己在魔力方面的天賦不高，但我得發揮自身優點。

我認為選這條路可以充分運用我相對較高的智力值，而且在將來的延伸職業中，一定會有即便魔力值很低，也能創造出高成效的職業。

「我可以問你為什麼會選擇魔法師嗎？」

我輕輕搖頭，開口答道：「我只是憑感覺選的。」

我會做出這個選擇也是迫於無奈，就算選擇指揮官，能夠提升的能力值也只有一點，而原本看似與我八竿子打不著的魔力值，能夠提升三點對我來說價值非凡。

「原來如此。」

他好像接受了我的說詞。

沒辦法光明正大地說出「我的天賦等級太低了，沒有希望」，讓我感覺有點心酸。

〔您已習得基礎魔法知識。〕
〔魔力值因職業效果而上升3點。〕

〔您正在確認玩家李基英的狀態欄與天賦等級。〕
〔姓名：李基英〕
〔稱號：無，仍需多多努力。〕
〔年齡：25〕
〔傾向：心思縝密的謀略家〕
〔職業：魔法師〕
〔職業效果：習得基礎魔法知識〕

〔能力值〕
〔力量：10／成長上限值低於普通級〕
〔敏捷：11／成長上限值低於普通級〕
〔體力：12／成長上限值低於普通級〕
〔智力：19／成長上限值高於英雄級〕
〔韌性：12／成長上限值低於普通級〕
〔幸運：21／成長上限值高於英雄級〕
〔魔力：03／成長上限值低於普通級〕
〔裝備：無〕
〔特性：心眼〕

〈總評：能力值依然令人感到絕望，但是看在您得到了職業的分上，為您掌聲鼓勵。魔法師也許是個非常不錯的選擇，因為如果單憑玩家李基英自身的天賦，可能連感知魔力都有困難。但是儘管魔力值提升三點看起來充滿希望，我還是建議您不要對自己作為魔法師的成長抱有期望，因為期望越高，失望越大。〉

這傢伙……

感覺眼前的總評也不差。雖然依舊毒舌，不過至少對於獲得魔力的部分給予了正面的評價。狀態欄也確實出現了變化。

此外，我大概可以理解「習得基礎魔法知識」是什麼意思了。

大量全新的知識正在湧入腦中。

可能就如字面上所言，只是基礎知識，因此沒有複雜的術式，但對我而言全新的魔力概念、控制魔力的方法、如何運用魔力施展魔法，以及結印與詠唱的概念全都灌注了進來。

「好像還不賴。」

跟我之前想像的有點不一樣，我沒辦法形容得很精確，這種感覺有點像解開某種不明的公式，或是用魔力堆疊出一座高塔。

而在這座高塔施工現場推動工事進行的正是詠唱或結印，這些全然陌生的概念不斷在腦海中積累。

現在就能馬上派上用場了吧。

不同於指揮官的能力，這股力量只要一適應，就能立刻應用於實戰中。

我慢慢閉上眼睛，試著感受體內的魔力，很快便開始有了反應。

雖然我的魔力就只有那麼一丁點，但魔力能夠隨著我的意志動起來，還是讓我心懷無限感激。

正當我在腦中持續操控著魔力時，金賢成那小子望著我說道：「那我們回去吧，剛才已經耽誤不少時間了。糧食的部分……」

「我們拿兩袋就夠了。」

「好。」

朴德久拿走兩袋糧食後，將剩下的袋子都給了金賢成。

金賢成點點頭，隨後又用帶有幾分感激的眼神看著我們，他大概是認為我們在體諒他吧。

這裡大約有十二個在起始點出現過的皮革袋子，考量到朴德久誘敵有功，我們只拿兩袋對金賢成而言已經算是賺到了。

「謝謝你們的體諒。」

「你用不著謝我們，要是沒有你，我們也拿不到這些糧食……你在各方面都幫了我們很多忙，我們這麼做也是應該的。」

「就算你這麼說……」

「哎呀，你就拿回去分大家吃嘛。」

「好吧，我知道了。」

「話說回來，你打算拿其他人怎麼辦？總不能一直放任他們不管吧。」

「完全無心戰鬥的人恐怕只會成為阻礙，如果要避免無謂的犧牲……那先讓他們進行適應訓練，再陸續帶他們出去打怪，或許會是個好辦法。」

「不知道那樣有沒有用。」

現在回想起來，朴德久也相當於完成了一場適應訓練。

但我沒有把心裡的話說出來。

「我想應該是會有效果的，可以先帶一個人同行試試，不過前提當然是要先經過你們兩位同意。你們覺得可以嗎？」

「我是無所謂……大哥覺得呢？」

「我也沒有意見，但同行的人可以由我們來挑選嗎？」

「你有想好的人選嗎……？」

「如果能得到本人同意的話，我目前想帶的同行伙伴是鄭白雪小姐。」

「這樣啊。」

金賢成點了點頭，似乎也表示贊同。

即便將鄭白雪稱作是一張已經確定會中獎的樂透也不為過，畢竟我用特性「心眼」確認過了她的潛在能力，而金賢成很可能知道鄭白雪的未來。

看到他毫不掩飾地露出高興的表情，我不禁笑了出來。

返回營地的路途可說是非常輕鬆愉快。我們之前考慮到要前往其他起始點的話，就必須離開營地好一陣子，所以事先清理過周圍的怪物，這個舉動在此時發揮了功效。

我們才剛靠近營地，包含李智慧在內的幾個人果然立刻跑出來迎接金賢成。

「啊，賢成先生！還有德久哥和基英哥，大家都辛苦了。帶回來的東西就交給我們……」

我看見幾個傢伙很自然地接過了金賢成帶回來的東西。

有個腿上貌似有傷的男人悄悄朝我們這邊伸出手，我注意到之後，甩開了他的手並開口說道：

「我們的東西可以自己搬。」

「啊，好……」

這麼做相當於跟他們劃清界線，表明我們要自己管理我們的東西。

可笑的是，眼前的男人居然露出了有點不爽的表情，直接將那個表情翻譯成文字的話，大概就是「你們算老幾啊？」

我揚起嘴角笑了一下，但那小子好像沒看到。與此同時，金賢成絲毫不受我這邊的情況影響，正在低聲交代李智慧一些事情。

「這是在其他起始點找到的糧食，我想麻煩妳幫忙分給裡面的人。」

「沒問題！包在我身上，賢成先生。不過那個起始點的生存者還好嗎……」

「那裡看起來已經沒有人了。」

「這、這樣啊，真是遺憾。」

「也許附近還有幾個人活著，我最近會再找時間去那一帶搜索。」

「啊！好的……」

金賢成只帶回了十袋糧食，分量恐怕不夠充裕，由三十個飢腸轆轆的人分食，是沒辦法填飽肚子的。或許可以撐過一時，但仍舊無法解決飢餓的問題。

眼看又有新來的餓鬼圍繞在金賢成身邊，我和朴德久拿著兩個袋子從他們身旁走過，進入了營地。

行進間，不斷有微妙的視線落在我們身上。

與此同時，朴德久語帶不安地問道。

「大哥，我們真的不跟大家分著吃嗎？」

「我們又不是義工。」

「我知道，可是……我感覺自己好像成為了壞人，內心有點過意不去，也有點在意剛剛那些人臉上的表情……」

「他們要擺什麼表情是他們的事，你在意這個做什麼？」

「你、你不覺得看起來就是有點令人在意嗎……」

「德久，我們可是冒著生命危險帶回糧食，那些人應該感謝我們才對。他們順理成章地接過東西的行為也很可笑，我們明明是生活在金賢成的營地，又不是他們的。我們針對受到的幫助給予了同等的回報，甚至將我們拿到的糧食分出了一部分給他們。我認為我們已經盡了自己的本分，金賢成也很清楚這一點，所以才沒有對我們多說什麼……」

「嗯……」

「他們如果想得到更好的待遇，也可以自己提劍上陣啊，雖然他們應該辦不到……說不定金賢成也是希望其他人看到我們之後，會受到一點刺激，但誰也不能保證結果會怎麼樣就是了。」

「啊啊……所以他是故意讓大家看到我們拿走很多糧食，這樣那些人才會明白要戰鬥才能得到更好的待遇嗎？」

「他應該期待能順便帶來這種效果吧。」

那小子不笨，想必希望多少能達到一點這樣的效果。

我們拖著疲憊的腳步慢慢走回我們居住的區域，一路上都沒看到鄭白雪的身影。

雖然不知道沒有出去打怪的人在這裡有什麼事要做，但似乎沒有人是閒著的。放眼望去，也能看見有人正在整理周遭環境，有人在搬運沉甸甸的石頭搭建圍籬。

鄭白雪多半也在做著類似的工作。我們不在的時候，這個地方由誰管理可想而知——李智慧。待在這裡的人都是她負責管理的，分配糧食、向金賢成報告事情也是她的工作，而且她每次都是第一個出來迎接金賢成的。

我大概能猜到她在打什麼算盤，因此忍不住勾起嘴角。

「德久。」

「怎麼了？」

「你還記得鄭白雪小姐吧？」

「不就是之前走路一瘸一拐、被你攙扶的那位小姐嗎？」

「沒錯。」

我從袋子裡拿出幾樣東西，遞給朴德久。

「我想麻煩你把這些拿給她，也希望你以後能多幫我照顧她。」

「大哥你怎麼突然……啊……」

感覺他的表情不太尋常。

「我懂了，這種事就交給我吧！」

這小子一下就明白我想做什麼了，雖然我們認識的時間不長，但也相處一陣子了，他似乎有察覺我的目的。

他知道我正在為了得到鄭白雪而動用手段。

這當然跟戀愛方面的感情相去甚遠，不過要讓一個人依賴自己，方法也許出乎意料地簡單。

更何況是在這樣的情況下。

我記得鄭白雪的傾向是「純真的擁護者」，雖然和金賢成的傾向「善意的仲裁者」感覺很類似，但兩者之間確實存在著差異。

純真和善良分明是不一樣的。

「因為純真代表容易被影響。」

「你說什麼？」

「沒什麼。」

只要對她做一個小小的實驗，就可以證明剛才那句話。

第006話　鄭白雪

這座營地內正在形成看不見的階級制度。

就連不會說話的動物也會建立群體內的階級，更何況是在這樣的情況下，沒有產生階級差異才奇怪。

這種現象出現在人類社會中，再理所當然不過了。

就目前來說，站在金字塔頂端的是建立這個地方的金賢成。

我不清楚在尋找營地的過程中經歷了什麼，不過這裡的人無疑都對金賢成寄予信任。

換作是我，大概也會有類似的反應。

畢竟當初突然落入了一個未知的地方，甚至有成群的怪物出沒。這時候光是有人願意拿起劍站出來與怪物對抗就夠加分了，更何況他還是個善良到像傻瓜一樣的傢伙，人們會仰慕他不無道理。

而地位次高的可以說是李智慧，那個在金賢成旁邊撿盡便宜的女人。

相較於金賢成經常在外奔走，李智慧不但大多時候都待在營地裡，而且分配糧食、輪班守夜或各種需要人手的工作都由她負責管理。

還有幾個堪稱「李智慧派」的傢伙也掌握著大權。

他們當然會看金賢成的臉色，因此不敢濫用權力，或是表現得太明目張膽，但我猜當金賢成外出時，他們肯定會開始作怪。

「那我們呢？大哥？」

「我們的地位也可以說是僅次於金賢成，因為我們有戰鬥能力，能夠取得糧食。」

「嗯……」

「站在他們的立場來看，一定會覺得我們很礙眼。」

「可是一開始……」

「他們一開始當然會歡迎我們，但昨天的事讓大家對我們的印象變得不太好，因為我們相當於半公開地發表了想要獨立行動的想法。說得誇張點，我們等於是表明了『我們沒有義務養活你們』。」

「可是他們拿走的糧食本來有一部分是我們的，他們不是應該感謝我們嗎？」

「雖然一定有人是這麼想的……不過人類這種生物本來就會不斷牽制新的掌權者，就算在這種根本沒人想領導的小團體裡面也一樣。」

「你的意思是金賢成在牽制我們嗎？」

「不對，金賢成打從一開始就不覺得自己是這個地方的主人。」

「那到底是誰在牽制我們……」

「當然是那些自認為是主人的人。」

現在扮演著王的角色的不是金賢成，而是在他底下撿便宜的李智慧。

「我好像聽懂你的意思了。」

「金賢成雖然在這個團體中位居眾人之上，但實際控制著這些人的是那個女人。基本上金賢成根本沒時間管理這個地方，因為他幾乎都在外面。在需要力量的地方，擁有力量的人就是王；在需要糧食和營地的地方，掌握著這些東西的人就是王。金賢成是擁有力量沒錯，但是能夠提供糧食和營地的是那個女人。」

「你是說李智慧嗎？」

我隨意點點頭，接著說下去。

「沒錯。」

「……」

「她只要多給自己人一點好處，再稍微排擠一下自己提防的人、讓他們吃點苦頭就行了。只要存在差別待遇，就會產生權力。鄭白雪恐怕也是被李智慧討厭的人之一……所以她之前才會一個人在別的地方做粗活吧。」

「你什麼時候那麼仔細觀察白雪小姐了？」

「以後還要再觀察得更仔細才行。」

朴德久默默點頭。

從現在開始，要盯緊鄭白雪。

這是我看到李智慧和鄭白雪兩人的傾向「自私的野心家」及「純真的擁護者」後，衝動之下做出的決定，但我認為也許真的能創造出我想要的結果。

* * *

「白雪小姐，妳要好好工作啊。」

「咦？是……」

「大家都很辛苦地在工作，不是只有妳一個人辛苦而已。越是在這種情況下，越需要大家同心協力吧……妳要是一直這樣的話，我就只能減少妳的糧食了。」

「是……」

「只會『是、是、是』地回答，什麼也不會改變。妳應該也知道這裡的情況不是很好，畢竟我們不知道能在這裡待到什麼時候，從其他地方取得糧食也不是一件容易的事。萬一怪物在賢成先生外出的時候攻進來，我們是會全軍覆沒的。蓋圍牆就是這麼重要的工作。」

「是，我明白了。真、真的非常抱歉。」

「嘖，要是不想被趕出去，就請妳認真工作，不要偷懶。如果之後又陸續找到更多生存者，這裡連妳的位置都沒有。唉，這次進來的人怎麼都那麼自私啊……」

「什麼？」

「沒什麼，總之請妳好好工作。」

「好、好的，我明白了。」

眼前的男人神經質地說完話後便向外走去，鄭白雪不由得低下頭。

她不知道自己做錯了什麼，但男人似乎對她的工作表現很不滿意。

不對，他會覺得不滿意也是當然的，畢竟鄭白雪已經好幾天都沒有完成被指派的工作了，男人會如此暴躁也不奇怪。

感覺自己像個笨蛋一樣。

雖然從以前就總是被說「動作慢吞吞又笨手笨腳」，不過她真的很討厭自己在這種情況下還沒辦法俐落地把事情做好。

「好痛。」

視線微微向下，滿是傷口的手便映入眼簾。指甲大多都與指肉分離，掛在手指上晃來晃去。雖然很痛苦，但她多少能理解剛才那個男人所說的話。

大家都很認真地在工作，每個人都在為了活下去而拚盡全力。

不論是去外面戰鬥的賢成先生、基英先生、德久先生，還是和她一起築牆的人都一樣。

跟之前獨自一人不知所措地亂竄、不知何時會喪命的情況相比，現在待在這裡簡直就是置身天堂。

要是基英先生當時沒有出手相救，她肯定早就被怪物殺掉了。

想到自己之前幾乎被抱在懷中帶來這裡，她就不禁紅了臉。對於不太習慣與男性接觸的她來說，那樣的經驗是第一次。

正當她出神地回想著當時的事情時，一道聲音從旁邊傳來，她點頭回應。

「白雪小姐，妳就體諒他一下吧。」

「啊，碩宇先生。」

「最近有很多事情讓他壓力很大。」

「是、是嗎？」

「是啊，因為賢成先生最近經常外出，所以他很重視築牆的工作，智慧小姐大概也有同樣的想法。畢竟我們不曉得要在這裡待多久，一定要做好萬全的防範措施才行，他會那麼敏感也是難免的。」

「嗯，這、這我可以理解。」

「不過他今天好像又更敏感了。在我看來，白雪小姐明明是特別認真的人……我之後會再單獨找他談一談，我們先去吃飯吧。」

「啊……好的。」

「聽說賢成先生昨天從起始點帶了糧食回來。」

「啊，是嗎？」

「對，我是聽智慧小姐說的，應該不會有錯。」

「那真是太好了呢，嘿嘿。」

劉碩宇——他是鄭白雪在這裡勉強可以放心交談的對象。

築牆工作是由他統籌管理的，所以他好像想為新來的鄭白雪提供各種幫助，再加上他似乎本來就善於交際，因此經常來向鄭白雪搭話。

「話說回來，妳的工作做起來會不會很辛苦？」

「辛、辛苦是一定的，但肯定還有其他人的工作比我更辛苦。」

「即便如此，這種工作對妳來說想必不容易……妳其實可以稍微偷懶一下。」

「不行，我本來就已經沒辦法完成自己負責的工作量了……當然不能再偷懶。而且連受傷的碩宇先生都在工作了……」

「那是因為我是負責管理的人，不太需要勞動，哈哈。而且老實說這點傷不算什麼，哈哈。」

兩人一路上閒聊著各種話題，不知不覺就來到了配給站前。

沒過多久，便看見人們排成了一條隊伍。

德久先生和基英先生不在這裡。他們可能已經吃過飯了，或是在別的地方吧。

畢竟他們才剛去打怪回來，一定會想要好好休息，緩解身體的疲勞。

「請在這邊排隊，依序領取糧食。」

「好。」

「啊，好的。」

用雙手接過食物後，找了一個合適的地方坐下來，才發現大家都三三兩兩聚在一起用餐。

雖然想過要不要悄悄加入別人的小團體，但也許是因為個性天生就比較怯懦的關係，不管是主動搭話還是跟別人待在一起，對鄭白雪來說都不容易。

「他們是因為過得很辛苦才會那樣的。」

「什麼？」

「我是說其他人。現在大家都過得很辛苦，沒有餘力照顧別人，再加上白雪小姐妳又比較晚來到這裡，所以大家勢必會對妳抱有一點警戒心。」

「啊……真、真的嗎？不、不是因為我事情都做不好，才……」

「不是的，妳比誰都還要認真。等妳過一陣子熟悉這份工作以後，大家一定也會接納妳的，就像我現在這樣。」

「謝、謝謝你這麼看好我。」

「不客氣，這是應該的嘛，因為我想跟白雪小姐變得更親近啊。」

「啊！我也是。謝謝你總是幫我很多忙。」

仔細想想，自己之前真的受到這個人很多幫助。

從剛來到這裡一直到現在，他不僅每次都先跟鄭白雪搭話，努力幫助她與其他人建立連結，還在各方面都對她予以通融。

真是太感謝他了。

就在鄭白雪漫不經心地將一小塊麵包放入嘴裡時，她感覺到身旁的劉碩宇抓住了自己的手。

「啊……」

她稍微用力，試圖把手抽回，卻動彈不得。一轉過頭，便看到劉碩宇正看著自己。

「請、請你放手。」

「啊？」

「請、請放開我，你、你為什麼突然……」

「但妳剛才明明……」

「我、我不是那個意思。」

鄭白雪慌忙地看向四周，其他人卻已經不在了。而一向面帶笑容的劉碩宇，此刻的眼神變得跟平常有點不同。

他嘴角的笑意消失無蹤，反而一臉無言。

「白雪小姐。」

「咦？咦？」

「妳以為我在對妳做慈善嗎？」

「你、你在說什麼？」

「妳既然收下了我的好處，就應該給我回報啊。真是不會察言觀色。」

「我、我不太懂你的意思，你、你為什麼要突然這樣……」

「妳知道我在各方面都對妳很通融吧？」

「那、那種事我不清楚，雖……雖然我很感謝你願意幫助我……」

「真是的……妳是真的不懂？還是在裝傻？要我再說得更直白一點嗎？」

「請、請你先把手放開，你、你弄痛我了。好痛……」

「我的意思是，妳以後想在這裡有好日子過，就要懂得討好我。妳這個蠢女人，到現在還搞不清楚狀況嗎？」

他的眼神令鄭白雪感到恐懼，因為她從來沒遇過這種事，她甚至不知道事情為什麼會變成這樣。

唯一可以肯定的是，她想要逃離這個地方。

就在鄭白雪正準備死命將手往反方向抽回去時，身後傳來了一道宏亮的聲音。

「我說這位老兄，你要是不想被打斷手的話，最好先放開她。」

* * *

「我說這位老兄，你要是不想被打斷手的話，最好先放開她。」

「啊？」

喀喀！

「啊啊啊啊啊！」

「啊！」

她無法確切得知發生了什麼事。

因為當巨大的影子籠罩在臉上的瞬間，她就閉上了眼睛。

但耳邊傳來的是貨真價實的慘叫聲。

當她睜開雙眼時，出現在眼前的是不發一語俯視腳下的朴德久，以及癱坐在地上哀號的劉碩宇。

「德、德久先生？」

「啊呃啊啊啊……」

「真搞不懂這世上怎麼會有這種像垃圾一樣的人存在。喂，我又沒打斷骨頭，你少裝了。」

「啊啊啊啊……」

大手再次劃破空氣，瞄準劉碩宇頭部的手最終伴隨著一聲鈍響，開始落在他的頭上。

彷彿被鈍器擊中般狠狠撞向地面的模樣讓人感覺很不真實。

「呃啊啊！啊……啊呃啊……」

「你別在那邊鬼哭狼號了，我又沒有打得很用力……不知情的人聽了還以為有嬰兒出生了呢。」

朴德久大腳一抬，劉碩宇的身體便瞬間騰空——他被朴德久踢飛了出去。

看到劉碩宇撞上牆面的悽慘模樣，讓人不禁擔心他會不會有個三長兩短。

「德、德久先生，我、我已經沒事了，請你住手，再這樣下去他會受傷的。」

「啊……」

朴德久的視線略微向下望著鄭白雪，那道眼神不知為何讓她覺得很可怕。

但如果不阻止他的話，劉碩宇說不定真的會死——鄭白雪忍不住如此想道。

因為劉碩宇蜷縮在地上瑟瑟發抖的模樣闖入了她的視線中。

「妳不用太擔心，大姐。我只是把他輕輕踢過去而已，是這位老兄太誇張了……」

「請你住手！」

不僅如此，幾個人聽到劉碩宇的慘叫後，都朝這裡跑了過來。

「……」

「你這是在做什麼？碩宇先生，你還好嗎？」

「我、我沒事……」

其中最顯眼的當然非李智慧莫屬。她帶著幾個人趕來，看向這邊的視線有些驚慌。

「你、你這是在做什麼？在營地內是禁止使用暴力的。」

「是那個男的先騷擾了白雪小姐，所以我才會揍他。」

「真的嗎？」

「我親眼看到了。」

「不是……那樣的。」

「什麼？」

「我、我是有抓住白雪小姐的手，這部分確實可能造成別人的誤會……但、但我是不小心的……」

「你還在耍嘴皮子啊。」

「請、請你別說了，德久哥。我剛才也說了，這裡禁止使用暴力。就算碩宇先生真的有錯，你這樣不分青紅皂白就動用暴力，是會破壞團體和諧的。像、像這樣……這樣是不行的，應該先搞清楚是誰的錯才對。」

「……」

「碩宇先生，你真的有抓著白雪小姐的手騷擾她嗎？」

「我、我、我、我沒有，絕、絕對沒有，我絕對沒有那個意思。」

「那德久哥看到的是……」

「這、這中間可能有點誤會。我、我是有向白雪小姐表達我的心意，我以為白雪小姐也接受了……可、可能是因為這樣，才會發生這種事。」

「真的嗎？」

「真、真的……事、事情就是這樣。」

「請你一字不漏地再說一次你跟白雪小姐說了什麼。」

「我跟白雪小姐說，我想要跟她變得更親近一點，白、白雪小姐也給了我肯定的答覆……看來是我誤會了。」

「白雪小姐，請妳說清楚，碩宇先生剛才說的是事實嗎？」

各種眼神交織在一起，猝不及防地向鄭白雪投射而來。那些來自周遭的視線並不友善，她當然無法適應。

她頓時明白了，在場沒有人站在自己這邊。

也許是因為緊張的關係，手腳都開始顫抖了起來。就在此時，李智慧的臉龐出現在視野當中，她目不轉睛地盯著這裡，彷彿在催促鄭白雪回答問題。

但是不知為何，鄭白雪卻覺得難以啟齒。

「他、他說的是事實，可、可是在那之後，碩、碩、碩宇先生他……硬、硬是把我的手扯過去，說、說我如果以後想在這裡有好日子過……說、說了那種話……所、所以我有點被嚇到……」

「請妳說清楚一點，白雪小姐。我聽不太懂妳在說什麼，請慢慢說。」

「我、我的意思是……」

「妳的意思是，碩宇先生說他想跟妳親近一點，而妳也同意了，這些都是事實嗎？」

「咦？對……可、可是我不知道……他、他是那種意思……」

「我在問妳那是不是事實。」

「那、那是事實，可、可是……」

「鄭白雪小姐。」

「咦？」

「是妳做出了會讓人誤會的舉動，也是妳給人留下了誤會的餘地吧？而且妳自從來到這裡以後，好像就一直跟碩宇先生一起行動，我有說錯嗎？」

「是沒錯……但那是因為……碩、碩宇先生他先……」

「就是因為妳平常的言行有問題，才會惹出這種事端。」

「不是的……我，那個……」

「妳自己製造出任誰都會誤會的狀況，還以為翻臉不認人就沒事了嗎？德久哥也是，竟然都沒有搞清楚事情的前因後果就打人……」

鄭白雪稍微轉過頭看向朴德久，發現他的神情有些慌亂。

他在想自己是不是做錯事了。

「那傢伙說的是真的嗎？大姐？」

「他、他是有說想跟我更親近一點沒錯……可、可是……」

鄭白雪的腦中一片混亂，不知道該從何開始解釋，又該如何解釋。

這個突如其來的狀況要怎麼解決？這件事該從何開始處理？她沒有半點頭緒。

一張張臉孔盯著自己，那些人臉上的表情莫名地使她漲紅了臉，淚水也湧上眼眶。

「妳以為哭就能解決問題嗎？」

「對、對不起，我……我……」

「這不是嘴巴上說句『對不起』就能解決的問題，最近營地裡的氣氛本來就不太好了……德久哥還……我當然很感謝你在這種情況下幫助可能是受害者的女性，但是在弄清楚前因後果之前，都不該衝動行事。你這次……可能真的有點太輕率了。」

「嗯……」

「都還不清楚誰是受害者、誰是加害者就……」

「對、對不起。」

「跟我道歉沒用吧？」

「請妳好好對碩宇先生這位受害者道歉。」

「對、對……對不……」

「現在這是什麼情況？」

＊　＊　＊

「現在這是什麼情況？」

我可以自己回答我拋出的這個問題。

這是一個非常剛好的情況。

雖然李智慧近期內會有所行動在我的預料之中，但我沒想到事情會以這種方式爆發。

老實說，我想都沒想到會遇上這麼大的事件。

朴德久的表情略帶驚慌，鄭白雪則是忍不住哭了出來，眼淚如瀑布般傾瀉而下。他們一定覺得很委屈吧。

明明一眼看去也能看出誰是加害者、誰是受害者。

其實我不在乎鄭白雪是不是真的想利用那個名叫劉碩宇的傢伙，不過她被逼得走投無路這一點對我來說很重要。

看到我出現後，第一個開口的是李智慧。

「基英哥，你來得正好。現在……」

「妳瘋了嗎？」

「咦？」

「智慧小姐，妳現在是瘋了嗎？」

「什、什麼意思……」

「妳以為這裡是社區遊樂場嗎？妳該不會以為妳那樣大聲嚷嚷，怪物都聽不到吧？就算我們有定期出去清怪，也不代表怪物完全不會來到這裡。」

從他們的表情看來，似乎有意識到自己犯下了什麼錯誤。

「啊……事情是這樣的，現在的情況……」

「我剛剛在遠處看著，也大概知道現在是什麼情況，智慧小姐。正如妳說的，現在還不確定誰是加害者、誰是受害者，你們就這樣集體把一個人逼入絕境，換作是我也會害怕。妳對現在的情況還有什麼要說的？」

「可是做錯事的很明顯是那個女人……」

「智慧小姐，妳真的能肯定碩宇先生沒有錯嗎？」

她八成也不敢說自己百分之百肯定，因為在她說出口的瞬間，要負責任的就不再是劉碩宇，而是她了。

我看到她有些支吾其詞，臉上也浮現不安的神色，那是不知所措的表情。

「再說，從白雪小姐的反應看來，事情也不一定真的是那樣……況且白雪小姐並不是那種人，這我可以保證。」

這很牽強，非常牽強。

我現在所說的話毫無邏輯可言，就連我都差點因為自己說出來的話而啞然失笑。

對鄭白雪而言，單純以「她不是那種人」為由替她辯駁，也許是一件非常值得感激的事，但是對其他人而言，就不是這麼一回事了。

我什麼時候那麼了解她了，竟然還能為她作證？

我只知道她的傾向是「純真的擁護者」，除此之外，我和她之間沒有任何關係足以讓我為她作證。

其實我有很多話想說。

基本上，在處理性犯罪事件時，檢討受害者就是不對的。

李智慧身為女性，不可能不知道這一點，她卻執意站在劉碩宇那邊，這背後隱藏著想要排斥外來者、鞏固自己既有勢力的企圖，或是她可能打從一開始就想讓鄭白雪難堪也不一定。

雖然先逐一追究，再從邏輯上反駁她也不錯，但這時候稍微用些蠻不講理的施壓手段也會有效果。

不對，是不可能沒有效果。

因為這裡的掌權者就是我。

我說的話比任何人都有影響力。

「白雪小姐不是那樣的人。」

「啊……那個……」

擦乾眼淚看向我的鄭白雪，和那些看著鄭白雪的眼神中多少帶有敵意的人們，表情形成了鮮明的對比。

在他們眼裡，我不但莫名其妙跑出來搶走主導權，還對人威嚇施壓，又過度偏袒某一個人，或許會覺得很不合理吧。

儘管如此，會被討厭的也不是我。

我悄悄往鄭白雪的方向看去。

受到掌權者寵愛的女人——任誰都會討厭這樣的角色，特別是像李智慧那種人。

「真不知道大家都聚集過來做什麼，真是的……劉碩宇先生還是先去接受治療比較好，不過治療結束後，我會再問清楚到底發生了什麼事。現在請先扶碩宇先生離開吧。」

「好、好的。」

「智慧小姐把這裡整頓好之後，請馬上讓大家開始工作。賢成先生差不多快要回來了。剛才的騷動可能會讓怪物聚集過來，麻煩德久去附近簡單巡視一下。」

「知、知道了，大哥。」

「還有……白雪小姐請跟我來一下。」

「好。」

有幾個人交頭接耳地說著什麼，李智慧輕輕咬著下唇，劉碩宇則是看起來有些忐忑不安。他們的想法全都寫在臉上。

雖然依稀聽見了幾句話，不過沒有人當面指責我的行動。

「那女人是怎樣啊……」

「真倒胃口。」

因為比起我，還有更好的獵物。

「我們走吧。」

「啊……好。」

那個獵物不會是掌權者，而是更容易攻擊的人。

第007話　李智慧

「妳先坐下來吧。」

「我、我……」

她的表情看起來欲言又止。可能是因為還沒冷靜下來的關係，她的肩膀不斷顫抖。無論是那副模樣，還是她抹著眼淚的樣子，看起來都有點像小孩子。

說到底，她不過就是個普通的二十一歲女孩。

在這種地方經歷了這輩子鮮少遇到的狀況，會有那種反應也很正常。

雖然我無法百分之百理解她的心情，但她應該連剛才發生了什麼事，還有自己身處於什麼樣的情況中都搞不清楚吧。

「對、嗚嗚……對不起。」

「我不知道妳有什麼需要道歉的。」

「可是我、嗚嗚……我……」

「白雪小姐，妳沒有做錯事。雖然我沒有目睹詳細的事發經過……首先，妳可以先慢慢地跟我說明一下發生了什麼事嗎？」

「我、我那麼說真的沒、沒有那個意思，我、我只是……」

「我知道，妳只要放寬心，說妳想說的就好了。」

我面帶微笑對她說道，於是她慢慢開始訴說。

其實我大致上已經知道她要說什麼了，而且也能粗略猜到剩下的內容。

問題是我根本聽不懂她在說什麼，她雜亂無章的哭訴實在讓人很難聽懂。

之前系統顯示她的智力值並不低，看來智力值並非單純根據思考能力來判定的。

「然、然後碩宇先生就突然……」

「嗯……嗯……原來是這樣啊。」

「他、他抓住我的手，對我大吼大叫。」

「原來……」

但無論我聽不聽得懂都無所謂，重要的是要有同理心。

比起追究誰對誰錯，傾聽她在哭的原因、為什麼覺得委屈更重要。

我是站在妳這邊的——雖然我沒有這麼說，不過她大概是這麼想的吧。

「所、所以事情就變成那樣了……然、然後德久先生突然過來……揍了那個人，智慧小姐就……嗚嗚……」

「原來如此。」

「然、然後基英先生就出現了……」

「嗯。」

她的哭訴太漫長了。又過了幾分鐘，她冗長的敘述才畫下句點。

「妳一定很委屈吧。」

「沒、沒有啦，我現在覺得好一點了。」

感覺她確實冷靜不少。時不時顫抖的肩膀平靜了下來，原本哭喪著的臉，現在也稍微有了笑意。

看來她稍微恢復從容了。

「謝謝你，基英先生。」

「妳不用跟我道謝，我只是想了解情況……」

「不、不是的，我是想謝謝你剛才說你相信我……」

「這樣啊……」

「從我們第一次見面開始，我就一直單方面受到你的幫助呢。我、我好像都沒有為你做什麼……」

「妳不用放在心上。」

「我、我可以問你為、為什麼要對我這麼好嗎？」

這個提問的用意令人難以參透，我不確定她是對我有好感，還是在提防我。但我猜是後者的機率比較大，因為劉碩宇很可能也是用類似的方式接近她的。

而我必須給她一個適當的回答。

「我只是做了我認為正確的事罷了，如果硬要說一個原因……」

「咦？」

「就是我有一個妹妹，我看到妳就會想起家裡的妹妹。」

其實我根本沒怎麼想到她。

律夏的個性和眼前的鄭白雪天差地遠，除個年紀相仿以外，幾乎找不到其他共同點。

不過我認為這是正確答案。

「啊……」

「她的年紀應該跟妳差不多大。」

「對、對不起，我不該問這個問題的……」

「那白雪小姐妳……」

「我、我有兩個姐姐，但是……已經很久沒有聯絡了……」

她的表情暗了下來，我想這個問題沒必要深究。

「那妳的父母……」

「已、已經不在了。」

「我們有共同點了呢。」

「你父母也不在了嗎？」

「嗯。」

她的臉上浮現出微妙的喜色。

「我、我們有點像呢。」

案。

「嗯，就是說啊。」

能跟她有共同點是好事。看見她悄悄雙手合十的模樣，我勾起了嘴角。

我試著思考，是要再更積極出擊比較好？還是應該就此打住？到頭來還是沒能得出一個正確答案。

稍微整理了思緒後，我延續了剛才的話題說道：「如果這樣不會讓妳覺得很有負擔的話……」

「嗯？」

「我希望妳跟我相處的時候，可以更自在一點，雖然這只是我個人的想法……」

「咦？啊！好的！我、我該怎麼做呢？」

「就先從講話輕鬆一點開始吧。」

「咦？好……那、那就輕鬆一點……」

「那我就不那麼拘謹了。」

「好的……不對，嗯，我、我知道了，基、基、基英哥。」

她的表情怎麼看都是在害羞的樣子。

鄭白雪不擅長應對人際關係這一點再次得到了驗證。

我靜靜與她對視，並對她使用了「心眼」，她的整體能力值便出現在我眼前。

〔您正在確認玩家鄭白雪的狀態欄與潛在能力。〕

〔姓名：鄭白雪〕

〔稱號：無，仍需多多努力。〕

〔年齡：21〕

〔傾向：純真的擁護者〕

〔職業：無業遊民〕

〈能力值〉
〈力量：11／成長上限值低於稀有級〉
〈敏捷：11／成長上限值低於稀有級〉
〈體力：14／成長上限值低於英雄級〉
〈智力：22／成長上限值高於英雄級〉
〈韌性：14／成長上限值低於稀有級〉
〈幸運：23／成長上限值高於英雄級〉
〈魔力：10／成長上限值高於傳說級〉
〈總評：玩家鄭白雪擁有高於傳說級的成長上限值。身體素質整體偏低，但將來若是成為魔法師或祭司，會有爆發性的成長。目前處於尚未意識到自己能夠感知魔力的狀態。即便與玩家李基英同樣成為魔法師，也一定會是與您不同檔次的魔法師，因此您不必感到有壓力。〉

跟之前查看時相比，力量上升了一點，體力上升了兩點，看來她這段時間搭城牆搭得很拚命。

此外，我還是覺得她擁有十點魔力值這件事很不可思議。

她和轉職為魔法師後才獲得魔力的我不同，一被召喚到這個地方就擁有了魔力。

雖然她現在還感知不到魔力，但我如果幫她一把的話，也許就能做到。

就在我猶豫著要不要提起有關魔力和魔法的話題時——

「那、那個……基英哥……我、我可以占用你一點時間嗎？」

李智慧的聲音從我背後傳來，與此同時，我的視線中映照出鄭白雪不安的表情。

其實我多少有料到李智慧會來找我，只不過她來得比我預想中更早了點。

這女人的腦筋果然在這方面動得很快。

她決定要投靠我了嗎？

經過稍早那起事件後，我們雙方可以說是已經分出了地位。

剛才那既是劉碩宇和鄭白雪論清是非的場合，也是我和李智慧一較高下的場合，李智慧想必也明白這一點。雖然我們之間建立的並不是由某人訂下的階級，這個階級也並非肉眼可見，但總之李智慧間接領悟了我的地位高於她的事實。

她的傾向是「自私的野心家」，像她這類的人，不對，像我們這類的人發現新的掌權者時，會採取的行動有兩種——排斥，或攀附。

她的行動迅速到超乎我的想像。

雖然這對我來說是穩賺不賠的交易，但我需要再考慮一下。

我沒有看向李智慧，而是看著鄭白雪輕聲說道：「妳可以先迴避一下嗎？我可能需要跟智慧小姐聊一聊。」

「啊，好的，我知道了，基、基英哥。」

她說到最後一句話時稍微加重了語氣，看起來有些不安。

最後鄭白雪安靜地起身，李智慧便在她原本的位子上坐了下來。從鄭白雪頻頻回頭的模樣看來，我們剛才那番對話似乎深得她的心。

「妳找我有什麼事嗎？」

「那個……就是……我想跟你道歉。呃……對不起，我引起了騷動。」

「別這麼說，妳其實沒有錯。」

「不是的，基英哥，我是第一次突然遇到這種狀況，所以沒顧慮到外面的情況，好像激動過頭了。是我沒有考慮到在外面辛苦戰鬥的人……如果能安靜地解決問題就好了……」

「沒關係，換作是我，一定也會很不知所措。反而是我好像也有點反應過度，應該向妳道歉才對。」

「沒那回事，基英哥你只是做了自己該做的事而已。」

儘管李智慧的長相很童顏，但是被一個年紀比自己大的女人叫「基英哥」還是讓我很不習慣。

「那個……」

「妳請說。」

「關於碩宇先生的事……」

「我並沒有打算要馬上把碩宇先生找來談話，畢竟治療優先……而且我接下來也有別的事要做。」

「啊，那就好。我擔心一直因為這種事情讓你費心，還覺得很愧疚呢。我剛才實在太慌亂了，才沒辦法做出正確的判斷。如果你願意把這件事交給我的話，那我想採取一些應對措施……可以請你這次就讓我來處理嗎？」

這個問題讓我不禁苦惱了一下。

我還沒想過要怎麼處置劉碩宇，因為這個地方沒有法律，也沒有警察，對於該給他什麼處分、該怎麼處罰他，並不存在所謂的規範。

「那白雪小姐的部分……」

「我後來仔細想了想，我好像確實對白雪小姐太過分了。只要你把這件事交給我……」

「那就照妳的意思做吧。這裡好像本來就是妳負責管理的……我可能太多管閒事了，對不起。」

「啊！不是的，我沒有那個意思。」

「嗯，我懂妳想說什麼，只不過我希望以後不會再發生像剛才那種需要我費心的事了。」

我想表達的是，我也承認她一部分的權力。

這個女人絕對能理解我在說什麼——我並沒有要阻撓妳，但妳別做一些會惹我不爽的事。

換言之，就是要她臣服於我的意思。

我話音剛落，就看見她悄悄牽起了我的手。

從客觀的角度來看，李智慧無疑是一位美女。我努力讓心跳平穩下來，但她又將身體稍微貼了過來，令人無法適應。

不過，我最想知道的是，她為什麼要用這種方式接近我。

「在外奔走就已經夠辛苦了……謝謝你還為營地裡的事費心。」

「不會。」

「如果有什麼我能幫上忙的地方，希望你隨時告訴我，什麼事都可以。」

她輕輕撫摸我大腿的行為也令人大開眼界，這女人都做到這種地步了，我當然知道她想要什麼。

「什麼事都可以嗎？」

「對，什麼事都可以。」

她比我想像中更主動地靠過來，不免讓我有些驚慌。

這個女人也許很傻，但並不笨，而且她也沒有把我當成笨蛋。

我在她眼中看到了一股奇異的欲望，那是掌權的欲望？還是野心？

不論是哪一種都無所謂。

「我喜歡有野心的男人。」

對我而言，掌握權力和懷抱野心都只是我用來保護自己的防禦機制，但李智慧想必不在乎我的理由或動機，因為她要的是結果。

然而問題是跟這個女人拉近距離究竟對我有沒有好處？

她所擁有的就只有這個愚蠢團體的控制權，雖然用途很多，但也僅此而已。

她自己一定也很清楚這一點，才會來跟我攀關係。

我本來就不太受到團體的約束，這樣的權力對我而言沒什麼用處，不過要是能拿到手也沒有壞處。

不對，說不定在其他方面會稍微派上用場，比如和鄭白雪有關的事之類的……

該怎麼做呢……

我想李智慧心裡也有數，知道我不會被她誘惑。如果她連這種事都沒有意識到的話，就真的得把她當成一個無腦的蠢女人了。

她應該不至於那麼笨吧。

她的目的是跟我締結契約？還是更簡單的關係？

若是成功和我拉近距離，李智慧能得到的好處可多了。她能重新確立險些動搖的權力地位，還能和也許是團體內第二把手的我搭上關係。當我們關係不錯的風聲傳開後，她甚至能對此加以利用。

總而言之，跟我混熟對她來說沒有壞處。

這種非敵即友的思考方式是很愚蠢的。

「那我能得到什麼好處？」

「這個嘛……白雪小姐？」

我勾起嘴角，將身體緊緊貼向她，眼前的李智慧臉上充滿了微妙的興奮與期待。

不錯嘛，好久沒有這種感覺了。

我們的唇瓣輕輕交疊，乍看之下或許會覺得是一幅浪漫的光景，然而此刻彼此心中所想的事卻南轅北轍。

我們就互相利用吧。

我微微一笑，開口說道：「感覺我們有點像呢。」

「對呀，我也這麼覺得。」

第008話　驚慌

〈您正在確認玩家李智慧的狀態欄與潛在能力。〉
〈姓名：李智慧〉
〈稱號：無，仍需多多努力。〉
〈年齡：29〉
〈傾向：自私的野心家〉
〈職業：無業遊民〉

〈能力值〉
〈力量：05／成長上限值低於普通級〉
〈敏捷：09／成長上限值低於普通級〉
〈體力：10／成長上限值低於普通級〉
〈智力：20／成長上限值高於稀有級〉
〈韌性：08／成長上限值低於普通級〉
〈幸運：15／成長上限值低於普通級〉
〈魔力：00／成長上限值低於普通級〉
〈總評：玩家李基英，恭喜您，結果您還是闖禍了呢。一對能力值低，潛在能力也糟糕到極點的完美情侶誕生了。請注意避孕，因為兩位將來如果真的生了孩子，那孩子就太可憐了。〉

誰跟你情侶啊？

這個女人比我想像中更聰明了點。不對，準確來說，她的頭腦並沒有特別好，不過在掌握情況的判斷力、決斷力和行動力層面都有一定的水準。而且她很擅長察言觀色，也知道如何戳到別人的痛點。

從她在有意無意間將自己牽制的對象——鄭白雪丟給我的舉動看來，我大概能猜到她想要什麼。

我可以理解金賢成為什麼要讓這個女人來擔任團體的領導人了。

李智慧其實沒必要特地對我投懷送抱，她這麼做想必是覺得最起碼要跟我搭上一點關係。

或許她還有其他目的，但那不關我的事。

我嚥下一口口水，從頭開始重新細看李智慧的狀態欄。

李智慧的能力值上升率不差，和我上次查看時相比，體力值上升了一點、智力值兩點、幸運值三點。

我很好奇能力值該如何提升。首先就智力值而言，可以經由推論得知，這項數值並不是單純根據思考能力或自身具備的知識判定的。

以鄭白雪為例，她的智力值雖高，看起來卻是一副傻乎乎的樣子；反觀李智慧就不同了，她的智力值比鄭白雪低，卻是個很機靈的人。

我在想，說不定對於魔法或特定知識的理解能力才是智力值的判定依據。

至於幸運值的部分，也讓我感到有點訝異。我最近一次查看李智慧的狀態欄時，她的幸運值明明只有十二點而已。幸運值竟然會在一夕之間提升三點，令人無法理解。

我懷疑這和幸運值高的我有關，但目前還僅止於猜測而已。

關於能力值的問題，我還需要多加鑽研。

「你起來得好早。」

「因為我有點事情要思考。」

我看見身旁的李智慧直勾勾地盯著我看。

也許是因為昨天商量的結果不差，她現在看起來心情滿好的。

「劉碩宇的事就交給妳看著辦，妳再幫我看著鄭白雪，一旦出現跟她有關的特殊狀況，就馬上向我報告。」

「這不是該對一個跟你接過吻的女人說的話吧……」

「妳別說那種蠢話……」

「好啦，我會看著辦的。我好像能猜到你在策劃什麼，那女的有什麼祕密吧？」

這女人還真是敏銳。

「智慧姐妳不用知道。」

「你！」

我一叫她「智慧姐」，就看見她面紅耳赤，看來年紀的確有帶給她一些壓力吧。

李智慧輕咬下唇的表情映入眼簾。

我們不過是共度了一夜，並不會因此成為情侶，或是變成守護彼此背後的搭檔。

我們之間存在的終究只是建立於契約之上的關係。雖然沒有明訂甲方、乙方的契約條款，但我們默默地達成了協議，同意在一定程度上利用彼此，並完成了訂立契約的過程。

即便這份契約輕而易舉就能推翻，但還是能對我們之間的信任產生一絲幫助。

問題是，這段關係能持續到什麼時候？

如果雙方都能互相尊重、不侵犯彼此底線的話是最好，可是將來的事情沒有人說得準。

我輕嘆一口氣後，開口問道：「話說回來，智慧小姐妳為什麼會選擇我？」

「我不是說過了嗎？基英哥，我喜歡有野心的男人。」

不只有她必須滿足我的期待，就像我隨時都能跟她翻臉一樣，她也可以隨時跟我翻臉。

現在對我而言最重要的是我自身的成長，還有鄭白雪。

李智慧不會到處宣傳我們之間的事，因為這麼做對她也比較有利，但她有可能會釋出「我們之間有點什麼」的風聲，這會對鄭白雪造成什麼影響才是重點。

不擅長應對人際關係，意味著不擅長表達和接受自己的感情。

鄭白雪沒有父母，又和兩個姐姐斷聯已久，這代表她不但不習慣與他人建立關係，甚至很有可能是個缺愛的人。

她必須再對我更執著一點、再更依賴我一點，而李智慧將會幫助我達成這個目的。

＊　＊　＊

結果事件比我想像中更快落幕。劉碩宇並沒有受到審判，後續也沒什麼好說的。

他似乎察覺到李智慧跑來投靠我了，不僅馬上認錯，也接受了讓大家都心服口服的懲罰。

在這個過程中，李智慧的施壓當然發揮了一定程度的效用，但有趣的是，她居然從頭到尾都擺出一副「我也無可奈何」的態度。

她不僅不著痕跡地讓眾人將箭靶轉向我，還開始帶風向，將一部分的責任歸咎於鄭白雪，釋放出「這都是李基英主導的，我也沒辦法」、「他很愛護鄭白雪」這類的風聲。

鄭白雪自然也因此在這個團體裡成了大家的眼中釘。在操控輿論這方面，感覺李智慧是個比我想像中更狠毒的女人。她還真是個欺負人的專家。

如果要用天賦等級來表示的話，她應該能拿到傳說級以上的等級吧。

她不用自己動手，卻能夠成功打造出一個絕佳的環境，讓鄭白雪徹底被周遭的人排擠，或遭到眾人霸凌。

在所有人都討厭自己的狀況下，鄭白雪絕對束手無策，最後只能來找我。

拜此所賜，我已經連續好幾天都在聽鄭白雪哭訴了。

「所、所以……嗚嗚……」

「妳還好嗎？」

「嗯，嗯……謝謝你，基、基、基英哥。我只顧著說我自己的事……你應該很忙才對……」

「不會，我一點也不忙，我反而還要謝謝妳願意跟我說這些事呢。妳只要再努力一下，其他人一定也會認同妳的，雖然我知道白雪妳已經很努力了。」

老實說，裝親切也不是一件容易的事。

「可是……」

「沒事的，我們也說好之後要一起出去打怪了，我都已經跟賢成先生說了……」

「我、我這種人……真的沒問題嗎？」

「當然。」

我輕輕摸了摸她的頭，便看見她微微一笑。這可以說是這段時間累積下來的成果。她原本既抗拒又害怕和他人接觸，如今卻能夠有這樣的反應，讓我覺得這段時間的努力沒有白費。

我希望能在跟她一起到外面去之前，把她變成我的人。但我知道太急著接近她是行不通的，要慢慢來才行。

我要的不是像沙子搭建的城堡般不堪一擊的關係。

我和鄭白雪之間的關係必須更加堅固。

「有、有基英哥在真是太好了，要、要是我只有一個人的話……」

「妳別這麼說，有妳在我身邊，不知道讓我有多安心。對了，操控魔力的事怎麼樣了？稍微有點進展了嗎？」

「嗯，目、目前是有一點進展。我好像可以感知到體內的東西是什麼了，把魔力送往手臂的話，也會覺得力氣好像變大了一點……」

「那魔法呢？」

「我、我還搞不太懂。」

其實我這陣子並不是只有在和鄭白雪培養關係而已。

盾兵朴德久正在為了熟悉自己的職業而孤軍奮戰，同樣地，我也花了一些時間針對我的職業——魔法師做了更進一步的思考。金賢成最近經常獨自外出，想必也有意多給我們一些時間。

魔法是將魔力推砌起來，以達成形象化的結果。

為了使形象化的過程變得稍微容易一點，所需要的就是咒語。

我在第一次使出魔法之前也吃了不少苦頭。基礎知識雖然都在腦中，要實際交出正確答案時卻遇上了瓶頸。

首先要用體內一部分的魔力堆起一座塔，一座緊密堅固的塔。與此同時，還要在腦海中想像自己想呈現出的魔法形象。

我想像的是在指間燃起的火焰。

「回應我的呼喚，火焰。」

一團小小的火苗隨即在指尖綻放。

鄭白雪看到這一幕後，在我面前露出了有些震驚的表情。

「哇……」

「在腦海中想像似乎很重要。事先想好的咒語越簡潔越方便，但如果想不到的話，稍微長一點應該也無妨……重點是妳想像了什麼。」

缺點是比較容易形象化的咒語大多都很冗長。

想到那些用中二來形容都不為過的咒語，我就忍不住臉紅。

「原來如此。」

「以我的情況來說，比起靠自己的力量使出魔法，我會以借助力量的概念來想像……妳以後也會找到適合妳的方法的。不對，妳現在可能會覺得很難，但獲得職業以後就會變得簡單一點了。」

「果然……是這樣啊。」

說不定她在獲得職業以前都用不了魔法。

金賢成擁有不少魔力，但他也沒辦法使用魔法，由此看來，不同職業之間的限制恐怕是無法跨越的。

即便如此，我還是執意對鄭白雪傾囊相授，告訴她關於魔法的知識，原因不言而喻，這都是為了博取好感。

想和一個人變熟的話，沒有比互相教授和學習更簡單的方法了。

就算我教的都是她以後會學到的東西，對彼此也不會造成損失。

「說不定在獲得職業以前都用不了魔法，不過我們還是一起慢慢練習堆砌魔力吧。」

「嗯，包、包在我身上，基、基英哥，我會努力的。」

我自然地點了點頭。

〔魔力值上升1點。〕

〔智力值上升1點。〕

很好。

「多使用魔力的話，魔力應該也會持續增長，我很期待妳能使出魔法。」

「是、是。」

「那我們今天就到這裡結束吧？」

「其、其、其實有個部分我不太懂……」

「什麼？」

「就、就是我的魔力最近又提升了……」

我一邊聽鄭白雪說明，一邊下意識地確認了她的狀態欄，想知道她這段時間有什麼進展。

〈您正在確認玩家鄭白雪的狀態欄與潛在能力。〉

〈姓名：鄭白雪〉

〈稱號：無，仍需多多努力。〉

〈年齡：21〉

〈傾向：純真的擁護者〉

〈職業：魔法師（普通級）〉

〈能力值〉

〈力量：11／成長上限值低於稀有級〉

〈敏捷：11／成長上限值低於稀有級〉

〈體力：14／成長上限值低於英雄級〉

〈智力：22／成長上限值高於英雄級〉

〈韌性：14／成長上限值低於稀有級〉

〈幸運：23／成長上限值高於英雄級〉

〈魔力：15／成長上限值高於傳說級〉

〈裝備：無〉

〈特性：成為魔法師的方法（英雄級）〉

「魔法師」這個職業名稱引起了我的注意。

「可是魔力不太聽我的使喚。」

鄭白雪明朗的笑容重新回到我的視野中。

我下意識察覺到事情不太對勁。

＊　＊　＊

這是什麼情況？

我再次觀察了鄭白雪的表情，卻與剛才無異。

她就像什麼都不知道似地笑著，那副模樣和稍早之前哭哭啼啼的她判若兩人。

我重新確認了一次狀態欄，內容仍然沒有產生任何變化。

我絕對沒有看錯。

〔職業：魔法師（普通級）〕

鄭白雪已經得到職業了。什麼時候？

我最後一次確認鄭白雪的狀態欄不過是三天前的事，稱不上課程的魔法課程差不多就是在那一天開始的。

她可能在我假裝若無其事地拋出有關魔法的話題時就獲得了職業，只是沒有表現出來而已。

〔特性：成為魔法師的方法（英雄級）〕

〔完美習得魔法的基礎與基本知識，魔力值永久上升２點，且成長潛力獲得爆發性的提升。〕

這又是什麼東西……

就連特性都古怪至極。我猜她大概是在理解職業後，便得到了相關的英雄級特性。就目前的情況來看，這是合理的推論。

我第一次看到有人光是吸收基礎魔法知識就得到了職業，甚至還入手了新的特性。如果這種情況也適用在其他人身上，那金賢成早就選擇使用這個方法了。

鄭白雪顯然是特例。

我沉思了半晌，鄭白雪便開始用略帶不安的神色凝視著我。

「那個……基、基英哥？」

「啊，抱歉，我突然想到別的事情……妳剛才在問我操控魔力的方法吧？」

「是、是的！我照你說的試過了，可是感覺真的好難……」

那對她來說應該不難才對。

「是因為妳的魔力量比較多嗎……真是奇怪。」

我看見她小心翼翼地先對我伸出了手。

我握住鄭白雪微微抬起的手，將自己體內微弱的魔力傳送給她，本來想在她體內堆砌魔力，但她的魔力卻一動也不動，這並不是單純因為她反應遲鈍，而是她在阻止我。

她刻意不讓我控制她的魔力。

我皺起眉頭，這才感覺到鄭白雪的魔力跟著我的魔力流動了起來。

「基、基英哥果然很厲害。」

她還真是……

「那妳試著想像看看。」

「什麼？」

「試著把咒語形象化，先想像在手上燃起的火焰……就像我剛才那樣，妳辦得到吧？」

「啊！好、好的！」

她將施展魔法所需的魔力完美地堆疊起來。

既然能做到這一步，那麼想像一團火苗對她而言想必易如反掌。

然而，她堆起的魔力很快就瓦解了，不是因為時間拖得太久，她也沒有失敗，而是鄭白雪故意破壞了魔力的結構。

「這、這對我來說好像還是太難了，我、我怎麼會這樣……你、你都這麼用心地教我了……」

她甚至流下了眼淚，一連串舉動令我瞠目結舌。

這是怎樣？

「沒關係，失敗本來就很正常，可能是因為妳還沒有職業才會這樣。等妳開始出去打怪後一定會進步的，對吧？」

我試探性地提起「職業」二字，她卻不為所動。

「我、我可以再試一次嗎？」

「啊，時間已經這麼晚了，今天就先練習到這裡吧，畢竟我也還有其他事情要做。」

「你、你跟人有約嗎？還是……今、今天也要跟慧、慧英小姐……見、見面嗎？」

朴慧英是李智慧派來我這裡的人。

自從那天以後，李智慧就派了她過來，作為我們之間聯繫的橋梁。

據說她是個在各方面都派得上用場的人才，但截至目前為止什麼事都還沒發生，我只透過朴慧英聽說了生存者團體的現況和一些內部消息而已。

正當我煩惱著該怎麼回答鄭白雪時，一道聲音從外面傳來。

「基英先生？你現在有空嗎？」

「啊，請等一下。」是朴慧英。

真不知道她出現的時間點是好還是不好，不過在我眼前的鄭白雪表情並沒有太大的變化。

「啊！你、你跟人有約了啊，我、我都不知道……」

「沒有，我跟慧英小姐沒有約好要見面，她可能有事要找我吧，妳可以先迴避一下嗎？」

「啊……好。」

鄭白雪緩緩起身，朴慧英則是走了過來。

我不記得我有叫朴慧英過來，於是不禁對她來找我的原因感到好奇。

我開始感覺到鄭白雪的視線緊緊鎖定在朴慧英身上。雖然我是有想要在某種程度上利用鄭白雪的嫉妒心理，但這不是我想要的方式。

「白雪，我們明天見。」

「啊！好的！」

鄭白雪才剛消失在視野中，朴慧英便默默坐了下來。

「發生什麼事了嗎？」

「我聽說了一件有趣的事。」

「什麼事？」

「聽說你們下次出去打怪時，會從我們這邊選出幾個人同行。」

「對，沒錯。」

「如果可以的話，能讓我加入嗎？」

她還真是直截了當。

我不動聲色地用「心眼」將朴慧英掃視了一遍，不過並沒有看到特別亮眼的能力或特異之處。

〔您正在確認玩家朴慧英的狀態欄與潛在能力。〕

〔姓名：朴慧英〕

〔稱號：無，仍需多多努力。〕

〈年齡：27〉
〈傾向：精於算計的外交官〉
〈職業：無業遊民〉

〈能力值〉
〈力量：10／成長上限值低於英雄級〉
〈敏捷：11／成長上限值高於稀有級〉
〈體力：20／成長上限值高於稀有級〉
〈智力：10／成長上限值高於稀有級〉
〈韌性：10／成長上限值低於普通級〉
〈幸運：09／成長上限值低於普通級〉
〈魔力：00／成長上限值低於稀有級〉
〈總評：現在不是說她沒有特別亮眼的能力或特異之處的時候。她的能力整體極為平衡，看起來無論是選擇近戰職業或弓箭手之類的遠距離職業，都能穩健地成長。〉

她的傾向是精於算計的外交官，一眼看去就能大致猜到那是什麼樣的傾向。

我注視著她片刻，才接著說道。

「這個嘛，我目前已經推薦白雪小姐加入了……」

「你不覺得那種小鬼很無趣嗎？」

「妳要怎麼想都無所謂，但我不是因為有趣才推薦她的。」

「你不能想想辦法嗎？那樣應該會對我們之間的關係更有幫助吧……」

我不知道「我們之間的關係」具體而言是什麼意思，看來李智慧要她來協助我的時候，似乎還說了一些有的沒有的廢話。

我在朴慧英眼裡，恐怕只是個對女人很感興趣的色鬼而已。

朴慧英的能力確實稱得上優秀，潛在能力看起來也不差，如果她之後有不錯的發展，或許會對我有幫助，不過她「精於算計」的傾向讓我不太滿意。

但我想她應該明白「天下沒有白吃的午餐」這個道理。

「妳為什麼想加入？」

「反正你們也需要可以戰鬥的人吧？自從你跟德久先生加入我們以後，這裡的情況就變得跟以前不太一樣了。現在只有少數人覺得賢成先生會想辦法照顧我們，畢竟在這個地方，女人也可以變得跟男人一樣強，還能利用各種系統強化原本的身體素質。」

「對，妳說得沒錯。」

「雖然大家都很怕那些怪物，但也有越來越多人覺得自己也能戰鬥，甚至有一些人主動集結起來說要到外面去。反正大家都能戰鬥的話，對基英先生來說等於是增加友軍，又沒有損失。而白雪小姐如果在外面得到了什麼特別的力量，更可能會加速這個現象。」

「妳說得好像是我在搞分裂一樣呢。」

「被我說中了嗎？」

「沒有，我根本不怎麼關心那種事。話說回來，智慧小姐知道妳來這裡嗎？」

「大概知道吧？誰知道智慧小姐在想什麼呢？」

「那妳選擇找我的理由是……」

「我只是覺得我們應該能談得來。我看不順眼你偏心鄭白雪那丫頭，雖然你拒絕的話，我也只能等待順序輪到我……」

「我明白妳的意思了。」

「我們果然很談得來呢。」

「賢成先生回來後，我可能就要開始工作了。我會想辦法說服他，但他如果覺得不適合，還是有可能會駁回，我勸妳別抱太大的期望。」

「能聽到你這麼說就讓我覺得很有希望了。」

「那就請妳多多關照了。」

「也請你多多關照。」

＊　＊　＊

「真可笑。」

「噓，妳喔，人家會聽到啦。」

四周傳來了人們竊竊私語的聲音，卻幾乎沒有傳入鄭白雪的耳中，她的注意力反而全都集中在基英哥所在的地方。

「白雪小姐！妳在想什麼？」

「啊、啊！沒有，沒什麼……」

「妳如果累了，可以先去休息。做體力活很累吧……噗，還要來這裡工作，怎麼可能不累呢？」

「咦？什麼？」

「妳看，她還在裝傻。」

「我就叫妳別說了。」

鄭白雪聽不太懂他們在說什麼，卻能感受到他們對自己的敵意。

其實她不怎麼覺得疲憊或辛苦，因為她早就對這種事司空見慣了。

仔細想想，她從小就是這樣。和兩位姐姐相比，自己就像笨蛋一樣，不僅動作慢吞吞，還傻裡傻氣的。

大姐總是很照顧她，二姐則是非常聰明。但她們不知道從什麼時候開始就與鄭白雪斷了聯繫，肯定也是因為嫌她太蠢的關係。

「哎唷……一股騷味。」

「那傢伙喜好還真特別，她又沒有很漂亮……還在那邊裝傻……這種人不就是所謂的狐狸精嗎？」

「噓，別說了，會被聽到的。她要是跑去告狀怎麼辦？」

「那就隨便她啊，搞不好人家早就對她膩了，不對，肯定已經膩了吧？」

剛才聽到的話語讓她的手莫名顫抖了起來。

李基英是她在這裡唯一能依靠的人。想到稍早之前被他握住的手，身體就一陣顫慄。他膩了？

基英哥才不會抱著那種心態接近我，而是另有原因——一個令人心動的原因。

當時她的心臟簡直就像要爆炸似地跳個不停。

「因為妳就像我妹妹一樣。」

一想起之前聽到的這句話，就有股奇妙的快感傳來。那種感覺令她感到非常陌生，是她這輩子從未體會過的感覺。

心臟宛如槌子般砰砰、砰砰地敲擊著胸口，令她忍不住夾緊雙腿。

她也沒辦法控制自己的感情。

明天又可以見面了，又可以和他兩個人單獨聊天，又可以被他疼愛了。

總覺得可以感受到以前和家人在一起時的溫暖。

這是一種令人上癮的毒品。

她之所以隱瞞獲得職業和特性的事，都是因為希望可以有更多時間和基英哥相處。雖然不得不說謊讓她非常心痛，但如果不這麼做的話，她怕基英哥就不來找她了。

就在她努力無視耳邊傳來的閒言碎語，往基英哥所在的方向望去時——

「哎呀，妳在等我嗎？」

是她——直到剛才都和基英哥在一起的朴慧英。

第009話　覺醒

「看來妳很擔心吧？」

「那……那個……」

「妳也真好笑，竟然還在裝傻，妳不就是看不慣我去找基英先生嗎？」

「慧、慧英小姐，我沒有那樣想，而、而且基英哥要做什麼……也跟我沒、沒關係……」

「妳的表情可不像是這麼回事耶……」

「我、我說的是真的。」

「是真的才怪，妳這丫頭，別開玩笑了。誰不知道妳別有居心？明明長得一副又蠢又傻的樣子，腦筋卻動得很快。誰會想到妳才剛來這裡沒多久，就能釣到那種大魚？難道是因為妳明明長著一張那樣的臉，但勾引男人的技巧卻很高超嗎……真是無法理解耶。還是那個人有特殊癖好啊？不是有些人就是對那種看起來很傻的人感興趣嗎？噗。」

鄭白雪聽不太懂她在說什麼。

「又是那種表情，真的很礙眼。」

「對、對、對不起。」

「對不起什麼？反正妳在心裡面還不是把大家都當成笨蛋……」

「我、我沒有，我、我只是……」

「妳以為基英先生是真的喜歡妳嗎？所以他才會那麼疼妳？」

「那、那種事……」

「蠢丫頭，妳別搞錯了。妳是真的運氣很好，剛好第一個被他看到，又剛好跟他扯上關係，僅此而已。妳可能不太了解他那種類型的人，但我清楚得很。李基英那種人根本就不會輕易相信別人，而且很容易就覺得厭煩，只要認為對方沒用了，就會毫不留情地拋棄。」

「基、基英哥不是那種人，而且……」

「妳只是不想相信他是那種人吧，因為那樣想才對妳有利。可是怎麼辦呢？他八成就像我說的那樣……現在可能還沒關係，但是再過一陣子就不同了。在我看來，妳就是那種容易令人感到厭煩的類型。噗，妳難道沒有被別人這樣講過嗎？」

鄭白雪緊緊咬著嘴唇，因為她感到非常混亂。

感覺頭腦發燙，想大叫卻叫不出聲，只有身體不停地顫抖。

「我好像是第一次看到妳露出這種表情耶，妳該不會生氣了吧？被我戳中痛處啦？妳啊，每次都是被拋棄的那個吧？」

「我、我、我、我、我不是。」

「怎麼會不是？妳臉上寫得一清二楚，還是妳都是被爭奪的那個？不管哪一種都一樣慘呢。我告訴妳，不要以為自己永遠是他心中的第一位，妳覺得在妳沒看到的地方，發生過什麼事呢？」

朴慧英慢慢將臉湊近，不一會兒，就在耳邊響起低語的剎那，鄭白雪忍不住放聲尖叫。

「基英先生他啊……比我想像中的還不錯呢。」

「請、請妳不要說謊！」

「哎呀，被發現了啊。」

淚水不斷湧上眼眶。

明明想做點什麼、說點什麼來反駁她，卻老是有種喉嚨被堵住的感覺。

那個女人說得沒錯，無論是父母還是姐姐都拋棄了她，曾經朝夕相處的朋友和喜歡的人也全都離她而去了。

也許她真的是令人感到厭煩的類型，每次都只會犯錯，連話都說不好。被排擠是她的日常，獨處的時間反而更令她感到自在。

儘管如此，她相信基英哥不是那種人。

他和她至今見過的人不太一樣，有著本質上的不同。

他說她像自己的家人、像自己的妹妹，還說想疼愛她。

他每天都關心她、總是很照顧她，德久先生也天天都說基英哥很疼她。

就算她犯錯，基英哥也會跟她說「沒關係」、「下次會更好」，一直為她加油打氣。

就算她問了很傻的問題，基英哥也會笑著回答她，靜靜地用眼神守護她。

「基、基英哥不可能那麼做。」

「那是妳的願望吧？坦白說，這種事完全有可能發生啊。我給妳一個忠告吧，妹妹。妳要是有想要的東西，最好在被拋棄前快點從他身上榨乾，不然全都會被搶走喔。」

「我偏不。」

「請、請、請妳不要再說了，我、我怎麼可能對基英哥……」

在看到朴慧英咧嘴嘻笑的瞬間，鄭白雪感覺自己的肩膀被用力推了一下。

她的身體自然而然向後倒去，一屁股跌坐在地，她回頭一看，視線中卻只剩下朴慧英遠去的背影。

與此同時，各種聲音從四面八方鋪天蓋地而來。

「活該。」

「剛才那是什麼狀況？」

「看來我們純真的白雪小姐馬上就要被拋棄了呢。」

「別說了，會被她聽到的。」

「我為什麼不能說？妳沒聽到她們剛剛的對話嗎？她再過不久又要變成孤單一人了……不知道接下來又會去貼誰。啊！已經沒有人給她貼了嗎？她還不如去投靠碩宇先生……做人就應該要有自知之明吧。她就是因為那樣，才總是一個人。」

「這下她一定會很寂寞吧，怎麼辦呢？」

不可能。基英哥不可能拋棄我。

基英哥總是說他會陪著我，不可能就這樣拋棄我。

他說我就像他的家人一樣，不可能會拋棄我。

「很難說吧，真的是這樣嗎？」

但那女人的聲音浮現在腦海中，不斷在耳邊迴響。

「不可能！」

「怎麼了？剛剛那是怎樣？」

「剛剛是她在尖叫嗎？她好像真的生氣了……」

「她差不多要露出本性了吧，呵。」

不可能，基英哥不可能拋棄我。

基英哥和其他人不一樣，總是很溫暖，總是很溫柔。

「妳姐也拋棄妳了啊。」

「才、才沒有。」

「怎麼會沒有？妳爸媽也拋棄妳了。」

「不對，基英哥不一樣，基英哥不一樣。」

他一定跟別人不一樣。

胸口的起伏難以平復，有種喘不過氣的感覺，呼吸越來越急促，意識逐漸朦朧。淚水在眼眶中打轉，卻沒有沿著臉頰滑落。

周遭傳來了取笑自己的聲音。

她根本不在意那些聲音，她現在需要的是別的東西。

她朝著基英哥所在的地方邁開步伐。

如果只是一下子應該沒問題吧？只要說我有不懂的地方，他就會見我的。

他一定會見我的。

總覺得必須見他一面才能冷靜下來，即便只是一下子也好。

正當她恍惚地移動著腳步時，從某處傳來了一道聲音。

「各位，請過來集合一下。」

那是李智慧的聲音。

「好。」

「明天賢成先生、德久先生和基英先生外出時，打算從我們之中選出一些人同行。詳細情況會由賢成先生為大家說明，今天被點到名的人可以先各自做好準備。」

這麼說來，基英哥之前有說過要一起到外面去。

鄭白雪自然而然地想到「這樣就有更多時間可以跟基英哥在一起了」。

她不知道自己怎麼會忘了這件事，總之今後有更多時間可以跟他相處了。太好了。

她一轉過頭，便看見金賢成、朴德久和基英哥一起從李智慧身後走了出來。

儘管基英哥露出了和平常不太一樣的嚴肅表情，還是讓她有種平靜下來的感覺。

心臟砰砰跳著，卻不會頭痛，也不會覺得天旋地轉，光是和他四目相交，剛才喘不過氣的感覺就徹底煙消雲散了。

這股令人無法理解的心情使鄭白雪的雙頰沒來由地染上一抹緋紅。

他看這裡了，他絕對是在看著這裡。

一些議論紛紛的聲音安靜下來後，金賢成平靜地開口。

「首先，很抱歉請各位在百忙之中過來集合。大家應該也多少有意識到，一直待在這裡是很難生存下去的。能分配給各位的糧食一天比一天少，生存者人數卻持續在增加。雖然有從起始點帶回來的糧食和飲用水，但分量並不充裕，因此我們認為有必要將活動範圍再擴大一點。」

「啊……」

「能夠參與戰鬥的人必須比現在更多。我當然知道大家都很害怕那些怪物，也有人不熟悉打鬥，或是不想離開這裡，可是各位必須先做出行動才行。我不想把話說得太難聽，但各位如果不這麼做的話，最後將會全軍覆沒。因此，我們認為讓各位輪流和我們一起到外面去，才是正確的做法。」

接在金賢成之後開口的是基英哥。

「基英先生。」

「嗯。我可以理解大家在害怕什麼，不過有些東西只能透過戰鬥才能獲得。各位應該都知道這裡不是我們本來所在的地球，也很清楚狀態欄、系統特性、職業等等代表什麼意思。火焰。」

一團火焰在他的掌心熊熊燃起，周圍的人都瞪大了眼睛。

「我不清楚確切是怎麼回事，但狀態欄顯示我的職業是魔法師。我目前能施展的魔法還不多，而且我和各位一樣，只是個普通人。我之前也會因為害怕怪物而逃跑，或是因為不想撞見牠們而躲躲藏藏。雖然一開始是靠運氣取勝，但只要鼓起勇氣戰鬥，就能獲得力量。當團體變得強大，我們每個人才會變強，最後就能逃出這個地方。因此，我們都必須更積極地展開行動才行。」

「喔喔喔喔……」

「我們會帶兩個人同行作為示範。首先是白雪小姐。」

「是……」

「還有慧英小姐。」

「是，請多指教。」

「我們會先帶這兩位同行。等她們的實力達到一定的水準後，會再重新分組，帶其他人出去。有人有問題嗎？」

「可以說明一下選人的標準嗎？謝謝。」

「我們看的是潛力，除此之外也希望能消除各位的不安。」

「那我們自己出去打怪的話……」

「那是各位的自由，我不想阻止你們，但不建議你們那麼做。」

耳邊傳來人們七嘴八舌的聲音，鄭白雪卻聽不清楚內容，反而是朴慧英那女人的身影闖入了她的視野中。

雖然有聽說還有其他人要同行，但沒想到會是那個女人。

「慧英姐，恭喜妳。」

「不要受傷喔。」

「賢成先生、基英先生和德久先生都在，應該不會有事吧。雖然有點害怕，但總得克服嘛，畢竟能夠戰鬥的人越多越好。」

她在團團圍住她的人群之中接受道賀。鄭白雪並不覺得羨慕，但不知為何，感覺心情變得很奇怪。

不要把他搶走。

她急忙將視線拉回講臺上，發現基英哥也在看著朴慧英，而且基英哥的嘴角掛著微笑。

稍早之前聽到的話語不斷浮現在腦海中，呼吸再次變得越來越急促。

「妳就是那種容易令人感到厭煩的類型。」

朴慧英跑上講臺和其他人握手。

「妳會被拋棄的。」

「會被搶走喔。」

「妳姐也拋棄妳了啊。」

「妳爸媽也拋棄妳了。」

住口，住口，住口。

「妳最後……」

住口……

「一定會被拋棄⋯⋯」

我不要。

就在基英哥握住朴慧英的手那瞬間——她感覺內心有什麼東西崩塌了。

第010話　五個人湊在一起，就必有一個廢物

展示魔法這個想法還不賴。

金賢成和朴德久確實很強，但是在別人眼裡看來，有時候會難以分辨他們的強大是來自於系統的加持，還是本來就很強。拿著盾牌告訴大家可以獲得新的力量，當然也不怎麼能夠打動人心。

相較之下，魔法就不太一樣了。

一團火焰憑空出現。

那幅景象完全打破了既有的常識，即便親眼目睹也難以置信。

這是將蜷縮在洞裡的人引出洞的最佳辦法。

看見悄悄沸騰起來的群眾，金賢成喃喃自語道：「成功了啊。」

「應該只是跟以前稍有不同而已，不願意戰鬥的人還是會覺得害怕……說不定也會有一些人為了得到新的力量而勉強自己。」

「那也比餓死好啊，大哥。」

「嗯，也許吧。」

我看見朴慧英一面接受眾人的道賀，一面走上講臺。

「慧英小姐和白雪小姐如果成功歸來，大概還會再加速那樣的現象。」

這也說明了這次的遠征對金賢成而言有多麼重要。

雖然我們還不知道攻掠這個副本的方法，但只靠金賢成一個人的力量想必是不夠的。

他目前的能力值其實也只比朴德久高一點而已，敏捷值雖高，卻不到能同時對付數十隻怪物的程度。他已經一個人攬下了不少工作，至少會想要將清理營地周邊怪物的工作交給別人吧。

要是沒有那份無謂的責任感，這傢伙說不定能再更上一層樓。

就在我暫時走神的時候，朴慧英朝這裡走來，依序跟金賢成、朴德久和我握手致意。

「請多關照。」

「也請妳多多關照。」

我承認她是個很有親和力的人。

我隨便擺出一個禮貌性的微笑看向朴慧英，便看見她摸著我的手背，對我發送暗示。

但是和朴慧英相比，鄭白雪當然更重要。

我一轉過頭就看到靜靜注視著這裡的鄭白雪。

怎麼回事？她臉上的表情跟我目前為止看過的她不太一樣。

鄭白雪正在冷臉盯著朴慧英，雖然只是短短的一瞬間，但當我看見她的眼神時，卻讓我感覺背後一陣顫慄。媽的。

雞皮疙瘩轉眼遍布全身。

搞什麼？剛剛那是怎樣？

「大哥，你哪裡不舒服嗎？你在冒冷汗……」

「我身體有點不舒服……」

「哎唷，明天就要遠征了，你今天一定要好好休息。你就是每天都太用功了才會這樣。」

「知道了。」

「嘖，你是怕人家不知道你是書呆子嗎……你最近是不是都沒有好好吃飯？我、我也不是在擔心你啦……我把我的份分你一點好了……」

我毫不在乎朴德久的碎碎念。

我連忙回頭，再次看向鄭白雪，她此刻的眼神卻又與平時無異。

雖然想過是不是我看錯了，但我敢肯定絕對不是。

視線中的她朝這裡笑得像個傻瓜一樣。

什麼跟什麼啊？

總感覺有哪裡不對勁，我不確定是哪裡出了問題，但心中的忐忑還是讓我嚥下了一口唾沫。

＊　＊　＊

「我再說一次，德久先生打頭陣，再來是基英先生和慧英小姐，最後是白雪小姐和我。戰鬥的方法很簡單，只要用盾牌擋在前方就好，我會守住後方。現在聚集在營地附近的怪物不多，我們先前進一段距離，再開始打怪。有人有問題嗎？」

「沒有。」

「沒有。」

「我也沒有。」

「沒、沒有……」

金賢成已經重複了好幾次同樣的說明，但內容和平常我跟他還有朴德久三人出去打怪時不同，可見金賢成有多重視這次的遠征。

這次的遠征不只有兩名新人加入，我們打怪的效率也會影響到營地裡的生存者未來的走向。如果全員平安生還，營地裡的人就會對自己更有信心。反之，一旦有個萬一，事情可能就會變得複雜。

此外，人員配置的背後也隱藏著其他意圖，他是想爭取在鄭白雪心目中的分數吧。

金賢成的目的和我很類似，那就是得到鄭白雪。

他當然不是盤算著要得到鄭白雪，只是想和將來確定是強者的人建立交情而已。

總而言之，金賢成的目的就是讓小隊平安賦歸，以及和擁有傳說級天賦的魔法師建立交情。

我沒理由針對位置的安排提出反對意見，也沒必要為此感到焦慮，而是要先觀察情況。

那時候看到的鄭白雪的眼神——

我也希望是我看錯了，但總覺得還是有必要保持一段距離，觀察她一下。

「讓白雪大姐在中間會不會比較好？跟大哥在同一個位置最……」

「不用了，就這樣出發吧，這是最好的配置了。」

「既然大哥都這麼說了……」

「賢成先生比我們想的還要強。將怪物控制在前方本來就是最理想的打怪方式，所以才要讓白雪待在最後面，再加上賢成先生這層保險。除非被敵人團團包圍，否則這樣是最有效率的。」

「對，基英先生說得沒錯。」

金賢成點了點頭，似乎同意我說的話。

雖然這樣感覺有點像在討好他，但不管怎麼樣都好。

看到微微皺起臉的鄭白雪，金賢成輕聲說道：「妳不用太擔心。」

「咦？啊……是。」

「那我只要跟基英先生相親相愛地待在一起就可以了嗎？」

「慧英小姐請好好輔助基英先生，妳應該適合拿長槍作為武器。」

「好，知道了。」

「那我們就出發吧，路線就照我之前告訴各位的……」

「要、要往哪裡來著……」

「我來指路。」

我已經把這裡的結構記在腦中了。

朴德久向我投來感激的眼神。

我不知道他是本來就不關心周遭的事物，還是太依賴我了，反正他好像覺得動腦很麻煩的樣子。

他拿著碩大的木盾起身，那副模樣看起來十分可靠。若單看外表，我甚至想給朴德久打一個比金賢成更高的分數。

雖然他身上的裝備只有我做的簡陋皮革鎧甲，以及從起始點撿來的盾牌，但是看起來還不錯。

「那我們出發吧？」

「走吧。」

大家都輕輕點了點頭，朴慧英和鄭白雪看起來似乎有點緊張。

想到又要親眼見到曾經在起始點看過的怪物，會覺得害怕也是情有可原。

我對著身旁的朴慧英拋出一句安慰：「妳不用太擔心。」

「我表現得很明顯嗎？」

「怪物不會像在起始點時那樣一次全部衝上來，而且這個區域已經大致整頓過了，妳只要冷靜地拿起長槍，刺向被德久擋在前面的怪物就好。雖然會有點可怕，但妳可以辦到的。」

「你比我想像中還親切呢。」

因為我不親切不行啊，妳要是引起恐慌，死的可是我。

戰鬥中會發生什麼事不得而知，誰知道我會不會被那女人的亂槍刺中。

我稍微往後一看，便看見金賢成正在向鄭白雪搭話。

金賢成果然對鄭白雪處處照顧有加，但鄭白雪好像對他沒什麼興趣的樣子。

她要不是默默低頭迴避，就是簡短回話，導致兩人之間的溝通似乎遇上了難關。

這讓我想起自己為了跟鄭白雪變熟，而費盡千辛萬苦熬過的那段時光。

我看著鄭白雪的眼睛，對她笑了一下，她果不其然露出非常高興的表情對我點頭。

一想到我至少在和鄭白雪的關係中比金賢成更具優勢，我的心情就好了起來。

「哎呀，你在看別的女人嗎？你的搭檔不是我嗎？」

「我只是在確認後方的狀況而已，還有行進過程中不要過度閒聊……」

「好，我知道。」

就在這時——

「怪物出現了，大家做好準備。」

「嗯，知道了。」

金賢成的聲音從後方傳來，朴德久在前方嘟噥了一聲。

不知道朴德久是不是還在緊張，我發現他緊緊繃著身體。

「請慧英小姐趁德久先生擋住怪物時，把怪物處理掉。基英先生在一旁待命，以防突發狀況發生。」

我點點頭。

剛才看起來從容不迫的朴慧英臉上浮現了一絲緊張與恐懼。

即便有我們在，要負責收尾的還是朴慧英，她不害怕才怪。

這時，從左邊傳來了一道聲音。

「德久，就在左邊。」

「我知道，大哥。」

朴德久一衝出去便立刻拐過轉角，拿著盾牌朝怪物推去。

怪物被堵進死路，伴隨著嘎吱一聲，被夾在牆壁和盾牌之間。

朴慧英跟著我走了進去，卻仍是一副不知所措的樣子。

「嘰欸欸欸欸！」

「媽的……長得還是一樣令人煩躁。」

「妳還愣著幹嘛？」

她的手腳不停顫抖。我完全可以理解這種反應，她沒有失禁就已經很了不起了。

「我、我該怎麼做？」

「捅牠。」

「喂，妳快把牠解決，我撐得很吃力。」

「啊……」

她目前為止展現出的餘裕早已消失無蹤，眼神雖然還不至於呆滯，但身體看起來已經不聽使喚，她恐怕也無法理解自己為什麼會這樣。

虧她之前還裝得一副很厲害的樣子……真是愚蠢。

我從後面輕輕抓住她的手臂，直到我用力抓住她哆哆嗦嗦握著槍的手之後，她才逐漸止住顫抖。

我在她耳邊低語。

畢竟現在也不適合大聲說話，我認為比起威脅恐嚇，悄聲傳達訊息更有效。

「妳下次再這樣的話，我們大家都會死，聽懂了嗎？」

「是。」

「手臂用力。」

「……」

我將力氣集中到手臂上。

當我慢慢將長槍刺進被朴德久壓制的怪物體內時，朴慧英的手也連帶被拉了過來。

雖然把槍捅進去的人是我，但她一定也感覺到了那股觸感。

噗滋！不明的液體應聲湧出。

朴慧英可能是覺得毛骨悚然，正想鬆手，手臂卻再次被我緊緊抓住。

「牠還沒死，別放鬆力氣。」

「嘰欸欸欸欸！」

仍在踢腿掙扎的怪物不知是感到痛苦還是憤怒，試圖揮爪攻擊阻擋著自己的朴德久。

我重新將手覆上朴慧英的手背，推動長槍。

手上再度傳來了噁心的觸感。

「妳就把牠當成一塊肉。」

「好、好的。」

噗滋！嘎吱！

我一再將長槍刺入。雖然怪物早已動也不動，但這麼做能達到讓她適應的效果。

過了一會兒，朴德久稍微將盾牌拿開，與怪物拉開距離，我也輕輕放下抓著朴慧英的手。

怪物自然倒臥在地，即便如此，朴慧英依然繼續拿著長槍往怪物身上捅。

我不曉得她那麼做是不是為了擺脫恐懼，只見她緊緊咬著嘴唇，用力握住手中的長槍。

我可以理解她的舉動，畢竟本來就不可能有人對於奪取性命的行為感到熟悉。縱使對方是怪物，這一點也不會改變。

結果令人不寒而慄的聲響又持續了好一陣子，才傳來筋疲力盡般的喘息聲。

此刻她的心中想必百感交集。

我走到癱坐在地的朴慧英身邊，小心翼翼地開口，「辛苦妳了。」

但我沒有得到任何回應。

＊　＊　＊

「大哥，你不覺得今天怪物好像特別少嗎？」

「因為賢成先生前陣子已經整理過這個區域了，不然就是怪物都聚集到其他地方了吧。」

「你的意思是其他地方還有生存者嗎？」

「誰知道呢……」

朴德久那小子好像很好奇似的，低聲嘟囔著。

雖然那純粹是我的推測，但也不無可能。既然這裡如此冷清，就能合理推測其他區域可能發生了大騷動，而怪物都集中到那裡去了。

金賢成似乎也在想同樣的事，但他肯定覺得帶著朴慧英和鄭白雪前往太勉強了，因為他認為在不清楚敵方數量與位置的狀況下，貿然行動會有危險。

最後金賢成輕輕點了點頭說道：「我想我們今天就在這裡紮營比較好。」

「嗯，就這麼辦吧。」

接下來跟我預想的差不多，我們轉眼間就找到了適合的地點，然後布置了一個休息用的營地。

我們當然沒有帳篷之類的東西，不過待在半封閉的空間裡還算有安全感。

「守夜就按照慧英小姐和基英先生、我和白雪小姐，最後是我和德久先生這樣的順序輪流進行吧。」

「你沒問題嗎？」

「沒問題，這樣的休息時間已經足夠了。」

既然他要自討苦吃，我也沒理由阻止他。

輪第一班還不錯，他們在體力方面的能力值上都有很高的數值，但我和他們不同，能力值爛到不行的我只是充分休息還不夠，我需要更多的休息時間。

從金賢成的體力值或魔力值來看，一天不睡對他來說根本不算什麼。

「大家可以進去了。」

「大哥，那就麻煩你囉。」

「麻、麻煩你了。」

我隨意點點頭作為回應。

等到包含鄭白雪在內的其他人緩緩走進裡頭的石室後，我才有機會慢慢觀察朴慧英。

她整個人彷彿失了魂似的，儘管看似若無其事，我個人還是認為她應該受到了很大的刺激。

怪物發出的悲鳴、死亡迫近帶來的恐懼、不得不刺下長槍的現實、手上傳來的觸感……會感到毛骨悚然也是理所當然的。

她可能再次感受到了在起始點體會過的感覺，也可能是被怪物的內臟和鮮血噴出的畫面震懾了。

反正距離輪班還有一段時間，說幾句話安慰她也無妨吧。

「妳不用想得太嚴重。」

「咦？」

「反正都已經來到這個世界了，遲早都要經歷一次這種事。妳只是比別人早一步體會而已，這樣想心裡會比較舒坦。」

「嗯。」

她現在的模樣和一開始相比，顯得相當消沉。

「我一開始還以為自己辦得到……」

「大家都是這樣的，適應以後就會覺得好多了。」

「基英先生你之前是怎麼樣的情況呢？」

「我其實不太記得了。當時只想著『不動起來就會死』，所以不管三七二十一就拿起石頭砸向怪物。雖然很害怕……但我認為不那麼做不行。後來不光是手而已，我全身都是怪物的內臟和腦漿，還因為味道而吃了不少苦頭。」

當時我滿腦子想的只有「非死即活」四個字。

其實那次打怪有一半是賭博。我賭朴德久不會丟下我逃跑，也覺得必須刺激他展開行動。那個當下可說是腎上腺素直衝腦門。

「啊……我之前還以為這沒什麼大不了的，真是可笑。」

「妳的確有說過會對我有幫助之類的話。」

因為有所期待，所以也有一點失望。

「那不是騙你的。我以為只要你讓我加入，我就能表現得很好……」

我也以為會是那樣。

她的傾向看起來不差，能力值也還算優秀。我以為只要做點人情給她，就會得到相應的回報，才會硬是讓她加入隊伍，沒想到她只是虛有其表。

她或許是看到我和朴德久、金賢成泰然自若地在營地內外穿梭，而誤以為我們的工作很簡單也不一定。

以我的立場來說，我沒理由非得投資朴慧英不可。

我已經有朴德久那個可靠的傢伙了，而且雖然還有點令人放不下心，但我也和魔法師鄭白雪、重生者金賢成搭上了關係。

我之所以特別對朴慧英提供幫助，只是想買個保險以防萬一罷了。

可是她如果一直像這樣處於恐懼當中，那無論是對她還是對我都沒什麼幫助。

「你剛剛從後面抓住我的時候，我有點高興。」

這麼說來，我記得自己之前也像個傻瓜般抖個不停，當時手忙腳亂的，還爆了粗口。

但我只能敷衍地點點頭。

「我剛才無暇思考，好像說了一些難聽的話……希望妳不要放在心上。」

「好，當、當然。」

「還有，這是我第一次也是最後一次幫妳，下次妳就必須自己來了。」

「是……」

朴慧英目不轉睛地盯著我看，不知道她是想跟我比乾瞪眼還是怎麼樣。

沉默持續良久。過了一段時間，當我正想再次開口時，從背後傳來了呼喚聲。

「基、基英哥……」

「基英先生、慧英小姐，換班的時間到了。」

金賢成和鄭白雪到外面來了，我沒想到時間竟然過得這麼快。

「你們提早出來了呢，明明可以再多睡一下的。」

「沒關係，我剛好醒來……早上我再叫你。」

「謝謝你，賢成先生。」

我走向距離金賢成稍微有點遠的鄭白雪，輕輕摸了摸她的頭，便看見她紅著臉低下頭。

是平常的鄭白雪。

她看向朴慧英的眼神也沒什麼異常，說不定上次真的是我看錯了。

「那就麻煩妳了，白雪。」

「咦？好……好的，基英哥！」

她回答的聲音稍微大了點，就連她本人似乎也嚇了一跳，用手摀住嘴巴的模樣有點可愛。

我微微點頭，隨後徑直走入石室，一眼就看見正在打呼的朴德久，他睡得可真熟啊。

在這種環境下還能睡成那樣，在某種意義上來說也是一種天賦。

朴慧英走到事先準備好的位子上輕聲躺下，我也在與朴德久相隔一小段距離的地方找好了位子。

不知為何，腦中突然浮現了各種想法。

比如這次的遠征結束後，生存者團體即將迎來變化，那些人和金賢成現在在想什麼？真的有能逃出這裡的方法嗎？所謂的「攻掠」是以什麼形式進行？要怎麼做？

還有已經獲得職業的鄭白雪、金賢成重生的事、過去發生了什麼事、新手教學結束後會發生什麼事、以後要和李智慧維持什麼樣的關係……

我甚至想到「這樣下去要是睡不著怎麼辦」，但我的擔憂似乎是多餘的。

今天本來就走了很多路，精神上也有點緊繃，因此我的眼皮很快就闔上了。

現在幾點了？

也許是因為環境使人略感不適，我一直睡睡醒醒。

我聽見朴德久慢慢起身，應該正準備出去和金賢成一起守夜，也聽見朴慧英翻身，以及鄭白雪回到石室裡的聲音。

「大姐晚安。」

「接、接下來麻煩你了，德久先生。」

他們好像還說了什麼，但我的眼皮又再次緩緩闔上。聲音越來越小的同時，意識也逐漸模糊。

我再次醒來是在嘴唇上傳來一陣奇怪的觸感時。

接著又感覺到有什麼東西抓住了我的手。我第一時間想起身，身體卻有點不聽使喚。不對，最重要的是，我感覺到有人正緊緊盯著我。

耳邊傳來的是鄭白雪的聲音，聽起來像是非常小聲的低語。

「不……我……」

可能是因為還沒睡醒，我聽不清楚她在說什麼。

雖然這麼說等於是廢話，但我當然察覺到了正在看著我的人是誰。

朦朧的意識頓時變得清晰，睡意被拋到九霄雲外。

我微微睜開左眼往上方看去，一眼就看到悄然無聲地俯視著我的黑影。

雖然還搞不清楚這是什麼狀況，不過我沒有笨到會在這時候起身。

鄭白雪此刻的低語不是在對我說話，這我還是知道的。

這是什麼情況？

我努力閉上眼睛，聲音仍不斷傳入耳中，不只聽到身體移動的沙沙聲、衣服的摩擦聲，還感覺到了嘴唇上柔軟的觸感。

「哈啊……哈啊……」

這是怎樣？

我從未感到如此驚慌。

不知道是她有特殊性癖，還是我逼她逼得太緊造成了副作用，唯一能肯定的是她對我有好感。

「哈啊……」

而且我甚至覺得她對我的好感有點多過了頭。

照理說我應該先拍手叫好才對。

我本來就將「與鄭白雪培養感情」視為首要之務，而現在得到的結果也不差，只不過我心目中最理想的關係是兄妹，現在這樣絕對不是我樂見的狀況。

過了一段時間，鄭白雪才終於離我遠了一點。

她不斷發出窸窸窣窣的聲音，不曉得是不是睡不著。

我沒辦法得知她在做什麼，但好奇心驅使我將眼睛睜開一條縫隙，這次看見的是鄭白雪的背影，她正在靜靜地俯視著朴慧英。

「……」

她盯著睡著的朴慧英看了許久。

她一動也不動，一直站在同一個位置上望著朴慧英……是在夢遊嗎？

我不知道事情從哪裡開始出了差錯，但總覺得事有蹊蹺。

鄭白雪隱瞞自己獲得職業的事，還有宣布朴慧英將一同前往遠征時，她看著朴慧英的表情都很令人在意。

她剛才以及現在做出這樣的異常舉動一定有原因。

就在此時，鄭白雪倏然轉頭看向我這邊。

雖然只有一瞬間，但我們對上了眼。

我之前也有過一次同樣的感覺，背後不知為何泛起了雞皮疙瘩。

靠……

我反射性地閉上眼睛，但不確定有沒有被她發現。

不對，說到底，我為什麼要害怕？

儘管不明所以，還是忍不住瑟縮了一下。

是受到了魔力的影響嗎？還是在漫畫裡才會出現的那種殺氣？雖然不清楚原因，但鄭白雪跟上次相同的那副模樣讓我感覺自己彷彿遭到五花大綁。

既然她什麼也沒說，就代表她應該沒發現我醒著，不過整個空間忽然安靜到令人害怕的程度，總覺得不太對勁。

媽的……

我完全無法理解現在到底是什麼情況。

無論是窸窸窣窣的聲響、像剛才那樣的喘息聲，或衣服摩擦的聲音，我全都聽不見了。

朴慧英的呼吸聲時不時傳來，鄭白雪卻完全沒有發出聲音。

雖然想嘗試入睡，但問題是我根本沒有睡意。

感覺遠處有人安靜地躺了下來。

應該是鄭白雪吧。

簡直是度秒如年。

我搞不清楚時間過了多久，就在此時，不知是幸還是不幸，一道聲音從外面傳來。

「各位，該起床了。」

＊　＊　＊

我第一次覺得叫我起床的聲音是如此地悅耳。

「好！我知道了。」

率先起身的人是朴慧英。

接著傳來的是鄭白雪翻身的聲音。

正當我琢磨著該在哪個時間點起床的同時，有人輕輕敲了我的肩膀。

「大哥。」

朴德久，幹得好！真是恰到好處的時機。

或許是因為昨晚沒睡好，一陣疲憊感突然湧上來，我微微睜開雙眼，接著坐起身。

「已經到起床時間了嗎？」

「看來賢成老兄今天似乎是打算提早行動，先往裡面走一點，等打完怪之後，再回到營地。」

「不錯！」

我故意不把視線從鄭白雪身上收回，因為迴避反而會顯得更尷尬。

我偷偷望著鄭白雪，對方朝著我燦笑的臉龐便出現在視野裡。

她和昨天的樣子截然不同，根本判若兩人，哪一面才是真正的她？

是剛才的表情，還是昨天晚上盯著我看的表情？我毫無頭緒。

首先得讓自己的腦袋冷靜一下才行，於是我朝著她微微一笑，接著開始活動筋骨。好累。就像失眠一樣，我整個人精神恍惚。

一走到外面，金賢成便看著我說道。

「你看起來很累呢。」

「有一點，不過沒關係。」

「我認為今天應該試著走到更裡面的地方看看，你沒問題吧？」

「這個提議不錯，畢竟附近幾乎看不見怪物的蹤跡，雖然有點擔心營地裡的人，但照這樣的情況看來，進到裡面應該不會出差錯。不過，一旦發現怪物的數量開始變多……」

「嗯，我們絕對會立刻回頭。」

這才是合理的判斷。

「不過話說回來，我們該往哪一邊……」

「昨天晚上我有粗略查看過左邊的那條路，大致上和這裡的情況差不多。」

金賢成站了兩次夜崗之餘，竟然還能事先探路。

「辛苦你了。」

對於我這種的人來說，有人能努力地為自己到處奔波，是再開心不過的事了。

雖然想過右邊那條路可能會出現些什麼，但現在一切都還說不準。

「慧英小姐和白雪小姐呢？」

「我也準備好了。」

「隊形和昨天一樣，一旦發現怪物，就由白雪小姐來頂替慧英小姐。那麼，我們出發吧。」

「好！」

這似乎會是一場令人略感疲憊的遠征。

首先，最讓人擔心的是鄭白雪。

雖然我還搞不清楚是怎麼一回事，不過最近鄭白雪的舉動相當反常。就算我無法具體地說明異常的地方，但任誰看了都會覺得奇怪。

那和我一直以來在腦海裡所想的鄭白雪，似乎有一段差距。

我必須先了解原因為何。雖然也不是完全沒有猜到，但我還是無法不感到驚慌。

如果要說是出於嫉妒的話，我和鄭白雪相處的時間未免也太短了。

所謂人際關係的建立，雖然不一定和相處的時間成正比，但不可否認的是，一起相處的時間非常重要。

當然，我和鄭白雪目前所處的環境具有一定的特殊性，但這裡又不是什麼咖啡廳或餐館。硬要舉例的話，這樣的情感就像粗製濫造的B級片裡，男女主角陷入危機後，在短時間之內墜入愛河一樣。

但這或許就是她情感的真實樣貌。

我腦中突然浮現鄭白雪的過去。

仔細想想她過去的種種經歷，這一切似乎就變得合理多了。

鄭白雪的父母都已不在人世，和親生姐姐們的也斷絕聯繫許久。

假如鄭白雪真的認為自己被家人拋棄的話，我也多少能理解她想依賴我的心情。

因為她所處的環境對她來說非常不友善。

但這一切純粹只是推論。

不過，出於某種原因，我成為了她能夠賴以為生的救命繩索，總是以一副和藹親切的樣子相信著她，成為她能夠依靠的對象。

這樣的情感說不定會超越喜歡的範疇，漸漸發展成一種執念。

打從一開始，我所追求的，就是成為她精神上的避風港。心靈上有破綻的人，肯定很容易上鉤。

要測試看看嗎？

這個方法雖然有點老套，但還是值得一試。

肩並肩走在一起的途中，我微微地將朴慧英的肩膀拉了過來，接著緩緩地開口。

「小心。」

她看起來有點緊張，似乎以為我是在她快被石頭絆倒時扶了她一把，所以打算表達她的感謝。

「啊……好。」

不過，我期盼的不是她的反應。

我用餘光看向鄭白雪的雙眼，果不其然，她正緊盯著朴慧英。

金賢成和朴德久一副毫不關心的樣子，但或許是特性帶來的影響，我看得一清二楚。

鄭白雪的眼神裡隱含著難以言喻的情感，而我正好可以利用這點。

她的敵意並不是針對我，即使看起來比一般的嫉妒還要強烈，但以鄭白雪的性格來說，這還算是在可控的範圍內。

適當地給些甜頭和鞭策，鄭白雪就會成為我忠心耿耿的家人，為我赴湯蹈火也在所不惜。

腦海裡飄過無數思緒，走著走著，不知不覺有種走了好長一段路的感覺。

「牠們好像來到這附近了。從這裡開始，要更小心謹慎地行動。」

「嗯，我明白了。老兄！」

從這裡開始，大概就是金賢成事先為我們探過路的區域。

和之前的氣味不同，我感覺到那些傢伙身上散發的特殊惡臭正在朝四面八方擴散開。

但相較於臭味，更加引人注目的，是遠遠就能感知到的微弱魔力。

雖然無法得知是哪一類的怪物，但確實有種不尋常的氣息。

說不定這就是金賢成所期盼的走向。

「我好像能感知到周圍有些東西。」

「大哥，什麼意思啊？你現在也能看得見怪物嗎？」

「我感覺到前方有種微弱的魔力，雖然不曉得那是什麼……總之……」

「沒有魔力這東西還真是讓人受不了！老兄，你能感覺得到嗎？」

「雖然我也不太清楚，不過既然基英先生身為一名魔法師，他對不同事物的感受應該會比我們更加熟悉。能事先確認也是件好事，說不定攻下這個地方就能得到一些線索。」

金賢成的演技還真差。

不管怎麼說，前方微弱魔力的真面目似乎和攻掠這個副本有關。

「反正無論如何都得走這條路，小心一點的話應該不會發生什麼意外，我走前面。」

「小心點。」

根本不需要小心。

因為如果在一開始就發覺不對勁的話，金賢成絕對不會放著不管。

隨著我小心翼翼地移動步伐，剛才所感受到的微弱魔力，終於顯露出它的真實樣貌。

「是通往地下副本的階梯。」

就如同字面上的意思，這是通往地下的階梯。我們直到現在才得以親眼見證，這個所謂的副本是以何種方式呈現。

我看見金賢成點了點頭，他似乎認為這個虛假的設計看起來極具真實性，雖然令人哭笑不得，但配合演出也是個不錯的選擇。

「雖然看起來擺明是設計好的，不過越往下走，難度會應該越來越高吧？這或許和攻掠這個副本有關。」

「哦，是嗎？大哥。」

「雖然還不能確定，不過有可能。因為起始點所在的地方，幾乎找不到能稱得上是攻掠提示的東西。把怪物丟到那個寬闊的地方，就要我們攻掠這個副本，這根本說不過去。因此，從走下這道階梯之後，一切才算開始的可能性非常高。雖然不曉得是怎麼回事，但至少能比在這裡獲得更多的線索。」

聽了我的話之後，金賢成點了點頭。

「我也這麼認為。」

賓果。

「我們現在的戰鬥力還不足以應付，所以應該先把這個地方記下來，下次再試著走下去。畢竟我們今天不是為了攻掠而來，地底下也許有能夠為我們帶來好處的東西，但是怪物的種類也可能會有所不同。」

「要是出現比現在更難對付的怪物，那就麻煩了。」

我也有相同的看法。

總之，金賢成不著痕跡地告訴我們前往地下的入口，這一點算是成功了。

說不定即便只是這點程度，對於他來說也是莫大的成果。

不過，現在的當務之急是鄭白雪和朴慧英的成長，她們必須成為具有戰鬥能力的隊員，我們才能進到地底下。

「來這裡的路呢？」

「我大致記在腦中了。」

「那麼從現在開始，以這個地方為中心，開始尋找怪物就行了吧？」

「這麼做應該會比較好。首先，先從離這裡遠一點的地方開始吧。」

「我明白了，老兄。」

即使我們不像昨天一樣全神貫注地找尋怪物，也能在近處碰到牠們，因為那些傢伙看起來似乎以這裡為中心，平均地分布在四周。

不遠處出現了三隻怪物。

我一望向金賢成，就看到他微微點了點頭。

「德久先生負責兩隻怪物，基英先生協助處理其中一隻，另外一隻由我來負責。剩下最後一隻就當成是實戰演練的教材。慧英小姐和白雪小姐，妳們和基英先生站在差不多的位置就行了。」

「好。」

「我明白了。」

朴德久和金賢成緊閉雙唇，衝向前方。

不曉得金賢成是不是故意和朴德久作對，才會派他打頭陣。

我站在極度緊張的朴慧英和鄭白雪中間，也開始往前衝。

我看著朴德久的背影，他用盾牌推開其中一隻怪物的同時，一邊用裹著皮革鎧甲的手臂對付另一隻。

金賢成一副游刃有餘的樣子，衝向其中一隻怪物，順利地砍下手臂。

雖然已經能預想到具有高敏捷值的金賢成動作會很快，但依然迅速到超乎我的想像。

我將少許魔力施加在長槍的尾端，刺向正在和朴德久纏鬥的怪物。

噗地一聲，血液噴濺出來，但我沒有心思去管。

牠還沒死！

當我正準備再次把長槍捅進怪物的身體時，旁邊的朴慧英一副準備做些什麼的樣子，將長槍刺向怪物，真不錯！

首先，堅信自己能夠做到的意志力是最重要的。

金賢成那邊的狀況也不需要特別關注，因為他正在設法適當地減少力氣來對付怪物，好讓自己看起來自然一點。

現在剩下最後一隻被當成教材的怪物。

在朴德久動身前去抓住怪物之前，朴慧英一副躍躍欲試的樣子，拉開手臂準備射出長槍。

誰看了都會覺得那是無比愚蠢的行為。

不出所料，最後一隻怪物脫離了朴德久掌控的範圍。

「哎呀！抱、抱歉……」

「媽的……」

五個人湊在一起，就必有一個廢物。

「德久！」

這句不知道在哪聽過的名言，無論何時都不會讓我失望。

「啊啊啊啊啊啊！！」

該死的女人！

＊　＊　＊

這些怪物的智力絕對不高，假如能冷靜地見機行事，我們肯定能夠抵擋朝著朴德久飛奔而來的傢伙。

要是朴慧英一開始沒有急著將長槍刺向牠的話，就不會惹上這種麻煩了。

怪物們貪婪地張著血盆大口逼近，我們被嚇得魂飛魄散。

「啊啊啊啊！！」

但比起在一旁沉著地觀察局勢，朴慧英這個該死的女人反而選擇任由恐懼擺布。

「他媽的！」

朴慧英把搞砸局面的能力發揮得淋漓盡致。

怪物對聲音非常敏感，一般對話的音量或許不至於傳到遠處，但如果是這種淒厲的慘叫，怪物絕對能察覺我們的存在。

說不定周圍所有的怪物都會因而聚集過來。

金賢成或許也有同樣的想法，他砍下與他正面交鋒的怪物頭部之後，一刀刺向與朴德久纏鬥的怪物胸口。

眼看著情勢變得更加棘手，金賢成也無暇顧及自己是否過於鋒芒畢露，使出了一般人無法企及的速度。

怪物瑟瑟發抖的模樣映入眼簾，但這不是現在的重點。

「必須快點離開這裡。」

「基英先生負責帶慧英小姐和白雪小姐……萬一有什麼事情發生的話，德久先生會替你們開路。」

「對、對不起……」

「媽的……」

「那麼，老兄你打算怎麼辦？」

「我來當誘餌吸引怪物的注意，麻煩你們幫我留下記號，讓我能順利找到路。基英先生，比起直接回到營地，稍微繞路會更好一些。」

我草草地點了點頭。

一下子把對我們感興趣的怪物引到營地，簡直和招待牠們吃自助餐沒有兩樣。

金賢成雖然一副打算憑一己之力解決問題的模樣，但表情明顯變得沉重。

即使他是重生者，現在也還只是一個處在成長階段的新手。

現階段，金賢成應該多少還應付得了，不過一旦怪物聚集到一定的數量，在密閉空間和牠們對決，或許會讓他吃不消。

「大哥，該往哪一邊……」

「先稍微繞個幾圈再離開。」

「知、知道了。」

朴慧英像是直到現在才發現自己闖下大禍的樣子，開始臉色慘白地看著我們。

她意會到了要是稍有不慎，就會迎來讓自己陷入歇斯底里、驚聲尖叫的下場。

「站起來。」

「好……好的。」

「跟著我們往前。」

「明、明白了。」

鄭白雪則是不發一語，擺出一副陷入沉思的表情，呆愣地看著四周。

「白雪！」

「嗯……是的，基英哥！」

她看起來一點都不吃驚。

話說回來，我突然想到未來即將成為大魔法師的鄭白雪。

當我面臨無法負荷的局面時，身為一名魔法師的鄭白雪，或許會對我有所幫助。

如此一來，我就有很高的機率能夠存活下來，並順利地回到營地。

「那麼，就祝你打勝仗了。」

「老兄，請務必小心。」

「我沒問題的。」

接著，朴德久拿起盾牌開始奔跑，朴慧英也滿臉恐懼地跟在我們後頭。

一時之間，我的怒氣湧了上來，但此時此刻沒有多餘的時間爭吵。

取而代之地，我開始念誦咒語，累積魔力之塔。

雖然我的魔力很微弱，卻能在危急時刻使出瞬間解救我的魔法。

「大哥，你奔跑的時候也能一邊念咒語嗎？」

「別跟我說話，我的頭很痛。」

專注在咒語上就是如此困難。

身體擺動著四肢，腦中卻要運轉著完全不同的思緒，本來就非常難做到。

「我，祈求……」

魔力之塔不停堆起又倒塌，因為我無法集中注意力。腦袋像要爆炸一樣，大腦彷彿呈現超載的狀態。

慢慢來，只要一句咒語就好，只要想著周圍空無一物，一邊念誦的話，絕對有可能成功。

我再次重新堆疊起魔力之塔。反正目前還沒有遇到任何怪物，有充分的時間可以讓我背誦咒語。

「主啊，請聽我的祈求，回應我的聲音，請賜予我燃燒敵人的力量。」

奈何我的咒語就是如此冗長。雖然令人無比煩躁，但刻在我腦中的咒語如實地顯現在我的手上。

我的掌心浮現出一顆和人頭一樣大的火球。

「哇！太帥了！這是什麼時候學的！」

「德久，別跟我說話，我會分心。」

念誦咒語是一回事，維持魔法又是另一回事。

為了不讓搖搖欲墜的魔力之塔倒塌，我必須要保持平衡才行。

這還真是複雜。

在漫畫、動畫或者小說等作品裡的魔法，看起來就像能夠輕而易舉施展的技能一樣，然而實際使用後才發現，腦袋幾乎到了快要炸裂的境界。

我甚至覺得成為魔法師的先行條件比起魔力而言，更重要的應該是智力。

「接下來該往哪一邊？」

「左邊。」

在這樣的情況下，還得由我來告訴朴德久方向，頓時令我感到一陣煩躁。

「嘰欸欸欸欸！」

遠方傳來怪物們的聲音，或許是因為與我們相隔一段距離，所以無法詳細確認一共有幾隻怪物。

「有幾隻？」

「大約兩隻。」

「你一個人解決。」

「我會試試看的，大哥！」

「殺不死也沒關係，只要替我們開路就好。」

「交給我吧！」

匡噹！噗滋！一陣陣聲響從前方傳來。

看著朴德久不斷奔跑的背影，不禁讓人覺得他相當可靠，就像一臺坦克車。

「接下來呢？」

「右邊。」

「嘰欸欸欸欸欸！」

「有幾隻？」

「數量似乎多到數不清……」

我立刻伸出手臂。

「火焰球。」

持續以相同型態飄浮在我手中的火焰球突然靜止，接著筆直地飛了起來。

但我並沒有預料到會有反作用力。

或許是因為風壓的緣故，剎那間，我的手被拉向天空。施展魔法的過程中，我不停地在腦中默念咒語，因為我不想讓好不容易念出來的咒語失效。

砰！

火球碰到其中一隻怪物的身體，發出嘈雜的聲響，接著，火球開始傳向周圍。

匡噹！

伴隨著一道道聲響，碰到火球的怪物被火焰緊緊包圍，紛紛往四周彈開。

在火焰噴發的餘波之下，一陣強烈的風颳向我們。

朴德久下意識將盾牌擋在我們前面。

彈到牆上或被火焰團團包圍的怪物們，大多發出淒厲的叫聲，隨即狠狠地摔到地面上，那些傢伙一看到這種景象，再次一臉驚恐地看著我們。

雖然只是運氣好，剛好在狹小的空間裡擊中一群聚集的怪物，不過魔法往周圍擴散的餘波，想必讓他們為之震驚。

「天啊……大哥。」

「呼……呼……」

魔力一瞬間消耗殆盡，我的雙腿開始發軟。

值得慶幸的是，路總算是打通了。

「再來一次。」

就在那時，我發現了一絲異狀。

朴德久同樣不經意地往後一看，接著露出驚訝的表情看著我。

「啊！」

鄭白雪和朴慧英，這兩個人走丟了。

「什麼時候的事？你沒看到她們兩個嗎？」

「剛、剛才，分、分明還跟在我們後面呀……」

「你！」

霎時間即將爆發的怒火，以及湧上喉嚨、準備脫口而出的謾罵，瞬間被我吞下肚。

這是我的錯。

我只顧著在腦中不停地念誦咒語，以致於完全沒有察覺她們何時與我們走散了。

雖然沒料到連朴德久也沒有發覺她們的消失，但她們肯定就在距離我們不遠處，正在想辦法跟上我們。

關鍵是，她們認不認得路。

鄭白雪的話，說不定會把路線記在腦海中，至於朴慧英那個白目，大概不會記得路要怎麼走。

因為光是要跟上我們就已經夠吃力了。

「怎、怎麼辦啊？對、對不起……」

「德久，這不是你的錯。我應該要多加留意的。媽的。」

「現在該怎、怎麼辦呢？」

我也想問我自己。

假如脫隊的只有朴慧英，我們大可直接丟下她離開，然而問題就出在和朴慧英在一起的鄭白雪。

鄭白雪可是能為我們的將來提供保障的樂透，要是在這種地方莫名其妙地把她弄丟的話，到時候可就欲哭無淚了。

一般來說，我不傾向孤注一擲。不過，如果有必要的話，還是會採取行動。

「她們肯定還活著。」

「那、那麼……」

「如果她們有心的話，應該會留下我們能夠辨認的記號。總之先回頭找找吧。」

「你說的對，大哥。」

從後面跟上來的怪物，很有可能都被金賢成解決了，現在要注意的是從四面八方聚集而來的小嘍囉。

再念一次咒語對我來說非常費力。

雖然魔力幾乎已經消耗殆盡，但使盡全力的話，應該還能再施展一次魔法。

「你還記得她們是什麼時候脫隊的嗎？」

「剛、剛才遇到那兩隻怪物時，她們似乎還在一旁。我分、分明有親眼看見……不過，我沒有聽到任何叫聲。」

我也同樣記不太清楚了。

我記得在我念咒語的時候，她們還一起跟在我旁邊。

她們果然是在我專心維持魔法的過程中消失不見的。

「總之，先出發吧。」

「知道了。」

一開始雖然感到些許慌張，但我越想越覺得不對勁。

朴德久再怎麼遲鈍，也不像是完全無法察覺跟在身邊的兩個人同時消失的白痴，而我也一樣。

朴德久的敏捷度並不高，鄭白雪跟不上的話還說得過去，但朴慧英絕不可能跟不上朴德久。

而且朴德久當時也不是處於和怪物纏鬥的狀態。

我也想過或許她們掉進了這個副本的陷阱，不過機率應該不高。

這是我們一開始就走過的路，要是這裡真有什麼陷阱的話，金賢成應該會提前告知。

我突然想起鄭白雪先前注視著朴慧英的眼神。

……應該不會吧？

雖然還不能妄下定論，但假如鄭白雪真的有意脫離我們，一切就說得通了。

即便無法得知她念了什麼咒語，但在我念誦咒語的當下，假設旁邊也有人同時念咒語，那麼的確有可能難以察覺。

當時我一邊念著咒語，還要一邊留意眼前的狀況，根本無暇顧及其他。

一開始就不具備魔力的朴德久更不可能察覺鄭白雪的一舉一動；金賢成則和我們隔著一段距離，不在討論的範圍內。

雖然我不想這麼懷疑，但鄭白雪或許是想製造和朴慧英單獨相處的機會，這個推測也應該納入考量。

但是，為什麼呢？

我不想抱持負面想法，但不安感卻不斷湧現，我也無能為力。

與朴德久一起返回原路時，我開始感受到微弱的魔力，那和我第一次發現副本入口時感受到的一模一樣。

媽的……

「德久，加快腳步！」

「發生什麼事了嗎？」

雖然目前還只是單純的假設。

不過，我所感受到的微弱魔力氣息，正在一步步應證我的揣測。

第011話 意外

「慧英小姐？」

「智慧小姐，怎麼了？我正在聽。」

「加入基英先生的陣營吧。」

「什麼？」

「無論如何，希望妳能多幫助基英先生他們。不只是現在，還包括將來。」

「我不太明白妳的意思……」

「願不願意接受這件事的決定權在妳，只要做妳力所能及的事就行了，就算只是當他們聊天解悶的對象也無所謂……對了！做他們的僕人似乎也是不錯的選擇。」

「……」

「最後一句話是開玩笑的。不過，仔細想想，那樣也還不錯。畢竟現在我們的情況並不理想，既缺乏糧食，能夠出去打怪的人數也有限。雖然賢成先生會主動幫我們消滅周圍的怪物，但誰知道以後會不會再發生意料之外的事，現實的情況就是，沒有人能夠做出保證。我們應該也要考慮出去打怪的人在途中死掉，再也回不來的可能性，好好地應對將來可能發生的各種事吧？」

「……」

「我的意思是，多多製造和有能力的男人相處的機會也是一件好事。像我們這樣的人，至少替自己買一份保險不是很好嗎？事情進展順利的話，搞不好妳也能像鄭白雪小姐一樣得到特殊待遇……」

「我明白妳的意思了。」

「喔！對了。聽說下一次遠征會一起帶上鄭白雪。慧英小姐妳也嘗試去爭取看看，應該很不錯吧？」

「謝謝妳告訴我這麼多……不過，妳向我釋出這麼多善意，是不是有什麼意圖？」

「這個嘛……我只是好心。希望事情進展順利的話，他們也能多多照顧我們，所以我才告訴妳這些。我不是喜歡鋌而走險的那種人。」

＊　＊　＊

死丫頭！李智慧那個該死的女人！

就算在心裡把李智慧罵了成千上萬遍，事情也不會有所改變。

因為犯下錯誤的人是我。不，打從一開始，所有的一切都是我自作自受。

不管是認同李智慧的話，或是跟著李基英走，全都是在預料到自己會成為一隻白老鼠之後所犯下的錯。

剛開始像個白痴一樣失手之後，我就下定決心要彌補失誤。

為了證明自己是個有用的人，我費力地揮著長槍，這是一大失誤，不由自主脫口而出的尖叫聲更是。

我看著在這場遠征之後，名字將會不斷被提起的李基英和朴德久。

李基英口中念念有詞地不斷念誦咒語，朴德久則是拿著巨大的盾牌推開衝上來的怪物們。

也許是因為剛才的恐懼，我的雙腿不停瑟瑟發抖，但我當然不可能直接癱坐在地板上，因為我知道要是我不能讓自己的腳停止發抖，我可能會死掉。

我稍微往旁邊一瞥，發現鄭白雪也跟了上來，她正在一個人喃喃自語。

簡直是個瘋子……

她怎麼能這麼走運地被李基英看上，還加入李基英的陣容，一起出現在這裡。

這裡沒有女人比她更幸運了！

犯下了這麼嚴重的失誤，就算能順利活著回去，我的地位也擺明會被擠下去。

一想到自己成了為鄭白雪示範用的教材，心裡就泛起一陣苦澀。

從始至終，我實在無法理解她為什麼能夠維持那樣的平常心。

金賢成、李基英和朴德久，他們連在怪物面前都能不發一語地用劍和長槍不停地穿刺，當然非常了不起。

因為如果換作是我，絕對無法克服手上傳來的觸感和不知死亡何時降臨的恐懼。我也曾想過，或許實際行動並不難，但事實證明，擁有這種想法的我，只是變得更加可笑。

不過，鄭白雪的反應就不一樣了。

那個女人跟我一樣，都是第一次來到這個地方，也是第一次直接與怪物面對面。

在她那雙靜靜望著我的眼睛裡，絕對沒有恐懼之類的情緒。

看著她不斷自言自語的模樣，我也曾懷疑過她是不是瘋了，但是她的神色卻不見一絲動搖。

我不能就這麼輸給她。在這個名為新手教學的現實中，我必須為了生存而強化自己的力量，同時我也深知只靠自己的力量絕對無法存活下來，所以才會利用李基英和金賢成。

一旦被貼上無法遠征的標籤，不僅無法擁有像他們一樣強大的力量，肯定還會被趕去坐冷板凳。

現在只剩下唯一的辦法了——無論如何都要討好他們。

要是能順利活著回到營地，不管用什麼手段，我都一定要和李基英打好關係。

一定得使出渾身解數，好好地跟在李基英旁邊才行。

雖然一旁的鄭白雪有些礙眼，但只要時間一久，我的價值自然會被看見。

不管是誰，肯定都會覺得我比這個愚蠢的女人好太多了。

那時我才意識到，在我緊咬著雙唇持續向前奔跑的途中，往左邊前進的朴德久和李基英消失在我的視線範圍裡。

「咦？」

我就像著了魔一樣，完全不曉得發生了什麼事。

他們什麼時候不見的？我明明就一路追著他們的背影跑。

一切只能用活見鬼來形容。

我試著回想他們的身影究竟是在什麼時候，又是如何消失在眼前的，但卻想不起來。

身旁的鄭白雪也同樣靜靜地凝視著堵在前方的牆面。

「妳知道基英先生和德久先生他們去哪裡了嗎？」

我小心翼翼地詢問，卻沒有得到任何回應。

我一開始就不應該發問的，畢竟她就像個傻子一樣。

連我都在能在轉眼間脫隊，更何況是這個在旁邊發呆的丫頭。鄭白雪怎麼可能會知道他們去了哪裡。

這個女人恐怕也只是跟著我而已。

「嘰欸欸欸！」

遠方傳來怪物的嘶吼聲。

想當然耳，我的身體瞬間開始瑟瑟發抖。

雖然理智上知道應該要找個方向前進，但身體卻邁不開步伐，因為我還摸不著頭緒，不知道該去哪裡。

說不定現在基英先生已經察覺了我們迷路的狀況。

在這裡多撐一段時間，等待一下的話，他們一定會來這裡找我們的，一定會的。

然而鄭白雪在這樣的情況下，還喃喃自語地說著讓人無法理解的話，這已經超越了荒唐的程度，到了令人失笑的境界。

「迎向試圖掠奪的敵人們！請賜予我守護的力量。」

她像是在向誰禱告一樣，這番舉動完全讓人無法理解。

我怎麼想都覺得，對這個女人感興趣的李基英果然是個神經病。

「狂風利刃。」

颼——

空中傳來狂風呼嘯的聲音。

「閉嘴，妳這個蠢貨。妳沒聽到怪物的叫聲嗎？」

當我正打算稍微移動腳步的同時——

「咦？」

我的身體卻突然開始失去平衡，身體不聽使喚地狠狠栽了跟頭，跌到地板上。

此時，左腳傳來難以忍受的劇烈疼痛。

我渾身落入血泊之中，「啪嗒」的聲響迴盪在耳邊，只見我的左腿脫離身軀，掉落在遠處。

怎麼回事？

還來不及做出判斷，我的口中便已發出淒厲的慘叫聲。

「啊啊啊啊啊啊！誰、誰來……救、救我，救我！」

「沒、沒、沒用的！慧、慧英小姐。」

「我、我的腿……我的腿……」

「我、我用魔力隔絕了聲音，沒有人聽得見。怪、怪物們也不會來到這裡，妳可以放心了！」

「拜託幫、幫我。拜託……」

「妳、妳比我想像中的還要笨呢！慧英小姐妳呢……給、給基英哥帶來麻煩……還把這次的遠征搞得一、一團亂。」

「閉嘴！該死的！好痛啊……我說我很痛！妳沒看到我的腿斷了嗎？快點把基英先生帶過來，要不然的話……」

我用雙手抓著灼熱刺痛的大腿，傷口不斷湧出滾燙的血液，讓我無法做出正常的判斷。

雖然急忙脫下外套裹住了出血的部位，卻不知道這是不是正確的急救措施。

我痛得下巴直打哆嗦，身體自然也開始瘋狂顫抖。

我完全無法理解我的腿到底是怎麼與身體分離的。

事實上，我也不想了解。

不過，最重要的是，我必須分清楚身體不斷傳來火燒般的疼痛感，究竟是現實還是夢境。

奪眶而出的淚水讓我的視線變得模糊不清。

我稍微往上一看，發現鄭白雪朝著我露出燦爛的微笑。

她手上拿著某個用奇特力量形成的東西。

「狂風利刃。」

這句話突然浮現在我的腦海裡。

雖然怎麼想都覺得不可能，但我分明看到鄭白雪以一隻手為中心，釋放出一陣綠色的狂風。

怎麼會？為什麼？那個女人怎麼做到的？

提出這些疑問之前，我只感受到出於本能的恐懼。

「呃……白、白雪小姐……」

「怎麼了？慧英小姐。」

「為什麼突然……為什麼突然會這樣？」

「我、我也不、不想這樣，但、但是我也沒辦法啊。因為妳老是想要搶走我、我的基英哥。我、我也是迫於無奈，我也不、不樂意啊。」

「妳、妳這是什麼意思？」

「我最討厭別人故意裝傻了……難道不是慧英小姐妳、妳先勾引基英哥的嗎？妳不是說過想要搶、搶走哥哥嗎？妳不是說要搶走他嗎？」

「妳……妳瘋了！」

她的腦袋不正常。

我之前竟然完全沒有察覺，這讓我相當慌亂。

眼前的這個女人確實是個瘋子，她嘴角上揚的神情簡直充滿了瘋狂的氣息。

「那個……那只是我隨便說說的。」

「妳說謊。」

「是真的……」

「妳在說謊。妳、妳知道我有多痛苦嗎?妳和哥哥說話、握住哥哥的手,還、還有靠在哥哥身上的時候,我的心就像被撕裂一樣。妳、妳大概完全沒辦法想像吧。」

「我、我也能夠理解妳的感受。嗯哼……我、我能夠理解,所以拜託幫、幫我吧。我再、再也不會出現在妳的基英哥面前了。」

「抱、抱歉。我怎麼想還是覺得不行。慧英小姐也得像我一樣痛苦才行!我真的沒辦法原諒妳意圖搶走我的基英哥。還有,只要妳活著就會讓我感到不安……」

「啊啊啊啊啊啊啊啊!」

伴隨著噗滋一聲,這次是我的一隻手臂被截斷。

劇烈的疼痛感襲捲而來。

雖然嘗試過奮力掙扎,卻改變不了任何事。我現在一心只想趕快離開這個地方。

為了爬著離開這裡,我死命地蹬著僅存的一條腿,然而內心的恐懼與疼痛感卻使我無法順利前進。

「救、救我。拜託……拜託,我錯了!救救我。拜託……呃啊啊。」

「我、我說過了,不行!妳、妳這樣會害我的內心動搖。」

「拜託,一切都是我的錯。是我!全都是我的錯。嗚!嗚!」

「沒、沒想到魔法竟然還能幫我完成這樣的事啊。妳實在太吵了,把妳的嘴巴封住好了。」

我再也無法發出聲音。

我感覺自己被一股與眾不同的力量掐住喉嚨,眼淚依然在撲簌簌地流。由於劇烈疼痛的作用,儘管我不停地掙扎,情況卻絲毫沒有改變。

「嗚……嗚!嗚!」

「所、所以說,抱、抱歉了。」

在我不斷掙扎蠕動身軀的同時,某處傳來一道聲音。

「白雪？」

「基、基英哥？」

聲音的主人，就是一切的罪魁禍首，李基英。

第012話　慶幸

「白雪？」
「基、基英哥？」
我就知道會這樣……觸目所及的景象甚至比想像中更加慘烈。
鄭白雪靜靜地笑著，手腳被截斷的朴慧英躺在地上打滾。
朴慧英在地板上蠕動的模樣，差點令我不自覺地乾嘔，所幸還能勉強壓抑下來，因為我看見了鄭白雪那雙顫動的瞳孔。
雖然在我發現那面用魔力打造出來的牆壁時，內心早已有股異常的不安感，但這一切完全超乎我的想像。
我應該怎麼做才好？
情況該用什麼樣的方式發展下去，我完全沒有頭緒。
在事件爆發之前提前阻止就是最好的解決方式，我抱持著這樣的想法急忙找到鄭白雪，結果卻是徒勞無功。
要是朴德久也在這裡的話……可惜那傢伙沒辦法感知魔力。
請朴德久幫忙巡視左邊那條路後，我獨自一人來到這裡，這個決定簡直就是令人扼腕的失誤。
「嗚……嗚！」
在這樣的情況下，朴慧英被未知的魔法摀住嘴巴，請求我伸出援手的模樣，更讓我瞠目結舌。
不曉得鄭白雪會做出什麼樣的反應，我悄悄瞥了一眼，只看見她一副失魂落魄的表情。
面對突如其來的情況，她的腦筋也同樣停止運轉。
事實上，我和她並無不同，因為我們都在兩個選項之間游移不決。
逃跑是對的嗎？又或者，裝傻才是對的？

這是必須好好思考的問題。

感知到危險的身體不斷地吶喊著，要我馬上轉身離開，但我的大腦卻違背了身體的期望。

我開始權衡事情的利弊得失。

鄭白雪確實對我有好感，甚至要說這份心意在更久之前，就早已超出了好感的範圍也不為過。

她想殺死朴慧英的理由極有可能與我有密切的關聯。

不，絕對有關。

說不定鄭白雪平時就對朴慧英累積了不少恨意，雖然不無可能，但是根據她至今為止的反應來推論，我認為答案只有一個。

如果我在這裡迴避鄭白雪的話，說不定她的下一個攻擊目標就是我。

和一個使用著我所不知道的魔法，不斷發出攻擊的瘋女人大打出手，絕對是我要極力避免的情況。

僅僅是在這樣的情況下任由時間流逝，也能感受到一股不自在的氛圍。

最終，我只能小心翼翼地開口。

這是最合理的選擇。

「慧、慧英她……發生了什麼事？」

「什麼？」

我暗自期盼鄭白雪不要辜負我給出的機會，希望她能說出正確答案。

這就是我所能給她的最大幫助了。

「她的手臂和大腿……怎麼會這樣？」

就在此時，鄭白雪的臉色稍微明亮了起來，她還不忘用手摀住嘴巴，做出難以置信的表情，大概是發現我的反應和她所預期的不同，因此最壞的情況並沒有發生。

她果然不想被拆穿這一切都是她的傑作。

選擇能被說出口的答案相當容易，如果是她的話，應該能找到正確解答。

「我也不太清楚詳細的狀況。基英哥……她、她突然……」

顫抖的手腳、直打哆嗦的雙唇和聲音——她的這副模樣並非出於恐懼，而是不想讓別人知道事情是因她而起。

說不定她會有這樣的反應是因為不常說謊的緣故。儘管如此，鄭白雪依然繼續說道。

「我回過神才發現，自己和其他人分開了。我、我不曉得究竟發生了什麼事，當我來到這裡的時候，慧英小姐她……就、就這樣了！」

這個藉口相當不錯。我握住鄭白雪顫抖的雙手，將她擁入懷中。

「妳沒有受傷吧？」

「基、基英哥。」

應該被關心有沒有受傷的人反而是我才對吧。

我的心臟發了瘋似地狂跳，不光要反覆確認鄭白雪有沒有在偷偷念咒語，還要隨時緊握著手中的長槍。

此時，朴慧英一臉驚恐地盯著鄭白雪。

「嗚！嗚！嗚嗚！嗚！」

我大概能猜得到她在說些什麼，「快逃」或者「請救救我」。

雖然後者的機率應該比較高一點，但可惜我也沒辦法再為她做些什麼了。

此時此刻，與鄭白雪為敵或者忽視她的存在，簡直跟自殺沒有兩樣。

鄭白雪的精神明顯耗弱不少，甚至比我想像的還要糟糕。

雖然她對我有好感，但就像這份執念會轉變成對別人的憤怒和殺人動機一樣，我一旦否定她，難保她會做出什麼樣的行為。

我恐怕會被她的怒火波及。

一邊雖然是難以控制的炸彈，但她同時也是對我有好感、能夠善加利用的人才；另外一邊則是沒有太多發展空間的廢物，在這兩者之中，究竟該選哪一邊？

答案顯而易見。

無論是誰都會認為鄭白雪才是合理的選擇。

但問題還不只這樣。

我沒有能力拯救瀕臨死亡的朴慧英。

即便她是一張依然保有利用價值的牌，面對現在的情況，我也不得不拋棄她。

我雖然明白她的心情，但這樣下去我必死無疑。

「嗚！嗚！嗚嗚！嗚嗚嗚！嗚！」

我難以迴避朴慧英懇求我拯救她、不要拋下她的眼神，於是我匆忙走向她，開始用衣服包紮她受傷的部位。

我看見鄭白雪吃驚的表情，但我想她應該也明白朴慧英必死無疑，大概再過不久她就要死了。她的出血量過大，正在逐漸失去意識，瞳孔也無法聚焦。

「她也許是觸發了副本的陷阱。雖然妳可能沒有察覺，但妳剛才是穿越了一道由魔力打造的牆之後才進到這裡的。」

那道牆壁是由鄭白雪所打造的。

「仔細想想，我在通往地下的入口處也曾感受到一股魔力，這附近或許也有類似的陷阱。這是我剛才沒有考慮到的。」

我可以肯定，這裡並沒有那種裝置。

「恐怕是在我念咒語的過程中，陷阱裝置被觸發了！現在摀住朴慧英嘴巴的那股魔法，也非常有可能是我們不知道的陷阱……不過，幸好我沒有感受到周圍有其他的魔力……」

施展咒語的人是鄭白雪。

「好的……了解……」

「嗚！嗚！」

為鄭白雪而寫的劇本已經完成，接下來的關鍵就在於，金賢成會不會相信這些鬼話。

那傢伙曾來過這裡一次，早已非常清楚沒有陷阱之類的東西。

說這些不像話的謊言，只會讓我被別人懷疑。

該如何處理留在這裡的朴慧英，我一點頭緒都沒有。我也不知道金賢成一旦發現朴慧英又會有什麼反應。

掉入陷阱？

那傢伙非常清楚這裡根本就沒有陷阱。

被怪物襲擊？

傷口的切面相當平整，任誰看了都不會相信朴慧英是受到怪物攻擊。

不論是殘留在朴慧英身體周圍的微弱魔力氣息，或是直到剛剛還封住朴慧英嘴巴的不明魔法，都準確地說明了她並非遭到怪物襲擊，而是死於一股奇特的力量。

如果是金賢成的話，他絕對、絕對會發現端倪。

我不停地替朴慧英包紮傷口，但這肯定不是正確的急救措施，因為我從來沒學過基本的止血法或是急救方法。

該死的。裝作一副試著做些什麼的樣子，已經是我的極限了。

最後，我感覺到原本不停蠕動、掙扎的朴慧英，逐漸失去動靜。

絕不能讓金賢成發現朴慧英。

最好的辦法就是讓怪物發現她，然後毀屍滅跡，但需要考量的因素太多了。

更重要的是，我不願意這麼做。

這大概是我最後的良心吧。

看著朴慧英開始喘不過氣，接著沒了氣息，我默默地開始念誦咒語。

「主啊！請賜於我能夠阻擋一切的熾熱火焰。」

鄭白雪一副忐忑不安的樣子，直勾勾地看著我。

「火焰牆。」

這是我竭盡了所剩無幾的魔力，才施展出來的魔法。

剎那間，我突然感到一陣頭暈目眩，但我仍然緊咬住嘴唇，將注意力集中在維持魔力上。

「基、基英哥。」

「帶她離開太費力，而且她的出血量太大了。一起離開的話，連我們都會死。我不能連妳都失去……所以，我們必須先趕快離開這裡。因為沒辦法收拾屍體，我們只能這樣處理了。沒錯！這麼做是對的。」

火舌開始蔓延到斷氣的朴慧英身上，一點一點吞噬她的肉體，躍動的烈焰就像在舉行派對一樣。

我呆呆地望著眼前的景象。

這是最合理的抉擇。

我悄悄地瞥向鄭白雪，只見她一副難忍笑意的模樣。

雖然我從嘴巴吐出了一連串的乾嘔，但變成怪物的並不只有她。

我們都是一樣的。

一股對於自我的羞愧感不自覺地湧上心頭。

雖然我還想再多看一下眼前的烈焰，但繼續待在這裡無疑是自尋死路。

也許是因為我的火焰，鄭白雪打造出來的魔法牆早已崩塌。

我才剛邁開腳步，馬上就看見朴德久在一旁等著我。

「慧英小姐去哪裡了？大姐，妳沒事吧……」

朴德久看見我低著頭，沒有做出回覆，便一副了然於心的樣子，點了點頭。

發現鄭白雪後，他走過來的時候臉上還掛著一抹微笑，但默默地認知到朴慧英死去的事實之後，朴德久的表情瞬間凝重了起來。

「周圍的其他怪物呢？」

「按照怪物數量不多的情況看來，大概是金賢成老兄將牠們引誘到反方向了。他的動作非常敏捷，不管怎麼樣一定能活下來。」

「那真是太好了。」

真的是謝天謝地，幸好那傢伙離這裡非常遠。

「不過話說回來，這到底是怎麼回事啊？」

「說來話長，我以後再告訴你。這件事情不太好說……」

「知、知道了，大哥！」

簡略地向朴德久說明來龍去脈應該無妨，但我認為鄭白雪的事最好還是不要說比較妥當。

我們開始繼續奔跑，卻看見幾隻怪物向我們奔來。

「大哥，你沒事吧？」

「我的魔力不夠了。」

「不要太勉強自己。」

朴德久一邊奔跑一邊把怪物推開，此時的我們應該已經離原先的出發點有一段距離了。

我的肺像要炸裂一樣。

朴德久和鄭白雪也一樣，兩個人疲憊的神色顯而易見。

我現在彷彿隨時都會累倒，但我知道我們不能現在失去意識。

必須把這件事情完成。

我帶著些許陰鬱的表情看向後方，鄭白雪隨即悄悄地開口對我說。

「你、你果然……果然很傷心嗎？」

她的表情和態度看起來非常不安。

當然，我相當清楚這個問題該如何回答。

「幸好妳沒有受傷。」

聽見我說的話，鄭白雪的嘴角開始上揚。她開朗燦笑的模樣出現在我的視野裡。

「基、基、基英哥。」

「妳平安無事真的是太好了。」

這句話出於我一半的真心。

第013話　計畫

「金賢成……不曉得那位老兄是否平安。」

「他會沒事的。」

脫離怪物的重重包圍之後，朴德久突然說了這麼一句話，他的神色看起來有些擔憂。

當面聽到朴慧英不會再回來的消息，似乎讓他的心情有些忐忑不安。

他擔心獨自負責把其他怪物全部引到別處的金賢成，會不會像朴慧英一樣，再也回不來了。

不過，無論金賢成再怎麼被逼入絕境，我都難以想像他被怪物們生吞活剝的樣子。

只要他發揮正常實力的話，就連一般人的視線都無法捕捉到他的動作，要甩掉好幾隻怪物也絕非難事。

金賢成現在可能也剛從他所處的區域逃出來，和我擔心著相同的事。

這趟費了好大一番功夫才完成的遠征過程中，死了一個人，其餘人員皆順利存活，這或許會成為一個轉捩點，讓營地裡的人更加恐慌。

因此，這場遠征接下來一定得順利完成。

當然，金賢成還不知道朴慧英已經死去的事實，但光是這件意外的發生，就足夠令人頭痛了。

「我覺得有點遺憾。雖然我和朴慧英那個女人不算非常熟識，但再怎麼說她看起來似乎也很努力想幫忙……」

「我們差一點就全軍覆沒了，現在這樣算撿到便宜了。」

「話、話雖如此……」

「現在還能活著回來，就要心存感激了。畢竟我們也無能為力。不聽我們的話肆意妄為，惹出一堆麻煩是她的錯；一副要讓周圍的怪物發現一樣，大聲地尖叫，這也是她的錯。平心而論，要是今天死掉的是你或白雪，我絕對饒不了那個女人。」

這可不是一句「無法饒恕」就能輕易解決的事，或許我會親手殺了那個女人也說不定。

朴德久和鄭白雪對我來說就是這麼珍貴的牌。

我稍微將目光轉向他們，不只是鄭白雪，連朴德久都用微妙的表情盯著我看。

鄭白雪一副感動不已的表情，朴德久則是一臉難為情的樣子。

「啊……」

「呃，那個，我當然也是一樣啦。」

雖然殺死朴慧英的人是鄭白雪，但我現在不太想去思考那件事。

除了金賢成以外，現在我最能依靠的人就是他們兩個了。

韌性和體力絕佳的人肉盾牌朴德久，以及作為一名魔法師，未來潛能深不可測的鄭白雪。

這兩個人或多或少必須仰賴我，這可能會是缺點；不過，從某方面來看，也是優點。

雖然其中一個人是我無法掌控的炸彈，這點可能會造成問題，不過從傾向來看，她非常有可能成為我們的助力。

「話說回來，我們要怎麼向營地裡的人解釋？」

「沒必要解釋。不小心發生失誤，死了一個人，這就是事情的全貌。如果被這點程度嚇到的話……」

「會如何？」

「不管我們多想伸出援手，這種人最後都會死。我們必須牢牢記住，現在所處的環境只不過是名為新手教學的地方而已。我們應該要假設正式進入遊戲後，會比現在危險好幾倍才對。」

有時，我們會因為現在這種稍有不慎就會丟掉小命的緊張感，而忘記自己目前還只是在新手教學階段而已。

現在，還只是剛開始。

一旦進入正式的遊戲裡，說不定會充斥著就連金賢成也無可奈何的人類，以及能力根本不是我們現在面對的怪物所能比擬的傢伙。

不能安於現狀，像營地裡那些人一樣掉以輕心的話，絕對是死路一條。

除了多少還有點腦袋的李智慧以外，其他人全是蠢貨。

怎麼會連個能夠利用的傢伙都沒有，真令人惶恐。

我甚至開始納悶金賢成為什麼非得對那些人如此執著。

雖然也曾想過或許與他的前世有關，但我現在還沒有多餘的心力去探究他的過去。

「今天在這裡睡一晚再走吧。」

「你不回營地嗎？」

「太遠了。」

「我還以為快到了……哇，真不曉得大哥怎麼能把路記得這麼熟。」

「這沒什麼，我從一開始就有留下能夠辨識的記號。」

「在這麼短的時間裡，你竟然還做了記號？」

這小子……雖然只要是需要動腦的事，我本來就對朴德久完全不抱任何期待，不過看樣子，他果然連腦袋裡都長滿了肌肉。看到我用一副無可奈何的表情盯了朴德久好一會兒，而後者也嚇得蜷縮的樣子，鄭白雪連忙接著說。

「這、這個。」

牆上確實有一道小小的痕跡，那是用長槍輕輕劃出的刮痕。

「原來大姐妳也知道啊？」

「最好多注意周圍的環境，萬一發生了像剛剛一樣被迫分開的情況，該怎麼辦才好？」

「咳，應該不會發生那種事吧……」

看著說話老是漫不經心的朴德久，鄭白雪變得不知所措。

不曉得是不是因為莫名感到難為情，她左顧右盼地找了位置坐下，那副模樣還真是有趣。

我也沒有心思和朴德久在這裡說廢話，渾身疲憊地稍稍癱坐下來。

鄭白雪就像攀在老樹上的蟬一樣，朝我緊緊地貼了過來。

看到這副景象的朴德久露出了賊頭賊腦的表情。

「咳咳……大哥，那我先去巡一下周圍，等等再回來。」

「有必要嗎？」

可以的話，我希望朴德久別留下我和鄭白雪獨處。

「搞不好周圍會有我們沒發現的怪物啊，誰知道呢？」

話是這麼說沒錯。

「那個，大哥不管是魔力還是其他什麼的都消耗太多了……由大姐來照顧一下大哥，似乎會好一點……」

「啊！包、包在我身上，德久先生。」

「小心不要迷路了。」

「我只是在附近看一看而已。」

我隨便點了點頭。

我悄悄地看著朴德久離開的背影，莫名地擔心起我和鄭白雪獨處的情況。儘管我明白她不至於瘋狂到突然對我施展魔法，但是不久前看見的景象還在我腦中揮之不去。

咧嘴一笑的鄭白雪，以及手腳被截斷、在地上蠕動掙扎的朴慧英。

看見那樣的畫面，絕對無法不心生恐懼。

「狀態欄。」

我沒來由地喊了一聲狀態欄，它便自然而然地浮現在眼前。

〔您正在確認玩家李基英的狀態欄與天賦等級。〕

〔姓名：李基英〕

〔稱號：無，仍需多多努力。〕

〔年齡：25〕

〔傾向：心思縝密的謀略家〕
〔職業：魔法師〕
〔職業效果：習得基礎魔法知識〕

〔能力值〕
〔力量：10／成長上限值低於普通級〕
〔敏捷：11／成長上限值低於普通級〕
〔體力：14／成長上限值低於普通級〕
〔智力：25／成長上限值高於英雄級〕
〔韌性：12／成長上限值低於普通級〕
〔幸運：23／成長上限值高於英雄級〕
〔魔力：05／成長上限值低於普通級〕
〔裝備：無〕
〔特性：心眼〕
〔總評：您的成長幅度如螻蟻般微不足道。您在體力、魔力與智力方面的能力值獲得了不少成長。看來做了很多需要動腦的事吧？智力值的高度成長尤為顯眼。但請不要得意忘形，到目前為止，玩家李基英的能力值連怪獸的排泄物都不如。〕

不曉得這個總評到底是根據誰的意見寫的，我對它感到相當不滿。雖然沒有這項能力的話，我也許沒辦法走到今天，但我仍然非常火大，甚至認真地思考該拿這個總評怎麼辦才好。

但在得知能力值提升後，我的心情自然也好轉了一些。

這段期間，我的魔力值增加了兩點。

不曉得是否因為需要動腦的事情確實增加許多，智力值明顯獲得大幅提升。

直到現在，我還無法確認智力這項能力值是否真的存在，也不知道我確切是在哪些方面有所提升。但大概就是基本的思考能力比以前更進步了吧。

除此之外，在未知的情況下所累積的幸運值也同樣上升了兩點。

這也就說明了，鄭白雪到目前為止的狀態，似乎並沒有為我帶來太多負面影響，這還真令人高興。

以一個天賦數值趨近吊車尾的垃圾而言，這已經是相當不錯的成長幅度了。照這樣的程度來看，和一般人比起來，應該也不會落差太大。

「看樣子，你的能力值似乎提升了？」

「嗯。白雪妳的能力值有任何變化嗎？」

「沒、沒有。目前還沒……不過，魔力值有稍微上升了一些。體力和力量之類的也……」

「那真是太好了。」

〈您正在確認玩家鄭白雪的狀態欄與潛在能力。〉

〈姓名：鄭白雪〉

〈稱號：無，仍需多多努力。〉

〈年齡：21〉

〈傾向：純真的擁護者〉

〈職業：魔法師（普通級）〉

〈能力值〉

〈力量：11／成長上限值低於稀有級〉

〈敏捷：11／成長上限值低於稀有級〉

〈體力：15／成長上限值低於英雄級〉

〔智力：23／成長上限值高於英雄級〕
〔韌性：14／成長上限值低於稀有級〕
〔幸運：23／成長上限值高於英雄級〕
〔魔力：18／成長上限值高於傳說級〕
〔裝備：無〕
〔特性：成為魔法師的方法（英雄級）〕
〔總評：請小心情殺事件。〕

以防萬一，我開啟了鄭白雪的狀態欄，發現和以前相比沒有太大變化。

她的魔力值上升了三點，傾向也仍然是純真的擁護者，所以如果要說她現在的狀態還算是純真的話，的確沒有錯，這一點我沒有異議。不過，要是能再說明得更淺顯易懂就更好了。

但這個總評又是怎麼回事？就像一道莫名讓人覺得不祥的回音一樣。

「一、一切都、都是多虧有基、基英哥。」

「不，其實我並沒有幫到什麼忙。」

我對於她的能力值上升並沒有太大的貢獻。

我靜靜地笑著，鄭白雪也開始露出開朗的笑容。

雖然覺得她的笑容看起來有點可怕，但絕對不能被她發現這個想法。

我輕輕地撫摸她的頭，她便立刻低下頭。剛才像個瘋女人一樣，笑著砍下朴慧英手腳的模樣，已經消失得無影無蹤。

這樣的情況，也讓我不得不再次感覺到她對我的好感。

現在，鄭白雪是我最在意的人，因為我必須將這枚不可控的炸彈變得可控才行。

選項有兩個。

第一，慢慢地把她推開。

這不代表我要讓她離開我的懷抱，而是從戀人的好感度退回到哥哥與妹妹的狀態，也就是從男女間的愛情降到兄妹之情。這樣一來，我才不會因為她的嫉妒心而被魔法碎屍萬段。

實際上，這是最安全也是最合乎常理的方法。

第二，快速地拉攏她。

言下之意就是利用男女之情。我要讓我們的關係發展成鄭白雪不但會信任我、跟隨我，而且只要是我說的話就一定會遵守的境界。

雖然聽起來有點荒謬，但以鄭白雪現在的狀態看來，這件事也不無可能。

其實我更偏好第一個選項。

我知道沒那麼簡單，但我們之間的關係還有轉圜的餘地。

腦海裡飄過無數的思緒，當我再次摸了摸鄭白雪的頭時，她一把握住了放在頭上的手。

老實說，我有些吃驚。

「咳咳……」

結束巡視的朴德久回來了。

「呃，氣氛好像還不錯啊。」

「咦?什麼?不……不是的。不是那樣的……」

鄭白雪的反應有些過度驚慌。

朴德久露出和剛才一樣不懷好意的笑容，對著鄭白雪說。

「剛剛拜託妳照顧大哥，沒想到大姐似乎別有居心呢？」

「不、不是那樣的。」

不曉得是不是因為一臉賊笑的朴德久讓她覺得有負擔，鄭白雪只好默默起身走向角落。

看著鄭白雪倉皇逃跑的背影，朴德久再次帶著賊笑一屁股坐在我旁邊。

「那個，我是不是回來得太早了?」

「什麼意思?」

「就是……你不是和大姐相處得還不錯嗎？」

我完全無法理解這傢伙到底在說什麼。

等等，仔細一想，這小子的年齡是二十三歲，鄭白雪是二十一歲，我真不明白他到底為什麼要叫鄭白雪「大姐」。

更何況任誰看來都會覺得鄭白雪年紀比朴德久小。

「你知道鄭白雪年紀比你小吧？」

「當然啊。但就算是這樣，我身為弟弟，怎麼能把將來要成為大嫂的人當成妹妹看待啊？」

「你這是……」

什麼鬼話啊，我差一點就脫口而出。

話說回來，事情的確有蹊蹺。

打從一開始，我想從鄭白雪身上得到的，分明就是友好的關係，而不是男女之情。

雖然她的成長環境將她導向詭異的方向，讓她變成一個奇怪的人是事實，即便如此，我先前一直覺得距離拼湊出事情的真相還差最後一塊拼圖。

而此時就像拼上了最後一角一樣。

媽的……

愛情的推手。

「以後發展順利的話，別忘記我喔！其實，我雖然沒有說出口，但在大哥要我好好照顧大姐時，我就一直在暗中撮合你們。」

「什麼……你做了什麼？」

「咳咳……就是跟她說一些你們很般配、大哥說不定也對她有意思，或是偷偷試探大姐的心意等等，我說了太多，連我自己也記不得了……呵呵……你不必太感謝我……」

「……」

「雖然我覺得大哥的愛好有點特別……咳，但既然大哥都這麼說了，身為弟弟的我當然要好好幫忙才對！依我看來，成功大概就在前方不遠處了。其實，別看我長這樣，我可是大名鼎鼎的江原道戀愛博士朴德久，只要說出我的名字，絕對無人不曉。」

也不知道朴德久究竟明不明白我的心情，只見他揚起嘴角自吹自擂了一番。

由於一切太過荒唐，我一句話都說不出來。

也因此不得不體認到，區分第一個選項或是第二個選項，根本毫無意義。

朴德久這個白痴豬頭。

這近乎完美的致命一擊，讓我想不出辦法來阻止這個大腦滿是肌肉的豬頭所進行的計畫。

第014話　精明的殺人魔

打從一開始我就沒有選擇的餘地。如果事情按照朴德久的計畫發展，鄭白雪肯定會對第一個選項抱持排斥的態度。

不對，不管我原本的想法如何，鄭白雪都非常有可能獨自奔向第二個選項。

「呼嚕嚕嚕。」

看著在一旁打呼的朴德久，就令我沒來由地感到心煩。

起初，我完全沒有要在這個世界談戀愛的打算。在不曉得什麼時候會死掉的地方抱持談戀愛的想法，本身就毫無邏輯可言。

這和我想要的「攀關係」根本是兩碼子事。

雖然不想再和不知何時會截斷我身體的女人變得更加親近，但是我必須這麼做。

諷刺的是，如果想避免被五馬分屍的結局，唯一的辦法只有更親近她。

她是最危險的人，同時也是最可信的人。

我雖然不喜歡賭博，但必要時，我也早已做好擲出骰子的準備。

面對不願意承認的現實，我微微地點了點頭，然後對著直到現在還在打呼的朴德久開口道。

「起床。」

「呼嚕嚕嚕……」

「該起床了，德久。」

「呼嚕嚕……什麼，已經天亮了嗎？」

「我們要提早出發。」

「喂，大姐。起床了。」

「……」

「她好像睡得有點熟……大姐，該起床了。」

「……」

「哎唷……那個，大姐就像在森林裡沉睡的公主一樣……這、這種情況應該需要王子來親一下吧？」

王八蛋。

不知道我此刻的心情，還一副惹人發火的語氣。

正好我的魔力也恢復得差不多了，真想塞一顆火焰球到他的嘴裡。

我不明白，明明只是稀鬆平常的閒聊，為什麼我卻有種被逼到絕境的感覺。

儘管如此，還是得叫醒鄭白雪，於是我不得不稍稍移動步伐。

「白雪。」

「……」

「白雪，該起來了。」

「嗯……」

我輕輕地摸了摸她的頭，這時鄭白雪才終於揉著雙眼起身。

她看起來一副還沒睡醒的樣子。

她看見我之後嚇了一跳，慌慌張張的樣子一覽無遺，但不曉得為什麼，就連這樣的她，都讓我感到有些害怕。

「啊……好的，基英哥。」

「馬上就要回營地了。」

「我知道了。」

「先隨便吃點東西，待會就出發。」

「咳，準備工作就交給我吧。」

簡單地吃完東西後準備出發，還真的只需要一下子的功夫。

不是有人說過人類是會適應環境的動物嗎？看到每個人用自己的方式迎接每一天的早晨，我突然覺得這句話一點也沒錯。

「雖然金賢成老兄的狀況也令人擔心，但不曉得營地有沒有發生什麼事，畢竟我們已經離開好一段時間了。」

「應該不會有事的。只希望營地裡的人不要突然發神經似地跑出來打怪的話……」

「如果他們能好好表現的話，不是很好嗎？反正我們也需要更多能夠戰鬥的人啊……」

當然，如果他們真的有能力打怪的話，我們也沒有非得阻止的理由。

「你覺得一直以來擔驚受怕、只敢躲在一旁的那些傢伙，心境會突然出現變化，進而有所轉變嗎？他們彼此聯合起來外出打怪的機率不僅微乎其微，就算真的去遠征，一旦進展不順利的話，還可能會全軍覆沒，倒不如保持現況。」

「什麼意思啊？」

「我的意思是，不希望再發生像朴慧英那樣的事情了。」

營地裡的人出來打怪的機率非常低，就算他們決定自己組隊外出找尋怪物，也已經是我們所能預想到的最壞情況了。

但是我的判斷也不一定完全正確……

「要是他們陷入恐慌，大吼大叫地把周圍怪物們全部引到營地，這才是最糟糕的局面。」

「……」

「而且應該沒有人認為營地會變得越來越危險，因為大家都只忙著顧慮自己的安危，處在恐懼中的人是無法做出理性判斷的……最後，怪物們開始蜂擁而至，人類卻難以抵擋，等到牠們穿越入口闖進營地之後，一切就玩完了。」

「呃，光用想像的就覺得很恐怖。」

是真的非常可怕。

「這就是賢成先生要我們繞遠路的原因，也許直到現在，還有怪物追在我們後面也說不定。」

「哇，我越想越覺得大哥你真是聰明呢！」

我絕對不算聰明。

「才沒有。」

我只是想著最壞的打算來做出行動而已。

繼續行進的過程中，我莫名地感到不安。只要想到剛才提到的情況說不定已經發生，就讓我變得口乾舌燥。

坦白說，雖然營地裡發生什麼事都與我們完全不相干，不過放在營地裡的食物和錢財消失，可不是我們樂見的。

那是我們好不容易打造的安全避難所。

攻掠副本目前還沒有明確的方向，因此對我們來說，營地仍然有存在的必要性。

我一邊走著，腦中浮現各種思緒，回到營地附近時，突然感覺到一陣安靜。

正當我因為受不了周遭的靜默所帶來的壓迫感，思考著要不要向朴德久和鄭白雪搭話時，沒過多久，營地就出現在眼前。

和平常的樣子不同，營地入口被擋了起來。

李智慧應該是發現了我們，只見她移開入口的石堆，走到外面。

石頭似乎堆得非常嚴實，她花了好一陣子才出來。

李智慧慢慢地朝我走來，露出和往常一樣的微笑，接著開口說。

「基英哥，德久哥，你們回來啦？慧英小姐和賢成先生呢……」

「朴慧英死了，賢成先生馬上就回來。」

「啊，原來如此。」

聽到我平靜地說出這些話，李智慧先是閉上雙眼，過了好一會兒，她才點了點頭接著說。

「怎麼會……」

「說來話長。比起這個，這段期間營地裡沒有發生什麼事吧？」

「嗯……我們可以單獨談談嗎？」

她顯然是想更自在地進行對話。

李智慧的神色看起來不太對勁，我們不在的期間肯定發生了某些事。

真不知道為什麼悲傷的預感總是不會出錯。

我稍微回頭看向朴德久，對方用一副無所謂的樣子點了點頭。

雖然當初我就認為這小子以後會聽我的，所以沒有什麼大礙，但更令我在意的是鄭白雪的反應。

然而，以我的立場來說，勢必得和李智慧單獨對話，所以我只好摸了摸鄭白雪的頭，並對她說道。

「妳可以先進去等我嗎？我很快就過去。」

「嗯！好，好的。基英哥。」

因為我擔心李智慧也可能會被碎屍萬段。

鄭白雪走進營地前，悄悄回頭看我的模樣，不知為何讓我想起朴慧英發生事故的當下。

兩人消失在我的視線範圍後，李智慧才緩緩地開口。

「朴慧英是怎麼死的？」

「這是她應得的，因為她在怪物聚集的地方大聲尖叫。也因為這樣，現在金賢成才沒有和我們一起行動……妳還想知道更多嗎？」

「不。我大概能料想到發生什麼事了。」

只見李智慧偷偷地回頭看著後方，不曉得她是不是在看鄭白雪離開的那條路，總覺得她或多或少察覺到了我們之間發生的事。

雖然這只是我的推論，但可以確定的是，李智慧比我想像中的更會察言觀色。

「我們的對話似乎得快點結束呢。」

「發生什麼事了？」

「包括劉碩宇在內的幾個人跑出營地了。」

我就知道會這樣。

「什麼時候？」

「昨天早上。」

「妳……」

「我知道。我不該任由他們跑出去。」

「不過，為什麼呢？」

「其實，自從你和賢成哥一起去遠征後，他就一直向我提出自己也想出去打怪的想法。不曉得是因為看了基英哥你所施展的魔法後才下定決心，還是對於自己所處的環境感到不滿，聽說他和幾個志同道合的男人一起出去打怪了！這些白痴……一開始我也曾試著勸他們，還是等基英哥你們回來以後再出發比較恰當……」

「……」

「可惜我不過就只是個弱女子。」

我大概知道發生什麼事了。

在大家面前施展魔法似乎造成了負面影響。

當初劉碩宇因為與鄭白雪的爭執，讓他在不知不覺間吃了虧。因為自己的地位下滑，劉碩宇或多或少會想要做出一點成績，這也是情有可原的。

他不光認為能夠額外得到那種讓人難以理解的能力，也暗自希望自己能變得跟我們一樣。

因為撇除被視為管理者的李智慧，我、朴德久以及金賢成，在這裡掌握的權力是至高無上的。

我微微嘆了一口氣，接著說：「阻止這件事發生難道不是妳的責任嗎？」

「但我也已經盡力阻止了。因為你們回來的時間稍微晚了一點，大家也開始變得不安……還說要組織救援隊去救你們，我該怎麼阻止？」

「救援隊個屁……這些平常一副事不關己的雜種……所以妳才會把入口擋起來嗎？」

「對啊，總不能讓全部人都一起死吧？」

入口被封起來大概就是為了防止劉碩宇那群自稱是救援隊的人被怪物追著跑，回到營地請求救援。

連堵住入口不讓他們進來這樣的情況都事先想好，看來李智慧自己似乎也有守護營地的想法。

「雖然我也希望能直接殺掉只會惹事的蠢貨……但死了一個不長眼的朴慧英也是事實……該怎麼辦呢……大家可能會更害怕……現在還需要能夠戰鬥的人嗎？」

「當然是越多越好。」

其實真正在攻掠副本的人是金賢成，而不是我。

認為必須增加能戰鬥人員的，也一樣是金賢成，不是我。

他似乎認為在進入地底下之前，我們一定要擴增人數。

「妳有意願嗎？」

雖然用心眼確認後，發現李智慧也同樣被評為廢物，不過還是比朴慧英那種女人更好一些。她應該不會拿長槍隨便亂刺，也不會在過程中發出尖叫聲。

反而非常有可能會在朴德久身後沉著地做好該做的工作。

「我就不用了。」

「……」

「我不但會害怕，也不想惹事讓自己平白無故死掉。基英哥你施展的力量的確非常神奇……我也很想擁有，不過無端的貪念就是客死他鄉的捷徑。」

「……」

「你覺得野鴨能跟得上鶴嗎？我的意思是，野鴨也有野鴨自己的生存方法。」

我似乎能理解她的意思。

總覺得這句話也能套用在我身上，雖然心裡有些不是滋味，但李智慧的想法非常合理。

「比起站上無法預知生死的戰場……更重要的，不是應該和有能力的男人在一起，安穩地活下去嗎？」

就在我們聊著各種話題的同時，某處傳來了些許動靜。

我下意識地轉頭，便看見前方有幾個人朝我們走來。

走在最前面的人是劉碩宇。

但是，走在他後方的三個人，是不曾在營地裡見過的生面孔。

「看樣子最該死的人活著回來了呢，而且還帶了累贅……」

＊　＊　＊

「有多少人離開？」

「七個人。」

站在最前方，正朝著我們走過來的人，確實是劉碩宇。雖然因為隔著一段距離，導致我無法看清楚，但至少能知道走在劉碩宇後面的三個人，都是第一次見到的陌生人。

包括劉碩宇在內的七個人，其中有六個人沒有回來，他卻帶著另外多出來的三副新面孔，朝向營地前進。

我猜的沒錯，和劉碩宇一起出去打怪的一行人發生了意外，而正在朝我們走來的這群人幫助了他們。而且在那個過程中，除了劉碩宇以外的其他人，全數陣亡。恐怕真的是這樣。

光看這群走過來的人身上的裝備，就知道他們絕不是什麼泛泛之輩。其中一人拿著一把劍和小型盾牌，另外一人拿著長槍，最後一位則是舉著弓箭。從他們所散發的氣場及纏住傷口的繃帶看來，可見這些人已經打了不少戰役才來到這裡。

〔您正在確認玩家鄭振浩的狀態欄與潛在能力。〕

〔姓名：鄭振浩〕

〔稱號：無〕

〔年齡：29〕
〔傾向：精明的殺人魔〕
〔職業：魔劍士（稀有級）〕

〔能力值〕
〔力量：25／成長上限值高於英雄級〕
〔敏捷：23／成長上限值高於英雄級〕
〔體力：24／成長上限值高於英雄級〕
〔智力：20／成長上限值低於稀有級〕
〔韌性：23／成長上限值低於英雄級〕
〔幸運：15／成長上限值低於稀有級〕
〔魔力：08／成長上限值高於稀有級〕
〔特性：無〕
〔總評：具備優秀的才能，還算不錯。整體而言，各方面的能力值不但非常平衡，而且沒有任何不足之處。要是本人能專注於自身的成長，絕對有進入前段班的可能性。傾向也很令人滿意。既然如此，還是建議您不要太靠近為妙，因為對於玩家李基英而言，對方可能是非常危險的人物。〕

儘管只是大略看了一下他的能力值就能理解，他的能力值呈現完美的均衡分布，最醒目的是他所擁有的魔力和職業。職業不是魔法師卻依然擁有魔力的人，除了金賢成以外，他是第一個。

稀有級魔劍士這幾個字也一直浮現在眼前。

他的魔力值為八點，甚至比我還高，具備魔力這件事情本身就足以讓他躋身強者的行列。但是比起其他的資訊，最引人矚目的是那傢伙傾向——精明的殺人魔。

到目前為止，我雖然看過了許多人的傾向，但我還是第一次見到這種傾向。在他旁邊的兩個人也跟他相去不遠，能力值本身雖然只略高於我，或者稍低於朴德久，但整體來說能力值都不算太差。他們的傾向也都不像「善意的仲裁者」，或者「純真的擁護者」這般正向。

「又要準備迎接客人了。他們大致上看起來應該是能夠戰鬥的人……不曉得這算不算好消息。」

「妳去叫朴德久和鄭白雪過來。」

「什麼？」

「趕快！」我沒有回答李智慧的提問，反而立刻皺起眉頭，開始念誦咒語。

李智慧或許知道即將發生什麼事，她也沉著一張臉，開始走向營地內部。

我也同樣一步一步向後退。

「主啊，請聽我的祈求，回應我的聲音，請賜予我燃燒敵人的力量。」

他們看起來就跟剛抵達時一樣，正在不疾不徐地走向這裡，這似乎代表他們尚未對我們產生敵意。

不過，他們也有可能如同純真的擁護者鄭白雪一樣，傾向和實際的行為不一致。總之，還是得先準備好才行。媽的。

我將魔力堆疊成魔力之塔，咒語也已經背誦完畢。只差最後一步就能發動攻擊，我使勁地把即將說出口的咒語含在嘴裡。

「初次見面，我叫鄭振浩。」

對方為了和我打招呼，往前跨出一步走向我，我見狀則是向後退了兩步。

因為我很清楚，高於二十的敏捷值有多麼快速。

其實，就算是現在這樣的距離也還是有危險性。在鄭振浩身旁的那兩個人，可能無法察覺我在極力壓抑魔力，不過擁有魔力的鄭振浩應該能知道，我現在正用力地將咒語含在口中。

對於那傢伙的問候，我保持著一定的距離開口回應。

「初次見面。我叫李基英。」

「對了！我從碩宇先生那裡聽了很多關於你的事。聽說你這次轉職成魔法師了，還能從手中變出火焰……我真想親眼看看。」

劉碩宇那個窩囊廢，沒用的傢伙。

「是的。」

「還真是神奇啊。雖然早就知道這個地方會帶給我們全新的力量，不過我還是第一次看到魔法師……啊！你不需要對我如此戒備。」

在這種一不小心就可能會死的情況下，不嚴加防備才更奇怪吧。

他們拿在手中的劍、長槍還有弓箭都讓我感到煩躁。

我用餘光偷偷瞥了一眼劉碩宇，發現他的表情似乎有些緊張。雖然不曉得他出於什麼原因而緊張，不過我認為這不是個好徵兆。

「這個地方還真大啊。聽說生存下來的人非常多，我原本還不太相信。但如果是這樣的場地，要容納三十個以上的人在這裡生活，的確很合理。」

「我第一次看到這個地方時也嚇了一跳。一切都是託賢成先生的福。話說回來，你們怎麼會……」

「喔，其實是我們在附近發現碩宇先生一行人被周遭的怪物包圍，遺憾的是，等到我們發現時早就為時已晚，來不及救活其他人……無論如何，碩宇先生還是被救回來了，他運氣真好，對吧？」

我再次看向劉碩宇，只見那小子點了點頭。

劉碩宇帶回來的人，怎麼好死不死是這些傢伙，我都不知該如何是好了。

那些傢伙身上散發著不祥之氣。

或許是幸運值發揮了效果，我體內的直覺正在大聲地喊叫，要我不要靠近他們。

「真是萬幸，本來聽到碩宇先生出去打怪的消息，我還有些擔心。其他人……雖然很無奈……」

「如果我能更快發現的話，說不定就能全數獲救了，真的很遺憾。」

當我焦躁得眼珠子轉個不停的同時，我察覺到鄭白雪和朴德久走了出來。

「發生什麼事了，大哥？」

「有新面孔到訪。」

直到此刻，我的緊張才得到一些舒緩。朴德久拿著厚重的盾牌從裡面走出來的模樣，看起來的確十分具有威脅性。

當然，能力值就更不用說了。依我看來，朴德久壓倒性的韌性值與體力值，恐怕就連鄭振浩也難以突破。或許是因為收到李智慧的提前告知，朴德久身穿破舊鎧甲，對眼前三人投以敵意的模樣，看起來十分可靠。鄭白雪則是低著頭，在口中喃喃自語。雖然到目前為止還沒感知到強大的魔力，但做出應對突發狀況的打算準沒錯。

「我還以為會受到歡迎……有點出乎我意料之外呢。」

就在這時，鄭振浩意識到了我們過於明顯的防備心態。

「抱歉。但遇到陌生人的時候，我也不得不下意識保持警戒心。如果有冒犯之處的話……」

「不會的，基英先生，我們充分能理解。因為我們也曾經被覬覦糧食的傢伙偷襲過。那些不懷好意的傢伙似乎聯合起來在這附近活動，雖然我們好不容易才逃走，但似乎還有其他受害者。就連來這裡的途中，也看到了許多被殺害的人。」

真想問始作俑者是否就是他們。雖然無法得知他是不是到處殺人，但鄭振浩的確有可能以某種方式挑起禍端。畢竟如果他是個正常人，傾向卻是精明的殺人魔的話，多半會讓人覺得難以理解。

「那畫面看起來真的非常殘忍。雖然屍體已經被怪物啃食掉大半以致難以辨認，但從受害者全身上下的痕跡看來，並不是怪物所為，而是人類。那肯定是刀刃造成的傷口。」

「是嗎？」

「是的。有逃跑過程中，被弓箭射到背部的痕跡。也能看見試著奮力抵抗的痕跡……那些壞人裡，可能有弓箭手吧。其中，還有被劍刺傷的痕跡，由此可知他們應該也是一群有拿劍的傢伙。不曉得你有沒有見過呢？」

「沒有。」鄭振浩身旁那個拿著弓箭的傢伙自然而然地進到我的視線範圍內。

我無法理解他說出這番話的用意何在，唯一可以確信的是，一股微妙的緊張感正在成形。

我開始好奇他是不是真的想跟我們一較高下。朴德久大概是注意到了我的表情，他為了掩護我和鄭白雪，暗自拿起盾牌走上前來，然而對方卻毫無反應。

我不禁懷疑他們是不是看不見朴德久的存在。換個角度想，也許這些傢伙相當有把握。這種可能性非常高。雖然一切不過是我腦中的猜測，但眼前這些傢伙分明一副正在窺伺著我們的模樣。

鄭振浩的手臂不停往腰部移動，讓我耿耿於懷，朴德久也對那傢伙的舉動十分在意。

「說不定在基英先生沒有去過的附近區域內，也有那些傢伙的蹤跡。」

「大概是吧。不過，我從來沒有聽說過關於那些人的事情。」

正當那傢伙打算將停留在腰際的那隻手移向劍的握把時，我立刻念出咒語。

不，準確來說，是差一點念出來。如果不是聽見了金賢成的聲音，我絕對會召喚出火焰球。

「發生什麼事了？」

鄭振浩悄悄將那隻移向握把的手挪到褲子旁，他迅速地用褲子擦了擦手，朝著我做出握手的模樣，真讓人嘆為觀止。雖然不曉得他是不是原先就打算這麼做，但金賢成出現後，這傢伙的態度確實有些不同。

我收回正在念誦的咒語後，伸出手和他相握。

「總之，很高興認識你，基英先生。」

「我也很高興認識你，振浩先生。」

我稍微轉頭，看向朝我走來的金賢成。這段期間他肯定非常辛苦，不過臉上卻不見疲憊的神色。

他一臉平靜地將視線停在劉碩宇帶回來的人身上。

「原來你平安無事。事情說來話長，這幾位是碩宇先生帶回來的……」

「初次見面，我叫鄭振浩。」

就在那時，我發覺金賢成的臉色不太對勁，他望著鄭振浩的表情，看起來有些僵硬。就像某種既視感在眼前出現一樣。雖然有些不同，但這和他第一次見到鄭白雪時的表情非常相似。

說不定金賢成認識未來的鄭振浩。

當然，目前什麼都還不能確定。不過，除了瞬間僵硬的表情之外，金賢成眼中所流露出憤怒，讓我更加確信這個推測了。就連我的身體都不禁瑟瑟發抖。

＊　＊　＊

那小子為什麼會那樣？這和我所認識的金賢成，似乎有些不同。打從一開始，金賢成就是個不容易表現情感的人。雖然在第一次見到鄭白雪時，他曾明顯表露出自己的情緒，但那也不過只有一瞬間而已。

我心想，難道他已經察覺我們對朴慧英做的事了？不過，金賢成的視線並沒有停留在我或鄭白雪身上。

他確實正在注視著鄭振浩。我也是第一次看見他這個樣子。

雖然金賢成沒有施展魔法或做出其他舉動，但他的眼神分明透露著敵意。

他的神色和目光都充滿了戒備，手腳也微微顫抖，最重要的是，他的表情極度陰鬱。

金賢成顯然認識鄭振浩。當然，我無法得知他為什麼認識鄭振浩。

盡可能想得單純一點的話，在我所不知道的未來世界裡，他們非常有可能結下了某種孽緣。

畢竟金賢成無法觀看他人的狀態欄，他不可能和我一樣，在看到鄭振浩的傾向是精明的殺人魔之後，才對他產生戒心。

金賢成看起來像是對於鄭振浩這號人物反感，同時抱有敵意。即便過了一段時間之後，金賢成仍然小心翼翼地注視著鄭振浩。

鄭振浩為了與金賢成握手，將手停留在半空中，這個姿勢雖然有些難為情，但他面帶微笑地看著金賢成。

在不了解這個傢伙傾向的狀況下，看到這張臉，只會單純地認為他是個好人。

看到金賢成有些發愣的樣子，我拍拍他的胳膊，對他說：「賢成先生。」

「噢……抱歉。我叫金賢成。」

金賢成和鄭振浩握手的樣子映入眼簾。

不曉得為什麼，金賢成緊緊握住的拳頭一直吸引著我的目光。

在金賢成出現前，我們雙方微妙的對峙，以及金賢成見到鄭振浩之後所出現的反應，讓人可以做出許多假設。

以下是在假定鄭振浩是心理變態殺人魔的情況下，導出的推論。

第一個假設，說不定鄭振浩曾經殺了金賢成或是他身邊的人；第二個假設，也許兩人不曾見過面，但金賢成聽說過關於鄭振浩的傳聞。

第一個假設的可能性相對較低，萬一是自己或者身邊的人被對方殺掉，金賢成依然能展現出那種自制力的話，那我不會叫那個傢伙軟柿子，而是應該叫他聖人才對。

雖然以我的標準而言，現在那傢伙早已是逼近聖人的境界，不過那是另外一回事。

又或者，金賢成可能意識到了我、朴德久、鄭白雪，以及營地裡的人所投射的視線。萬一他在意的是我們的目光，那傢伙可能正默默地在心裡將鄭振浩碎屍萬段無數次也說不定。

如果換成是我，大概也會這麼做。

「我再自我介紹一次。我是鄭振浩。我從碩宇先生那裡聽到很多關於你的傳聞，他說你是這個營地的管理人……」

「我只不過是偶然發現生存者罷了。」

「聽說你一直在救援活動上投注心力。」

「呃，沒錯……」

「你真的很了不起。雖然一直聽碩宇先生說你是個厲害的人，但似乎比我想像中的更厲害。能請問你的能力值是多少嗎？」

劉碩宇那個沒用的傢伙，口無遮攔地說了不少事。

「不管怎麼說，這種事情不方便向別人透漏吧。」

「噢！當然，你不方便的話，不告訴我也沒關係。話說回來，我們也是從離這裡有一段距離的起始點過來的，在那裡沒有發現其他的生存者。後來在到處閒晃的途中，偶然發現了碩宇先生。」

「是嗎？」

金賢成的表情毫無變化，沒有一絲警戒和敵意，只是與平常一樣的表情。

我雖然認為這傢伙已經重生過一次，對於掩藏自身情感應該駕輕就熟，但金賢成比我想像的更加沉著冷靜。

即便不明白這傢伙為什麼會像個濫好人般照顧身邊的人，但或許是那個我所不知道的，屬於他的過去，正在牽制著他。

我打消了第一個假設相對可能性較低的念頭。金賢成比我所想的更擅長控制情緒。但即便如此，我個人依然認為第二個推論的可能性較大。

鄭振浩的潛在能力值高到超乎想像，用遊戲來比喻的話，就如同在這裡已經扎穩了晉升到前段班的根基一樣。就連心眼也同樣認定那傢伙的成長潛能非常高。

考量到金賢成的傾向，鄭振浩很有可能成為金賢成未來會認識的殺人魔或罪犯。

在未來，鄭振浩會在這個世界掀起一陣腥風血雨，而擔任仲裁者的金賢成，也同樣會對鼎鼎大名的罪犯鄭振浩有所耳聞，這就是我的第二個推論。

當然，他們兩人的立場也有可能互換，但以傾向來看，機率非常低。

因為我很難想像金賢成以殺人為樂的那副面孔。

「如果不會打擾到你們的話，我們能不能也在這裡住下來呢？我們也帶來了糧食，應該足夠分給大家吃幾天。如果各位不願意的話……」

金賢成思量了好一會兒，但他很快就點頭答應了。

「不會的，我們隨時歡迎生存者。我請人帶你們熟悉環境吧。」

「好，謝謝你。」

這個選擇真令人感到意外。

「德久，你和智慧小姐一起帶他們認識環境。」

「大哥，這樣沒問題嗎？剛才我們還……」

「沒關係的。有任何問題就立刻通知我。」

「嗯。既然大哥都這麼說了……你們跟我來吧！雖然這裡有點簡陋，但總比在外面到處遊蕩好。」

金賢成的選擇故然令我意外，但這同時也是個合乎邏輯的決定。

他明白，必須把敵人放在眼皮子底下才行。

對我來說，這也是我想讓他留在這裡的原因。

如果單純只是瘋子、心理變態的話，最好還是別讓他們進到營地裡；但是，看到鄭振浩在金賢成出現後有所妥協的模樣，可見他果然是思慮周詳的人。

反倒看起來還有些厚顏無恥。之前所感受到的不祥之氣和微妙氛圍，也從那傢伙身上消失無蹤。

金賢成出現後，鄭振浩應該是認定自己沒有勝算，所以才決定往後退一步。雖然他一開始可能沒有攻擊我和朴德久的打算，但直到金賢成出現以前，我確實有感受到一股不安感。

儘管如此，我還是要謝謝那傢伙。如果說那傢伙真的非常精明的話，那麼無論如何，我都要好好利用一番。我的嘴角不自覺地上揚，自然而然地露出微笑。

照眼下的局面看來，他絕對具有能夠拿來好好利用的價值。

雖然是意料之外的情況，但還不錯。不對，說不定地球上最幸運的人非我莫屬。

不久前以為自己可能會死掉的想法，已經從我的腦海中消失。

真感謝鄭振浩那小子。他出現在這裡，對我而言可以說是莫大的幸運。

我稍稍轉頭，便看到金賢成出現在眼前。他的表情有些呆滯。

「賢成先生，一起進去吧。」

「我想慢慢走，你先進去吧。」

金賢成一副心事重重的表情，其實我也一樣。不過，我必須在這裡將我們的對話延續下去。這樣一來，才能發揮良好的效果。

「你認識他嗎？」

「呃……」

「你的表情讓我覺得你似乎認識他，所以我才這麼問。」

雖然金賢成的神色看起來有些苦惱，但他馬上點了點頭，接著說道。

「可以說是有點認識吧。但他應該不認識我，只是很久之前曾有過一面之緣，就這樣而已……」

「喔，還有這樣的緣分啊。」

「也稱不上是緣分，就像我說的，只不過是一面之緣。請不要告訴鄭振浩先生……」

「當然，我會保密的。」我裝作一副若無其事的樣子，順著他的話說下去。

諮商最重要的，就是要保守祕密。

現階段果然還是只會講形式上的客套話。

或許是我所說的話讓他察覺到了自己的失禮，他慌張地接續話題，恍惚的精神終於稍微恢復正常。

「雖然本來就認為你會相安無事，但你真的順利歸來了，果然很了不起。」

「不，我只是運氣好。雖然有點吃力，但我盡可能地繞了一大圈才回到這裡。這麼看來，基英先生你也很幸運。回來這裡的途中，應該沒有發生什麼事吧？」

「關於這個，其實我有些話想告訴你……慧英小姐死了。」

反正伸頭是一刀，縮頭也是一刀，還不如早點面對。

儘管金賢成正為了鄭振浩的問題一個頭兩個大，但是趁現在將盡早這件事情說出來，反而更合理。

金賢成看起來有些驚訝，但或許是因為早已習慣接受他人的死亡，於是他緩緩地點頭。

幸好，他沒有對我產生懷疑。

雖然從他剛才詢問我途中是否有發生其他狀況時，我早已明白了這一點。

不過，金賢成並沒有詢問朴慧英的屍體狀況。

「原來如此。怎麼會……」

「是一股未知的魔法造成的。」

「你是說魔法嗎？」

「應該沒錯。雖然我的等級還很低，無法確切地做出判斷，但肯定是魔法造成的。現在說不定還有殘存的魔力。」

「這樣啊……」

「和德久一起奔跑的途中，我們發現白雪和慧英小姐跟我們走散了。那時，我正在念咒語，所以無法準確掌握周圍發生的事，在當下維持住咒語，已經是我的極限了……當我們晚一步找到她們時，慧英小姐已經被截斷四肢，躺在地上奄奄一息了。我能感覺到周圍似乎被施展過魔法……在附近的白雪雖然發現了慧英小姐，但她似乎不了解詳細的情況。」

「你是說她在四肢被截斷的情況下……」

「對，她的四肢都被截斷了。我也想過會不會是副本裡的陷阱之類的……」

根本沒有陷阱這種東西。深知這一點的金賢成，重新思考著我剛剛說的話。

「沒錯。其實我也想把慧英小姐的屍體一起帶回來，不過我們實在無暇顧及……想說與其讓她被怪物吃掉，不如燒掉更好。所以……」

我很清楚自己在說什麼——我燒了朴慧英的屍體。

「噢，原來是這樣。辛苦你了。」

最好盡可能地說得真誠一點。因為現在已經和昨天的狀況不一樣了。

比起純真善良的鄭白雪，眼下出現了一個更值得懷疑的嫌疑人。

我再次在心中喃喃自語道：「謝了，魔劍士鄭振浩。」

犯人已經決定好了，就是心理變態殺人魔鄭振浩。

第015話 道具

坦白說出朴慧英的事情後，又經過了一段時間。

當然，我都沒有說過「鄭振浩很可疑」或者「那傢伙是凶手」之類的話。

因為「鄭振浩是殺害朴慧英的凶手」這樣的結論，必須由金賢成自己推導出來，而不是我。

我不需要特意讓金賢成接受，或者說服他，只要維持一貫的態度，認為朴慧英可能誤觸了陷阱，這樣就夠了。

很好，現在多了一個比我和鄭白雪更值得被懷疑的對象。

金賢成未來的孽緣，果然有助於讓金賢成做出合理的結論。

正如我所料，沒過多久，金賢成開始變得經常獨自一人行動。

他要不是在留心鄭振浩那群人的一舉一動，就是在默默注視我們。

我多少能夠理解他在想些什麼，而我也只能靜觀其變，因為這樣更有幫助。

有時，金賢成的眼中會透露出一絲冷冽，我認為他那時應該在思索著該如何殺掉鄭振浩。

鄭振浩不僅是未來的敵人、瘋狂殺人魔，更是殺死朴慧英的凶手。

現在已經沒有理由不除掉鄭振浩了。

就算金賢成再怎麼擁有佛祖般的慈悲心，應該也會認為將來的後患一定要除掉。

問題就在於，該怎麼除掉，以及用什麼方式除掉。

雖然從金賢成的立場來看，他應該想盡快解決掉那傢伙，但也不得不為此感到苦惱。

一來因為難以找到合適的機會，再者，目前有太多事情參雜在一起。

舉例來說，攻掠副本的問題。

「和他們一起進入地下副本，你覺得怎麼樣？」

「你是說……一起嗎？」

「沒錯。正好現在白雪也轉職成了魔法師，振浩先生一行人也加入我們了，人數應該夠。而且碩宇先生好像也得到職業了……雖然也想更從容地行動，但我們的糧食正在逐漸減少，現在似乎也到了該做出決定的時候。何況我們當初的目的就是攻掠。」

「嗯……」

「我們不可能永遠待在這裡。我認為，即使有些不安，也必須先做出嘗試。」

我提出的疑問，可能會令金賢成有些頭疼。

與勢必會分裂的一群人一起攻掠副本，的確會令人感到苦惱。

其實，我只不過是隨便提出意見，決定權完全在金賢成手上。

他必須判斷對於和那些傢伙一起攻掠副本，以及在那之後發生的所有事，自己是否有信心負起責任。

如果金賢成有信心的話，那麼情況再好不過了。

如此一來便能同時達到副本攻掠，以及殺害朴慧英的冒牌凶手之死。

說白了，就是我們能把鄭振浩那傢伙啃得連骨頭都不剩。

既然都是要死的人，最好盡可能地發揮他的利用價值。

「再次選擇和新來的人出去打怪也有不恰當的地方，畢竟不曉得什麼時候會再發生像朴慧英小姐那樣的事……但比起一直等待，先出去一次試試，似乎是個不錯的選擇。目前糧食和飲用水都不夠，繼續安於現狀的話，最後必死無疑。」

「……」

金賢成相當謹慎小心，從他所展現的模樣看來，他似乎認為整件事情可能會變得有些危險。

說不定他認為在和我們一起遠征的情況下，沒辦法解決掉鄭振浩。

當我想說些其他的話來轉移話題時，金賢成緩緩開口道。

「好像還不錯。」

「什麼？」

「好像還不錯。那就到地下副本去試一次看看吧，需要準備的東西可能有點多。因為我們還沒有和鄭振浩先生他們一起合作的經驗，分成兩個小隊一起行動可能會好一點。」

「好。我也這麼認為。」

我可不想被殺人魔從背後捅刀。

金賢成當然也抱持著一樣的想法。

「振浩先生那邊由我來告知，基英先生你去通知白雪小姐和德久先生……」

「好。」

「不，這樣不太好，你可以請白雪小姐和德久先生過來這裡嗎？」

「好，我明白了。」

金賢成好像有話想對我們說。

我一邊想著也許會有令人高興的好消息，一邊悄悄地跨出了步伐。

朴德久和鄭白雪此時大概正在做自己的事。

我稍微邁開腳步後沒多久，一幅不同於平日的景象出現在眼前。

那是近期在營地裡少有的溫馨畫面。

「謝謝你，振浩先生。」

「振浩哥，謝謝。」

「沒什麼。大家都要互相幫忙著生活。」

眼前是和那些失敗者一起堆石塊的鄭振浩一行人。

這項工作現在已經變得毫無意義，只不過是用來消除內心不安的俄羅斯方塊。

「有什麼需要幫忙的，隨時都可以告訴我。」

「你都幫我們從外面把糧食帶回來了，這種事應該由我們來做才對啊！振浩哥，你先休息一下吧，這樣對你會好一點。」

「不，這種事我能幫忙，也不需要花太多力氣，還是和大家一起做完再休息吧。」

看到大家嘻嘻哈哈，一片和樂的模樣，因為太過荒唐，我實在是無言以對。真是一群愚蠢的傢伙……

這世界上絕對沒有平白無故釋出善意的人。

或許金賢成幫助這些人的原因，也單純是為了自我滿足所產生的同情罷了。

不過相較之下，金賢成的情況更好一些。

依我看，鄭振浩想要的，是現在和他一起嘻嘻哈哈、打成一片那些人的性命。

託他的福，自從我和朴德久各自分開行動之後，那些投向我們的惡意目光變得更加露骨了。

他們正在拿我們和鄭振浩那群人比較。

他們似乎想對我們問「你們怎麼閒著沒事做？」

鄭振浩不只將糧食分給大家，連雜事也一起幫忙，和只會拚命守住自身利益的我不同，他們會拿那些傢伙和我們相比也不無道理。

我、朴德久以及鄭白雪的立足之地似乎越來越限縮，但我認為沒必要和鄭振浩做一樣的事。

能夠指揮、控制人們的力量，並不是光靠扮演那種平民的角色就能辦到。

只有遙不可及的權威，才能控制那種人。

那傢伙也明白做這些事沒有任何意義，儘管如此，看到他那樣的舉動，我依舊難以理解他究竟在盤算什麼。

雖然我也擔心過，也許心理變態殺人魔鄭振浩到目前為止還處在犯罪前的階段，他正在努力壓抑自己的傾向，盡可能地做個善良的人，一切都是我從中作梗也說不定。

不過，大局已定。

「這個也一起配著吃吧。」

「噢！謝謝你，碩宇哥。」

劉碩宇最近和那群人一起行動，得到了職業後變得意氣風發。

看來他似乎決定向鄭振浩一行人靠攏，即便有時會出現焦慮不安的神情，但不管怎麼說，那小子還是得到了自己想要的東西。

——職業，以及這個破爛營地裡的地位。

看起來既溫馨又和樂融融的美景，不知為何總讓我內心感到不舒坦。

我只能轉身，離這群正在體驗勞動價值的人遠遠的。

繼續走了一小段路，鄭白雪和朴德久出現在前方。

「白雪。」

「噢，基、基英哥。」

我一發出聲音，正在試著施展基礎魔法的鄭白雪便慌慌張張地朝我跑來，輕輕抓住我的衣袖。

朴德久見狀，心滿意足地笑著。

操……

「今天也在練習新的咒語嗎？」

「什麼？對……」

「真厲害。」

「沒有啦，一、一切多虧有基英哥。」

雖然還沒宣布交往，或者做出情侶間的親密肢體接觸，但營地裡的人似乎已經認定我和鄭白雪是情侶了。

鄭白雪或許發現了這一點，因此最近她偷偷抓住我的手，或者向我靠近的次數變多了。特別是在幾天前，她小心翼翼地告訴我，自己突然轉職成為魔法師之後，更是如此。

似乎是見我沒有特別拒絕，所以才鼓起勇氣的樣子。

當然，在夜深人靜的時候，她展現出來的模樣也是一樣。

我在半夢半醒之際被嚇得心驚膽顫的經歷也不少。

這也許是她膽子越來越大的緣故。

總之，這件事要不是朴德久從中撮合，我和鄭白雪大概就不會變得這麼親近。

「你不是說要去找金賢成那位老兄嗎？好像回來得有點早……你們談得還順利嗎？」
「我只是剛好回來一下。他看起來似乎有事情要交代我們……你們現在有空嗎？」
「大哥，我多的是時間。」
「當然。是、是不是發生什麼事了，我可以知道嗎？」
「當然可以。大概在不久之後，我們就要進入地下副本了。」
「終於要進到地下了嗎？」
「雖然還在討論，但應該會和振浩先生他們一起行動。」
「嗯……那幾個老兄讓我覺得不太妙……」
「我也是。不過，眼下還是立刻展開攻掠要緊，所以也沒有其他辦法，我能理解賢成先生的心情，畢竟就算繼續硬撐下去，也快到極限了。」
「不過話說回來，地下副本真的是我們能攻掠的地方嗎？」
「大概是吧。」
金賢成的確認為我們能攻掠那個地方。
「就算不用我多說你們也應該知道，還是離鄭振浩那群人遠一點比較好。雖然表面上……」
「咳，你不用太擔心。」
「白雪也一樣。」
「好，我、我知道了。基英哥……我、我連話都不會和他們說的。」
我很想告訴她，其實還是可以和他們說話。
朴德久的話還好一些，但如果是鄭白雪這顆不定時炸彈的話，還是需要持續、細心的管理以及精神教育。
如果她又像朴慧英事件那樣，做出什麼突發行為的話，這一次我也幫不了她。
「不要太在意劉碩宇。」
「我、我才不會在意他呢！」

「那就好。」

朴德久走在最前面，我們三人緩緩經過，眾人的目光再次集中在我們身上。

那些正在感受勞動價值的人們和鄭振浩，全都帶著微妙的神色看著我們。

但我們沒有必要感到負擔，只要若無其事地行動就行了。

因為目前什麼事都還沒發生，我們只不過是前去和金賢成開會而已。

我輕鬆地無視掉那些人的視線後，立刻往金賢成的所在之處前進。

過了一會兒，金賢成從他的袋子裡，一件一件地把東西拿了出來。

見此，我的心情變得相當愉快。

每次瀏覽狀態欄時，空蕩的裝備欄總讓人感到介意。

雖然想過總有一天能夠親眼見到或親自戴上這些和道具一樣具有各種能力值的裝備，沒想到機會來得這麼快。

這是金賢成為了消除我們的不安所準備的裝備。

與其說提供我們攻掠地下副本所需的能力升值，不如說這擺明就是為了打贏鄭振浩而做的準備。

為了應付臨時的突發狀況，金賢成想要好好培養我們三個。

「我有東西要給你們。」

「老兄，你藏了什麼好吃的東西啊？你的表情就跟我奶奶要給我零用錢時一模一樣。」

這個豬頭實在是……

我無法理解他為什麼非得用這種方式來比喻。

金賢成似乎也覺得有點荒謬，他笑著說道。

「這是道具。」

我的猜測成真了。

我開心地揚起嘴角。

然而出現在眼前的不是長槍、盾牌之類的道具。

金賢成從袋子裡拿出來的，是一副手環和兩枚戒指。雖然看起來有些粗糙，但能感受到道具本身有股神奇的魔力。

謝啦，金賢成。

雖然我也想過會有能夠一起帶到地下的保險，這些道具卻遠遠超過我的預期。

＊　＊　＊

「你是說道具嗎？」

「沒錯，就是道具。」

「你是從哪裡得到這些的？」

「我還沒告訴各位，其實那時和大家分開之後，我偶然發現了一個箱子。」

「箱子？」

「確切來說，應該說是寶箱。就像古代用的木造箱子。」

「哇，這裡真的什麼稀奇古怪的東西都有呢。你說對吧，大哥？」

雖然無法辨別真偽，但既然都被稱為副本了，的確可能會出現那種裝有道具的寶箱。

我甚至想過，這也許是金賢成個人所擁有的道具，但我沒必要抓他的小辮子。

現在最重要的，是金賢成會給我們哪些寶物，而我又能得到哪些。

「真神奇。如果周圍還有這種寶箱的話，我們應該也能找得到才對……看來大概是散落在副本裡的箱子數量有限。說不定賢成先生找到的箱子是第一個，也是最後一個。又或者，地底下還有其他類似的箱子……」

「是的，基英先生，你說的沒錯。這附近我全都查看過了，但上次是我第一次發現箱子。雖然我還沒去過更遠的地方……總之，先看看這些道具吧。」

了。

「好。」

正好我也有查看道具的打算。

我不需要特地發動心眼，因為當我用手拿起這些道具時，相關資訊就立刻浮現在眼前。

本來還希望只有我一個人能看見道具的能力值就好了，但可惜的感覺一下子就被我拋到腦後了。

〔鐵匠矮人的鋼鐵手鐲（普通級）〕

〔由如今已式微的鐵匠矮人族打造的飾品，有別於粗糙的外表，手鐲的內部設計技藝相當精巧。配戴後體力、韌性、力量將各上升1點。〕

手鐲的主人已經決定好了。

朴德久看起來似乎也對這副手鐲感興趣。

總共可以提升三點能力值，和得到職業時，能上升的數值一樣。

如果這種程度的道具屬於普通級，那麼說不定英雄，或在這之上的傳說級裝備，具有超乎我想像的高強技能。

「哇哇哇……」

那是看到奶奶拿出零用錢時會出現的表情。

但是我更在意接下來的道具。

〔魔力護盾之戒（稀有級）〕

〔無法得知出產的地方，是非常古老的飾品。可以用戒指內儲存的魔力來製作魔力護盾，一天以兩次為限。使用者必須用自己的魔力來補充能量。（2／2）〕

〈神聖防護（稀有級）〉

〈無法得知出產的地方。戒指具有初階神聖魔法與治癒效果，一天可以使用一次。（1／1）〉

剩下兩個是稀有級的戒指。

確認資訊的當下，我不自覺地瞪大雙眼。

我一直認為跟著金賢成一定會得到一些好處，卻沒想到這麼快就嘗到了甜頭。

竟然是稀有級的戒指，技能也令我相當滿意，簡直棒極了。

雖然不像朴德久的道具一樣，能得到能力值的提升，但遠比那小子的道具更有價值。

就拿魔力護盾之戒來說，假設背誦魔力護盾的咒語，必須消耗四點魔力值，那麼盾牌就等同於總共擁有增加八點能力值的效果。

這是只能增加三點能力值的道具所無法比擬的。

神聖防護也是一樣。

同樣都是稀有級，我預估這個道具至少能帶來六點以上的能力值。

這兩枚戒指分別保障一天裡有兩次身體上的防護，以及傷口能夠痊癒。

為了進入地下副本，金賢成選擇的，是能夠應對突發意外的道具。

這就對了，準備工作必須做確實。

我一邊點了點頭，一邊慢慢地撫摸手鐲。

「這麼珍貴的東西……真的可以給我們嗎？」

「你們不必感到壓力。」

「咳……那、那麼手鐲應該是給我的，對吧？我會心懷感激好好使用的，老兄。我們明明沒做出什麼貢獻，總覺得有點不好意思……」

「不會的。」

「我一定會報答這份恩情的。」

「你有這份心意就夠了。」

手鐲的主人已經決定了，接下來就剩兩枚戒指。

其實，拿到哪一個似乎都不會有損失，不過我還是更中意發生意外時可以用來製作護盾的戒指。

因為就算鄭白雪戴上了神聖防護，肯定也會將內建的神聖魔法用在我身上。

雖然這是非常卑鄙的念頭，但也無可奈何。

畢竟我和能夠施展一連串魔法的鄭白雪不同，不論是什麼咒語，只要使用兩次，我就會進入虛脫的狀態，因此我更傾向使用護盾來確保自身安全。

我還在動腦思索的同時，鄭白雪率先開口說道。

「我、我選這個。」

她選擇了神聖防護。

不曉得她是不是看了我的臉色，總之，事情確實正在照著我的意思發展。

「那麼我就選剩下的了。」

我的嘴角不斷上揚，此時此刻，我不可能不感到喜悅。

一天能保住性命兩次的護身符就這麼從天而降。在不用付出任何努力，也不用冒任何風險的情況下，稀有級的戒指竟然就這麼到手了！

「不過，我們真的可以收下這些東西嗎……」

「沒關係的。我自己也拿了一樣東西……具備特殊能力值的飾品似乎有配戴數量的限制。不，雖然可以同時配戴，但似乎會有某些限制。」

還得到了這麼重要的資訊。

「你的意思是說，就算戴著兩枚戒指，也只有其中的一枚會發揮作用嗎？」

「是的，沒錯。」

看來，日後還需要慢慢實驗才行。

我微微一笑，再次向金賢成表達我的謝意。

「賢成先生，真的很謝謝你。就像德久說的，我們明明沒做什麼……」

「謝、謝謝你……賢成先生。」

「不會的。基英先生、白雪小姐，你們不需要太在意。因為我們是同伴。」

金賢成嘴角掛著一抹微笑。

說不定他就是想讓我們欠下這份人情。

他似乎看見了我、朴德久還有鄭白雪發自內心感激的表情，並且認為我們確實很信賴他。

此情此景讓我更加確信，準確來說，是最後一句話讓我更加確信他的想法。

「因為我們是同伴。」

金賢成想和我、朴德久、鄭白雪一起並肩作戰。

起初，以鄭白雪來說，她是金賢成會無條件納入旗下的人才，也是未來即將成為魔法師的人。他或許會認為應該把她捧在手心上好好栽培，為自己鋪好後路才行。

朴德久的話，也還算不錯。雖然在遊戲裡才會用這種說法，不過穩重的坦克不管到哪裡都備受歡迎。

一直到現在，朴德久在打怪時展現的判斷力、穩定性以及潛能，雖然無法與鄭白雪或鄭振浩相媲美，但他目前擁有的能力值相當不錯。

儘管朴德久的成長上限值可以說是遠低於金賢成、鄭振浩和鄭白雪這一類真正的怪物，不過，他會做好自己的本分。

而我的定位其實有點模糊，從某方面看來，要說是金賢成團隊裡的冗員也不為過。

但是我和朴德久、鄭白雪擁有良好的交情，對朴德久而言，我成為了值得他信任的大哥；而對於鄭白雪來說，我和她建立了如戀人一般的親密關係。

想要帶著朴德久和鄭白雪一起作戰，就必須把我也帶上。

雖然在打怪的過程中不發生失誤，以及腦筋動得快是我的優點。不過，像我這種程度的人，在所謂的大陸上不計其數。

也許金賢成會慢慢地培養我，讓我在他未來更加壯大的王國裡擔任行政官吧。

當然，像李智慧那樣，活得像一隻野鴨也不算太糟糕，不過如果想要更確實地保護自己，有時也必須有不自量力的精神。

即便要追上會他們有些吃力，我也得拚命地跟隨在旁邊，一點一滴從中撈一些好處才行。

我微微揚起嘴角，接著開口：「沒錯，我們是同伴。」

我們是守護彼此、珍惜彼此的好同伴。

內心似乎有種變得更強大的感覺，真令人開心。

「哇……同伴！真是帥氣的說法耶，大哥。對了，我們什麼時候要前往地下呢？」

「我想應該不久後就會出發了……我還沒向振浩先生提起……但他們或許也在默默等著和我們一起出去打怪。」

「嗯。之前我也曾問過大哥要不要跟我一起出去打怪，但當時大哥拒絕了提議，還叫我待在營地裡。」

「你做得很好。」

金賢成再次看向我。

對新加入的團隊保持適當的警戒心，雖然是一件再基本不過的事，但金賢成似乎非常感激我能保持這樣的態度。

「雖然這只是我們私底下說說而已……但是他們讓我有股不好的預感。」

「喔，跟大哥說的一樣呢！看來聰明的人果然不一般。其實我也有一樣的感覺。」

「即便是一起打怪、攻掠副本，我們或多或少也得保持警戒才行。畢竟我們無法預測會不會發生意外，多加留意肯定不會錯。而且，類似朴慧英的事件有可能再次發生，這次要更小心。」

「我、我明白你的意思了。」

聽完我說的話之後，不只鄭白雪，金賢成也點了點頭。

「基英先生說的對，如果要說得更誇張一點的話……我希望各位用和敵人一起作戰的態度來面對。」

所有人都點了點頭。

「你說敵人嗎？」

「沒錯。」

金賢成下定決心要與對方站在對立面。

「現在可以不需要太過擔心。不過，還是各自做好準備會好一點。因為就算在人前是一副模樣，一旦進入地下，也不曉得會發生什麼樣的事。」

「應該要設想難度比在平地時還要高吧。」

「沒錯。乾脆現在就由我去告訴振浩先生吧。只要時間一確定，我們就盡快出發。」

「這麼快嗎？」

「準備作業可以在前往地下副本的途中進行。」

「原來如此。」

鄭振浩肯定也不會拒絕。

畢竟不論那群傢伙的目的是在這裡存活下去，或者享受他們祕密的興趣活動，一起出去打怪都是最有利的選擇。

鄭振浩那小子多少也有認知到自己和金賢成之間的能力差異，所以才會一直按兵不動。

在居於劣勢的戰鬥中，最重要的就是變數。

在攻掠地下副本的這趟遠征中，很有可能出現鄭振浩所期待的變數。只要除掉金賢成，或許就能迎來屬於自己的世界。

如果那傢伙真的是殺人魔，那麼這個營地對他來說就是天堂，因此他願意為此孤注一擲的可能性極高。

如果我是他的話，肯定也會想不擇手段除掉金賢成和我們，而這場遠征不論是對於金賢成，或者對於鄭振浩而言，都是絕佳的機會。

我的嘴角持續掛著一抹微笑。

反正都是要死的傢伙，把他吃乾抹淨，啃得連骨頭都不剩，才是正確的選擇。

第016話　任務

「再撐下去應該很勉強。」

「食物剩得比想像中還少嗎？」

「也要考慮到萬一回不來的狀況不是嗎？」

「別烏鴉嘴，不會有那種事。」

「我當然相信賢成哥和基英哥啊……但世事難料嘛。話說回來，白雪小姐好像一直在往這邊看呢，沒關係嗎？」

我偷偷向後一瞥，只見鄭白雪一臉沉著冷靜的樣子。

雖然不像朴慧英事件一樣，引起那麼激烈的反應，但她的表情讓我不禁好奇她在想些什麼，擔心她會不會又產生其他念頭，不過以這種表現來說，還算在安全範圍以內。

只是單純的對話應該沒關係。

如果是伴隨著肢體接觸的對話，情況可能會有些不同，但是我和李智慧說話時隔著一段不小的距離，怎麼看都不覺得親密。

李智慧稍微翻了翻背包，隨後再次開口。

「你似乎打定主意了呢。」

「什麼？」

「我還以為你是討厭冒風險的那種人。」

「我的確討厭冒風險。」

「那為什麼還要去遠征？」

「能贏的遊戲豈有不加入的道理，我可沒有那麼笨。」

即便所有變數都發生，我們也有壓倒性的勝算。

因為我們握有關於地下副本的資訊、全體隊員的能力值，以及重生者本身。我們不可能會輸。

雖然除了這個以外，必須考量的東西還很多，不過對於必須努力跟在旁邊撈好處的我來說，這可是千載難逢的好機會。

共患難的同伴之間建立的紐帶關係，還有……攻掠地下副本的報酬，這些肯定存在。絕對和金賢成所謂的「無意間發現的寶箱」，是同一種東西。

聽見我所說的話之後，李智慧沉默良久，接著微微一笑。

「我就是喜歡你這種性格。」

「別說廢話。」

「總之，一路順風，基英哥。」

「我明白了，智慧姐。」

她果然一臉不悅。

李智慧雖然擁有一張童顏的臉蛋，不過她似乎對於年紀這件事特別敏感。她好像認為年輕的女人在生存上更占優勢。

看到我緩緩地挪動腳步，鄭白雪迅速朝我跑來，慌慌張張地抓住我的袖口。雖然一句話也沒有對我說，但她看起來十分不安。

朴德久在一旁哈哈大笑，金賢成只是點點頭。

鄭振浩、劉碩宇，以及他們的兩名跟班，則是靜靜地在一旁等著我。

「我們出發吧。」

「好。」

總共八個人，要說人數算多的話，的確滿多的。

對方四名，我方四名。

假如他們那邊是以鄭振浩為中心組成的隊伍，我們隊伍的中心就是金賢成。

雖然一起行進，卻始終保持著微妙的距離，過程中也鮮少交談。

除了我和鄭振浩之間的對話，其他人頂多三五成群地喧鬧，或各自打發時間。

「不過話說回來，你們似乎去過很多地方呢。我們完全沒想到還有其它入口。」

「這是我們無意間發現的。在起始點時，我想你應該也有聽到，逃離這個地方的條件就是生存和攻掠。就我看來，前者不曉得需要耗上多長的時間，把希望寄託在這上面無疑是愚蠢的行為，所以我決定盡可能地試著進行攻掠。」

「原來如此。」

「說不定生存的期限，是直到有人成功攻掠副本為止。」

「我還真沒想到這個……」

「這只是我的推論而已。」

「假如真的像你所說的，那麼我們就必須攻掠副本，才能讓營地裡的人順利脫困囉？」

「可以這麼想。不過，不變的道理是，用盡任何方式攻下副本才是最合理的選擇。總之，非常感謝你能答應這次的提議。」

「沒什麼，反正大家想離開這裡的心情都是一樣的。其實，我才要感謝你給我們這個機會，因為不曉得這種情況會持續到何時，我們也有些不安。」

那傢伙微笑的樣子看起來很和善，會讓人不自覺卸下防備心，不過深知那傢伙傾向的我，絕對不會放鬆警戒。

反而是我們應該讓他們放下對我們的戒備。

只要閒聊幾句就能帶來極大的效果。

我們一邊說著關於過去在地球上的生活、攻掠副本的話題，或是關於在起始點時，那個不知名女人所說的話，然後一邊前進。接著，這一次出現了讓我不知所措的話題。

「對了，基英先生和白雪小姐好像經常走在一起。莫非……你們兩位……」

到目前為止，從來沒有人問過這樣的問題，因此我不得不感到些許驚慌。我悄悄地看了一下周圍，觀察大家的視線。

朴德久和金賢成一副在旁邊偷聽的樣子。

曾經對鄭白雪表達愛意的劉碩宇直勾勾地盯著我看。

鄭白雪則是低下頭來，緊緊抓住我的衣袖。

她似乎非常好奇我接下來要說的話。

不只是大腦長滿肌肉的豬頭朴德久，就連那個瘋狂殺人魔也打算加入這場撮合計畫。

感情良好的兄妹？駁回。

發展中的關係？也不是這個。

我能想到的，都是些被緋聞纏身的藝人會說的辯駁。

總之，一定要回覆得比我和鄭白雪現在的關係更深一層才行。

即便有些苦惱，但我並沒有花太多時間決定該如何回覆問題。

我握住鄭白雪那隻緊緊揪住我衣袖的手，開口說。

「雖然目前還不能明確地定義……但應該和你想的一樣。」

「喔喔喔……」

朴德久笑得合不攏嘴；金賢成還是一如往常地點了點頭。

至於鄭振浩，大概是認為我的存在會為鄭白雪帶來幫助的樣子。

有趣的是鄭白雪的反應，雖然她滿臉通紅地盯著地面，但牽著我的手卻使勁地握緊。

媽的……有夠痛。

她緊握的力道不曉得有多強，韌性值相當微弱的我幾乎快承受不住。

我也考慮過其他說法，不過，這果然才是正解。

而我之所以會說這是一段還無法明確定義的關係，就在於我還沒向鄭白雪表明心意。

雖然事情已成定局，看似沒什麼差別，不過我得用能讓我和鄭白雪兩人感到印象深刻的方式來拉攏她。

不能像現在這樣硬被湊成一對，而是要好好表達我的真心，這樣一來，才會更有效果。

我再次轉頭，只見鄭白雪嘴角揚起大大的弧度，咧嘴一笑。

雖然鄭白雪的樣子令我有些毛骨悚然，但此時盯著鄭白雪的劉碩宇卻皺著一張臉，一副心事重重的樣子。

話說回來，對我和鄭白雪這段關係做出最多貢獻的人，除了朴德久以外，就是劉碩宇那傢伙了。

雖然我早就知道他對我懷恨在心，但他看起來似乎不善於掩飾自己的情感。

我一邊想著他肯定會成為這趟遠征的拖油瓶，一邊沒來由地再次摸了摸鄭白雪的頭，同時盯著劉碩宇。

聊了好一會兒，我們一行人繼續往前走。

鄭振浩的跟班裡有個拿著弓箭的傢伙，或許因為職業的緣故，他很擅長認路或感知怪物的動靜，不過我們並不需要特別避開怪物。

即便鄭振浩那傢伙一副看似打算隱藏實力的樣子，要對付這裡的怪物還是綽綽有餘，其他經驗豐富的跟班也是如此。

令我感到意外的是，劉碩宇也同樣地很快就進入狀況。

我以為他會表現得跟朴慧英一樣，但相反地，他非常沉著冷靜地揮舞著刀劍。

其他人的實力也不差，雖然不是每個人的能力都和鄭振浩一樣，但看到大家都在盡自己本分的模樣，現在想來，這或許是個相當不錯的組合。

眾人的行動模式敏捷又安全，可以說對比我與金賢成、朴德久、鄭白雪、朴慧英一起行動時的速度，完全是不同水準。

鄭振浩與金賢成負責應對突發狀況，朴德久負責擋住怪物。

雖然後援是由我和鄭白雪負責，但其實鄭振浩的跟班們所擁有的身手都比我們出色，應該不需要我們幫忙。

我對這些實力堅強的人作為敵人一事莫名地感到有些可惜。

尤其，以鄭振浩的身分來說，更是如此。

與拿著一把劍的金賢成不同，鄭振浩用左手舉著的小型盾牌來抵禦怪物的攻擊。要是他還能同時使用魔法的話，肯定很驚人。

我終於知道那傢伙為什麼沒有太留意我、朴德久、鄭白雪的原因了。

因為那傢伙很強。

我對金賢成、朴德久和鄭白雪並沒有任何不滿意的地方，但要是鄭振浩這張牌並非暫時性，而是能夠拿來長期使用的話，一定更讓人心滿意足。

「原來你這麼強。」

「都是多虧有大家幫忙。要再繼續往前走嗎？」

「我們快到了。」

我悄悄地看了金賢成一眼，他也對我點了點頭。

散發魔力的階梯到了。

目前還不明白確切情況，總之要先進去才能知道。

其實，我本來想請金賢成多做一些說明，不過那是不可能的。

裡面會有什麼？為什麼金賢成上次經過入口時，會認為我們現在的戰鬥力根本不足以應付呢？這是我這段時間以來的疑問。

沿著階梯向下延伸的路伸手不見五指。

即便參雜著一絲好奇與不安感——

「那麼……我們進去吧。」

只有笨蛋才會放棄。

順著有一點長的階梯往下走，一道巨大鐵門便出現在眼前。

打頭陣的朴德久緩緩地打開鐵門。不一會兒，當我們進到裡頭，耳邊立刻傳來引人注意的熟悉嗓音。

那是在起始點聽見的女人聲音。

〔您已抵達地下副本。已觸發稀有級的強制任務。〕

〔稀有級任務：生存（0／1）〕

「什麼啊？」

「基、基英哥……」

「準備戰鬥。」

「進入備戰狀態。」

不用金賢成多說，所有人都緊抓著手中的武器。

「嘰欸欸欸欸欸！」

「嘰欸欸欸欸欸欸欸！」

類似犬吠的聲音從遠處傳入耳中。

該死的！我以為我們或許能夠應付得來，事情卻比我想像中的更棘手。現在我終於理解為什麼金賢成會認為必須增加人力了——為了防守。

從遠方傳來的聲音聽起來，的確不是光靠一個人就能夠應付的兵力。

「鐵、鐵門關上了。」有人喃喃地說。

「不要逃跑，我們一定能打贏。」

「我們辦得到的。」

「嘰欸欸欸欸欸！」

我清楚地聽見怪物們朝我狂奔而來的聲音。

然而怪物們的嘶吼聲還不是最要緊的，更令我在意的是地板傳來的震動聲。

出於不安，我立刻開始念咒語。

鄭振浩那群人或許也沒料到這樣的情況，被嚇得有些分神。不過他們仍然以鄭振浩為中心，重新整頓了隊伍。

雖然有些令人不知所措，但我們一定能抵擋得住。畢竟重生者金賢成判定以這樣的戰力，絕對能進行攻掠。

「該死的，數量還真多啊。」

關於被怪物包圍的經驗，在起始點時是第一次；朴慧英像瘋子一樣亂發神經時，是第二次；而這一次，是第三次。

雖然這是無可奈何的情況，但是這次，我不會逃走。

＊　＊　＊

從四面八方湧入的怪物們，總體看上去相當駭人。

以單隻個體來看的話，其實並不強大，不過數量一暴增，我的腦海也不自覺地響起警報聲。

我終於能理解，金賢成在前幾天所說的，我們的人數還不足以進入地下副本是什麼意思了。

即便金賢成和朴德久再怎麼強大，這都不是僅憑兩個人就能應付的程度。

鄭振浩一行人同樣一副踢到鐵板的表情，正想著該如何在這裡存活下來，不過鄭振浩一點也不驚慌。

我們絕對可以活下來。

這種程度的話，節省能施展魔法的魔力，是再理所當然不過的事了。

我不斷地在口中念著咒語，同時雙手緊握長槍。

「德久。」

「我知道。」

朴德久、金賢成以及鄭振浩三人負責打頭陣。

朴德久穩穩地站在隊伍最中間，盡可能維持住密集的戰鬥隊形。
為了生存各懷鬼胎的兩支隊伍，此時開始緊密地團結了起來。
雖然擔心可能會被突襲，不過他們應該不會笨到在這種情況下還想除掉我們。金賢成也是一樣。
抱持著先度過眼前難關的心態，所有人拿起刀劍和迎面而來的怪物們正面對決。
匡！
「吱欸欸欸欸欸！」
「噁心的傢伙！」
一次衝上來兩隻怪物是常態，朴德久盡可能抓穩盾牌，穩住身體，抵擋怪物的攻擊。
我根本不需要擔心長槍沒能擊中怪物，因為四周全是目標。
雖然能感覺到刀劍刺入怪物體內的觸感，但此刻沒有閒功夫去仔細感受。
長槍不停地反覆刺擊，無論如何，我都希望金賢成和朴德久不要倒下。
「隊伍盡可能維持緊密！盡可能！」
「大哥、大姐，要緊跟在我後面喔！要是脫隊的話，我也不知道該怎麼辦了！」
「知、知道了。」
「嘰欸欸欸欸！」
我們逐漸被逼到鐵門前方，似乎有些抵擋不住持續湧上的怪物了。
朴德久用他巨大的身軀控制著盾牌，替我們製造出足以活動的空間。
金賢成和鄭振浩正冷靜地用劍刺殺，或用盾牌推開朝他們狂奔的怪物們。
這些傢伙果然很強。用小型的盾牌抵禦，並用劍穿刺向怪物的鄭振浩自然不必多言，金賢成看向怪物的同時，還能留意我和鄭白雪的狀況，擔心我們說不定會被鄭振浩那群人刺傷。
完全不必擔心，你這臭小子。
「呃啊啊啊啊啊！」
「呃啊啊啊！」

畢竟鄭振浩的跟班們也同樣豁出性命戰鬥，當然不會有多餘的時間窺伺我們，他們只能咬緊牙關，盡最大的力氣抵擋覬覦他們頭顱的怪物們。

怪物的血液不斷地往長槍和臉上濺，內臟之類的各種器官，啪嗒啪嗒地掉到地板，導致整個地面變得濕濕滑滑的。

令人作嘔的臭味讓人不禁皺起眉頭，但在怪物接踵而來的混亂場面下，我們同樣也無暇顧及。

「嘰欸欸欸欸欸欸！」

為了戰勝怪物所發出的刺耳嘶吼和恐懼，我們齊聲大喊。

「嚇！」

匡！

朴德久每揮舞一次盾牌，就有一隻怪物被甩得遠遠地，畫面相當壯觀。

這隻豬頭！幹得好！

雖然天賦等級不算高，但現在的朴德久真不是蓋的。

即便與金賢成、鄭振浩的強項不同，不過逼近四十的韌性能力值，簡直令人目瞪口呆。

他就連擦身而過的攻擊也一律照單全收。

只靠能力值來判斷朴德久的能力，實在是低估他了。

魁梧的身軀散發出讓人無法忽視的強烈存在感，現在的朴德久反而比金賢成或鄭振浩看起來更有威脅性。

雖然他的力量值稱不上高，也不具備魔力，不過這個堅守自己崗位的盾兵可不是單純的人肉盾牌。

他能夠判斷防備與出擊的位置。即使面對數不清的怪物，也依然處變不驚，用身體來阻擋。

連我也不自覺地懷疑這傢伙真的是人類嗎。

其實，朴德久並不是完全不害怕。

這傢伙不只心腸軟，第一次一起打怪時，也會急於避開周圍的怪物們。

儘管如此，他還是堅守在自己的位置上，沒有離開。

就算帶著驚恐的表情，他也沒有像第一次一樣落荒而逃。

這並非出於自信或是擔心隊形被打亂，畢竟那顆長滿肌肉的腦袋，根本不會有這種思維的存在。

這單純只是我的預測，朴德久那個白痴豬頭，看起來似乎不希望我和鄭白雪受傷或死去。

「不要離開我身邊！大哥！不要離開！」

「我一直在你後面，豬頭。看前面。」

「要緊緊貼住！緊緊地！」

「我知道。」

看到他不停地確認我的安危，我就能明白他的想法。

令我擔心的是，怪物們的攻擊過度集中在朴德久身上。目前為止，雖然看起來沒有大礙，但他身上明顯充滿了大大小小的刺傷。

除了這場戰鬥之外，一想到日後將面臨的種種挑戰，這樣的發展局勢顯然不妙。

就在此刻，鄭白雪念出了咒語。

「暴風炸彈。」

伴隨著匡的一聲，怪物們被重重地彈飛。

狠狠摔落到地面或撞到天花板的怪物，在風壓的橫掃之下碎成血塊，即便如此，我的心情卻不太愉悅。

我和鄭白雪必須節省魔力才行。

鄭白雪能使用的魔力自然高於我，不過也不代表她能毫無限制地使用。

我們可不能比鄭振浩那群人更快耗盡體力，必須盡可能地抵禦怪物，同時將魔力消耗量降到最低。

當我還在思索著該說些什麼時，一見到眼前的戰況，我也不得不偷偷揚起嘴角。

哈，她大概是刻意的。

只要想想鄭白雪的魔法作用在哪個範圍，就能知道她的心思了。

魔法準確地落在朴德久與金賢成所面對的怪物之間。

也就是說，鄭振浩一行人所負責的左側，完全得不到魔法的協助，這也間接為正在集中火力對付左方怪物的他們帶來了更重的負擔。

那群人咬緊牙關抵擋怪物的模樣，看起來有些悽慘。

相較之下，我們這邊從容多了。

多虧鄭白雪的魔法，怪物的數量不僅減少許多，還為我們製造了短暫的喘息時間。

做得好，鄭白雪。

雖然也曾想過鄭白雪在智能上是否有些不足，不過她卻比我想像中更聰明。

變得更加游刃有餘的朴德久和金賢成，當然沒有意願為左方的隊員提供援助。

「必須維持戰鬥陣形才行！」

不過隊伍恐怕無法維持了。因為到現在為止，左邊的怪物們依然持續採取人海戰術。

「德久，稍微休息一下吧。」

「我、我正有此打算。託大姐的福，順利活下來了。」

與此同時，鄭振浩一行人也開始忙碌了起來。

鄭振浩的確能使用魔法，不過他不僅想隱藏自己魔劍士的身分，也不願意使用魔法拯救自己的跟班。

最後，那些跟班們開始發出類似悲鳴的慘叫。

「麻煩幫幫我們！」

「這裡也需要幫忙，拜託！」

「拜託再用一次剛才的魔法。」

那些傢伙巴望著我們能施予魔法。

鄭白雪偷偷地看著我，然而，我輕輕地搖了搖頭。

只要有鄭振浩在，他們絕對能夠打贏。說不定手臂會被咬，或者被怪物打到某些重要部位，不過，如果是這種程度的話，這些傢伙肯定能撐過去。

劉碩宇也同樣朝鄭白雪大聲呼救。

「白雪小姐！」

「等、等一下。魔、魔力還在補充……」

「媽的……啊啊啊啊啊！」

過程中，我不自覺地對咬傷那傢伙手臂的怪物發出讚嘆。

即便如此，那傢伙的劍並沒有停止揮舞。

為什麼呢？因為他知道只要一停下來，就必死無疑。

情況變得越來越有趣了，但是想笑卻不能放聲大笑不免讓我感到有些惋惜。

「你可以撐下去的！」

左邊的隊員一個接一個開始不停地受傷。

鄭振浩的身體也逐漸累積大大小小的傷口。

就算這傢伙再怎麼強大，這裡畢竟是連金賢成都百般忌諱獨自擅闖的地方。

而現在鄭振浩只能獨自解決這一切。

我再次大聲吶喊：「你們能撐下去的！你們可以的！各位！」

「基英先生，你的魔力還沒恢復嗎？」

「再等一下下……」

「快點！」

「撐得下去，你們絕對可以撐過去的！請再等我一下。」

我從容地揮舞長槍的同時，一邊緊張地吶喊，因此，他們似乎真的認為我自己也處於相當急迫的局勢。

事態已經發展到他們無暇回過頭來顧慮我們的程度。

「呃啊啊！他媽的！！」
其中一個人的腳被咬傷了，想必後續的戰鬥得跛著一條腿進行了。
「她媽的快點！快點！！魔法！」
「快、快好了！」
其實，施放魔法的準備已經完成好一陣子了，即使我的確認為應該在怪物突破隊伍的防禦之前施展一次魔法，不過要對那些傢伙伸出援手，總讓我有些介意。
我能使用魔法的次數最多以兩次為限，不考慮副作用的話，最多可以施展三次。
老實說，現在應該要幫助他們才對，但同時也得給那些傢伙施加一點壓力。
五個人湊在一起，就必有一個廢物。
而今天的那個廢物，恐怕就是我。
「火焰球！」
匡匡！
「嘰欸欸欸欸欸欸！」
巨大的火球開始落入左側的隊伍之中。
傳出轟天巨響的同時，左邊的隊伍開始有了喘息的空間。
一瞬間，不光是怪物們變成了團團火球，就連一旁被碎片砸到的怪物也受到波及。
不管怎麼說，似乎還是火系的魔法較能帶來可觀的火力。
投注了許多魔力才施展出來的魔法，如果不能帶來相應的效果，我肯定會有些失落。
鄭振浩一行人見到魔法準確地發揮作用，露出了鬆一口氣的表情。他們一定是認為自己總算有機會可以喘口氣了。
但是，魔法的餘威不僅止於此。
「嘰欸欸欸欸欸！」
怪物的表情開始變得猙獰。

一切都非常完美。

魔法的降臨，讓他們暫時緩解了眼前的危機，也得到了片刻的喘息空間。

然而，要說還有什麼問題的話，那就是火焰轉移到聚在一起的怪物身上了。

被火團緊緊包覆的怪物們凝聚在一起，製造出華麗的煙火。

然而，牠們所感受到的痛苦，只是短暫的。

只知道吃人，什麼都不會的怪物，開始朝著原本前進的方向猛衝，一副比剛才還要興奮的樣子。

「嘰欸欸欸欸欸欸欸！」

分不清楚是在悲鳴還是歡呼的怪物們變成一顆火球，朝著鄭振浩一行人狂奔的模樣，實在讓人嘆為觀止。

牠們就叫作燃燒的餓鬼，是原本不存在於這裡的怪物，你們這些殺人魔！

「該死的！！」

「抱、抱歉！我、我不曉得會發生這種事……」

那些傢伙開始與眼前的新種怪物交手。

「抱歉。」

＊　＊　＊

「靠！媽的！」

要是怪物穿過隊形的話，我們就死定了。

和牠們交纏在一起，或放任牠們入侵的話，也一樣。

我們的隊伍之所以還能撐到現在，是因為維持著戰鬥隊形的緣故。

鄭振浩那群人也不是從來沒有打怪過的新手，他們肯定明白這個事實。

所以才會硬著頭皮，死命地堅持。

「他媽的！」

那些傢伙用盡全力對抗全身著火、變得越發滾燙的怪物時，也絲毫沒有退縮的模樣，實在美好得令人為之動容。

「抱、抱歉！」

這正是糟糕透頂的缺德事。

隨著怪物的數量減少，實質上的負擔也會降低；不過，看見鄭振浩那群人又得面對這個「火熱」的新麻煩，我的確非常心痛。

雖然竭盡所能地推開全身著火的怪物們，但蔓延到身上的火苗卻又令他們手忙腳亂，滾燙的灼熱感不斷地消磨他們的體力，他們大概在體力方面也同樣承受著一定的負擔。

就連我們這一邊也覺得自己快被烤熱了，對於鄭振浩那群人究竟感受到何種程度的熱氣，我毫無概念。

「呃啊啊啊啊啊！」

〔您正在確認怪物燃燒的餓鬼的狀態欄。〕

〔姓名：無〕

〔稱號：無，仍需多多努力。〕

〔年齡：5〕

〔傾向：燃燒的本能〕

〔職業：無業遊民〕

〔能力值〕

〔力量：12〕

〔敏捷：15〕

〔體力：05〕
〔韌性：15〕
〔幸運：10〕
〔魔力：01〕

雖然不曉得究竟是什麼狀況，但此時怪物們的狀態欄出現了變化。

牠們的生命力似乎正在快速下降，卻反而擁有了魔力。這大概是因為中了我的魔法，全身著火的緣故。

「拜託把火滅了，臭小子！」

在這樣的情況下，別說是他們了，即便是佛祖也會氣得直跳腳。

「抱歉！再等一下！請再撐一下下！」

我彷彿見到了一群與地獄軍團正面對決的神聖勇士。

為了除掉一批批蜂擁而至的怪物們，那群人也不得不做出一些犧牲——不管是他們的體力，又或者是鄭振浩的底牌。

遲遲沒聽見鄭振浩發出任何念誦咒語的聲音，由此可知他應該是選擇了前者。

看來他打算將自己有魔力的事隱瞞到最後一刻，這對於已經知道這傢伙底細的金賢成和我而言是個不錯的決策。

真是可愛的傢伙，這樣的愚昧簡直令人發笑。

雖然無法得知在不遠的將來，鄭振浩會晉升到什麼職業，但肯定會優於魔劍士。

那傢伙的狀態欄上所顯示的，名為魔劍士的職業，以及即將迎接的未來，這張鄭振浩自以為藏得很好的底牌，已經被我們看得一清二楚了。

這就和攤牌沒有兩樣。

儘管已經知道他手中拿著哪些牌，但看見他為了隱藏牌組拚命咬牙的模樣，還是讓我笑了出來。

甚至我所擁有的，還是金賢成這張王牌。

就像在嘲笑鄭振浩那傢伙做出的判斷一樣，情勢的發展越來越不利。

「呃啊啊啊啊啊啊啊！」

「該死！基澈！」

「撐下去啊！」

鄭振浩的其中一名跟班——名字有種莫名親切感的李基澈，活生生地被燃燒的餓鬼逮住。

他似乎因為手臂被怪物緊緊抓住而發出痛苦的哀號聲，不過我們當然幫不了他。

轉眼間，李基澈被拉入了燃燒的餓鬼懷裡。

聚集在這個狹隘空間裡的怪物們，一口一口地把他吞下。見此，我也下意識地皺起眉頭。

「呃啊啊啊啊！救我！救救我！」

「基英先生！白雪小姐！」

只剩下一次的珍貴魔力，絕不能用來救鄭振浩的小嘍囉。

「再一下下！」

儘管有點不安，但既然鄭振浩在這裡，那些怪物絕對無法穿過隊形。

「呃啊啊啊啊！住手！住手！你們這些狗崽子！住手！」

我無從得知怪物們是在大口咀嚼著他的內臟，還是正在拆解四肢，但可以確定的是，那傢伙的聲音聽起來痛苦萬分。

同時體會被當成生菜吃下肚和被火紋身的雙重痛苦，會出現那樣的反應也是理所當然。

解決一個傢伙了。

縱然自己殺了一個人的認知還是在腦中不斷徘徊，但不曉得是因為戰況還是興奮所致，我現在絲毫沒有罪惡感。

這反而是我夢寐以求的局面，原本就占上風的局勢變得更加有利了。

我的嘴角不斷上揚。

「你做得到的！再撐一下！」
「呃啊啊！啊啊啊啊！」
「該死！他媽的！基澈！」
「大哥，情況是不是有點危險啊？」
「不用在意。牠們無法突破隊形的。」
快結束了。繼續撐下去的話，絕對能戰勝怪物。
和鄭振浩不同，金賢成一副氣定神閒的樣子。他認為一定能打贏。
「嚇噫！」
防禦攻擊、刺入長槍，我不斷重複同樣的動作，就像長跑一樣。
握住長槍的雙手瑟瑟發抖，呼吸也持續變得急促，渾身大汗淋漓，喘不過氣。
好想當場臥倒在地，大口大口地喘氣，但不斷撲過來的怪物完全不給我們喘息的時間。
真的沒問題嗎？
朴德久的狀態還不錯；金賢成也相去不遠。
隊伍一角出現漏洞的鄭振浩也一樣。
劉碩宇和剩下的弓箭手雖然看起來也同樣疲憊，卻不像我這般吃力。
怪物的屍體堆積如山，又有另外一群怪物越過了屍體，朝我們狂奔而來。
朴德久設法抵擋，我也再次舉起長槍不停刺向牠們。
我們撐得過去嗎？
雖然裝作一副若無其事的樣子，但不安的感受卻持續盤踞在心頭。
如今依舊無法得知究竟還剩下多少怪物，唯一能確定的是，遠處傳來的叫聲漸漸變小。
取而代之的是我的大吼，諸如「撐住啊」或是「只要再一下下」之類的鬼話。
「嚇啊啊啊啊！」
就像要榨乾最後的力氣一樣，我奮力將長槍刺向怪物。

朴德久也大聲一吼，將盾牌往外一推。

「嘰欸欸欸欸欸！」

最後，直到金賢成輕輕放下手臂，我才真正地感受到這場苦難的結束。

「結、結束了……」

想當然耳，我不自覺地一屁股攤坐在地板上。

正當我氣喘吁吁，大口呼吸的同時，金賢成開口說。

「我們必須立刻移動。」

王八……

「剛才我們接收的任務還沒結束，還是馬上出發比較好。」

「呃……大哥，你走不動的話，我來背你。」

「德久，不用了，我還能走。白雪妳呢……」

「我、我也是。基英哥。」

我方已經準備完畢。

問題在於另一方。

李基澈被怪物一把拉走、生吞活剝，大概也找不到屍體了。

我看見弓箭手到處翻找著前方的屍體。

不曉得是不是找到了死狀悽慘的同伴屍體，他雖然垂下了頭，卻不忘朝我投射充滿敵意的目光。

鄭振浩依舊面無表情。

劉碩宇看向我的眼神，也同樣充滿敵意。

「你這個王八蛋！」

他的頭髮被火燒去了一大半，渾身是傷。在死去的同伴李基澈被怪物一把拽走之後，為了遞補空缺，他拿起了刀。

看起來一副受了不少苦的樣子。

「抱、抱歉。」

「你以為說抱歉就有用嗎？你這個王八蛋！」

「但、但是……我、我也沒辦法啊。」

「什麼？」

「我也無可奈何。目前我對於火系以外的魔法還不夠熟練，但要是沒有我的魔法，說不定會發生更嚴重的慘況。白雪能夠再次施展魔法的時間也不足，怪物們互相貼在一起、火苗四處蔓延，也是意料之外的事，這已經是我能做的最佳選擇了。而、而且……怪物的數量確實有減少。」

雖然有過失，但我的確也有功勞。

當初要是沒有我，應該無法撐到現在。

當然，我和鄭白雪都能選擇使用全部的魔力來幫助眾人脫困，但如果要為了解救那些傢伙而花光所有的魔力，絕對得不償失。

鄭振浩肯定也這樣想，所以才堅持不使用魔法。

以他的立場來看，當然也沒料到那個叫做李基澈的小子會這麼快陣亡，這是他的失誤。

火力有些過於旺盛讓火苗到處擴散，導致李基澈的死亡，是不爭的事實；但是，如果沒有我的話，就不可能走到現在。

不管怎麼說，雖然是我故意放的火，但這並不需要讓那傢伙知道。

「你說的是人話嗎？」

「我也沒辦法。對於基澈先生的死，雖然我也覺得非常遺憾……但現在……」

我厚顏無恥地狡辯到底。

那傢伙會如此氣憤也不無道理，他此刻的心境擺明是想立刻朝我射一箭，或者拿長槍往我身上捅。

他緊皺著眉頭朝我靠近的模樣，看起來有點嚇人。

但我還是努力地望著朴德久，朝他搖頭，示意他別插手，朴德久見狀也點點頭。

「真的、真的非常抱歉。不過……這也是沒辦法的事。」

「這……這……」

他的外表怎麼看都像是個小混混，我非常了解這種人的特點。

那就是間歇暴怒症。只有在認定對方比自己弱小時，他們才會展現出這種間歇暴怒症。

「真的很抱歉。不過，我們還是活下來了不是嗎？」

我揚起嘴角，對著近在咫尺的那傢伙送上一抹只有他才看得見的笑容，下一秒，他忍無可忍地朝我臉上揮了一拳。

我沒有躲開，反正適度的衝突剛好是我需要的。

伴隨著「砰」的一聲，我往旁邊重重跌了一跤。剎那間，我不僅眼冒金星，嘴巴也像裂開一樣，不斷湧出鮮血。

我的身體過於孱弱，不用特別展現出演技，就能咕咚一聲地摔倒在地。

「大哥！你這個雜碎！」

我被朴德久的怒吼嚇了一跳。

「德久，沒關係。因為錯的人是我。」

我出手阻攔朴德久，同時不忘展現出受害者的模樣。

「載俊先生，到此為止吧。」

「但、但是……」

「就此停手才是正確的做法。我理解你的心情，但是不應該再製造紛爭了。」

以鄭振浩的立場來看，他也想避免在此時此刻發生衝突。

我啐地一聲吐出嘴裡的東西，發現一顆牙齒參雜在一灘血水中，難怪這麼痛。

「基英先生，你沒事吧？」

「賢成先生，我沒事。我失策了，但我也無可奈何，對不起。」

金賢成沒再多說什麼。不過，以金賢成對那群人抱持著警戒心這點來看，他應該能發現我並不是失誤。

甚至，他還露出一副替我感到擔心的眼神，看起來相當溫暖。

我可是重生者金賢成的同伴，這樣的共鳴著實非常溫暖。

光是這樣，就能讓我確信自己處在世界上最安全的地方。

然而，另外一邊還有我沒料到的麻煩。

只見鄭白雪面無表情地凝視著鄭振浩的跟班金載俊。

＊　＊　＊

這整件事情，任誰來看都會認為是我的錯。

畢竟我做了一件糟糕透頂的缺德事，我敢保證如果讓所羅門來審判這件事，一定會將我定罪。

做好了在金賢成面前名譽掃地的覺悟之後孤注一擲，結果確實很不錯。

李基澈那傢伙被餓鬼吃下肚，連一根骨頭都不剩，鄭振浩的跟班則是直勾勾地盯著我瞧，眼神裡充滿恨不得殺了我的憤怒。

我不僅成功地挑起紛爭，金賢成的反應也相當不錯。

雖然無法得知他曉不曉得這是我刻意為之的詭計，不過就結果而言，他肯定非常滿意。

不需要動一根手指，就能把一個人往餓鬼肚子裡送。

儘管冒險偽裝成受害者，害我丟了一顆牙齒，不過我也從珍貴的同伴身上得到了溫暖的關心，結果就是這麼令人心滿意足。

但我沒料到的是，鄭白雪又再度露出那種表情。

與其他異性的肢體接觸是禁忌，有人碰到我的身體同樣也不行嗎？

鄭白雪咬了好一會兒的指甲，或許是發現了我依然跌坐在地，她慌忙地跑了過來。

不過她並沒有捨棄掉眼神裡對於那傢伙的敵意。

「基、基英哥！」

然而，看見我口中的血液不停湧現，她便一副什麼事也想不起來的樣子，甚至還摸了摸戒指，試圖把魔力傳送給我的模樣真的很好笑。

鄭白雪所擁有的神聖防護戒指，並不是為了治療這種傷口才存在的。

我輕輕抓住她的右手，而她或許是察覺到了我的想法，因此沒有念誦咒語。

布滿眼淚的眼眶裡，淚水撲簌簌地不停落下。

「沒、沒事吧？怎麼辦……該怎麼辦？」

「當然沒事。因為是我的錯……這也沒辦法。」

嘴裡沒來由地感到一陣疼痛。

掉了一顆牙齒，一邊的臉頰發出熱熱麻麻的疼痛感，但我不能顯露出痛苦的神情。

因為要是我無故地裝痛，鄭白雪可能就會立刻對他們施展魔法。

給我忍著點……拜託。

雖然由我們先發動魔法也確實是個不錯的選擇，不過我還是認為以受害者的身分讓事情繼續發展，會更好一些。

更何況我發現金賢成目前還沒有其他動作，這也是鄭振浩所樂見的。

「嗚嗚嗚……」

鄭白雪捧著我的臉頰不斷撫摸，一副痛失國土的模樣。

看見她除了不斷抽噎啜泣，同時似乎還有恐慌症發作的樣子，我真好奇她現在的精神狀態是否正常。

她哭得眼淚鼻涕直流，說不定別人看了還會以為我死了。以單純掉了一顆牙齒來看，她的反應未免也太激動了。

「你沒事嗎？你沒事對吧？嗚嗚……沒、沒事的。」

「對，我沒事，這沒什麼。白雪，別在意。我說了沒事，就真的沒事。一點都不痛。」

雖然會痛，但其實不是什麼大不了的傷。

從某個角度來看，鄭白雪為了我的一點小傷做出這樣的反應，是一件值得感恩的事；但反過來說，這種行為也有些嚇人。

「你這傢伙！竟敢……」

大發雷霆的朴德久也是一樣。

老實說，我不過是因為做錯事而挨了一拳，鄭白雪和朴德久表現出來的反應卻遠超乎那傢伙的想像。

事到如今，鄭振浩也開始感到慌張。

當然，其中最驚慌的，就是向我揮拳的那位當事人。因為在變得更加凶險的氛圍之中，他感覺到了一股不祥的預感。

在事件即將告一段落的情況下，鄭白雪的反應又再次開啟了新的話題。

雖然和原先預想的情況有所出入，但也是不錯的展開。

這是將加害者瞬間變成受害者的魔法，甚至比我能使用的魔法更像魔法。

即便明白不能笑出來，我的嘴角卻不斷上揚。

最後，鄭振浩低下頭來。

「基英先生，對不起。」

「沒關係。」

「我無話可說。我知道你這麼做並沒有惡意，要是你沒有為我們施展魔法，可能還會發生更慘烈的悲劇，對吧？長時間以來一直和我們相處在一起的基澈先生突然死去，似乎讓載俊先生有些激動，希望你能體諒。載俊先生？」

「但是……」

「載俊先生，你必須向對方道歉。當時那是不得已的情況，同時也是最好的選擇。要不是基英先生出手幫忙，我們可能都會死。」

雖然不曉得是不是在看鄭振浩的臉色，那個名為載俊、一直緊皺眉頭的傢伙，最後也把頭低了下來。

「我、我好像一時太激動了！對……對不起。」

他緊握的拳頭在顫抖。

或許是覺得難為情，他並沒有正眼看著我。照目前的情況來說，他雖然認為自己必須道歉，但實在是開不了口。

他壓根兒就不是會道歉的那種人，臉上也沒有歉疚的神色，反而看起來像是在極力壓抑怒火。

「沒關係，載俊先生。我完全能夠理解。是我太輕率了……雖然我可能說什麼都沒辦法安慰你，不過，我真心地向你道歉。」

我當然不是真心的。

「對、對不起。」

我看見他強迫自己把頭低下。

雖然沒有特別感覺到自己正在接受道歉，但我的心情還是十分愉悅。

呵呵，如果這傢伙不是間歇暴怒症患者，現在像這樣不停低頭道歉的人，恐怕就會變成我。

其實，比起那傢伙，更令人擔心的，當然是鄭白雪。

萬一她打算再做出和上次朴慧英事件一樣的事情，那麼這次難堪的就是我們。

朴慧英事件的凶手已經認定是鄭振浩。

不過要是她和鄭振浩的手下一起消失，去了某個地方，屍體再次以四肢截斷的狀態被發現，金賢成或許會懷疑鄭白雪也說不定。

當然，我也會一同被列入嫌疑人的名單中。

看見她緊緊握住拳頭，連指甲都刺進掌心裡，似乎已經可以確定鄭白雪會對那傢伙展開攻擊。

雖然想阻止，但當我看到鄭白雪的表情時，卻又不想阻攔她，往好處想，這樣反而還不錯。

想得簡單一點，鄭白雪直接替我們出手的話，對我們更有利。

只要金載俊一死，鄭振浩就和失去手腳沒有兩樣。

不過，她幹嘛要拿那個……

此時鄭白雪偷偷將我掉落的牙齒撿起來，她那副模樣簡直像一顆不定時炸彈。

「基英先生，先出發吧。」

「好，就這麼辦吧。很抱歉引起騷動。」

我稍微起身，鄭白雪就將我的手臂放在自己肩膀上，似乎是想攙扶我的樣子，不過我的傷勢並沒有這麼嚴重。

總之，先跟她靠在一起準沒錯。

因為點燃戰火的時機點，必須掌握在我手上。

鄭白雪不想被發現自己奇怪的一面，所以如果我經常跟在她旁邊的話，她的真面目應該就不會立刻穿幫。

「你可以走動嗎？」

「當然。」

「如果覺得吃力的話……」

「不，我真的沒問題。賢成先生，就照你所說的，先離開這裡吧。」

「好。」

鐵門依舊緊閉著。

在任務結束之前，這道門可能都不會打開，或者這道門原本就被設計成只能從外面開啟；不過，可以確定的是，為了活下來，無論如何一定要完成副本裡的所有任務。

恰好任務的名稱就是生存。

「也許那個女人之前所說的生存或攻掠，是指這個地方的任務也說不定。」

鄭振浩為了活絡氣氛，說了一句話。

我也想說點什麼。因為包含鄭白雪在內的所有人，都對鄭振浩和他的跟班充滿警戒心。

哪怕只有一點點，試著降低疏離感也是合理的選擇。

雖然有點猶豫到底該不該配合他，不過正好我原本也在思索著類似的問題。

「我也這麼認為。看來待在地面上一點意義也沒有，在這個地方所展開的生存和攻掠才是核心。如果所謂的生存，是以脫離目前的狀況，避開怪物或者打贏怪物為條件的話，那麼攻掠的任務也會在同時被一併解決。如果這個假設成立的話，地面上真的就是一個毫無意義的場所。」

也就是說，無論如何，在這個地方，生存和攻掠的任務必須同時解決。

我偷偷看向金賢成，他在前方探路，貌似無法專心聽我們對話。不過，看他一語不發的樣子，我和鄭振浩的假設應該沒錯。

在起始點時，那個女人所說的生存和攻掠這兩種方式，都會在這裡達成。

「雖然能夠理解生存的部分，不過攻掠……」

「說不定這裡會有大魔王之類的東西。」

「哦。」

「那很普遍。這個地方有狀態欄、職業這一類的東西，和線上遊戲非常相似。如果不是新手教學的話，說不定會有針對攻掠而設定的各種條件，但如果只是單純把它稱為以生存和攻掠為主的副本，說不定會出現一些不同的怪物，殺掉這些怪物大概就是攻掠了。」

「基英先生，我的想法也差不多。」

「這只不過是我的猜想而已。還有另一種推論是，說不定有其他路線可以選擇。」

「你是說逃出去的路嗎？」

「沒錯。也許會有能逃出去的路，或者存在著能讓我們全數逃脫的某種裝置。應該還有其他幾種方法，但我想不出來了。」

不是的話就算了，這只不過是誰都能想得到的推論，我只是隨口說出腦中的想法而已。鄭振浩，甚至是劉碩宇應該也有同樣的想法，只不過他們沒說出口而已。

「你思考了很多呢！基英先生……」劉碩宇喃喃自語道，一副話中帶刺的樣子。

雖然看起來像在質問我丟出火球的行為是否也像這番推論一樣經過深思熟慮，但他當然只是笑一笑就隨便帶過了。

因為他們也同樣覬覦著我們的頭顱。

「只不過是憑空猜測而已。」

繼續往前走，也幾乎沒見到和剛才一樣的怪物。

當然，有時會出現幾隻，但不需要展開像剛才那種規模的戰鬥。

因為擔心可能再次引發混亂，我們盡可能快速地解決怪物，剛才的意外也沒有再發生。

或許是因為體力下滑，我們移動的速度也變慢了許多……不過，總算能喘口氣了。

魔力會隨著時間流逝自動補充，也是件令我感到慶幸的事。

雖然有時會看到金賢成緊皺眉頭，以及鄭白雪緊盯著金載俊的模樣，但幸好沒有發生任何事。

尤其是鄭白雪，我不明白她為什麼總是用既委屈又憤怒的眼神看著嘴裡發腫的我，有時還會一邊搖著頭，一邊獨自流淚，甚至不停喃喃自語，而這種情況越來越常發生。

朴德久看到鄭白雪不停哭泣的模樣時，也同樣感到不知所措。

和誇口說自己有多麼了解女人時有所不同，他似乎完全不曉得該怎麼安慰鄭白雪。

事實上，比起她的淚水，更令人感到不知所措的，是她低著頭喃喃自語的行為，不管由誰來看，都會覺得情況很奇怪。

因為聲音太小，就連距離她最近的我也聽不太清楚。

從偶爾傳入耳中的幾個單字來推測的話……雖然聽起來像是「必須殺了他」之類的話，但我沒有特意顯露出早已聽懂的神情。

因為這樣才對我有利。

「我會替你報仇的。」

我能肯定，裝作一副沒在聽的樣子會更好。

＊　＊　＊

「你覺得外面會有什麼？」

「這個嘛……不管怎麼說，應該會有比在這裡吃的食物更美味的東西吧？」

「大概也會有德久先生你想要的東西。」

「我說了我沒事。」

你一句我一句彼此閒聊的一群人，莫名地突然安靜下來。

這樣的情況，眾人已經見怪不怪。

眼前的鄭白雪直勾勾地盯著我瞧，她似乎控制不了眼眶裡的淚水，又再次讓眼淚奪眶而出。

雖然她的反應已經不像剛開始那麼激動了，但只要偶爾看到她流淚的樣子，我的心情就會變得很奇怪。

不過這樣的情況還不賴，因為鄭振浩和金載俊一直在看我的臉色。

為了活絡隊伍的氣氛，大家一來一往地聊著各種話題，即便是在這樣的狀況下，鄭白雪哭得唏哩嘩啦的樣子，也讓氣氛不得不變得鴉雀無聲。

別人看了肯定會以為死掉的不是李基澈，而是我。

實際上，死命地盯著金載俊已經變成鄭白雪每天的例行公事，她絲毫感覺不到金載俊會有多麼不自在。

現在情況已經演變成他們必須對我搖尾乞憐的情勢。

李基澈遭遇不測的同時，在戰鬥力上所維持的平衡，也瞬間倒塌。

實際上，鄭振浩一行人看起來已經放棄了對我們的獵殺。

他似乎認為只要沒有出現適合出手的機會，能夠平安無事地完成攻掠就是最好的結果。

如果我是鄭振浩，我應該也會全面取消殺掉金賢成一伙人的計畫。

這也是他們會對於一點小爭執感到如此敏感的原因。

「真的很對不起。」

「別這麼說，振浩先生。我都不好意思了，你們不需要向我道歉。」

看到他們不停向我道歉的模樣，就可以略知一二。

「是我太衝動了。」

「你會衝動也是理所當然的。也請容我再向你說一聲抱歉。」

雖然不曉得他們私底下說了些什麼，但當鄭振浩前來道歉的時候，金載俊這次也有同樣表現出歉意。

問題是，鄭白雪的敵意正在一點一點地浮現。

「會、會感到抱歉的事為什麼還要……」

像是故意要讓別人聽見一樣，鄭白雪像這樣自言自語的狀況越來越頻繁。

雖然擔心她再這樣下去，搞不好真的會說出自己的內心話，不過這點分寸她應該還是會拿捏的。

有趣的是劉碩宇的反應。

起初，當發現我和鄭白雪的關係相當親近時，他看起來似乎不太開心。

甚至在我和鄭白雪開始形影不離之後，他的表情也逐漸變得彆扭。

尤其看到鄭白雪哭腫雙眼的模樣，他似乎也終於意會到鄭白雪對我懷抱著什麼樣的心意。

回想當初這傢伙對鄭白雪做的事，要說他是性罪犯一點也不為過。

實際上他是作案未遂，所以應該說他是這個地方的怪人之一比較恰當。

以他過去的前科來看，會和鄭振浩那群罪犯同流合汙，也不難理解。但不管怎麼說，總覺得鄭振浩似乎向那傢伙承諾了些什麼，他才會在得到職業後，和他們一起行動，累積經驗。

舉例而言，像是鄭白雪之類的。

一想到只要事情順利結束，就能得到心愛的人，他一定很心動，遺憾的是計畫被迫取消，因此我也能理解他為什麼會對我投以充滿嫉妒的目光。

總之，這支團隊至少表面上正在朝著這樣的方向進展——一支盡可能地將紛爭降到最小，沒有口角也沒有爭執的優良團隊。

雖然是鄭振浩和金載俊向我們低聲下氣才有了這樣的成果，但可惜的是，我不太想和他們那些傢伙嘻嘻哈哈地打成一片。

金賢成老是一副若有所思的樣子，就我的立場而言，我希望他不是正在思索著該如何處置鄭振浩。

因為金賢成認為鄭振浩是殺害朴慧英的凶手，讓他死在這裡才是對的選擇。

其實，從金賢成第一次見到鄭振浩時出現的反應來看，幾乎可以說是不可能會放過他。

到目前為止，鄭振浩、劉碩宇以及金載俊還沒顯露出他們的真面目。

要是我們在這裡白白浪費掉先攻機會的話，金賢成肯定會發瘋。

如果他不想讓我、朴德久以及鄭白雪看到自己不為人知的另一面，他也有可能正在伺機等候一個名義或機會。

不，鐵定是這樣。

金賢成眉頭深鎖，看起來就像在思索殺死那傢伙的時機或藉口。

金賢成看起來似乎需要協助。

他正在腦中描繪這麼做可能會發生的狀況，又或者是疏遠鄭振浩他們，但雙方都能活下來的情況。

譬如……先接受攻擊之類的。

這大概會是最理想的選擇。

與一群突然襲來的卑鄙罪犯們正面對決的正義戰士，這描述真是動聽。

問題是，失去李基澈的鄭振浩和手下們，很有可能不會率先發動攻擊。不過，考量到其中一人患有間歇暴怒症，另一個則是因嫉妒心而發狂的男人，要讓他們出手應該不難，說不定易如反掌。

因為賭博是我的專長。

尤其，劉碩宇剛被納入鄭振浩的陣營不久，很可能會做出連鄭振浩都無法預料的突發行為。

把想法化為行動只需要一瞬間。

首先，先利用鄭白雪來戳戳劉碩宇的痛點，似乎是個不錯的方法。

儘管沒有什麼龐大的計畫……

「啊……」

只要肢體接觸，這樣就夠了。

「基英哥……」鄭白雪小聲咕噥。

我光是把手放在腰部和骨盆的交界處，她就開始微微顫抖，雖然她的聲音聽起來有些慌張，但我並沒有因此把手移開。

任何人看了都會覺得我是為了方便行走才把鄭白雪當成支架，只有鄭白雪或者劉碩宇能感受到我用手支撐的位置有些曖昧。

既不是腰部也不是骨盆，更不是臀部。

光是把手放在難以用言語定義的部位，劉碩宇就開始有所反應了。

噗哧……我能感受到向我投射而來的憤怒視線。

「噢，白雪，抱歉……」

「沒、沒關係。你可以抓著……你方便抓的地方……」

「但是——」

「沒關係……」

劉碩宇一臉被人橫刀奪愛的表情，連我看了都覺得悽慘。

即使是在金賢成、鄭振浩、朴德久以及小嘍囉金載俊聊著關於副本資訊的過程中，那傢伙也只盯著我們。

我稍稍地將手往下移，只見鄭白雪立刻低下頭，揚起嘴角。

她也太開心了吧……

雖然沒料到她會有這種反應，但相對地，另一邊的劉碩宇卻是一副倒胃口的表情。

剎那間，我和他四目相對。

當然，我沒有忘記露出嘴角的微笑，就像在對他說「羨慕吧」。

然而我不需要特意開口，因為行為和表情有時也是極佳的溝通方式。

「白雪，謝謝。妳不會累嗎？」

「不、不會。比起基英哥帶給我的幫助，這點小事不算什麼。」

那傢伙當初為了能摸到鄭白雪，連角色扮演這種爛招都用上。

現在，看到我像揉麵團一樣隨意地觸摸鄭白雪，會出現那種反應也無可厚非。

仔細一想那傢伙對鄭白雪所做的齷齪事，雖然我也曾思考過他當時可能是真心喜歡鄭白雪，不過無論那傢伙是否真心，對我來說都無所謂。

反正我所撒下的種子，即將結出甜美的果實。

除了這個以外，能在那傢伙面前表現的還很多。就像現在，鄭白雪立刻顯露出擔心我的眼神和甜美的嗓音。

當然對我來說並不甜美，不過如同裹了蜂蜜般的嗓音，卻不斷在那傢伙心中的傷口上撒鹽。

我讓身體更貼近鄭白雪，把手放在肩膀或腰際，適當地保持緊張感。

這種肢體對話方式，能誘發男女之間產生性方面的緊張感。很棒吧？

鄭白雪的臉紅得不能再紅，儘管如此，她嘴角的笑容一點也沒有消失。

看著她呼吸變得越發急促，我也想過是否應該就此停手，但是……

我停不下來。

最後，劉碩宇那傢伙忍無可忍，終於開始向我們搭話。

「白雪小姐，妳看起來好像很累……我、我來攙扶基英先生吧。」

「……」

「噗。」

我不自覺地笑了出聲。

因為鄭白雪完全無視劉碩宇的存在。

撇開別的不說，此時劉碩宇的臉與鄭白雪一樣通紅。

由於後方傳出一陣騷動，金賢成、鄭振浩以及朴德久稍微回頭一看。

只見鄭白雪有些呼吸急促的樣子，朴德久馬上開口。

「那個，大姐如果累了的話，可以換人……」

「是啊，白雪。其實我沒有傷得那麼嚴重……」

「沒、沒關係的！我、我來吧。我想……一起……」

「那個，不管怎麼說，大姐好像還是想和大哥走在一起的樣子……累了的話，一定要告訴我。」

「好。」

朴德久在一個絕妙的時間點介入。

這段對話無疑間接說明了，這也是鄭白雪所想要的，並非我單方面的意願。

我把手放在鄭白雪的腰部，悄悄往後看，再次對上那雙眼睛。

我咧嘴一笑。

我和劉碩宇的距離正好能夠讓他看見我此刻的表情。

對那傢伙來說，我的笑容令人難以忍受。

「真甜。」

「什麼？」

「沒什麼，白雪。」

「好的……」

劉碩宇氣得全身發抖。

如果那傢伙有自制力的話，當初就不會在營地裡對鄭白雪伸出魔爪。

看見他雖然握緊劍柄，一副恨不得拿劍在我身上亂刺亂捅，但還是先按捺下來的樣子，真想替他鼓掌表揚。

幸虧在場還有其他人，要是只有劉碩宇一個人的話反而更不好對付。
不曉得是我給的刺激不夠，還是他正在隱忍，反正這兩件事大概都是我所需要的。
就在此時，當我再次緊緊攬住鄭白雪的腰，看向後方的瞬間——
「嘰欸欸欸欸欸！」
「準備戰鬥。」
正巧有個好機會！
我一臉虛弱無力地舉起長槍，鄭白雪也暫時和我分開，開始念誦咒語。
朴德久、鄭振浩以及金賢成則是將目光鎖定在前方。
「你很羨慕吧？對吧？」
我用只有劉碩宇才能聽見的聲音，在他耳邊低語。
「噗呵呵呵……」
「你這個……」
「白雪真的很溫柔呢。」
我難以控制嘴角上揚，一副嘻皮笑臉的模樣。
「五隻怪物。準備戰鬥！速戰速決！」
「你這個王八蛋！！！」
那傢伙瞬間舉起劍，只見刀刃精準地掃向我的腹部，雖然猶豫了一下是否應該避開，但是……
挨這一刀會更有效果。
反正我可以活下來。
如果是鄭白雪持有的防護戒指的話，一定能治療像這樣的刀傷。
隨著「噗」的一聲，毛骨悚然的感覺開始朝我襲來。
「啊啊啊啊啊啊！」
火燒般的灼熱疼痛感，讓我不自覺地發出哀號。這完全是臉上挨了一拳所無法比擬的痛。

剎那間，所有目光全都集中在我身上。

鄭振浩和金載俊，都是一臉摸不著頭緒的樣子，但他們意識到了意外的發生。

劉碩宇刺了我一刀。

雖然我曾擔心過，鄭振浩也許會把劉碩宇當成瘋子，隨時都可能與他撇清關係，不過……

聽到那傢伙大聲地呼喊後，我不得不體認到一切都是瞎操心。

「我……我辦到了！振浩大哥！！載俊大哥！！我幹掉這個王八蛋了！」

僅僅是除掉了四大天王裡最弱的一員就這樣呼喊，也未免太得意了吧？

看來鄭振浩所擁有的牌之中，至少有一張是徹底的爛牌。

第017話　敵人

鄭振浩當場愣在原地，一副有口難辯的樣子。

「碩宇先生，你、你在說什麼鬼話？」

「我辦到了！我說我捅了這王八蛋一刀！大哥！」

「你這個瘋子！」

不一會兒，周圍變得嘈雜。

鄭振浩立刻拔劍。

我知道他的意圖並不是要攻擊我們。

他肯定想先殺人滅口，後續再想辦法處理這次的事件，這是他現在唯一能做的選擇。

畢竟他鐵定不想在這裡和我們大打出手。

萬一被刺傷的人是金賢成或朴德久，或許還會有勝算，不過非常遺憾地，被刺傷的人偏偏是最弱的李基英。

但現在不能讓劉碩宇被殺掉。

當我下意識看向金賢成時，他果然也正在快速地移動位置。

掌握局勢的能力相當差勁的跟班金載俊，把鄭振浩衝出去的行為當成是戰鬥的信號，手持一把短刀，開始衝向我。

「你這個沒用的廢物！是你殺的！是你殺了基澈！」

李基澈的確是我殺的。

儘管如此，我也沒料到他會放著旁邊的朴德久不管，朝我直奔而來。

總之，在攻掠的過程中，我似乎成為了團隊的官方人氣王。

原本應該好好掩護後方安全的我，瞬間成了主要坦克。

成。

然而，我沒有預料到朴德久判斷局勢的能力似乎有些遲緩。原本以為他至少能擋住第二次攻擊，但他卻沒能來得及阻擋金載俊拿著短刀衝向我。

媽的。

感覺他準確地瞄準了頸部的位置，我下意識將身體蜷縮起來，最後，短刀插在我的背後。

好痛啊！

「啊啊啊啊！」

好痛。

第二次的攻擊結束之後，朴德久才終於回過神來。

他拿著巨大的盾牌狠狠推開那傢伙，板著一張著蒼白的臉擋在我的前方。

後方的劉碩宇被突如其來的狀況嚇得目瞪口呆，他甚至握著刺了我一刀的劍把，渾身顫抖。

那傢伙果然對於拿刀捅人這種事不太在行。不過此刻比這些小嘍囉更重要的，是鄭振浩和金賢成。

「這是誤會……」

在說出這句話以前，鄭振浩和金賢成的刀劍早已開始交鋒。

「鏘」一聲傳來的瞬間，我看見鄭振浩遠遠地飛了出去。

計畫成功，戰爭開始了。

劇本完成後，兩人站上了舞臺。

接下來，只剩下收拾殘局。

雖然想請求快點幫我治療，但我一句話也說不出來。

有生以來第一次感受到的劇痛，讓我除了哀號以外，什麼聲音都發不出來。

與我想像中的不同，治癒的魔法沒有降臨在我身上，反而是鄭白雪的悲鳴傳入我的耳中。

「不要啊啊啊！」

「這些該死的傢伙！！大哥！」

「不要！不要啊啊啊！！」

好痛……真希望她在尖叫的同時，也能治療我一下。

事情發展得太快，我無法打起精神。

前方的怪物不斷衝上來，然而這時鄭振浩和金賢成正在決鬥。

究竟應該先擋住前方的怪物，還是先護住劉碩宇所在的後方，朴德久似乎摸不著頭緒。總之，他盡最大的努力，率先保護倒在地上的我。

「大哥！大哥！！」

「我還沒死……」

「大姐！戒指！戒指！戒指，快點念咒語！戒指！」

「啊啊啊啊啊啊！基英哥！基英哥！基英哥！」

「冷靜一點，戒指！戒指！」

「啊！」

雖然已經料到鄭白雪會陷入恐慌，但實際情況看起來比想像中嚴重。

朴德久緊緊抓住鄭白雪的手之後，她這才想起來自己擁有某件道具。

「治、治癒！治癒！」

光灑落在我的身上。

身體雖然沒有立刻復原，但神奇的是，讓人感到心曠神怡的那道光，確實正在治療我的傷口。

還是好痛苦。

血液不斷從傷口裡流出，但我卻感受不到。

要是再晚一點，說不定我真的會死。

「基英哥，基英哥，基英哥。」

「大、大哥！」

「我沒……事。」

身體稍微變得輕盈之後，我再次環顧四周。
金賢成和鄭振浩的劍在空中不斷交會，兩人一語不發地持續戰鬥。
不管由誰來看，都會認為金賢成略勝一籌。
當然，關於這一點，鄭振浩也不會有任何異議。
最後，最大的反派鄭振浩丟下了劉碩宇和金載俊，然後轉身逃離這個地方。
金賢成看了我們好一會兒之後，點了點頭，倉促地說。
「德久先生！白雪小姐和基英先生就拜託你了！鄭振浩由我來……」
「我、我知道了！」

他認為我們有能力收拾剩下的局面。
擁有高敏捷值的兩人一瞬間就從我們的視野裡消失。
金載俊眼見局勢越來越複雜，似乎打算立刻抽身，這傢伙也同樣拋下了劉碩宇。
事情發展到這個地步，擋住敵人的責任落到了朴德久身上。
「你們這些雜碎！」
劉碩宇再次揮舞著刀劍，朝我走來。
當然，這一次他沒有得逞。
因為朴德久把盾牌狠狠地往他身上一拍。
啪！
劉碩宇的身體一下子飛到空中，接著又重重地摔到牆上；此時，怪物們也湧了進來。
「魔力護盾！」
我瞬間念出咒語，金賢成事先為我們準備的第二樣保險，擋住了怪物的路。
金載俊和鄭振浩已經消失在視線範圍之內，但如果是金賢成的話，肯定能把兩個人都抓回來。
不對。

「大、大哥！大姐不見了……」

鄭白雪會替我們把金載俊抓回來。

「德久，別擔心。先把眼前的怪物解決掉再立刻跟上，我知道該去什麼地方。」

「那就太好了……」

她是什麼時候消失的，我也同樣沒發現。

那段時間裡，她肯定一邊念著咒語，一邊跟著金載俊走了出去。

那傢伙具備極高的敏捷值，不曉得她能不能跟上，不過她急忙地跟上去，竟然還能不被我們發現，從這一點來看，她應該能解決問題並平安回來。

一想到剛才遭遇的突發狀況，朴德久也同樣哭得稀哩嘩啦。

見到我倒下後不斷湧出鮮血的模樣，對他來說似乎太具衝擊性了，於是我看著他說了一句。

「白痴豬頭，別哭了。」

「誰、誰說我哭了？」

多虧了這個發呆的傢伙，我的身體被多插了一把短刀，但是我一點也不生氣。

＊　＊　＊

他媽的。

我無法理解情況究竟是如何發展到這步田地的。

劉碩宇那個白痴！沒用的垃圾。

我可沒有接納那傢伙。

不，其實愚蠢的不只是劉碩宇。

把鄭振浩拔出劍的舉動當成是作戰的信號，奮力地將短刀刺向李基英的自己，也同樣愚蠢。

應該再更冷靜一點的。

李基澈是長時間和我一起並肩作戰的朋友。

因為知道李基英那個應該被活活打死的王八蛋殺了我的朋友，所以我無法保持冷靜。

雖然我也知道計畫取消了……

就是因為那個傢伙嘴上說著抱歉，卻又露出笑容，即使心裡明白應該克制，但還是沒能忍下這口氣。

像是在嘲弄人的表情、光明正大挑釁的表情……一切都是那副表情惹的禍。

而且那傢伙的眼神和微笑，就像打從心裡藐視他人一樣。

正好，當憤怒直逼腦門，就快要爆發的當下，我發現了那個傢伙的腹部挨了一刀。

即便在那種狀況下，他依然用一副看好戲的微妙神情，欣賞著眼前發生的一切，於是在看見他那張臉的瞬間，我失去了理智。

鄭振浩那個王八蛋同樣也是問題人物。

儘管我本來就不覺得和那傢伙之間會有所謂的同胞之情，但卻沒料到自己會像一雙破鞋一樣被拋棄。

這些事情現在已經不重要了，反正大家都是為了各自的利益才會聚在一起，就像他利用我那樣，我也同樣地利用他就行了，非常簡單。

首先，得先離開這個地方。

就剛才的情況看來，鄭振浩認為自己已經毫無勝算了。

而我很會認路，再加上現在還能清楚地看見那傢伙逃跑時留下的痕跡，肯定能跟著鄭振浩逃跑的路線走。

這一次要連跟在他後面的金賢成也一起解決掉，更準確地給出致命一擊。

畢竟要是沒把李基英碎屍萬段，實在難消我心頭之恨。

正當我拿好弓箭，準備以最快的速度動身的時候——

什麼啊？

和我記在腦海裡的路不一樣，這分明不是我所記得的路。

這種狀況在我轉職成弓箭手後是第一次遇到。

我還想著或許是副本本身的問題，不過肯定並非如此。

在某一側的壁面上，由鄭振浩和金賢成留下的痕跡，也同樣消失了。

「什麼啊……」

「咦……」

我稍微環顧了一下四周，突然感覺颳起了一股未知的強風。

過了好一陣子我才發現，我的其中一隻腳脫離了身體。

「啊啊啊啊啊啊！！」

「什麼……這是什麼……怎麼回事！」

我無法做出正確的判斷。

從某處颳來一陣強風之後，我的一條腿就從身上脫離了。在連自己被什麼東西攻擊都無從得知的狀況下，沒有人不會感到恐懼。

「啊啊啊啊啊啊啊！」

一陣風再次襲來，這一次被截斷的，是我的手腕。

「什麼鬼！什麼啊啊啊啊！」

我唯一能想到，就只有魔法。

當我再次拚命觀望周圍時，我看見黑暗之中，有一名女子微微露出了自己的樣貌。

雖然以為是第一次見到的女子，但這分明是張熟悉的面孔。

鄭白雪？

她的雙頰極度漲紅。

她的眼神非常奇怪，不僅頭髮亂成一團，身上的衣服也破破爛爛的。

只見她不斷地用手擦拭流出眼眶的淚水。

「我、我不會跟你道歉的。」

「什麼？」

「絕對不原諒。這些……白痴！全、全部都得殺死。給基英哥帶來危害的人，全部都得殺掉。」

「妳在說什麼鬼話……啊啊啊啊啊！」

「閉、閉嘴！我叫你閉上那張嘴！這……這……蠢貨！基英哥該有多痛啊！基英哥……嗚嗚嗚……該有多痛啊。第一次受傷的時候也是……一定很痛。」

我很快地釐清了局勢，眼前的女人是個瘋子。

操……操……

一瞬間，我意識到自己惹錯人了。

即便知道這女人對於李基英似乎有著過度的執著，但我也沒料到她是這樣的瘋女人。

我聽到她呢喃著念出了咒語。

身體預先感知到了不祥的預感，雖然用盡各種方式想爬著離開這裡，卻不可能做到。

以一步一步緩慢爬離這裡的方式來說，這裡的空間實在太大了。

接著，我感覺到這名柔弱的女子用手揪住我的頭髮，抬起我的臉。

「因、因為沒有時間了，得趕快結束，真可惜呢。基英哥……基英哥承受的痛苦，應該要數十倍奉還給你才行……但沒辦法這麼做了。嗚嗚……」

「救命……我……我也是受人指使啊。」

「騙子的話，我是不會相信的……空氣炸彈。」

她右手裡的東西，是我之前曾經見過一次的魔法，能一次讓好幾隻怪物變成血塊。

與上次跟人頭差不多大的魔法不同，這次的非常小。

我還來不及察覺她的意圖，瘋女人的聲音便再度傳來。

「張開嘴巴。」

「什麼……什麼……」

「我叫你張嘴。你、你不是也應該要感受一下嗎？基英哥有多麼痛，你也得感受看看。」
我下意識地緊閉雙唇。
我無法想像那種東西進到我的嘴裡，會發生什麼事。
但是，那個瘋女人硬是掰開我的嘴巴，把炸彈放了進來。
嘴裡突然被強迫放進某個東西的異物感，讓我無法緩過神來。
我直冒冷汗，全身沒來由地瑟瑟發抖。
還來不及想像接下來會發生什麼事，耳邊立刻傳來震耳欲聾的爆炸聲。
匡！
「嗚啊啊啊啊啊！」
牙齒的碎片在口中爆炸，炸裂了舌頭、喉嚨、上顎和臉頰。
我無法理解發生了什麼事。
唯一能確定的事情是，劇烈的疼痛幾乎要把腦袋融化了。
「很痛吧？你不是也很痛嗎？那麼……為什麼要那樣做呢？」
瘋婆子……瘋婆子……瘋婆子……
「你看，血都濺出來了呢，蠢貨。」
「救救我……嗚，救……」
鄭白雪甚至開始整理起自己的儀容，舉止相當怪異。
她將一頭亂髮梳理乾淨，用袖子輕輕地擦掉噴濺到臉上的血漬。
「得快點結束才行……這是最後一次了。下次不能再這樣了。」
我在腦中求她別這麼做、拜託她救救我。
恐懼導致我無法把話說出口，與此同時，我也正在一點一點地失去意識。
我一邊想著無論如何都要活下去，一邊打起精神的時候，傳來了最後一道聲音。
「哎呀……死掉了。」

＊　＊　＊

「白痴豬頭，別哭了。」

「誰、誰說我哭了？」

多虧了這個發呆的傢伙，我的身體被多插了一把短刀，但是我一點也不生氣。

話雖如此，還是不能否認我差點死掉的事實。

仔細想想還真是荒唐，我真的差一點就莫名其妙地死了。

如果按照我的劇本，朴德久會在第二次攻擊發生之前阻止金載俊，鄭白雪則是會在尖叫之前先使出神聖防護之戒的魔力才對。

其實，當時我已經失血過多，幾乎進入意識模糊的狀態了，只能說都是我運氣好才能撿回一條命。

我也體認到了，一個小小的因素可能就足以讓我的計畫滿盤皆輸，還有不能隨便下注。

雖然必要時還是得賭一把，不過在擲出骰子下注以前，必須做好萬全的準備才行。

面對突如其來的狀況，就連我也馬上陷入恐慌。

天真的朴德久或是心軟的鄭白雪會出現這種模樣，應該也稱得上是正常的反應。

說不定僅僅是以這樣的結局收尾，就該謝天謝地了。

既然我們身處這個名為新手教學的地方，那麼如果要用遊戲來比喻的話，我們根本還是新手。

雖然不盡完美，但也無可奈何。

鄭白雪和朴德久的問題，或許能透過時間來解決。

「大哥，我……」

「先把劉碩宇抓起來就行了。」

「呃……這樣沒問題嗎？」

我隨意地點了點頭。

魔力護盾之戒，這個高達稀有級的裝備，正在守護著我。

目前為止，心眼所顯示出的怪物還沒有能力穿過這一層魔力護盾。

我突然非常感謝金賢成，這個道具比我想像中更有效果。

「嘰欸欸欸欸欸欸！」

雖然看到外面的怪物不斷捶打著透明的屏障，我卻不覺得害怕。

我開始念咒語，累積魔力之塔。

「主啊，請聽我的祈求，回應我的聲音，請賜予我燃燒敵人的力量。火焰球。」

大腦有點暈眩，但是魔力目前還夠用，所以應該是血液的流失所導致。

傷口雖然已經癒合，但兩次攻擊帶來的損害似乎還殘存在體內。

一念完咒語，巨大的火球便立刻出現在眼前。我在解除魔力護盾的同時，將手往前一伸，伴隨著轟天巨響，怪物們頓時身陷火海。

匡！

儘管火球精準命中，但朴德久擔心還有殘存的怪物，於是擋在我的面前。

結果當然是全軍覆沒。

「呼嗚……」

「身、身體還好嗎？」

「我沒事。」

有點頭暈但沒有大礙，反而心情非常爽快。

不只順利地從鬼門關前走了一遭回來，情勢也朝著完美的方向進展著。

金賢成會親手解決鄭振浩，金載俊會被鄭白雪逮住，和她一起度過幸福的時光。

至於劉碩宇，我根本沒有想好該如何處置。

不過，我當然也認為必須先將他制伏。

朴德久也不是傻瓜，很快便開始將劉碩宇捆綁起來。

雖然充其量只是一條破爛的皮繩，但有總比沒有好。不對，憑那小子的力氣，壓根兒就不可能扯開那種皮繩。

「放開我！你們還不趕快解開繩子？」

劉碩宇這才回過神來，雖然奮力抵抗，卻沒有帶來奇蹟似的反轉。

他死命地掙扎著，朴德久則是使勁將他壓在地上。

「王八蛋！」

「李基英，你！你這個膽小如鼠的傢伙！還不快把我放了！」

「白痴。」

「大哥他們會再回來的。等他們把金賢成那個王八蛋宰了之後，就會馬上回到這裡，把你們的頭通通砍下來。到時候你們這些傢伙肯定會跪著求饒……」

劉碩宇胡亂地瞎嚷嚷一番之後，氣得再也說不出話來。看來這傢伙的妄想症比我想像地還要嚴重。

「噗哈。」

「笑？有什麼好笑的？你以為你還可以一直笑下去嗎？李基英！還有旁邊那隻豬也是，還有鄭白雪那個女人，我也絕對不會原諒。絕對不會。我會讓她後悔沒有選擇我！每天……每天……」

「你說什麼？」

「你……」

「我聽不清楚耶？」

我想盡可能地對他做出惹人厭的表情，我稍微把手放到耳朵旁邊，把臉靠向他，同時揚起嘴角。那傢伙氣得咬牙切齒的模樣一覽無遺。

「李……李、李基英，你這個人渣！」

他氣得直跳腳的模樣，總是令人無比愉悅。

「你好像很有信心的樣子。」

「什麼……」

「你敬愛的大哥們看起來好像都丟下你逃走了。」

「什麼？」

「鄭振浩沒有告訴你嗎？李基澈死掉之後，計畫就此取消……不對，準確來說，好像是先靜觀其變會更好。」

「什麼？」

劉碩宇一臉惶恐，他的反應就像在問我是如何得知的。

這是我引頸期盼的場面。

其實，要不是有「心眼」或是金賢成的反應，我是不可能知道這種事的。

我頂多只會認為鄭振浩或許覺得我們鐵定有鬼。

我說的話究竟是真是假，我一點也不在乎。從他的表情看來，似乎正好吻合，但事到如今，全都無所謂了。

而他當然也不需要我們向他說明。

「什……什麼意思？」

「白痴。」

我總是不自覺地流露出嘴角的笑意，這實在太有趣了。

此時此刻，劉碩宇像個人偶或玩具一樣任我隨便操弄。

被鄭振浩當成保險的牌，竟然是這種白痴，真是太值得慶幸了！

「什麼意思呢……」

「你在說什麼……」

我沒有特意向他說明，取而代之送給他的是一個愉悅的笑容。

如果他不是笨蛋的話，應該能明白。

他一臉呆愣地望著我。

說不定所有的一切，就像走馬燈一樣，一一浮現在他的面前。

他或許正慢慢地領悟到，從我提議一起攻掠副本開始……還有第一次抵擋怪物群的魔法，以及李基澈讓人多少感到有些荒唐的死亡，甚至是對自己的挑釁，通通都是我精心安排的好戲。

這個蠢貨搞不好也正在腦中推論，我為什麼會明目張膽地對鄭白雪摸來摸去。

不就是要特意嘲笑他，同時和鄭白雪度過一段快樂的時光嗎？

他大概也不敢相信自己落入圈套的事實。

我所做的一切，都只是為了讓他踏入我設下的陷阱當中。

朴德久一臉吃驚地看著我，但我沒有多做說明。

此時，劉碩宇發狂似地暴跳如雷。

人類對於控制自己的內心，或多或少有些生疏，那傢伙更嚴重。

「李……李基英，你這個人渣！跟垃圾沒兩樣的傢伙。」

這傢伙一直在等著他的大哥們，根本是件可笑而不值得一提的事。

鄭振浩因為戰鬥人力不足才把劉碩宇納入旗下，並且為了在攻掠過程中製造一些變數，讓他一起加入遠征的隊伍。

從結論來看的話，這只不過是因為他個人控制不了怒火，所犯下的錯罷了。

只要稍微冷靜思考一下，就能夠明白這個道理。

劉碩宇果然意識到自己的失誤了。

「你、你！」

「碩宇，謝謝你，要感謝你的事情實在太多了。」

我向他投以一個嘲諷的笑容。接著，他一副還沒認清現實的樣子，試圖撲向我們。

劉碩宇的手腳已經都被綁起來了，並不會讓人感到畏懼；不過這個看起來不太美觀的畫面還是讓我微微皺起了眉頭。

「我要殺了你！我要殺了你！」

「那是我才能說的話。」

要不要讓這傢伙活著，決定權在我手上。

「什麼？」

「我不是什麼善良的人。當然，殺人這種事，還是會令我有些反感，不過……在離開這樣的環境以前，我想我有必要經歷一次這種經驗。」

「那是……」

「雖然這種事我更偏好請別人代勞……但是總有無法借助別人力量的時候，本來所謂的罪過，就得要由大家一起承擔啊。」

「你……你……你瘋了……」

「你之前不是也做過一樣的舉動嗎？要是狀況再更惡劣一點的話，現在躺在這裡的人就是我。或者，說不定也可能是白雪或德久。」

我稍稍地舉起握在手中的長槍。

「大、大哥。」

不只是我，朴德久也同樣沒有殺過人。

他的聲音聽起來有些驚慌，不像是打算阻止我，而是想問我是否確定要動手。

要是他阻止我的話，我可能會就此收手也說不定。因為實際執行這件事情並不容易。

想當然耳，我緊抓長槍的那隻手，不停地發抖，這種反應出自於對殺人的恐懼。

雖然已經下定了決心，但就算是這樣，要付諸行動還是相當困難。

我和性格有些扭曲的鄭白雪，以及殺人無數的金賢成不一樣。

我只是個平凡的老百姓。

坦白說，我還是不願意這麼做。

但反正遲早都要經歷這種事，在這個地方體驗，是最合理的選擇。

「救、救命！」

我將力道施加在握著長槍的那隻手上。

「抱歉。」

「德久，不想看的話就閉上眼。」

我並沒有特意去看朴德久的表情，但我想他現在大概已經閉上眼睛了。

「救……救命！」

伴隨著「噗」的一聲，長槍瞬間刺入劉碩宇身體裡。

不舒服的觸感就這樣從長槍傳到我手上。

「咳……咳……」

劉碩宇抓住長槍奮力掙扎的樣子映入眼簾。

我的手腳不斷瑟瑟發抖，雖然想別過頭，但我知道這是無法逃避的事實。

扣上板機的人是我，射出子彈的也是我。

雖然不是第一次見到人類被殺死的場面，不過自己親自動手卻是第一次。

當成是朴慧英那時就好了。

把他們當成同樣都是我殺的。不對，本來就是我殺的。

如果要仔細追究的話，在起始點第一次見到的那個女人，或許也是我殺的。

因為我無視了她的求救。

儘管看著一條生命在面前慢慢消逝，會讓人感到非常煎熬，但事到如今，也不需要感到驚慌。

只要像當時那樣，平靜地接受現實就行了。

然後安慰自己這也是無可奈何、這是必要手段。

「主啊……」

「咳……救……救……」

「抱歉。」

劉碩宇的臉龐因為劇痛而扭曲變形，嘴巴不停發出嘶啞的聲音，血液也不斷往外流淌，看起來相當慘烈。

隨著時間的流逝，那傢伙的表情也逐漸變得平靜。

「媽……媽……救……我……」

最後，望著我的劉碩宇迎來了死亡的寂靜，同時周圍也一片靜默。

「如果我能做到的話……你應該可以做得更好。」

第一次和朴德久出去打怪時，我也說了類似的話。

和那一次不同，這次他沒有回應。不過，他卻說了一句出乎意料的話。

以朴德久的立場來說，這大概是他為了轉移話題的話術。

「大哥……你是基督徒嗎？」

「世上沒有神。」

面對和眼下情況完全無關的荒謬問題，我笑了笑，接著說。

〔新職業已開放，請根據需求選擇職業。〕

「看吧，怎麼可能會有。」

第018話　新職業開放

雖然我覺得新職業開放的時機點有點莫名其妙，但既然已經累積了經驗值，就沒什麼好大驚小怪的了。

自從獲得第一份職業後，我就和金賢成一起行動，解決掉無數的怪物，進入這裡以後也不斷地打怪。

說不定這個速度反而算慢了。

有趣的是，在我殺死劉碩宇後，剛好開啟了新的職業。

這表示就算殺了人，經驗值也會上升。

恐怕不只如此，所有的行為都有可能轉換成經驗值。

也就是說貢獻度或擊殺數等都會被數值化。雖然無法得知確切的數據，但我確實看過營地裡的生存者能力值獲得提升。

有關各種方向或魔法的思考可以增加智力，使用魔力則能提高魔力。

體力或敏捷等所有能力值亦是如此。

我想這些職業應該也差不多。

〔新職業已開放，請根據需求選擇職業。〕

〔您正在瀏覽已開啟的職業。〕

〔召喚師（稀有級）〕

〔魔槍師（稀有級）〕

〔黑魔法師（稀有級）〕

〔煉金術師（稀有級）〕

〔火焰魔法師（稀有級）〕

選項還真多。

我原本還擔心過要是出現騙子之類的職業怎麼辦，但似乎沒有，這反倒讓我覺得慶幸。

所有的職業都是稀有級，讓我不禁想替它們打高分。

即便沒有仔細瀏覽，乍看之下似乎也沒有差勁的職業。

最值得慶幸的是沒有指揮官。

雖然應該不會發生那種情況，但我擔心朴德久在打聽到我轉職的選項後，會再次成為指揮官鸚鵡。

儘管我沒說出口，但我當時曾因為朴德久那番具有說服力的話煩惱過不下三次。

事實上，我直到現在還是會思考要是我當初選擇指揮官會怎樣。

現在我能完全擺脫指揮官的束縛，不禁有些感激。

因為現在的情況不允許我持續看著狀態欄，我只能快速地瀏覽一遍。

稍微掃過狀態欄，就得到了各式各樣的訊息。

〔召喚師（稀有級）〕

〔召喚師並非在前線戰鬥的職業，而是通過召喚使魔、精靈或幻獸契約進行打鬥的職業。之後可轉職為召喚師相關職業，如：馴獸師、精靈師、幻獸召喚師。選擇後體力及智力將各上升1點、魔力將上升2點。〕

我很滿意召喚師這個職業。

尤其是能夠召喚代替我上陣戰鬥的幻獸或精靈。

雖然不知道我是否具備小說或遊戲裡的親和力之類的才能，但從職業選項出現了召喚師來看，這應該有符合我的傾向。

〔魔槍師（稀有級）〕

〔能夠同時使用魔法與長槍進行戰鬥的中距離職業。掌握戰場中心的魔槍師可以同時使用魔法與長槍，對各種規模戰鬥皆能產生直接影響。玩家可習得關於長槍與魔法的中級知識。之後可轉職的職業不明。選擇後敏捷將上升1點、魔力將上升2點。〕

〔黑魔法師（稀有級）〕

〔能夠使用黑魔法的遠距離職業。黑魔法是一種完全顛覆既有魔法常識的新魔法，由於黑魔法是從惡魔身上借取的力量，因此受到部分宗教團體的強烈排斥，但其破壞力遠高於其他職群。玩家可習得基礎的黑魔法知識。選擇後魔力將上升4點。〕

首先略過魔槍師。

越往上爬，我能做的事就越少，即使發揮微弱的力量或敏捷地揮動長槍，也沒辦法起到什麼作用。

但黑魔法師另當別論。不僅能提升魔力值四點，還能推翻現有的魔法常識，令我眼饞。

「嗯哼。」

不過，宗教團體的抵制讓我有點苦惱。

如果新手教學結束後，我要去的地方是以中世紀時代為背景打造出的奇幻世界，如此一來，瘋狂的宗教團體就會紅著眼追殺我。

想到可能處於那種情況，追求安全的我實在無法選擇。

〔煉金術師（稀有級）〕

〔煉金術師是研究與學習基礎魔法化學的職業。總是探索著魔導、魔法與魔力的新方向和發展。

玩家可習得人造人煉金知識與煉金術相關的基礎知識。日後可轉職為製藥師、煉金魔法師、人造人專家等職業。選擇後智力、魔力將各上升2點。〕

〔火焰魔法師（稀有級）〕

〔在所有屬性的魔法師中，火焰魔法師具有首屈一指的破壞力。他們是以強大的火力為基礎，負責支援友軍的遠距離職業。雖然魔力消耗大，但超乎想像的火力將震驚全場。之後可轉職為爆裂魔法師、炸彈魔法專家等。選擇後魔力將上升5點。〕

我當然也不考慮火焰魔法師。

並不是完全沒有考慮的餘地，因為增加五點魔力值很吸引我，「超乎想像的火力」這種形容也令我嚮往。

雖說我只能施術一兩次肯定是個缺點，不過總覺得好像還不錯。

說實話，煉金術師看起來也不賴。

看來高智力的職業遠比高魔力還適合我。

儘管煉金術師的戰鬥能力略低於其他職業，但能轉職成人造人專家、煉金魔法師或看起來有些可疑的製藥師等職業，似乎也能彌補我不足的魔力。

我確定排除的職業只有魔槍師。

其餘職業各有優缺點。

以為這次選職業會比第一次更簡單的我就像個傻瓜。

這次的選擇比第一次選擇更重要，簡直和選擇大學科系一樣。

一想到這次選擇會左右我未來在大陸上的地位，我就感到頭痛。

雖然這件事不急著決定，還需要進一步觀察，但有這麼多的專業科系可以選擇，我已經開始煩惱該深入鑽研哪一個才好。

就在這時，旁邊傳來了一道聲音。

「大哥？」

「啊，抱歉，德久。我們得先去找白雪。」

「你獲得新職業了嗎？」

「對，雖然有點突然，但殺死人類似乎也能提高經驗值。」

「嗯……」

朴德久沉默了。

幸好他似乎沒有受到太大的打擊。

我一度擔心他會有別的想法，慶幸的是，他看起來並非如此。

雖然他一直被稱為「大腦充滿肌肉的傢伙」，但他也有許多自己的煩惱。

當然我也一樣。

儘管我努力轉移視線，但我絕對忘不了今天發生的事。

朴德久那傢伙好像也下定決心接受現況了。他可能對微妙的沉默氣氛感到負擔，於是再次開口。

「不知道金賢成老兄和大姐是否平安無事。」

「一定會沒事的。不僅是金賢成，白雪也會沒事的。」

「你怎麼能這麼確定？啊，是因為魔力嗎？」

「差不多吧，距離越遠，越難感應。要是你有魔力的話就能理解了。」

我當然不是靠魔力判斷他們是否平安無事，而是從他們的能力值與個性就能得出答案。

他們一個是重生者，一個是天才魔法師兼怪物。

說不定他們已經辦好事情，正在回來找我們的路上。

不出所料，我才剛邁開腳步就看見朝這裡走來的鄭白雪。

她一發現我和朴德久就睜大眼睛跑來的模樣有些可愛，但看到她袖子染上的鮮血，我就沒那麼高興了。

「基英哥……基英哥！基英哥！基英哥！」

她衝過來，把我緊緊抱住的模樣和平時不一樣，有些過於主動。

一想到她是在擔心我，心情就好轉了些。

「你有沒有受傷？有沒有哪裡不舒服？現在沒事了嗎？劉碩宇……那、那個人怎麼樣……」

「死了。」

「啊啊啊，真是太好了。」

我雖不認為鄭白雪會受到打擊，但她也未免接受得太快了。

不知道是不是我的錯覺，她似乎還有些遺憾。

見鄭白雪沒有追問原因，反而放鬆地笑了笑，朴德久似乎也感覺到反常，開始留意觀察她。

「大姐，妳去哪裡了……怎麼現在才回來？」

「喔……那個……我也不知道為什麼……」

她像啞巴吃黃連似地開不了口。

看來她還沒想好藉口。

說的也是，我倒下的時候，她喊得那麼大聲，應該沒有時間想那些事。

而且，她打扮得整齊端莊，貌似是想討好我。

看到她有些慌張的神情，這次我也打算幫助她，於是默默地開了口。

「妳去幫賢成先生了吧？」

「不是的，基英哥，不、不是那樣的。我才不在意他……我只是……」

「什麼？」

「我不擔心賢成先生。」

她的反應比我想像中要大，似乎是擔心我誤會她對金賢成感興趣，但我提問的意圖當然不是那個。

「我只是……因為很生氣……」

「啊……」

「我很氣金載俊那個人……不知不覺就那麼做了。」

其實，先把劍刺向我肚子的人是劉碩宇，只不過鄭白雪沒看清楚。她對用拳頭打我或用短劍刺我背的傢伙印象更深。

可能是想起當時的情景，她再度熱淚盈眶。

在她斗大的淚珠滴落前三秒，朴德久才終於意識到情況不對勁，用尷尬的表情回頭看我。

他慌張的樣子，一點都不符戀愛博士的形象。

還自稱什麼江原道戀愛博士……

「不不不，我知道妳要說什麼，大姐。我當時也想馬上衝出去……大哥，不要這樣，說點話吧。」

「嗚嗚……我一直想到那件事……」

「大姐，現在已經沒事了，妳、妳別哭了，事情已經結束了……大家都平安，大哥的傷也都好了。」

「嗚嗚……」

「哎唷……大哥！你想點辦法……大姐的眼睛都腫了……要怎麼辦……」

我看見那傢伙偷偷瞥向我，求我安慰鄭白雪的眼神，沒來由地笑了出來。

原本疼痛的頭似乎緩解了不少。

最終，我如那傢伙所願，抱了一下鄭白雪，然而她的肩膀卻開始顫抖。

「對不起，對不起，基英哥……」

雖然我不曉得她幹嘛道歉，但還是拍拍她的背以示安撫。

「沒關係。」

「基英哥，對不起，嗚嗚。」

「嗯。」

我反而還很感激她。

感覺事情有了圓滿的結局，煩躁的心情也好轉了些。

我一邊安慰鄭白雪，一邊瞥了朴德久一眼，那傢伙開始露出奇怪的笑容。

「這個白痴豬頭……」

怎麼想都覺得很無奈。

雖然鄭白雪比剛才冷靜了許多，朴德久也泰然自若地朝我們微笑，但那當然不是因為看到我和鄭白雪而露出了溫暖的微笑。

而是下流、卑鄙的微笑。

我是被設計了嗎……

總覺得稍微能體會到被我設計的劉碩宇的心情了。

「大姐，你們真登對。」

那一瞬間，我突然意識到「江原道戀愛博士朴德久」可能並非編造的名號，而是真的。

* * *

朴德久笑嘻嘻的表情映入我的眼簾。

我大概知道這小子在想什麼。他應該是覺得我的心情看起來有點煩悶，所以想用可愛的鄭白雪幫助我暫時擺脫壓抑的心情，但我並沒有覺得開心。

因為在我懷中的鄭白雪正在抽泣。

「基英哥……」

先撇開她哽咽的聲音不說，我總覺得她在用鼻子吸著什麼。

不知道是不是聞到了我的體味，所以才把臉埋在我的胸膛，遲遲不肯離去。

要不是金賢成剛好回來，她可能會持續好幾個小時。

「原來你們在這裡。」

我原先以為金賢成會比鄭白雪更快結束，結果金賢成比我想像的更晚回來。

金賢成的外表十分乾淨整潔。

不過從衣服上的細微髒汙與臉頰的小傷口能看出他與鄭振浩的戰鬥並不容易。

重生者金賢成擁有堪稱「怪物」的能力，但鄭振浩也不容小覷。

我個人覺得，無論鄭振浩多優秀，基本的能力值與經驗還是和金賢成存在著明顯差異，他頂多只能靠魔法製造變數。

不過從金賢成輕鬆的表情看來，鄭振浩八成活不了了。

「其他人……」

這個問題有點敏感。

在鄭白雪說錯話之前，我急忙插嘴：「被我殺了。」

「這樣啊。」

當然，金賢成在這裡不會指責我是殺人犯。

相較於留下後患，斬草除根才是更俐落的選擇。

儘管他的傾向是善意的仲裁者，但他比我更清楚不能放過那種人。

「鄭振浩呢……」

我開了個頭，那小子什麼都沒說，只是點了點頭。

略帶憂鬱神色的朴德久、心緒不寧的我，還有哽咽的鄭白雪。

總覺得我們整個團隊的士氣有些低落。

雖然鄭白雪的情況比較特殊，但我認為第一次殺人會受到衝擊是很正常的。

最後金賢成點了點頭，開口：「那是必要的。」

值得信賴的隊長開始照顧起隊員們的心情了。

「我明白……」

「他們好像從一開始就盯上我們了。雖然不清楚他們是怎麼拉攏碩宇先生的，但碩宇先生可能是從中間開始加入他們的計畫。要是連我們都中招的話，在營地裡的人也不可能安然無恙。」

「……」

「雖然很困難，但我希望你們要知道自己做了正確的事。」

「嗯……」

「你們做的是對的，而且也許以後會越來越多這種事。我們所在的地方還只是新手教學，外面的世界可能會更殘酷。你們肯定會很難受，但不會有人指責你們的決定。現在和未來都是如此。我不清楚這樣說有沒有安慰到你們……但我希望你們能克服這份心情。」

「謝謝。」

「老兄……謝謝你。」

非常精彩的演講。

其實，那麼做確實是對的，絕對沒有錯。

如果他們不死，不僅營地會有危險，未來他們還會繼續出去殃及無辜。

就算金賢成要說劉碩宇成了我累積經驗的跳板，這也是不可否認的事實。

我只不過是清理掉垃圾而已，沒必要感到內疚。

「基英先生，你還好嗎？」

「是的，我沒事，要不是有你送我的戒指……我可能早就死了。你救了我兩次，我不會忘記這份救命之恩的。」

「傷口……」

「沒什麼大礙，已經痊癒了。」

在金賢成長篇大論的演講結束後，他的心情似乎也好轉了。

事情按自己所希望的走向解決了，他自然沒必要愁眉苦臉。

雖然我不清楚他具體的想法，但我卻不由自主地感到有些欣慰。

畢竟他按照我的計畫處理掉了鄭振浩一伙，還讓他因此欠了我們一筆人情。

儘管他早已認定我們是一起行動的伙伴，但這次事件將成為我們彼此變得更加親密的契機。

我們一起吃苦，一起經歷危機，並克服一切困難。

我敢保證我們四個人即使去了外面也能繼續維持這種良好的關係。

光是想像自己坐在駕駛技術高超且四平八穩的金賢成巴士上，我就已經有睡意了。

不，應該說是放心了。

儘管朴德久和鄭白雪已經給了我足夠的安全感，但我們重生者提供的乘車感受確實與眾不同。

「大家看起來有點累，今天最好就近找地方休息。」

「我也這麼認為，大哥和大姐都好像都有點累了。」

「好的。」

鄭白雪的魔力應該也所剩無幾了。

我隨意點點頭，向邁開腳步的金賢成搭話。

我當然是要問他職業的事。

雖然我認為決定權在我，但試探知曉未來的金賢成也不失為一種選擇。

「賢成先生。」

「是，怎麼了？」

「我開啟了新職業。」

「是嗎。」

他的表情如我所料地高興。

「這麼快啊。」

「是的，畢竟我有用魔法去抓怪物……」

「能告訴我開啟了什麼職業嗎？」

「當然可以。」

朴德久和鄭白雪也盯著我看。

這個話題既能讓大家在尋找落腳處的同時聊聊天，還能順勢炒熱團隊低落的氣氛。

「有召喚師、魔槍師、黑魔法師、煉金術師、火焰魔法師等諸多選項。」

「確實很多。」

因為在附近找不到適合的落腳處，所以我開始聊起各種職業的缺點與日後能轉職的職業。

舉例而言，火焰魔法師需要大量魔力、魔槍師以後想轉什麼職業都可以。

雖然我沒有提過具體的能力值，但金賢成應該知道我的能力大概是什麼程度。

「這麼說很抱歉……基英先生你的魔力有點……」

「是的，雖然我還沒見過其他魔法師，不確定具體情況，但我的魔力似乎很低，即使和白雪相比也不高。」

「嗯……」

為了進行詳盡的諮詢，我必須公開一部分的個人資訊。

反正我有很多能展示的優點，因此沒必要隱瞞我的缺點。

「關於火焰魔法師，你可能要再考慮一下。雖然基英先生你運用火焰魔法的能力並不差，但要是以後需要大量魔力的話，有可能會造成你的困擾。」

「嗯，我的想法也差不多。」

他努力想給我暗示的模樣非常可愛。

儘管我不清楚這小子的真實年齡，單從外表看來，他應該比我小吧。

「魔槍師也……」

他沒有說白，但應該是這個意思——

「你不太會使用長槍吧？」

儘管如此，他已經充分盡到自己的本分了。從他的立場來看，我使用長槍的技術確實很生疏。

反正我本來就不打算選擇魔槍師，不過看到金賢成的表情，還是讓我沒來由地感到一陣苦澀。

我不禁開始懷疑我的長槍真的用得那麼爛嗎……

「我覺得你從召喚師、煉金術師、黑魔法師裡選會比較好，但我也不太推薦你選黑魔法師。選擇那個職業可能會有危險，至少狀態欄不會對我們說謊。」

「嗯……」

「我不知道準確數值，不過使用召喚術也需要魔力。你這麼聰明，煉金術師反而更適合你。」

「我的想法也差不多，而且煉金術能成為催化劑，藉以發動魔法……」

「不僅如此，你還能製造毒藥或各種類型的藥水。如果你需要召喚獸，以後還能使用人造人作為替代方案，所以更有利。因為它不是被召喚的生命體，而是被創造出來的，所以不需要耗費太多魔力。」

他似乎有點興奮，對這個話題的興致相當高昂。

這和第一次選職業時不同，當時他還不知道我的數據，現在則是已經對我有了一定程度的了解。

因此我認為他的建議有其可信度。

最重要的是，看他這麼高興，我也越來越傾向他所分析的結果。

煉金術師很罕見。

可能是因為這是個極少開放的職業，也可能因為人們不常選擇這個職業，總之煉金術師這個職業本身相當罕見。

同理，假設祭司也是罕見職業，那麼魔藥的價值就會更高。

加上考量到祭司最初擁有的神聖力也是有限的，那麼優質的藥水就是必需品。

雖然召喚師一職也有其魅力，不過現在隊伍裡已經有兩名類似召喚師的人了，日後也可能會有新的召喚師加入。

就在我設想各種可能的時候，在一旁傾聽許久的朴德久搖著頭加入了對話。

「你在說什麼？大哥當然要選黑魔法師。」

「……」

「施展黑暗力量，殲滅怪物的黑魔法師，這不是最適合大哥的嗎……不管怎麼看，大哥都是當黑魔法師的料。」
沒有邏輯，也毫無根據，但聽起來是很有說服力的發言。
他好像忘了以前說過的指揮官之類的話，這次迷上了黑魔法師。
「幹嘛要在意世人的眼光？要是有人找大哥麻煩，我會把他們全部幹掉的。雖然這有點離題……以大哥的人品來說，不適合黑魔法師，但只要想著大哥穿上黑色長袍的模樣……就覺得好帥……」
「煉金術師更好。」
此時金賢成開始緊張了起來。
他意識到我對朴德久的發言產生了奇妙的認同感。
「不！大哥一定要當黑魔法師！」
之前變成指揮官鸚鵡的朴德久突然進化成黑魔法師鸚鵡。
「選擇煉金術師會更好。」
「黑魔法師！」
「煉金術師……」
「黑魔法師！我想看見大哥發揮黑暗的力量。」
「煉金術師！」
「黑魔法師！」
「煉金！」
「黑！」
「煉！」
我不該問的。
雖然預想過會出現這種情況，但看到變得比先前激動的兩人，我還是感到很慌張。
不管怎樣，黑暗的力量似乎打動了朴德久的心。

當我悄悄把視線轉向鄭白雪時，她以為我在詢問她的意見，於是用力搖頭。

「我、我兩邊都選擇不了。不管是使用煉金術，散發知性美的基英哥，或是使用黑暗力量的基英哥……」

我當然沒打算問她這個。

儘管如此，這個意義不明的職業爭論還在越演越烈。

最終，金賢成默默翻了翻背包並開口道。

「我在非常、非常偶然的情況下……得到了這個。看起來是煉金術師的專用道具，如果你選擇了煉金術師，我就把它送你。」

他是從哪得到的？

金賢成的皮革包就像是個百寶袋。

我沒想到他如此心急。

這讓我更加確定黑魔法師的形象不好。此外，在看清楚那小子拿出的道具的瞬間，我不得不拋下黑魔法師鸚鵡。

第019話 我們活下來了

〔《拉姆斯．托克的煉金學概論》（英雄級）（煉金術師專用）〕

〔大煉金術師拉姆斯．托克曾是風靡一個時代的著名煉金術師。他隸屬於共和國軍方。以身為煉製生物體和藥水領域的頭號人物而聞名，卻在某一天因不明原因遭到整肅。

儘管他死了，但他留下的煉金知識仍流傳至今。

《拉姆斯．托克的煉金學概論》是完成度極高的書籍之一，堪稱他的研究成果之大成，內容記載了基本煉金知識中未收錄的各種煉金知識。

玩家可習得基本職業所不知道的英雄級煉金知識。使用後魔力及智力將各上升1點。〕

英雄等級?!

有這樣的道具在眼前，拋棄黑魔法師鸚鵡也情有可原。

其實煉金術師能提高的能力值並不多，只有一點魔力值與一點智力值。

然而，考慮到這個道具是英雄級的話，我認為它包含的知識肯定會超出我的想像。

正如金賢成所說，狀態欄不會說謊。

如果那本書被判定為是英雄級的道具，那麼一定具備相應於英雄級的知識。

「如何？」

突然出現這種道具讓我感到有些驚慌。

我偷瞄了一下金賢成的表情，他似乎也意識到自己的行為有些草率。

那小子終究是人，難免會有失誤，不過對於自己被朴德久算不上挑釁的挑釁影響，他似乎感到很慌張。

我承認朴德久那靈魂的吶喊一度引起了我微妙的共鳴，但今天的金賢成看起來實在格外可愛。

「你是從哪裡弄來這種東西的？」

「這本書當時也放在箱子裡，我本來以為沒用，沒想到現在似乎是拿出來的好時機……」

「但大哥還是很適合當黑魔法師……」

「這可是英雄級的道具。儘管我不是煉金術師，沒辦法翻閱這本書，但我想它的內容可能遠超乎我的預期。考量到這是僅次於傳說級的道具……煉金術師是最好的選擇。更重要的是，我不想讓這種好道具淪為無用之物。」

「可是……大哥……你還是考慮一下黑魔法師……」

在這種情況下，朴德久還是不斷嘀咕著「黑魔法師」。

金賢成那番話真是個荒謬的藉口。

當初送給我們的戒指和手鐲，都很有可能是在這裡無法找到的道具，要說是從某處突然冒出來的寶箱也有點牽強。

就算退一萬步來說，他真的是偶然得到了這本書，但這本書會出現在這裡也著實缺乏說服力。

不過從金賢成的表情看來，他似乎真的想裝作什麼都不知道。

不知道這小子當初是帶著滿滿當當的道具欄重生，還是使用了某個還沒向我們開放的商店，我想那個皮革包裡的東西肯定比我想像的還要多。

如果他是帶著滿滿當當的道具欄重生的話，我還能理解那傢伙為什麼會脫口而出說要給我道具；但如果是後者，這說明了他被朴德久靈魂的吶喊刺激到，所以才會衝動購買了那個道具。

我覺得再猶豫也沒有任何意義，於是立刻點頭。

「其實，黑魔法師也很吸引我，但選擇煉金術師應該會比較好。」

金賢成的表情這時候才放鬆下來。

「你的想法是對的。」

「謝謝。」

〔您已轉職為煉金術師。您已習得基礎煉金知識。〕
〔您正在確認玩家李基英的狀態欄與天賦等級。〕
〔姓名：李基英〕
〔稱號：無，仍需多多努力。〕
〔年齡：25〕
〔傾向：心思縝密的謀略家〕
〔職業：煉金術師〕
〔職業效果：習得基礎魔法知識〕

〔能力值〕
〔力量：11／成長上限值低於普通級〕
〔敏捷：11／成長上限值低於普通級〕
〔體力：15／成長上限值低於普通級〕
〔智力：29／成長上限值高於英雄級〕
〔耐力：12／成長上限值低於普通級〕
〔幸運：25／成長上限值高於英雄級〕
〔魔力：08／成長上限值低於普通級〕
〔裝備〕
〔《拉姆斯．托克的煉金學概論》（英雄級）（煉金術師專用）〕
〔魔力護盾之戒（稀有級）〕
〔特性：心眼〕
〔總評：您選擇了一條不錯的道路呢。雖然沒有特別想交代的話，但看見您努力的模樣，還是令人心痛。這是真的。而且，看來您擁有了一件超乎您的能力所能擁有的道具，希望您能理解《拉姆斯·托克的煉金術》，否則英雄級的道具對您來說就像是豬八戒吃人參果一樣，十分可憐。」

當我渾身散發出藍光後，眾人便可得知我完成轉職了。

腦海中瞬間湧出了基礎煉金知識。

感覺還不賴，雖然這些知識有點深奧，但還不到完全無法理解的地步。當我露出滿意的笑容時，金賢成看著我的表情似乎也悄悄地起了變化。

那小子內心似乎提高了對我的評價，大概是從有用的行政官變成必須好好栽培的煉金術師吧。

這意味著我變得更加珍貴了。

「基英先生，恭喜你。」

「嗚……雖然很可惜，但如果這是大哥的選擇……」

「恭喜你，基英哥。」

「謝謝。也謝謝德久和白雪。那我就欣然收下禮物了，真的很感激你，賢成先生。感覺我一直在接收你的幫助。」還要特別感謝朴德久對金賢成的挑釁。

「別客氣，送給你是應該的，因為你變強的話，就等於我們整個團隊都會變強。很高興我能幫上忙。」

「我不會辜負你的期待。」

當然，事已至此，我肯定不能辜負所有人的期望。

我必須給予相對的回報，金賢成那小子才會繼續投資我。

打個比方，現在我是支股票。金賢成投資了李基英股，他肯定希望我變成漲停板。

即使我變成跌停板，他也不會輕易拋售，不過對我的投資金額肯定會有所減少。

想要繼續獲得投資，就要展現不停成長的面貌。

「你不用這樣，哈哈。那麼我們今天就在這裡休息吧。走了這麼遠的路，還是沒有找到適合的地方，看來地下似乎沒有能紮營的場所。」

「好，那就這樣吧，德久。」

「嗯，我去整理一下周遭。」

我隨意地點了點頭。

雖說是露宿，但還是應該整理一下周遭環境。

儘管沒什麼了不起的，但我們還是在轉眼間就布置好了像樣的睡鋪。

漫長的新手教學宛如看見了盡頭，我輕輕地點頭表示肯定。

生存任務還沒結束，不過從金賢成不慌不忙的模樣看來，這個副本攻掠應該差不多到了尾聲。

無論是找到出口，還是解決掉副本的主人，我們這個隊伍都能順利攻克。

我稍微回頭，其他人的身影便映入眼簾。

看到已經在打盹的鄭白雪以及鼾聲大作的朴德久，讓我不禁露出笑容。

雖然知道現在得睡覺，明天才有精神，但我依舊沒有睡意。

不，準確地說，是睡不著。因為我必須整理新獲得的知識。

我沒辦法在這裡立即使用新能力。

想要正式使用煉金術，就需要各種裝備，但是這裡也沒有能使用煉金魔法的催化劑。

儘管如此，提前熟悉是一定要的。整理基礎煉金知識也需要時間，所以我決定暫時不打開《拉姆斯．托克的煉金學概論》。

「你還不睡嗎？」

「我睡不著。」

要活下去就必須提升等級。

這不僅是鍛鍊自己，也是在隨時提醒我自己千萬不要安於現狀。

關於煉製藥水以及人造人的基本知識，還有煉金催化劑與魔力之間的相互關係，這其中沒有一件事是容易的。

我假裝沒看見金賢成向我投射過來的視線，反而希望他能繼續盯著我看。

我正在為了你努力喔，投資客。

向他展現這種面貌對我而言更有利。

金賢成不斷點頭表示滿意，其實我比他更加滿意。

還以為只過了一下子，沒想到就天亮了。

雖然徹夜未眠，但我不後悔。

成員們一個個醒來，一邊閒聊一邊邁開步伐啟程。

氣氛變得不再沉悶，而是輕鬆了不少。

一路上，朴德久被金賢成的玩笑話逗得彷彿要笑到摔出副本。

金賢成貌似也找回了從容。

其他人應該也感受到他的變化了吧。

儘管金賢成仍舊對四周充滿戒心，但他的表情缺少背水一戰的悲壯感。

看來這個副本應該沒有終關魔王。

他看上去好像放鬆了一些，但似乎還在擔心以後的事。準確來說，他應該認為現在才是這個遊戲真正的開始。

一開始的茫然也煙消雲散，以金賢成為中心的一伙人逐漸擺脫了如地獄般的此處。

雖然偶爾有戰鬥，但不到需要感到緊張的程度。

我們走了好一會，終於看到了和這個地方不同風格的出口。

「不知道會不會有怪物跳出來。」

「我們做好戰鬥的準備再進去吧。」

「老兄，讓我來開路吧。」

「麻煩你了。」

巨大的門被打開，耳邊傳來熟悉的聲音。

〔已觸發稀有級的強制任務。〕

〔稀有級任務：攻掠（0／1）〕

大門被打開了，我環顧四周，卻沒看見怪物。

映入眼簾的是一個像神殿一樣的地方。

中間有一道奇怪的魔法陣，而門的對面還有另一扇門。

朴德久衝出去推門，卻無法將門推開。

「這扇門好像打不開。」

「也許需要什麼條件才能打開。所謂的攻掠應該就是要我們想辦法離開這裡吧。」

就在這時，不同於遲疑的我、朴德久和鄭白雪，金賢成彷彿看到了非常熟悉的東西，只見他緩緩將手舉起。

他不動聲色地朝中央的魔法陣發動魔力，魔法陣隨即發出了光芒。

大家同時發愣地望著魔法陣的模樣有些滑稽。

「原來……這就是魔力。」

換言之，所謂的攻掠不需要回答問題。

和我們過去熟識的世界相去甚遠的元素——魔力，就是問題的答案。

〔您已完成稀有級的強制任務。〕

〔稀有級任務——攻掠（1／1）〕

〔稀有級任務——生存（1／1）〕

「大哥。」

「我知道。」

金賢成緊握雙拳，一副成功通關的表情。

他的肩膀時不時顫抖著，乍看之下像是在哭，但絕對不是。他雖然喜怒不形於色，不過我還是能感覺得出來他很高興。

從他的臉上洋溢著深重的成就感看來，我的想法是對的。

「好美啊。」

「對啊。」

在如此糟糕的地方能迎來這樣的結局，這畫面可謂是相當美麗。

從地面噴射出的光芒湧上了高聳的天花板，照亮了整個空間。

當對面的門緩緩打開時，我就知道我終於要離開這個破地方了。

陽光傾瀉而下，和人工製造出的光線截然不同。

出現在我眼前的不是風景，而是穿著鎧甲，手持武器的人群。還有一個看起來像是代表人的女人悄然地朝我們走了過來。

「恭喜各位在新手教學裡成功生還。我是這次新手教學副本的負責人李尚熙。」

直到這瞬間我才真切地感受到，我們活下來了。

第020話　新環境

「恭喜各位在新手教學裡成功生還。我是這次新手教學副本的負責人李尚熙。」

她看起來很有禮貌。

對方默默地朝我們點頭，並且微笑致意。可見包括李尚熙在內，這群人對我們沒有敵意。

他們反而釋放著善意。

「新手教學副本的負責人？這是什麼意思？」

「如同字面上的意思。我是貝妮戈爾帝國自由公會『帕蘭』的副會長，負責管理這次的新手教學副本。」

「妳的意思是，是你們把我們叫來這的？」

「不，我們和你們一樣，某天突然被召喚到新手教學副本裡，經歷了和你們相同的試煉。我們只是比你們更早來到此地而已，至於究竟為何會被召喚到這裡，我們也尚未查明真相。」

「嗯……」

「我們的任務是在這個新手教學副本結束後引導你們，並且救出還在副本裡的生存者。除此之外，還要幫助你們適應這裡的生活，讓你們接受培訓，並保障各位最基本的生活。」

「妳是說最基本的生活？」

「是的，最基本的生活。」

「原來如此。所以你們也是結束攻掠後，才進到這裡的嗎？」

「是的，新手教學副本大門開啟的時間是在攻掠後的三天內。換句話說，大門會在三天後關閉。雖然我們不清楚原因……總之，先由我們來引導你們。具體細節就等進去以後再說。」

我對此感到瞠目結舌。

老實說，我沒預料到出來後的氣氛會是如此悠閒。

最令人驚訝的是這個女人的態度。

﹝您正在確認玩家李尚熙的狀態欄與天賦等級。﹞

﹝姓名：李尚熙﹞

﹝稱號：鐵血﹞

﹝年齡：33﹞

﹝傾向：理想的仲裁者﹞

﹝職業：聖騎士﹞

﹝職業效果：習得基礎劍術知識﹞

﹝職業效果：習得基礎盾牌知識﹞

﹝職業效果：習得中級劍術知識﹞

﹝職業效果：習得高級劍術知識﹞

﹝職業效果：習得基礎神聖知識﹞

﹝職業效果：習得中級神聖知識﹞

﹝能力值﹞

﹝力量：82／成長上限值高於英雄級﹞

﹝敏捷：52／成長上限值高於稀有級﹞

﹝體力：90／成長上限值低於英雄級﹞

﹝智力：30／成長上限值低於普通級﹞

﹝韌性：91／成長上限值高於英雄級﹞

﹝幸運：33／成長上限值低於稀有級﹞

﹝魔力：77／成長上限值高於稀有級﹞

〔裝備〕
〔神聖劍魂（英雄級）〕
〔鐵血盾牌（英雄級）（騎士專用）〕
〔力量腰帶（稀有級）〕
〔特性：鐵血〕
〔總評：整體具有優秀的能力值，已經成長到一定程度，看起來也有了一定的地位。雖然韌性與力量方面的能力值尚有成長的空間，但其他能力值似乎已到達頂端，很難再成長。雖說這並非壞事，但難免還是有些可惜。儘管如此，希望您不要小看這個女人。因為玩家李基英完全不是她的對手。〕

我當然不可能小看她。

她的能力值簡直跟怪物沒兩樣，就算我們現在全部撲上去，也拿她沒輒。

她身邊的人也一樣。

從能力值來看，我們的差距太大，完全無法相提並論。只要她下定決心，在這裡滅了我們也是輕而易舉的事。

儘管如此……

他們有點過於友善，不對，應該說像是在放低姿態配合我們。

「華妍小姐。」

「是的。」

「請開始搜索裡面的生還者，我想和他們獨處一下。」

「好的，我明白了。」

看見士兵們進入副本，我想在營地裡的李智慧等人獲救只是時間問題。

這個地方不僅有韓國人，還有外國人。

看他們穿的衣服款式與長相，不太像是現代人。
可能是這裡的當地人。
我一邊慌張地打量著周圍環境，一邊往前走時，走在前方的李尚熙開口了。
而回答她的是我們這支隊伍的隊長，金賢成。
我認為與其參與對話，還不如旁聽他們說的話，並趁機搜集情報，因此我選擇默默傾聽他們談話的內容。
「你們好像很快就完成了攻掠。」
「通常不都是這樣嗎？」
「沒有。通常大概要花費六個月左右才能通關，你們能在三個月內完成實在很罕見。比起其他地方，這裡的副本可能是最快被攻掠完的。」
「其他地方也有副本嗎？」
「是的，共和國或王國聯盟都有新手教學副本，我們所屬的貝妮戈爾神聖帝國一共管理著三個新手教學副本。不僅會召喚韓國人，也會召喚不同國籍的人到各自的指定地點進行指導。」
「原來如此。所以我們是最快攻掠副本的嗎？」
「沒錯。通常詢問你們在裡面發生了什麼事是禁忌，但我真的很好奇你們怎麼能這麼快就通關，而且……還是僅憑四人之力。」
「情況很複雜，說來話長……但並不難。不只我，德久先生、基英先生以及白雪小姐也都各司其事，所以才能夠迅速通關。對了，地面上還有一座營地，也請幫忙救出裡面的人。」
「什麼？」
「那是老兄建造的營地，讓生存者能夠聚集在那裡。我們不能對無法打怪的人棄之不顧，於是就另外組成了攻掠組，並在安全的地方打造一道類似城牆的圍牆。那裡糧食很充足，所以他們應該還活著，嗯！」
「原……原來如此。」

李尚熙似乎快要藏不住訝異的表情了。

我現在終於能理解這是什麼情況了。

總而言之，我們團隊的王牌兼主角金賢成似乎不想委屈自己隱藏實力，他把自己所做的一切都報告給李尚熙，還真是個狡猾的傢伙呢。

我悄悄回頭看向新手教學副本門口，只見越來越多人被救出來。

那些似乎不是在營地的人，而是自己躲起來的人。

想當然，此刻的局面無比混亂。

有人在哭喊，有人在追問這裡是哪裡。這些大概是最常見的反應。

那些武裝的士兵對其他人和對待我們的態度截然不同，他們此刻帶著高高在上的壓迫感。

「這是哪裡？現在……到底……」

「媽媽……媽媽……嗚嗚嗚……」

「馬上讓他們集合，我之後會再詳細說明。當務之急是讓他們出來。喂！那邊的！還不給我安靜?!」

「這裡是哪裡！我問你們這裡是哪裡！」

「喂！馬上把那傢伙拖出去！」

「放開我！」

「嗚嗚嗚……這裡是哪裡？」

「我之後會統一說明，請先服從命令。首先，大家必須要聽從指揮！你們是安全的，已經沒有危險了，請全部聽從指揮。」

哭著喊救命，引起恐慌才是一般人最常見的反應。

但我們這伙人不一樣。

過分沉穩的金賢成自然不用說，就連鄭白雪也只是緊貼在我身邊，對新環境沒有任何反應。而看似困惑，一直提出疑問的朴德久也是如此。

站在李尚熙的立場來看，她可能會覺得有些荒謬。

這一伙人在最短時間內完成了遍布全世界的新手教學副本，甚至只有四個人。

不僅如此，我們表現得異常沉穩，甚至還建造了營地，把其他生存者聚集在一起。

我能理解她為何露出一臉不可置信的模樣。

我們與不戰鬥、只會一味逃跑和躲藏的人們接受著不同的待遇。

作為攻掠組參加新手教學，本來就意味著對這個環境有著良好的適應力。

無論是公會、帝國還是共和國，這裡一定存在著某種利益集團。

雖然不知道這樣比喻適不適當，但我們好比是身價暴漲的新人體育選手。

而他們大概是想拉攏我們這支球隊。

雖然有很多球隊，但其他球隊沒有像我們這樣前途無量的選手，這種情況下，我所能想到的就一件事——

現在我們是老大。

我大概也能猜到金賢成當初為什麼會隱藏實力了。

看他像狐狸般狡猾地說明我們活躍的表現，想必那小子也想炒高我們的身價。

既然有人要買下我們，他肯定會希望能夠賣出最好的價格。

當然了，我還不知道金賢成的計畫是什麼，但無論他有何打算，在我們眼前的必然是康莊大道。

我的嘴角不由自主地上揚，能成為重生者小隊的一員真好。

「請進。」

李尚熙引領我們進去的地方是一間看起來很高級的房子。

在新手教學副本附近居然有這麼華麗的地方，實在讓人費解。

「這裡有飲料……啊，如果有需要，我們也可以提供餐點。」

「有吃的嗎？」

「是的。和地球的食物有點不一樣，但應該會比在副本吃的更好。」

「那就麻煩了。」

海藍色的旗幟與放在房裡的道具貌似是想大肆宣揚管理這個副本的帕蘭公會的地位。

他們為了今天的到來，肯定費了不少心思吧。

我不確定他們是會馬上提議招聘我們，還是有其他程序要進行，不過他們似乎努力想讓我們留下好印象。

「啊，話說回來，還沒請教各位的名字呢。方便請教尊姓大名嗎？」

「我是金賢成，劍士。」

他甚至報上了職稱，真令人意外。

朴德久緊接著開口：「我是盾兵朴德久。」

「我、我叫鄭白雪，職業是魔法師……」

接著對方的視線自然而然落到我身上。

我也考慮過要不要隱瞞我的職業，但似乎沒必要。

我覺得一起提高身價會比較好，於是稍微點了點頭後說開口道。

「我是李基英，煉金術師。」

我和其他三人不同，已經完成了第二次轉職。

正當我以為這會提高她對我的評價，因而心滿意足地點頭時，李尚熙卻露出了惋惜的神色。

我肯定沒看錯。

那副一閃即逝的表情絕對是惋惜。

「啊，真……真是了不起，竟然已經完成第二次轉職了……」

嘴上說著了不起，語氣卻充滿遺憾。

我下意識地看向金賢成。

這個混帳，不是說煉金術師很好嗎……

＊　＊　＊

埋怨那小子也只是一時的情緒。

雖然有種被背叛的感覺，但我認為金賢成沒道理騙我。

他會推薦我當煉金術師一定有其原因，不然他不可能送我英雄級的道具。

儘管那對他來說可能是微不足道的投資，不過這可是連眼前的李尚熙也只有兩個的英雄級道具。

雖然不知道她在這個世界混了多久，不過轉了這麼多次職，能力值也達到了成長上限，若以她為標準來看，英雄級的道具絕對是有價值的。

我也擔心那小子之所以這麼做是不是只想要一個免費的藥水製造工廠，但……從他的態度看來應該不是這樣。

就目前情況而言，煉金術師可能是個風評不太好的職業。

但無論如何，煉金術師一職在日後都會變得珍貴，也有可能在成長後期才會體現出其價值。

我打算先相信我們的重生者。

那小子不是無腦的蠢蛋，他肯定有自己的打算。

只要不是把我當藥水工廠就好。

在我胡思亂想之際，餐點送上來了，我們在有些尷尬的氣氛下開始用餐。

用餐氣氛分明是和樂融洽的，卻又感覺彼此各懷鬼胎。

朴德久則是什麼都沒想，埋頭享用著許久未見的食物，但金賢成和李尚熙看上去似乎心事重重。

在各種巧妙迴避正題的閒聊過程中，天真的朴德久卻說出了一針見血的話。

「哇，真好吃，好久沒吃到熱騰騰的食物。」

「很高興您喜歡。」

「我奶奶說天下沒有白吃的午餐……不過看來韓國還是很有人情味的！對吧，大哥？」

李尚熙的表情似乎說明了這番話正中要害。

金賢成深怕錯過機會，連忙接話。

「嗯……」

「這麼一想，是這樣沒錯。就像德久先生說的，雖然很感激你們對我們這麼好，但還是對你們這麼做的原因感到很好奇。我並不是覺得哪裡彆扭，只是……僅僅為了慶祝我們存活下來，就給予這般待遇，多少有點讓人受寵若驚。但如果真的只是你們單純的好意，我向您道歉。」

「啊，別這麼說，我才是……對不起。您說得沒錯，你們應該會感到很混亂吧。因為各位看起來很冷靜，所以我才沒考慮到你們的心情。在副本裡面發生過那麼多事情之後，我能理解大家無法輕易相信別人，因為我之前也跟你們一樣。很抱歉沒有事先向你們解釋清楚。」

「啊，不是的，我並不是希望您道歉才這麼說的。」

「我想我應該先向你們說明這裡的背景。」

「好，那就麻煩您了。」

「這裡的結構和地球不大一樣，但也有相似之處。這個世界是由王國聯盟、共和國，以及我們所屬的神聖帝國這三個國家維持著大陸的平衡，並共同生存。另外還有不包括其中的中立國和其他王國……而前面提到的三個國家是規模最大的。」

「這樣啊。」

「當然，這個國家並不是由我們建立的。你們來的時候應該也有看到，這裡除了我們，還有生活在這塊土地上的當地人。我們地球人和生活在這裡的當地人之間有著複雜的利害關係。」

「原來如此……」

「嚴格來說，我們帕蘭公會屬於貝妮戈爾帝國，卻也不屬於它。我們不受他們的法律約束，但我們生活在他們的土地上，也會與他們合作，並接受他們的幫助。不僅僅是我們帕蘭公會，所有在這裡定居的團體都會和貝妮戈爾帝國簽下合約。」

我大致理解了。

換言之，各集團擺脫了帝國的影響力，擁有一定程度的自治權。

從某種角度來看，這種狀況值得慶幸。

不過，作為自由的代價，他們必須付出某些東西，像是戰爭爆發時被徵兵，或者繳交稅金等複雜的事情。

從國家沒有立刻被公會推翻看來，剛才提及的三大國家擁有不亞於公會的力量。

他們也許是用武力或資源約束擁有自治權的公會。

「原來如此。」

「這裡每年會定期舉辦一次新手教學副本，其管理權限則是由神聖帝國委託給我們異邦人。」

「負責管理副本的是帕蘭公會嗎？」

「不，副本是每年由各個大、中、小型公會依照制定好的順序輪流管理，這一次剛好由我們負責。我們帕蘭公會不僅負責本次的管理，也能獲得優先與各位交涉的權力。」

「還滿公平的。」

這是由神聖帝國創造出來的公平。

不知為何，我無法想像地球人說「我們與彼此公平分享」的畫面。

這項規定無疑是為了防止地球人團結，並維持帝國內各個公會的平衡。

除此之外，也許還有更多的規矩，但我沒必要知道。

「所以我們是被歸列在帕蘭公會了嗎？」

「不是的，目前還只是交涉階段而已。以地球的情況比喻的話，我們是企業，各位則是正在協商薪資，等著進公司的求職者。這樣應該比較好懂。」

「我懂了。」

和我想得一樣。

「各位也可以把這間寬敞的房子和這些食物想成是我們給你們的賄賂，就是這樣沒錯。」

她的笑容看起來有些苦澀。

一切都和我的推論相符，但李尚熙這個女人的表現卻出乎我的預料。

她太過坦率了。

老實說，如果我是李尚熙，我會把事實與謊言參雜在一起說。

然而這個故事長到沒有說謊的必要。

何況比起個人主觀見解，她更著重於說明這個大陸的真實現狀。

儘管在看過她的傾向後，我多少有預測到這樣的情況，但她還是誠實過了頭。或許就是這份坦率與正直讓她坐上了這個位置。

這顯然也是帕蘭公會想展現給我們看的面貌。

他們現在非常迫切。

於是我立刻開口，問了關於帕蘭公會的問題。

「我有個問題。」

「請說。」

「帕蘭公會在貝妮戈爾帝國的地位如何？」

她看起來有些猶豫不決，不過最終還是點了點頭並開口道：「帕蘭公會曾經是代表神聖帝國的公會之一，我們不敢說規模很大……」

「您說的是曾經。」

「是的……我只能說那是有不得已的苦衷，但我希望你們能考慮帕蘭公會的未來潛力。我們有不亞於其他大型公會的成長潛力，而且開給各位的價錢與條件絕不會比其他公會差。」

我不清楚她到底在我們身上看見了什麼，以致於想要招聘我們。

說穿了，她花大錢招攬我們，要是我們不能給出相應的成果，她等於是用金幣買了屎。

雖說我們是最早通過副本的，而且是僅憑四個人就創造出難以想像的成果，從各種發展的可能性看來，的確是個不錯的投資。但就算是這樣，她似乎表現得太心急了。

帕蘭公會現在的情況顯然十分迫切，否則他們沒道理進行這種賭博。

「雖然現在無法立刻給您答覆，不過先聽聽說明好像也不錯。」
「啊，謝謝。」
我也覺得先聽說明還不錯。
金賢成出乎意料地積極，他大概到現在都還沒確定真正的目的地吧。
難道這裡也是候補嗎？
過去曾是規模最大，如今卻沒落的公會，這個獵物是挺不錯的。
不管怎樣，看到我們抱持正面態度，李尚熙露出了微笑。
「那麼各位今天就好好休息，明天再繼續聊……可以嗎？」
「好的，就這樣吧。」金賢成微微點頭。
李尚熙也笑著點頭，將我們帶到各自的房間。
和先前又黏膩又令人不快的環境不同，看到擺著高級床鋪的房間，真想大聲歡呼。
這就是他們的手段。
雖然不排除在我們簽約的瞬間就會失去這種待遇，但至少在簽約之前，我們還能過上帝王般的生活。
「如果有哪裡不方便的地方，請隨時叫我，那麼我先告辭了。」
「好的，有勞您費心了。」
等到她出去後，眾人的視線都落在我身上，他們似乎在等我對目前的情況做出評論。
雖然應該由金賢成做決定，但我假裝受不了朴德久的視線，不動聲色地率先開了口。
「雖然這麼說有點突然，但我沒想到事情會演變成這個地步。還真不習慣這種貴賓級待遇呢。」
「大哥，我也是。嗯……不管是合約還是帝國，聽著就頭痛。大姐妳有聽懂嗎？」
「是的……我大概都了解了……」
「把事情想得簡單一點就行了。德久先生、白雪小姐，我們現在是處於被禮遇的一方，在第一次交涉結束後，可能也會有帕蘭公會以外的其他地方找上我們。」

「往簡單的方向想就好了，我們去哪裡最有利？待在這裡說不定會比去大型公會好，雖然這裡的條件可能比大型公會差一點，但是他們需要我們，因此我們的待遇會有一定保障。」

「啊，你的意思是我們要去對我們有需求的地方嗎？」

「是的，雖然這只是我的直覺，但是李尚熙……她看上去不像壞人，帕蘭公會也是。儘管不清楚帕蘭公會沒落的原因，但看他們這麼賣力想重建公會，應該不會讓我們失望。」

聽完金賢成的話，我微微點頭。

接著回頭一看，發現鄭白雪和朴德久一臉呆滯，貌似對這種話題完全不感興趣。

總之，在場有想法的只有我和金賢成。

讓我意外的是，那小子似乎不打算獨立行動，而且還對帕蘭公會釋出善意。

李尚熙和金賢成似乎沒什麼關聯，但考慮到金賢成上輩子可能在這裡生活過，就算現在按照他的想法加入同樣的公會應該也沒什麼壞處。

「你打算選擇這裡嗎？」

「我還需要考慮一下，明天才知道，我目前什麼都還決定不了。現在先放鬆一下吧。」

「也對，我們必須考慮各種可能才行。」

他似乎不願再多說。

由於我不清楚那小子到底在想什麼，只能先躺到床上休息。

昨晚熬夜累積的睏意頓時襲捲而來。

如先前說過的一樣，從第二天早晨開始，眾人就忙得不可開交。

雖然在營地的李智慧和其他人的後續情況都與我無關，不過我想他們應該是獲救了，並且住在和我們不同的地方。

現在當務之急是「交涉」，還有他們會提出什麼樣的條件……

我想他們昨晚恐怕連夜討論了對策，畢竟他們必須討論要付多少錢並給予多少援助才能聘請到我們四個人。

對帕蘭公會的高層人員來說，今天可能是很重要的日子。

在我們吃過早餐、洗漱過後，稍微等待片刻，就看到有人來叫我們了。

我原先以為他們會進行集體協商，但並沒有發生那種事。

「賢成先生。」

「是的。」

第一個被叫進辦公室的人是金賢成。我不清楚發生什麼事，但他走進辦公室之後傳來了熱烈掌聲。

第二個走進去的鄭白雪和朴德久也一樣。

除了單純的面試之外，似乎要進行各種測試。

我最討厭這種模式了……因為我覺得他們想揭開我的一切。

真羨慕帶著略顯困惑的表情走出來的朴德久和鄭白雪。

我的能力值本就不如金賢成、朴德久和鄭白雪，要是他們叫我施展魔法，就會立刻發現我是張陷阱卡。

雖然如此，我的能力值並不差。儘管現在成長有限，但就目前而言，我是個很有能力的煉金術師。

我有極高的智力，以及別人沒有的魔力。

在我想著也許他們會開給我跟其他隊員差不多的價碼時，辦公室裡傳來了聲音。

「基英先生。」

「是。」

門一打開，便看到李尚熙，還有其他人都在等著我。

一名帶著眼鏡，看上去有點年紀，似乎是公會高層或人事負責人的男子開了口：「我看看……

基英先生的職業是……喔，是煉金術師啊。」
「是的，第二個職業開放時，我選了煉金術師。」
對方不甚滿意的神情令我有些慌張。
李尚熙的反應還算好，但其他人有的嘆氣，有的皺眉，看這樣子，應該是不會使用到辦公室裡面的演武場了。
和金賢成、朴德久以及鄭白雪不同，他們沒對我提出什麼要求，大概是覺得我不展示專長也沒關係，在這麼冷淡的氣氛下，慌張的不只有我。
李尚熙似乎也想炒熱氣氛，於是對我露出燦爛的笑容。
「簽約金一千五百金幣，折合韓圓是一億五千萬元，合約期限和其他人一樣都是七年，年薪是七百金幣……不知道您意下如何?當然，以後可以重新討論年薪，我們也會盡量提供您需要的物品。」
旁邊的老頭毫不客氣說出來的話，真是令我嘆為觀止。
「前提是你們都得一起加入才行。」
事到如今，我終於意識到這些傢伙真的把我當傻瓜。
「這群混帳……」

第021話　合約

其實這也不是什麼壞事。

一千五百金幣的簽約金，和七百金幣的年薪。

換算成韓圓是一億五千萬的簽約金以及七千萬的優渥年薪。

雖然我不清楚加入這個公會的新人會得到怎樣的評價，但老實說，感覺他們很用心，因為乍聽之下，這個數字很壯觀。

不過他們並不歡迎我。

原因也許很多，首先他們不知道我的潛在能力是一般之下，畢竟眼前這些人的狀態欄沒有顯示他們擁有心眼或與其相似的特性。

因此煉金術師這一職業和相對較差的魔力可能是我被扣分的原因。

硬要解釋的話，我就是個雞肋——食之無味，棄之可惜。

有種「有必要為了引進我們這一支團隊而砸大錢在我身上嗎？」的感覺。

正當我在腦海裡簡單整理著目前狀況時，李尚熙再次開口。

「雖然現在無法全部說完，但除了這些，我們也跟在地球的企業一樣，會提供各種福利。除了有傷害險、死亡險等基本保險外，還可以使用公會內的免費設施。我們也會為您安排個人教練。啊！如果以後結婚或有了孩子，也會得到基本的補助。不過，這裡結婚的人不多……」

「啊，原來如此，有特別的原因嗎？」

「可能是因為大家都身處在未知的危險中吧。雖然這裡比新手教學副本安全，不過同樣有怪獸和類似副本的地方，帕蘭公會主要通過副本遠征或打怪維持公會運作。當然，打怪也會有成果制度，打怪結束後，怪獸的附屬品會由公會與打怪的團隊分享，比例是百分之四十到六十。具體的數字……」

「意思是，我正處於未知的危險中，而簽約金和年薪之中就包括了危險津貼？」

「是的。津貼可能比您想像的金額更多。」

她真的有點坦率。

不過我能感受到這裡的專業性，尤其是沒想到公會還有保險，他們想的真周全。

雖然我不清楚地球人在這裡定居的確切時間是多久，但大致有了眉目。

「我們會盡可能提供煉金術師需要的催化劑，不過價格昂貴的物品，我們可能無法提供補助……」

「李尚熙大人。」

「我認為坦白為上。」

「嗯……」

「我們帕蘭公會能提供的就是這些。」

這個叫李尚熙的女人態度還算不錯，她表現出了對我的尊重，與己方的急迫感。

然而問題是坐在兩側的老頭們只是不停地嘆氣或評價我的等級。

他們絕對是冗員，尸位素餐的那種。

顯然他們並不清楚我和朴德久或鄭白雪維持著什麼樣的關係。

原以為曾共生死的隊友，在彼此心中占有很重要的地位，但看來在外人眼裡卻不是那樣的。

他們也許經常看到一起從副本活著出來的人，因為條件、金錢或個人原因而分道揚鑣，對此早已習以為常。

嘴上說得好聽點，是同生共死過的伙伴，實際上三個月前還只是互不相識的陌生人，要是因環境而翻臉不認人也很合理。

在地球上，親手足、家人或者至交也會因爲利害關係，從此分崩離析。這麼看來，不管在哪裡，成年人該面對的難題都是一樣的。

不過這種事不會發生在我們團隊裡。

絕對不會。

我無法想像敦厚的朴德久會那樣做，鄭白雪更不可能背棄我，對我斥重本投資的金賢成也是如此。

我們的關係比他們想的更加緊密，而且還有著他們不知道的利害關係。

此外，他們對我表露的這種態度本身就很可笑。

他們為了拉攏我們四人而提出優渥條件，的確是值得稱讚的事。但要是他們真的很迫切，就應該把姿態該放得更低。

我的心情雖然不太好，但也不壞，畢竟這種情況對我來說還挺有趣的。

我希望那群傻瓜能盡可能地瞧不起我、蔑視我。

因為那樣對我更有利。

「說實話我不太了解，不過看起來是非常好的條件呢。我明白您已經非常替我著想了。」

「是的，這是絕對不會讓您失望的條件。」

「請問帕蘭公會有非戰鬥職群嗎？」

「有。」

我試著旁敲側擊，很幸運地，旁邊一位老頭開了口。

「是這樣的，基英先生，嚴格來說，煉金術師被歸類為非戰鬥職群，沒有任何公會願意開這種條件給煉金術師。」

「啊，原來如此。真奇怪，煉金術師明明就能使用煉金魔法……」

「那是因為煉金魔法的效率不高。雖說可以利用催化劑發動魔法，但……作為煉金材料的怪物附屬品本身很昂貴，而且煉金術師常用的煉成陣沒那麼有效。」

「原來是這樣。」

「但如果煉金術師本人有魔力的話就另當別論……能冒昧請問您的魔力能力值是多少嗎？」

「八。」

「嗯……作為一個已經轉職兩次的人來說不是很高，您的魔力值好像成長得有點慢……」

「是的，和其他的魔法師相比，我的魔力上升速度較智力慢。」

「啊……原來如此，我明白了。」

他擺出一副早就知道的表情。

剛才的對話想必讓他們對我的評價又下降了，似乎是為了金賢成和鄭白雪才勉為其難收下我。

「如果您能好好說服其他人，我們會努力開出更讓您滿意的條件，您覺得如何？」

嘴上那麼說，但他們還是悄悄把合約遞過來，想讓我現在立刻簽名，真可笑。

我看了一眼合約，慢吞吞地開口。

「這個啊，我還要再考慮一下。」

「什麼意思？」

「我雖然樂觀其成，但還是希望能再給我一點時間考慮……」

「這樣啊，希望您能盡快給我們答覆，因為時間緊迫……」

「沒問題，我會盡快考慮清楚的。」

「希望您也能轉告其他人。」

「那當然。」

我慢慢地站起來，李尚熙急忙對我說。

「這是帕蘭公會的簡介和合約內容，您可以邊閱讀邊考慮，也許會有幫助。」

「我會仔細看的。」沒必要看，也不值得去看，反正幾天內，所有的內容都會被顛覆。

我一走出去就看到正在等我的朴德久、鄭白雪和金賢成。

面對他們宛如詢問我是否順利的眼神，我只是回以笑容。

「大哥沒有另外的考試嗎？」

「沒有。」

「其實待遇還不錯。」

「是嗎？」

「是的，基英先生，我打聽了一下，其他大型公會也開不出這種條件。他們應該沒騙我們。雖說目前還看不出公會的成長潛力，但如果是這種合約……」

「基英哥，這裡的人好像也很不錯。」

「對他們來說這也是一場賭注，他們應該有必須成功招募我們的壓力吧。因為這些人認為人力就是資源。」

我怎麼覺得他們看起來不像有那些想法。

「雖然現在決定可能有點太早，但你覺得如何？在這裡能獲得更明確的資源，會比去其他大型公會更好。」

「只要大哥同意，我就同意。」

「我也是……」

果然，忠誠的德久和親愛的白雪不會背叛我。

金賢成則是對帕蘭公會的態度非常友好，甚至看起來有些著急想加入。

比起壯大個人勢力，他似乎更傾向在這裡打好根基。

換作是我，肯定也會做同樣的決定。

壯大個人勢力有其優點，除了我們能按自己的意願行動，能夠選擇的選項也會更多。

不過加入帕蘭公會也並非沒有優點，我們能夠享盡帕蘭公會目前為止所打下的各種基礎。

金賢成和鄭白雪要成為公會的主要勢力，實屬輕而易舉，也許不久後他們就能追上辦公室裡的那些傢伙。

這小子的選擇非常合理。

「不用急著做抉擇，深思熟慮後再決定會更好……但我其實很滿意這個公會。」

金賢成投來渴望回應的眼神。

我不疾不徐，從容回答。

「我想再考慮一下。」

「啊……你不滿意嗎？」

「不，沒有特別不滿意，只是……我想再抬高一點身價。」

「什麼？」

「我是指我們的身價。既然要簽約，就要簽更好的條件吧，也許我們還能稍微提高身價。」

「原來是這樣……」

要是金賢成很重視帕蘭公會，那就另當別論，但他看起來並沒有特別重視，也就是說，他只是想要勢力。

這傢伙看起來有點震驚，他之前還急得像是被什麼東西追著跑一樣，現在總算恢復正常了。

他現在好像能夠意識到自己所處的地位了。

雖然我不清楚金賢成的計畫，但我們這個團隊目前還有充裕的時間可以考慮。

正如我們迅速地攻掠完新手教學副本一樣，這小子所規劃的未來也一定不會出現任何問題。

「我好像明白你的意思了。」

「是的，我們沒必要急著簽約。賢成先生，我們拖越久，急的是他們。」

金賢成確實明白我的意思了。

「意思是我們能拿到更多錢嗎？其實給多少錢都無所謂……」

「是這樣沒錯。」

「大哥……難道你還想去別的地方嗎？」

「不、不可以，基英哥！」

「不是那樣的，我也想和你們在一起，賢成先生也一樣，對吧？」

「是的，雖然是在這種奇怪的地方結下了緣分……不過我一樣也想和基英先生、德久先生還有白雪小姐同進退。」

此時的氣氛非常溫馨，我看著金賢成，不知不覺笑了出來。

我這個當哥哥的會讓你發大財的，賢成啊。

第022話　抬高身價

帕蘭公會對我們提出的條件，無異於投資一張還沒刮開的樂透，對新人來說也是過分優渥的條件。

對他們來說，由四個人組成的攻掠組竟然在最短時間內攻下了新手教學副本是件很驚人的事。與此同時，提出那樣的條件也意味著帕蘭公會的領導層並沒有想像中那麼蠢，反而可以算得上有眼光。

我稍微側頭，注意到朴德久正在認真地閱讀某種讀物，於是我緩緩開口，「你在看簡介？」

「嗯，對啊。不管怎樣，這裡說不定會成為我們要定居的地方，我覺得還是讀一下會比較好……而且這裡的公會餐廳實在是太棒了。」

「什麼？」

「這上面寫道有一位在地球時名叫雷蒙．朴的明星主廚，在這裡開了餐廳……光用看的就讓我垂涎三尺。住處好像也很不錯……咳，沒想到我朴德久竟然能出人頭地，住到這種地方。真希望我爺爺能看見……」

不知道他是說真的還是假的，但他爺爺應該不會希望看到他活在這種世界吧。

「這個公會看上去就已經很氣派了……那其他公會該有多大啊？」

「大概差不多吧。他們自承沒落，但俗話說瘦死的駱駝比馬大，靠過去積累的資產應該還能撐下去。也許招聘我們就是想找回往日的光榮……」

「喔，受到了特別待遇，感覺自己也變成特別的人了，心情其實還不錯呢，大哥。」

「以後會有更好的待遇等著你的。」

「真的嗎？」

「當然了。」

而且就在不久後，因為我們就是中獎率極高的樂透。光是現在這種地位就能獲得那樣的金額，那麼要是中獎了，我們的身價絕對會漲到無法想像的地步。

「對了，最近大姐的表情看起來好像不太好……她果然不喜歡和大哥分開。你得要好好照顧大姐。」

「不用你說，我也會照顧她。因為這是必須的，別無選擇。」

即使朴德久不說，我也比任何人都清楚鄭白雪的重要性，因為她是名為「金賢成小隊」的樂透能中獎的原因之一。

潛在能力並不單純指能力值的上限，而是與成長速度呈正相關，我的智力值與幸運值便是典型例子。

以鄭白雪來說，她的魔力值正在快速成長，甚至達到了令人生畏的地步，而且她已經完成第二次轉職了。

元素魔法師──這是金賢成和我大力推薦她的第二個職業。

不同於一開始只有火焰魔法師這個選項的我，鄭白雪似乎能夠適應所有種類的魔法。

然而「煉金術師」卻未曾出現在鄭白雪的轉職選項中。

畢竟當初鄭白雪具有的特性「成為魔法師的方法」就是在鼓勵她以魔法師身分成長。

再考量到她在新手教學內獲得的特性效果──魔力值上升兩點以及鄭白雪自身的才能，她的成長就像是一個既定的過程。

她只需要一點契機就能有所突破，而且是非常微小的契機。

雖然不清楚在副本裡發生的事是否對她造成了精神創傷，但幸好她本人在那之後還能保持對我的熱情。

除此之外，我與鄭白雪之間默契地建立了潛規則。

就像給聽話的學生獎賞一樣，每當鄭白雪有所表現，我就會給她獎勵。

而這麼做的效果超乎我預期。

雖然一開始只是摸摸她的頭和牽手而已，但隨著我慢慢提高肢體接觸的親密程度，鄭白雪就會變得更加執著於做出表現。

對她而言，變強不是最重要的，能得到讚美與報酬似乎才是她的目的。

在一無所獲的時候，我的冷淡反應能夠使鄭白雪變得迫切。

也許朴德久說的就是這件事，尤其我們正在為接下來的演示會做準備，在這段期間幾乎沒見到面。

她原先是一個光靠吃飯就能提高能力值的人，奇怪的是，當這種人傾盡全力試圖取得更好的成果時，卻反而無法提高能力值。

在我們當中，在個人訓練上花最多時間的不是朴德久，不是我，更不是金賢成，而是鄭白雪。

我隨意點點頭，繼續說。

「如果白雪一直和我待在一起，她肯定會無法專注訓練，所以我們才會暫時分開。」

「嗯……可是……」

「這次的演示會會有帕蘭公會的高層和其他大型公會的獵頭到場，不能因為我而把事情搞砸。如果這件事順利結束的話，我就打算跟她在一起。」

「我每晚都會聽到她的哭聲……」

「我不能時時刻刻都待在她身邊，所以她必須學著適應與我分開。這次就是個很好的機會，而且只有一個星期而已。」

「到底為什麼要舉行演示會啊？」

「這對運動選手來說是很稀鬆平常的事。他們要知道我們有多少價值，才能開出正確的價碼。雖然這樣說有點不好……但如果因為我而把事情搞砸，對白雪也不是件好事。」

「我越想越覺得，大姐似乎真的很喜歡你呢。」

如果只是喜歡那倒還好，但是她對我的感情已經超越了單純的喜歡，昇華成愛情了。

這都要多虧朴德久設下的圈套……我真好奇他是真不知道還是故意裝作不知情。

我默默起身後，對那小子說道：「走吧。」

「大哥，等等我。」

「快過來。」

我邁開腳步，各種風景從我身邊掠過。

這和新手教學副本的感覺截然不同，有一種高級、安全，且受到禮遇的感覺。

我看向窗外，只見營地的人們聚在一起，不知道在做什麼，可能正在接受這裡的基礎培訓或是必修培訓。

雖然李智慧的身影短暫閃過我的腦海，但我立刻將其拋諸腦後，繼續邁開步伐往前走，映入眼簾的是內部演武場。

裡面已經聚集不少人了。

我當然也有發動心眼打量周圍的人。

不僅帕蘭公會的高層，不管能力值高或低，所有人的穿著都很高級。

他們各自舉著不同旗幟，彷彿大企業董座般打量著演武場周圍，看起來應該是大型公會的重要角色。

沒錯，他們就是獵頭。

順著他們的視線，我看見了非常緊張的鄭白雪，感覺好像很久沒見到她了。

結束與帕蘭公會的第一次交涉並決定舉辦演示會後，已經過了一週。中間除了要確認鄭白雪的狀態，有見過她一次以外，我已經三天沒見到她了。

三天不見對我來說沒什麼大不了，但對鄭白雪來說卻是無比痛苦的時光。

「她好像瘦了一點？」

「對。」

與其說是瘦，準確來說是憔悴的感覺。

看來德久說她夜夜哭泣的事情大概是真的，因為她的眼眶確實變紅了。

她好像因為我說會來演示會看她，所以精心打扮了一番，只可惜她的狀態看上去並沒有很好。

她不停東張西望，像是在找我。

看到她不安的模樣，周圍開始傳來竊竊私語的聲音。

「呃……我本來很期待的說。」

「不覺得她的狀態看起來有些奇怪嗎？」

「大概是因為緊張，可能也是因為才從副本出來沒多久吧。她這種狀態還算不錯了。」

「本來我還有點期待，畢竟他們用了最短時間攻破了副本……但她看上去精神有點不太好……」

我不知道說話者的身分，但他的眼光倒是非常犀利，鄭白雪的狀態確實不太好。

我不確定她能不能發現位在二樓的我們，畢竟她看上去很焦急。

結果我才剛舉起手，鄭白雪就立刻發現我，並對我露出燦爛的微笑。

這次的活動非常重要，絕對不能搞砸。

「啊啊，如果鄭白雪小姐準備好的話就打個信號……」

鄭白雪聽見聲音後點了點頭。

她慢慢念誦咒語的模樣看起來有些不安，像是在暗自祈禱著希望一切能順利。

當我看見周圍的人對她的行為紛紛表現出不耐煩的樣子，我想我的計畫或許失敗了。

就在我懊惱自己是不是對她太苛刻的那瞬間，我感受到了意想不到的魔力流動。

「咦？」

荒謬的是，我看見鄭白雪身邊的塵土飛揚了起來。

僅僅是發動體內的魔力就能達到如此效果，實在令人驚奇。

我不清楚她念了什麼咒語，但內容十分冗長。

大型公會的高層人員個個都目瞪口呆地看著鄭白雪，中途還時不時傳來驚慌失措的聲音。

「立刻上報！快！」

「喂！快把她的資料拿過來。」

這的確很驚人，不，其實一開始我的嘴張得比他們還大。

儘管我有預料到大家的反應，但沒想到會如此誇張。

咒語越長，人們的喧鬧聲就越大。

遠處，帕蘭公會人群中的李尚熙一臉訝異地看著鄭白雪。

一週前，她的實力明明還不到這種境界，這到底是怎麼回事……

就在這時，鄭白雪短暫開口了：「元、元素炸彈。」

匡噹噹噹噹！

鄭白雪雙手一揮，便發出震耳欲聾的聲響，讓群眾不禁摀住了耳朵。

魔法的威力大到耳膜好像要裂開一樣，於是我急忙用魔力遮住耳朵。

飛向演武場中央巨靶的不明魔法發出轟鳴聲，鄭白雪和巨靶之間的路隨即變成了一片廢墟。

「那是什麼啊……」

匡噹噹噹噹噹！

第二次發出的轟鳴聲則是讓巨靶消失無蹤。

場內聽不見任何歡呼聲，然而全場的沉默遠比歡呼聲更震耳欲聾。

「她……是怎麼回事？」

朴德久悄悄地開口：「大哥……這是真的嗎？」

那也是我想說的話。

看到她如此出色的表現，我還真不知道該獎勵她什麼。

＊　＊　＊

這究竟是怎麼辦到的，實在令人費解。而且似乎不只我一個人覺得這股力量超出想像。

想當然，在一陣沉默過後，周遭再次變得喧鬧。

「她的資料拿來了嗎？」

「她和帕蘭公會談得怎樣了？」

「不管用什麼方法都要招聘她進來，公會會長呢？」

「簽約金多少都沒問題，批准令已經下來了。」

「公會的人事負責人在打混嗎？沒有更詳細的資料嗎？難道你們沒有從帕蘭公會那邊拿到什麼嗎？」

「抱、抱歉。」

「混帳，這是道歉就能解決的嗎？廢物……沒屁用的廢物。」

他們貌似有能與遠方對象進行通信的系統。

這和我預期的一樣，不，超出我預期之上。

位高權重的公會高層們爭先恐後地索取鄭白雪的數據，可見現在起將是一場搶人戰爭。

靠近帕蘭公會的大型公會非常醒目，帕蘭公會擁有優先交涉權，因此他們也打算與帕蘭公會交涉。

可想而知，李尚熙和帕蘭公會的高層幹部此刻非常慌張。

他們雖然知道鄭白雪是張高中獎率的樂透，但沒想到是如此大的獎，他們甚至還沒想好該如何應對這突如其來的狀況。

我嘴角微微一揚，轉頭就看見興高采烈的鄭白雪。

她很清楚自己成功了。緊握著雙手盯著我的模樣有些可愛。

我好奇她到底成長到了什麼地步，於是用心眼看了她的狀態欄。

〔您正在確認玩家鄭白雪的狀態欄與潛在能力。〕

〔姓名：鄭白雪〕
〔稱號：無，仍需多多努力。〕
〔年齡：21〕
〔傾向：純真的擁護者〕
〔職業：元素魔法師（稀有級）〕
〔職業效果：習得基礎魔法知識〕
〔職業效果：習得中級魔法知識〕

〔能力值〕
〔力量：11／成長上限值低於稀有級〕
〔敏捷：11／成長上限值低於稀有級〕
〔體力：16／成長上限值低於英雄級〕
〔智力：29／成長上限值高於英雄級〕
〔韌性：14／成長上限值低於稀有級〕
〔幸運：35／成長上限值高於英雄級〕
〔魔力：31／成長上限值高於傳說級〕
〔裝備：神聖防護（稀有級）〕
〔特性：成為魔法師的方法（英雄級）〕
〔總評：玩家鄭白雪十分優秀，其中魔力值的成長最為亮眼。雖然展現出了超乎尋常的成長速度，但似乎有一個不算缺點的缺點，那便是能力值未能平均成長。玩家李基英的運氣很不錯，您千萬不能離開這位宿主。因為您只要仰賴她異於常人的天賦，就能生存下去。您只需要小心抱住這條大腿即可。〕

常。

魔力值三十一？誇張的數字。

我無法斷言這是高或低，畢竟魔法師的魔力數值好像很多樣化。低至六十，高至八十多。

我雖不清楚其他人在這裡待了多久，不過從他們驚訝的反應看，鄭白雪的成長速度想必超乎尋常。

不，話說回來……只憑三十一點魔力就能輸出那樣的魔法嗎？

考慮到她念咒語的時間比較久，這應該是她自己定製的魔法沒錯。

她看上去精疲力竭，似乎消耗了龐大的魔力。

儘管如此，鄭白雪剛才所展現出的一切很難用常理來解釋。

「那個……演示結束了……」

主持人還沒說完，鄭白雪便慌慌張張地朝這裡跑來。一群人包圍了走出演武場的鄭白雪，但她對他們視若無睹。

看到她跑進二樓的樣子，我不禁感到驚慌，她起碼要收下名片吧……

「基英哥！」

她極度興奮，彷彿準備要領獎一樣，我們已經一週沒見，她會這麼激動也很合理。

「白雪，辛苦了。」

「基……基英哥……」

「這段時間累壞了吧？」

「不，我不……不累。」

她淚水在眼眶裡打轉。

雖然擔心像這樣在公開場合展示這種面貌好像不太好，但帕蘭公會和其他大型公會的高層都在看著我們。這樣反而更好。

炫耀我們有交情也是不錯的，我輕輕張開手臂，鄭白雪就急忙衝進我的懷中，緊緊抱住我。

她用期待的眼神看著我，我卻沒辦法回應她。

隨著時間的流逝，看向我們這邊的視線逐漸讓我感到很有壓力。

不管怎樣，她好像希望我立刻獎勵她，這讓我莫名感到難為情。

我的臉皮還沒厚到能夠公開放閃。

「大哥！來個火辣的熱吻吧！」

朴德久這個豬頭……他正在用追劇的表情滿意地看著我們。

「大哥！大哥！大哥！像個男人一樣主動吧！」替我打氣的模樣也真夠嗆的。

在朴德久不斷慫恿之下，鄭白雪用更期待的眼神看向我。

我常常強調，鄭白雪不是傻瓜。儘管她沒有直說，但她擺明想表達「我都做到這種程度了，你應該給我相應的獎賞才對，畢竟我都忍了一個禮拜了」。

不……比起這句話，她好像更想公開宣示主權，想在所有人面前說「他是我的」。

雖然不太樂意，但我現在必須得做點回應。略微思索後，我抬起雙手輕捧她的臉龐，看見她微微嘟起的雙唇。

其實我有些苦惱，畢竟我和她之間的進展過快並非好事。

我輕輕地吻了她的額頭，便感受到她劇烈地戰慄。只不過是蜻蜓點水地碰了一下額頭，效果卻超乎想像。

好痛……她擁抱的力道太大，我的背傳來一陣疼痛，而她的腿也在顫抖。

我偷看她的表情，發現她的臉出乎意料地紅。

儘管她嘴角放鬆的模樣看起來有些危險，但這種程度應該沒關係。

我當然感受得到人們看著我和鄭白雪的視線，他們一看就能知道我們是對相親相愛的戀人。

這個畫面簡直美如畫。

事情發展至此，主持人好像也很慌張，我還看見帕蘭公會的高層露出疑惑的表情，像是在問哪裡出錯了。

「那個……鄭白雪小姐的演示到此結束。請各位貴賓不要離開，等所有項目結束後再按照安排活動……下面是同一新手教學副本攻掠組的金賢成先生的演示。演示內容是對練……」

「白雪，現在我們必須看賢成先生的演示。」

「啊……什麼？好的……基英哥。」

她好像一刻都不願與我分離，轉頭的同時還要緊抓著我。

有點不方便，但還能忍。這種程度剛好適合當作給鄭白雪的獎勵。

她之前一直想把臉埋進我胸口，導致我備感壓力，所幸提劍的金賢成走入演武場中央，轉移了人們的視線。

「總覺得我被排擠了……我是不是也該交個女朋友啊……」

「德久，專注在對練上，應該會很有看頭。」

「大哥你不說我也已經在看了。金賢成那老兄……」

「準備好了的話，請發出信號。」

金賢成輕輕地舉起手。

「那麼，現在開始對練。」

我很清楚戰士系的演示是對練，魔法師系的演示是施展魔法，不過金賢成的對手看起來不好對付。

首先他的能力值高於金賢成。

雖說是對練，更準確來說，是指導訓練。

當然，金賢成不會那麼認為。對方看見那傢伙握緊了劍，表情瞬間變得僵硬。

由於剛才看過了鄭白雪的演示，對方可能心中有底，知道這些傢伙不好對付，又或是感受到了我所感知不到的事物。

兩個人瞬間消失在我的視線範圍內，雙方以肉眼追不上的速度展開了一場攻防戰。

這是繼鄭白雪後的第二回，今天似乎有許多令在場貴賓們大開眼界的事情發生。

他們的眼睛隨著對練的進行睜得越來越大。難道他們以為我們這個團隊真正的王牌是鄭白雪嗎？

但其實真正的王牌另有其人。

噗哧！看到那些嘴張得越來越大的貴賓們，我不禁失笑。

現場只聽得見劍與劍的碰撞聲，這不僅是單純的交戰。

我早就知道我們可愛的重生者實力有多堅強了，不過這還是第一次親眼見到他戰鬥。

雖然與對方相比，不能說金賢成具有壓倒性的實力。

但看到那個對手的表情就能得知對練結果了——他直冒冷汗，顯然有些狼狽，甚至還動用了魔力。

我其實對劍術方面一竅不通，不過這一點還是懂的。

金賢成的實力還真堅強。

沒過多久，對方的劍被他打掉，飛向了空中。就在我想著金賢成是不是過度展示實力之際，他卻失手將自己的劍扔了出去。

不過他並沒有放棄，而是揮舞著拳頭準備攻擊，但對方卻用原本拿劍的手將他推開，演武場瞬間傳來了轟鳴聲。

金賢成下意識朝反方向跳出去。

匡地一聲，就看到金賢成被扔到牆上，雖然感覺那副模樣有點不太對勁，不過那小子只是若無其事地拍掉身上的灰塵，看來是想證明自己的韌性值也不錯。

「我輸了。」

真夠乾脆的，這個狡猾的小子！剛來到這個世界的傢伙要是輕而易舉地打贏老手，在場的貴賓恐怕都會覺得奇怪。

他展示了自己所有的優點。

重點是，他還沒有盡全力。拿捏得當，展現出無關能力值的壓倒性實力，這一點值得稱讚。

張弛有度，收放自如是金賢成展現自身實力的最佳方法。

周遭慢慢傳來了掌聲。

想當然耳，大型公會的高層們好像變得更加心急了。

雖說鄭白雪給人的衝擊感更勝一籌，但金賢成的表現也確實令人刮目相看。

「天啊……」

「是天才……」

儘管我看得不是很清楚，但聽見那些聲音，我便立刻明白了，就拿武器的近距離職群來說，金賢成的表現可謂是讓他們瞠目結舌。

「那個……金賢成先生的演示……結束了。請各位貴賓按照順序……」

那些貴賓完全沒在聽主持人講話，金賢成的對練一結束，人群馬上湧向他。

當然，成為明星的不僅僅是金賢成一人。

「方便談一下嗎？」

「……」

「李基英先生？還有鄭白雪小姐。如果不打擾的話，希望你們能抽出一點時間……我是紅色傭兵公會的車熙拉。」

這種情況同樣也適用於展現了天賦過人的天才魔法師形象的我。

這就是我要的結果。

現在這個情況下，我實在無法藏住嘴角那抹得意的笑容。

一名有著奇特紅髮的女人朝我伸出手。

第023話　瘋女人

我不清楚這個紅髮的女人是否認為「穿著暴露便是一種防禦力」，但她略顯大膽的服裝莫名地吸引了我的目光。

我一瞬間突然意識到我的失誤，因為鄭白雪正盯著我和這個名叫車熙拉的女人看。

我平時對這種事情一向十分謹慎，但由於現場不可抗力的局勢，讓我一時疏忽了。

我不清楚是因為她身穿露出胸部和腹部的服裝，還是因為她對自己的外貌、身材和髮色很有自信，抑或是某種魔法效果，總之她的紅髮與紅唇皆散發著微妙的性感，她的外貌充滿魅力。

我搖了搖頭試圖保持清醒，並用心眼觀察她，各種資訊立刻顯現眼前。

〔您正在確認玩家車熙拉的狀態欄與潛在能力。〕

〔姓名：車熙拉〕

〔稱號：嗜血狂女、紅色傭兵、神聖帝國的紅色狂女〕

〔年齡：28〕

〔傾向：無法預測的革新家〕

〔職業：傭兵女王（傳說級）〕

〔職業效果：習得基礎劍術知識〕

〔職業效果：習得中級武器知識〕

〔職業效果：習得高級武器知識〕

〔職業效果：習得高級雙手武器知識〕

〔職業效果：習得高級魔力運用知識〕

〔能力值〕

〔力量：97／成長上限值高於傳說級〕

〔敏捷：82／成長上限值低於英雄級〕

〔體力：85／成長上限值低於英雄級〕

〔智力：67／成長上限值高於稀有級〕

〔韌性：90／成長上限值高於英雄級〕

〔幸運：56／成長上限值高於稀有級〕

〔魔力：82／成長上限值低於英雄級〕

〔裝備：無〕

〔特性：嗜血狂女（英雄級）〕

〔短時間內降低智力，並提高攻擊力。〕

〔總評：看來接近她可能會有危險，請小心不要被她五馬分屍。〕

職業是英雄級的傭兵女王，稱號是嗜血狂女。

這感覺很不妙，尤其她的傾向是「無法預測的革新家」。

至於能力值……九十七點的力量值和九十點的韌性值，甚至比李尚熙強，實在令人印象深刻。

不過兩人的水準乍看之下差不多，我想把她們當前段班標準就行了吧。

雖說有高於九十的能力值與英雄級的職業和道具，甚至可能還有其他各種條件，不過我想這種水準對前段班而言是最基本的。

老實說，她靜靜伸手微笑的樣子很有魅力。

但我不能表露出來，因為鄭白雪好像很不高興。

當然，鄭白雪並沒有公然表現出來，想必她知道她現在拿這個女人沒轍。

本以為她可能稍微懂事了一點，不過看她緊抓著我的手臂，似乎仍然不希望我回握住車熙拉的手。

即便如此，她畢竟是大型公會的貴賓。

放開我吧……白雪啊……

我被鄭白雪牢牢抓住，有點難移動手臂，於是便暫時甩開了她的手，並握住車熙拉的手。希望鄭白雪能諒解我一次。

「很高興認識您，我叫李基英。」

「能親眼見到今年的明星，是我的榮幸。」

「幸……幸會，我叫……鄭白雪。」

「剛才的演示真是令人印象深刻。」

「謝……謝謝。」

感覺鄭白雪的呼吸逐漸變得急促。

看到我鬆開和車熙拉握著的手，鄭白雪才放心下來，接著緊抱住我的手臂。

「兩位還真是親密啊，來這裡之前就這麼熟了嗎？」

「啊，不是的，我們在新手教學副本第一次見面，之後才變熟的。」

「真羨慕呢。」

我不知道該把目光放哪裡才好。她不覺得難為情嗎？

她的自信彷彿不只源自於外貌。露出半乳可能是她的個人喜好，不過能讓她做出這種行為的應該是她作為傭兵女王車熙拉的自信。從她與我們交談時，沒人敢接近她這一點就能看出，她是目前為止我見過最強的人物。我並非單純指能力值。

「啊……我再自我介紹一次吧。我是紅色傭兵公會的會長，職業是傭兵女王車熙拉。」

她果然來頭不小。

「沒想到您竟然會親自到現場呢。」

「是的，因為我很注重人才的招攬，而且聽說這次進來了很多志能之士……正好我有時間就過來了。」

「啊，原來如此，感謝您這麼看好我們。」

「不會，這是當然的。」

「但我不知道我們能不能跟您談話，據我所知，交涉權目前還在帕蘭公會手裡……」

「天啊……怎麼能說是交涉呢？我們就只是閒聊，雖然不可避免會聊到招聘的事，但我們紅色傭兵公會會尊重帕蘭公會的優先交涉權。你把我當成幫助你做出合理決定的顧問就行了。」

「原來如此。」

換言之，她這是在掩耳盜鈴。

現在還沒正式上談判桌，她只想試探我們能配合到什麼地步。

不只是我和鄭白雪，朴德久也在和不知從哪裡走來的男人交談，金賢成則被人群包圍。

帕蘭公會現在急得直跺腳，他們完美地展示了一個沒力量的公會面貌。

如果他們有足以控制貴賓的力量，根本就不會發生這種事。

但是我並不同情他們，這與不隸屬任何公會的我無關，而且藉機在這裡建立一個與他人的紐帶才是更合理的選擇。

「你應該有很多不了解的事，通常擁有優先交涉權的公會都會阻斷其他公會的資訊……你沒聽過我帶領的紅色傭兵吧？」

「是的，我沒聽說過。」

「天啊，那我不得不介紹一下了。我們紅色傭兵是由近距離職群組成的公會。正如公會名稱，我們擁有傭兵的傾向，把我們想成是接受副本、打怪，甚至小規模的戰鬥或戰爭等各種委託的公會就行了。」

「喔，近距離職群……」

「是的，準確來說，是由近距離職群組成的傭兵公會。」

「那麼您來找我們是因為貴公會想追求改革嗎？」

「是的，一時之間很難解釋清楚，其實我們公會內部正在栽培魔法師與祭司，並積極投資輔助職群。雖然這好像是題外話，不過我想說的是我們為此花了很多預算。因為我們比其他公會還晚起步，所以高層們一直催促公會必須要下重本投資才行……其實我能到這裡也是多虧我們的投資者……」

「啊，我明白了。那麼，我很好奇您想在我們身上投資多少。」

「用韓圓為單位應該比較方便吧？」

「是的，我目前還是比較習慣以韓圓為單位……」

車熙拉微笑著對我說：「二十億。」

「什麼？」

「每人二十億韓圓，而且為了以防萬一，我們也正在考慮追加預算。當然，日後也會持續投資。每年至少要投入五億韓圓才能換來像樣的成果，你說對吧？」

粗略來說就是二十億韓圓以上的簽約金，而年薪則是五億韓圓。

以這裡的貨幣計算的話，簽約金為兩萬金幣，年薪為五千金幣。再加上她剛才提到的追加預算，好像能給到更高的價碼。

由於太過慌張，我一時說不出完整的句子。

二十億？和帕蘭公會開的金額相比，落差太大了，簡直荒謬至極。

我雖預想過他們會開出更高的價格，不過沒想到居然漲了整整十二倍以上，年薪則漲了六倍。

我不禁懷疑帕蘭公會那些狗雜種是不是把我們當傻瓜，也終於能理解為什麼一起完成新手教學的人會就此分道揚鑣。

如果可以開到這麼高的金額，會因此而動搖也很合理。

那可是足足二十億，普通人一輩子都賺不到的數字。

就連我現在都在想要不要投靠他們。

「不過……要我們投資其他身為近距離職群的伙伴可能會有困難。以我們的立場來說，這麼做有些勉強……」

「啊。」

「我們公會人才濟濟，我並不是不喜歡金賢成那樣的人……但我更想集中投資。」

不妙。

「原來如此。」

「基英先生和白雪小姐好像對我們公會這次的計畫很感興趣……所以我想請問兩位的想法。」

也就是要我們拋棄金賢成和朴德久，選擇紅色傭兵。因為他們公會大多是由近距離職群組成，劍士與坦克相對已經飽和。

我能理解她為何不想投資朴德久和金賢成，畢竟她自己就是最完美的盾與劍。

如果我是她，我也會更重視鄭白雪。

「這個計畫確實有意思，但我不確定我們能否幫上忙，而且我跟一起攻掠新手教學副本的伙伴有了感情……您又只想集中投資……」

「嗯……還真意外呢。」

她露出了玩味的表情。

不知為何，我覺得自己像是在貓面前的耗子。

「要是我們公會有足夠預算投資其他人就好了……可惜我們最近也很拮据，我的原則是不挽留想走的人，不過還是真有點可惜。無論是你，或是你身旁的鄭白雪小姐都一樣……」

「可惜什麼……」

「這是禮物。」

車熙拉靠近我，我感覺到她朝我懷裡塞了什麼東西，我還沒仔細確認，不過應該是某個道具。

這是賄賂嗎？也許不是。

她可能只是單純想給我禮物而已。

收到禮物，我不由自主地感到開心。畢竟身為大型公會領袖的女人送的禮物，應該是很有價值的東西才對。

「如果你們改變了想法，歡迎隨時告訴我。就算不加入我們公會，我也希望能與兩位維持友好的關係。畢竟我們屬於同一個帝國，日後應該會有很多機會一起進入副本或上前線作戰，對吧？還有……嗯……白雪小姐？」

「……」

「白雪小姐必須學習壓抑自己的殺氣。」

「啊……」

車熙拉冷不妨地靠近我，我還沒來得及驚訝，就感受到嘴唇傳來一股濕潤的觸感。這個瘋子……面對她突如其來的舉動，我腦袋一團混亂。

我連忙推開車熙拉，但我瘦弱的身體根本推不動力量值高達九十七的車熙拉。我甚至感覺有東西伸了嘴裡，吃驚得說不出話。

我一邊掙扎一邊看向鄭白雪，卻感覺不到魔力的流動或殺氣。只見她一副要亡國的表情。

在我還沒反應過來時，這場鬧劇早已戛然結束。

「這也是禮物。那麼我們下次見。」

該死。

突如其來的騷亂讓所有人的視線都轉移到這裡。

甚至連朴德久也是一臉震驚。我不清楚為什麼那小子也一副天塌下來的表情，不過我必須馬上收拾這個爛攤子。完蛋了。

＊　＊　＊

「李基英先生，做好準備後，請發出信號。」

我輕輕舉手，立刻感受到許多視線投向了我。

金賢成、朴德久和鄭白雪在二樓看著我。

成為萬眾矚目的焦點，讓我有點緊張，但我並不打算展示出與眾不同的面貌，因此沒什麼壓力。

我也曉得公會的高層們本來就對我沒什麼太大的期待。

「我準備好了。」

讓人擔心的反而是鄭白雪。

她不知道在想什麼，出奇安靜的模樣讓我莫名地感到不安。

也許是因為更生氣的朴德久在她旁邊，她若無其事的態度反而像在表達她想把昨天那件事當作沒發生過。

我知道那個瘋女人為什麼要做出那種舉動。

她好像不把我當作異性，那麼做可能是為了捉弄朝她散發出殺氣的鄭白雪。

雖然這是一種警告沒錯，但如果對那種大型公會首長表露出殺氣的代價是用我的嘴唇就能償還的話，這點懲罰算很輕了。

只不過她用錯方式罷了。

說真的，我很想感謝那個瘋女人，我應該要感謝她沒有立即拔劍斬斷我的喉嚨。

為了讓混沌的腦袋變得清醒，我在地上緩慢地畫出煉成陣，雖然畫起來有點複雜，不過我已經將它牢牢記在腦海裡了。

這只需要使用一點魔力，但相對來說很沒效率，幸好我在一瞬間就完成了煉成陣。

不知道是不是看到我畫陣時的熟練手法，有些人不禁點了點頭。

「主啊，請聽我的祈求，回應我的聲音。」

我將魔力之塔蓋在煉成陣的一側。

一詠唱起咒文，便立刻感覺魔力正在慢慢消失。

「火柱。」

隨著咒語，火柱朝著煉成陣的方向升起並燃燒前方的目標。

那不是我的魔力能發出的火力。

輸出的效果十分華麗震撼，多虧有煉成陣的幫助，確實發揮了超乎我自身魔力的效率。

「呼……」

我沒聽見人們給予剛才的朴德久，或昨天的金賢成和鄭白雪一樣的歡呼聲。

不過──

啪啪啪。

現場響起此起彼落的鼓掌聲。所有人都一邊點頭一邊鼓掌。

雖然是個不錯的演示，但還不到需要鼓掌的地步。

他們只不過是想討好看起來像是小隊實際掌權者的我。

「謝謝。」

「李基英先生的演示結束了，請各位貴賓按照順序移動。」

和昨天一樣，我能感受到貴賓和獵頭一擁而上，絲毫不遵守規定的順序。

「我是經營四星公會的李妍熙，請和我談談……不，請先收下名片。」

「我是戰隊的戰隊長鄭鐘哲，如果您方便的話……」

「我是高英秀。我們戰隊是這次誕生的新戰隊，雖然條件有些不足，但比其他戰隊與公會更具成長潛力……」

「我是魔道公會的代表朴惠秀，請問能和您談談……」

一一打招呼也是件累人的事。

他們每一位都是珍貴的潛在顧客，因此無論是這次新成立的戰隊或已經沒落的公會，全都很重要。

我收下名片後，象徵性地與對方進行交談。

「如果您不打算與帕蘭公會簽約……」

「好，我們小隊以後一定會一起去拜訪你們的。」

「我們公會也是。」

「好，有時間的話再一起吃頓飯吧。」

「不管您以後去哪個公會，我們都希望能與您維持友好關係。」

「好，我會先與您聯絡。」

雖然只是形式上的交際，但這並沒有壞處。交談一兩句也沒什麼大不了的，雖然對話沒有實質內容，不過這對建立人際關係來說很重要。

「您剛才展現的演示方式很有趣。」

有趣個屁……

「這似乎是改變人們對煉金術師認知的大好機會，哈哈。」

他說謊。

「謝謝大家。不過我的表現的確不如其他成員，真不好意思。」

不過，這就是所謂的社會生活。

我穿越人群，就看見望向這裡的李尚熙和帕蘭公會高層們，他們的臉色當然很難看。

想必他們已經知道第一次的協商進展得不順利，也開始意識到金賢成很重視我。

在這段時間裡，我們有很多次見面的機會。除了一起吃飯，期間我們也聽說了不少關於這片大陸的情報。

他們看見我們日常對話的模樣，肯定會得出這樣的結論——

李基英在金賢成團隊裡的地位比想像中高。

「我們能稍微談談嗎？我想我們應該再重新與您商量簽約條件。」

「當然可以，李尚熙小姐，我隨時歡迎。」

「請跟我來，我帶您去裡面。」

「好的。」

我簡直開心到想哼歌。

一走進上次進行協商的辦公室裡，我就立刻感受到了和上次天差地遠的氣氛。

先前有點傲慢的老頭們果然開始看我臉色了。

真不錯。這就是所謂的權力嗎？

「首先關於我方緊急調整第一次協商的條件一事，我們想先向您道歉。我們很後悔開出了給普通新人的條件……看見各位在演示會的表現之後，我們認為我們低估了你們的實力。」

「啊，沒關係，我能理解。從一個組織的立場上來看，各位不可能投資給實力未經驗證的人，這是很合理的判斷。」

「啊，十分感謝您的諒解。」

「……」

「您應該已經收到了許多組織的邀約了吧。」

我認為我沒必要說謊。因為這是他們和所有人都清楚的事實。

「沒錯。」

「我不清楚其他公會給了什麼條件，但我們帕蘭公會……」

我沒聽清楚她的話，不過就算不聽也猜得到。

大概是說給的錢沒那麼多，但有這裡具備發展的潛力，帕蘭公會的優點在於能給我們特別的支援條件，並用盡各種方法提供計畫以幫助我們成長。

不用聽也知道。

「您可能覺得我們提供的預算和其他公會比起來不夠多，但帕蘭公會是神聖帝國的知名公會之一。如果你們能成為帕蘭公會的成員，我們願意給你們這個團隊額外的預算……不不僅如此，我們也能提供帕蘭公會的幹部職位……」

「能說得更具體些嗎……」

「我現在給不了具體的方案，但我會盡力……」

「好，那我方便再聽一下詳細的合約條件嗎？」
「啊！當然可以。」
她的表情看起來有點喜悅。
「我們能給的條件是一萬金幣的簽約金與三千金幣的年薪。合約期限是十年，每年可以重新協商年薪……」
「換算成韓圓就是十億。」
「是的。」
比紅色傭兵少一半。
然而，紅色傭兵不想招募金賢成和朴德久，即使覺得遺憾，這也是無可奈何的事，因為他們知道培養煉金術師需要花費很多錢。
這其中值得注意的是，合約時間延長了三年，他們應該是想看見我們在這期間成長的樣貌。
換言之，如果一開始的價碼是這樣的話，也許之後還有機會上漲。
車熙拉也是那麼說的。
合約就是用來折磨那些不甘願放棄的人。
於是我笑著開口：「合約金一萬五千金幣，換算韓圓的話就是十五億。這是我們想要的價碼。」
「啊……」
「另外，希望您能提供我英雄級煉金道具，以及提高我們打怪時得到的附屬品分紅，還有提供鄭白雪英雄級的魔法書，並且為朴德久、金賢成提供英雄級的基本裝備。」
「這……這個……」
「您可以當成一種投資，讓我們這個團隊成長得更快的投資。我沒有執著於年薪是因為隨著我們的成長速度變快，帕蘭公會也能有所發展。說不定還可能會獲得很多公會的投資。」
「我們公會的情況……」
「如果貴公會需要金幣，大可以將優先交涉權賣給其他公會，可見金幣對貴公會來說並不重要，對吧？」

他們露出一臉被我說中的表情。

「公會會長。」

事情發展到這地步，人們當然一下子就能察覺到公會會長的始終不曾露面。

由於新手教學副本突如其來的大變動，讓中小型公會和大型公會的會長都出席了這次的演示會。

連車熙拉都直接跑過來提出邀約了，帕蘭公會的會長卻不見人影，這說明帕蘭公會內部出現了問題。

「原來您……也知道，是有人告訴您的嗎……」

「這只是我的推論而已。會長不在這裡，我會做出這種推論也很合理。」

總感覺事情進展得很順利，帕蘭公會接受了我的條件。

包括公會會長在內的公會主力人員出現問題，這時候出現了我們這群有機會成長為幹部級別的人，對他們來說可是天大的好消息。

隨即，我意識到自己誤判了。

「竟敢如此傲慢……」

李尚熙旁邊的一個老頭用激動的眼神怒視著我。

「我們要投資的對象不是你，煉金術師。」

「雪浩先生，你現在是在做什麼？」

「我們帕蘭公會還沒淪落到被那種傢伙玩弄的地步，李尚熙大人。」

「他不就是進來這裡還不到一年的新手嗎？再怎麼卑躬屈膝，也不需要像這樣討好這種乳臭未乾的傢伙。」

「請收回你的魔力！」

該死的，我開始了解到什麼是殺氣和魔力了。

不知道是不是因為這老頭的魔力籠罩著整個房間，我的身體開始不斷顫抖，就連呼吸都很困難。我腦海中不斷想著「死定了」。

「我叫你收回魔力！李雪浩！」

「這個廢物……我非常了解這種廢物。一無所長卻傲慢無禮的傢伙。進來這裡的人數不勝數，我活在這片大陸上，怎麼可能沒見過你這種鼠輩？」

「呃……」

「要讓你們死得神不知鬼不覺，不過是小菜一碟。在這片時刻都充滿威脅的大陸，沒人知道下一秒會發生什麼事。這裡和地球不同。這個愚蠢的小毛頭……竟然如此不知天高地厚？竟敢這樣對待帕蘭公會……大膽！」

真的死定了，我喘不過氣了。我無法理解現在發生了什麼。

我想立刻拔腿逃出房間，身體卻動彈不得。

在必須自救的情況下，我只能在眾多方法中選擇這麼做。

「你試試看啊，瘋老頭。」

「什麼？」

「我叫你試試看，瘋老頭，敢殺我就殺啊。」

「你這傢伙竟敢！」

「李雪浩！我有說錯嗎？」

在混亂的房間裡，我鏗鏘有力地拋出每個字。

「你這個瘋老頭……」

「你這傢伙！」

「你以為我死了，熙拉姐會放過你嗎？」

這時映入眼簾的是那老頭緊閉雙唇的模樣。

＊　＊　＊

「你以為我死了，熙拉姐會放過你嗎？」這當然是鬼扯的謊言。

要是車熙拉在這裡，一定會失笑。因為昨天是我和車熙拉的第一次見面，過程中也沒談到任何特別的內容。

雖然這謊言很扯，但我相信它很有用。或許這老頭以前也有發生過類似的事。拜託一定要有，一定要。

我不顧車熙拉個人的意願，單方面與她達成共識。

老人緊閉的嘴說明他可能想起了什麼，也許對於此刻低著頭的老頭來說是段刺激的回憶。

「你在……胡說什麼？」

「是不是胡說，等著瞧就知道了。你那雙眼睛不是裝飾品吧？」

氣氛異常安靜。

作為隨口胡扯的謊言來說，效果還不錯，紅色傭兵公會「車熙拉」的名號確實很有權威。

因為我認為車熙拉與帕蘭公會沒有交情才捅了這一刀，看來我的推測是對的。

肯定沒人想惹力量高達九十七的怪物。

實際上，這不單純只是能力值問題。她隸屬神聖帝國最大的公會之一，擁有我所見過的人類中最高的能力值與戰鬥力。假設她會像她的傾向「無法預測的革新家」所描述的一樣任意妄為，在老頭判斷我說的是真是假之前，單僅扛出她的名字，他們就不能隨便應對。

因為現在帕蘭公會的狀態宛如風中殘燭。

感到害怕的狗，總是會吠得更大聲。

「你和車熙拉……」

「那個你不需要知道，不管我們是在地球就認識了，還是我們是不是戀人，這都不是重點。重點是，擁有交涉權的帕蘭公會居然動用武力威脅剛進入這裡的新人，這件事可不能傳出去啊。畢竟鼎鼎大名的帕蘭公會竟然一聽到熙拉姐的名字就嚇得屁滾尿流。」

「……」

「雖然我不清楚這裡的運作機制，不過你們公會看起來也不像是沒有敵人……你們應該也不願把交涉權讓給其他公會吧？我不明白你現在為什麼要擺出這種態度。我不是來和你們打架，而是來協商的。就算你們再怎麼陶醉於往日的榮耀，像這樣無視上級的話，還用這種態度對我，任誰看了都會覺得有問題吧？還是你的判斷力已經差到連這種情況都沒意識到？」

我忍不住想偷笑，但我必須壓抑住內心的狂喜。因為從我搬出車熙拉名號的瞬間，圍繞在這裡的魔力就變弱了。然而我盡量保持面無表情，慢條斯理地回應。

因為我很清楚在這種無意義的爭執中，激動的一方將會是輸家。

「……如果你想證明帕蘭公會像一家人一樣，擁有這種毫無拘束的糟糕風氣的話，那我想說你成功了……而且是非常成功。」

「……」

「而你就像一粒老鼠屎一樣，壞了一鍋粥。」

「你說什麼？」

「也就是所謂的老不死。」

「你又懂什麼，還敢在這裡說三道四？」

「有些東西不用看也知道。李雪浩先生，不管你對我的評價如何，我都不在意。我很清楚我們隊裡真正有價值的人是金賢成和鄭白雪，也能理解你對我感到不滿。但是請你適可而止。無論這片大陸是否是被強權支配，在我還不是你的下級之前，你的行為可說是相當無禮。」

「你這傢伙！」

就在老頭激動得準備起身的瞬間。

砰！

我不自覺地轉頭，激動的李雪浩也看向聲音的來源。

聲音的源頭顯而易見。李尚熙看不下去下級的行徑，一拳砸在桌上。

「李雪浩。」

「李、李尚熙大人……」

「你知道自己在做什麼嗎？」

「我是……」

「反省處分。」

「什麼？」

「我說你被下達了反省處分，向基英先生道歉後馬上出去，回公會去。」

我就知道會這樣。面對沉浸於往日榮耀的老頑固所做的脫序行徑，作為公會中心的李尚熙能採取的行動只有一種。

「我……這都是為了公會……」

「我要你道歉，我不會再說第二次了，李雪浩先生。」

他大概會低頭，因為那種人通常只會對強者示弱。

不出所料，我看見老頭皺起眉頭，表情時而複雜，時而像被背叛，時而又表現出迷惘。

然而，無論李雪浩能不能搞清楚現況，都與我無關。

最終，李雪浩緩緩將視線轉移到我身上。

當然，是低著頭的。

「我為我的無禮……向您……道歉。」

「我接受你的道歉。我也多少有些激動了，抱歉。」

「謝謝您的寬宏大量。」

道歉時的表情不該是這樣的，他氣急敗壞離去的模樣還真是好笑。

雖然看著他有些複雜的表情讓我有些不安，但我不能表露出來。

我微笑看向李尚熙，她也向我鞠躬致意。

「真的很抱歉，是我的疏忽，沒能管理好公會成員，真的……很抱歉。」

李尚熙將來勢必能成大器，她的舉動不只是為了做樣子給我看，而是發自於內心。

反倒是我不好意思地低下頭，我當然沒必要與帕蘭公會為敵，就算繼續施加壓力，也不會得到什麼了。

雖然有些遺憾，不過根據我的判斷，事情到此結束是最好的。

「不，該道歉的是我。」

「無論您要怎麼指責我們，我都無話可說……請您一定……」

「如果您指的是合約問題，不用擔心。」

「什麼？」

「剛才是我太無禮了。」

「啊……」

「確實是我一開始沒有為貴公會的自尊著想，就提出這些條件。就算是為了協商，我也不該戳公會的痛點。李雪浩先生的行為固然不對，不過我做得也沒多好。」

「對了……您和車熙拉大人……」

「我只是幸運地和她有過一面之緣而已。我想要是我和熙拉姐相處得好，對帕蘭公會也是一種幫助。」

「我能將這句話解讀為……您會考慮與我們簽約吧？」

「是的。簽約條件不需要提高，一萬金幣即可，只不過……請給我們帕蘭公會主要幹部的位置。」

「啊……」

「我想您應該能理解我為何提出這個條件。」

沒人能保證剛才的情況不會重演，也沒人能保證帕蘭公會裡，那種老頭只有他一個。說不定他們會團結起來，蓄意整垮我們這整個團隊。因為一般的有權者都是這麼做的。

我不想被搞垮。

如果這是一場政治鬥爭，我反而樂觀其成，畢竟它能提供我們足以打下基礎的權力。

「即使只是無實權的職位，我們也可以接受。」

她應該會答應，因為她認為我的價值比剛才更高。

最主要的原因是，我和傭兵女王車熙拉有交情，要是可以招聘到我們，帕蘭公會就有機會與紅色傭兵打交道。儘管我和車熙拉有交情是一個天大的謊言。

她可能在思索我是紅色傭兵奸細的機率，但也得出了紅色傭兵沒必要招惹帕蘭公會的結論。那麼雙方如果合作，將會帶來難以計算的利益。不僅如此。

「李雪浩那個老不死……」

說不定她認為那些失控的老頑固是個大問題，而我們正是牽制公會老一派勢力的合適人選。

從剛才的突發行為看來，這個公會問題還不少，而且與武力方面的問題略有不同。

我開出擔任主要幹部這個條件除了對我自己有利，也對她與公會有利。

這等於是在告訴她「我會幫妳解決問題的」。

當然，她想要的結果與我想要的結果之間會有落差，不過就整頓公會腐敗這一點，我們達成了共識。

「簽約金方面，我們願意竭力配合。我們也不是沒想過給你們主要幹部的職位……不過您要求的職位比我想像的更大，所以必須更謹慎決定，您應該也認同吧……」

我點了點頭，彷彿這是理所當然的。

「您說得對。」

「不僅如此……我們願意提供英雄級的道具，只不過短時間內可能有困難，如果願意給我一些時間……」

原來英雄級的道具比我想像的更珍貴啊。

也許是因為金賢成若無其事地從他的魔法包包裡掏出了《拉姆斯·托克的煉金學概論》，我才低估了高級道具的價值。

「如果不是我們馬上需要用上的道具，不用立刻給也沒關係……」

「啊！那我可以等內部會議結束後再告訴您嗎？不會花太久時間的。」

「當然沒問題。我知道要下這個決定不容易，你們可以慢慢考慮。」

「謝謝您的體諒。」

他們不需要再討論是否接受我們的會議了，反正這件事情已經可以說是板上釘釘了。

現在的爭議點在於要提供我們什麼樣的道具及何種職位。

我很想旁聽會議內容，遺憾的是我沒時間也沒辦法這麼做。

「那麼我先走了。」

「好的，謝謝您，基英先生，我再次為剛才的無禮向您道歉。」

「不用客氣，該道歉的是我。」

至於車熙拉……我必須把今天撒的荒謬謊言變成現實。

就像那個老頭說的一樣，我想得太簡單了，我不曉得這片大陸會發生什麼事。

也許一帆風順的金賢成會突然掛點；也許瘋狂的老頭正在制定對付我的計畫。

現實狀況是，僅靠我們這個團隊在這裡生存，還是很危險。

因此我認為我們需要一個有力的靠山以備不時之需。

第024話　在有老虎的地方，偶爾也有狐狸稱王

如果我孤身一人，我大概會去紅色傭兵，不，至少不會去帕蘭公會。
在我看來，帕蘭公會已經是沒落的公會，是腐水與死水混雜，滲出屎水的組織。
現在看來，選擇帕蘭公會本身就是不合理的決定。
總覺得公會會長似乎早已死在某個角落了。
本該與我們見面的公會會長被副會長李尚熙取代，再加上那些仍然陶醉於往日榮耀的老人正在蠶食公會，被其他公會瞧不起也是家常便飯。
他們大概是認為若選擇只有李尚熙一個正常人的公會，無異於搭上正在向下沉沒的船。
也許搭上名為紅色傭兵的船，看著即將沉沒的人哈哈大笑會更愉快。
但我不會過分高估自己的能力，我們並不指望自己加入帕蘭公會之後能產生什麼改變。
不只我，金賢成也一樣，他這次出奇地謹慎。
儘管如此，金賢成還是想加入帕蘭公會，從一開始就是如此。
他看起來不像沒有考慮過其他選項，然而事情發展至今，這位重生者仍舊認為這才是正確的路。
能推導出的原因只有一個——無論是遙遠的未來或不久的未來，帕蘭公會都是比紅色傭兵更有利的選擇。
已經確定會中獎的樂透就在眼前，即使路途坎坷，也沒必要再去買其他樂透。
重生者的目標非常明確，若因為區區幾個瘋老頭就拋開從天而降的福氣，實屬愚蠢之舉。
當然並不是完全沒有問題，我的安危依然是最優先的。
我之所以找車熙拉，是為了在不破壞重生者藍圖的前提下保障我的安全。
也許總有一日，我會為了自己的安危而不得已毀掉金賢成的藍圖，但起碼不是現在。
目前為止，我還能應付那群老糊塗和正在步入死亡的公會。

我不喜歡賭博，但我認為現在是拋出誘餌的最佳時機。

「你是說紅色傭兵嗎？」

「我去去就回。」

「為什麼突然……」

「我有事和傭兵女王商量。」

「原來……是要找車熙拉啊。」

我隨意地點點頭。

金賢成的表情有些難以言喻，朴德久和鄭白雪果然也陷入了混亂。

畢竟當時發生的事掀起了不小的風波，現在我卻要去找那個瘋女人，他們有這種反應也不無道理。

鄭白雪明目張膽地表露不安，她的臉色變得蒼白，一副驚慌失措的模樣，而朴德久則是無緣無故開始看鄭白雪臉色。

「基英哥……」

「喔，大哥……那個……去找那女人不太好吧……」

「不，這能幫助到我們這個團隊。」

「就算那樣……去找那個狐狸精……」

「基英哥……」

這對鄭白雪無疑是晴天霹靂。她本想把我和車熙拉之間的事當成沒發生過，卻沒想到我會突然說要去紅色傭兵。

老實說，我雖然擔心會發生意外，但我認為只要事先準備好防身道具應該就不會有事了。

「我能詢問原因嗎？」我不需要向他們隱瞞。

「我認為我們需要靠山。至於細節，等事情解決之後再說。」

「啊……原來如此。」

金賢成的反應還不錯。

我這番話等於要和她搭線，站在這小子的立場上肯定是樂見其成。

鄭白雪則擺出一臉害怕的表情，她好像認為自己可能被拋棄，但這當然不會發生。

她嘟起嘴，欲言又止，不知道是說不出口，還是覺得打斷我和金賢成的對話很沒禮貌而保持沉默。

朴德久也同樣保持沉默。

我只能輕輕地握住鄭白雪的手。

「和我談一下。」

「好的。」

換成平時的鄭白雪，她的臉早就該紅透了，然而現在卻是這種反應，看來她打擊頗大。

我把朴德久突然露出的欣慰微笑拋在腦後，和鄭白雪走在走廊上。這時候我才聽見細如蚊吶的聲音。

「不……不要去。」

「不會有事的。」

「可是……」

「我只是簡單和她交談一下，不用擔心。」

「那我也一起……一起去。」

「我自己去比較好。」

「不……不要去，要是你去……要是你去……」

她的聲音越來越小。

我早已料想到這種情況，但當氣氛莫名冷淡時，還是不免讓我有些慌張。

可是這件事對我和我們團隊來說非常重要，畢竟鄭白雪現在還沒有守護我的能力。

我輕輕將她推向牆壁，她的臉色變得蒼白，微微扭曲的表情中又帶點驚訝。

「基……基英哥。」

我沒說話，取而代之的是挑起她下巴。

鄭白雪的臉頰漲得通紅，被這突如其來的動作搞得暈頭轉向。

她的聲音聽起來異常緊張，和剛才特意壓低的聲線不同。

「基英哥……基英哥……」

我慢慢地把臉靠近她，她則是像要把我的模樣盡收眼底似地，直勾勾地盯著我看。

嘴唇傳來一種柔軟的觸感。

沒有任何氣氛與情調，就只是單純地嘴唇貼嘴唇，但鄭白雪卻很吃這套。

她抬起雙手環抱我的腦袋，接著兩人的舌頭開始交纏在一起。

我目前還沒有任何計畫，但無所謂。

她的唇緊貼著我的唇，就像試圖把之前在我唇上的髒東西消毒乾淨一樣。

由於她的手緊抓著我的頭髮，讓我感到有些不適，但不知道是不是充滿激情的氛圍使然，就連那份疼痛都讓人愉悅。

「啊……」

明明是我先吻她的，但渾身顫抖的鄭白雪好像想把事情鬧得更大。

一直以來隱藏的欲望像是爆發似地，她牢牢抓著我不放，我也無法輕易掙脫。

直到吻到快窒息了，唾液在兩人之間拉出一道銀絲，我才得以喘息片刻。

然而，失去理性的鄭白雪又再度將手纏繞住我的脖子，嘴裡不斷喊著：「基英哥，基英哥，基英哥，基英哥。」

並再一次將雙唇貼上來。

對此我沒有迴避的理由，畢竟現在接受她的撒嬌非常重要。

我不知道她是不是故意的，舌頭突然傳來一股刺痛感，因為鄭白雪輕輕地咬了我的舌頭一下。

我微微皺眉，不過這並沒有什麼大礙。

鄭白雪也像是被自己的行為嚇到，隨即抬頭看向我，我才趁機慢慢地將我們兩個的距離拉開。

「我喜歡妳。」我在她耳邊呢喃。

她身體因為太過開心而不停顫抖，她的臉上顯露出的表情絕對是開心。

「我也……我也……我也愛你。」

「我想守護白雪妳。」這話有一半是真心的。

「我也……我也是。」

「我不希望妳受傷。」

「我也是！」

「所以我才必須去。因為我還不夠強大，所以我們必須和她保持良好的關係。」

「是因為我……我還不夠強大……」

「是的，我們都還不夠強大。」

「可是……可是……」

「不會有事的。」

鄭白雪表情複雜，雙唇緊閉。

我大概知道她在想什麼，但我沒有刻意開導她，而是再次握住她的手，低下頭輕吻她。

對我來說這並沒什麼大不了。

雖然我去紅色傭兵只是想簡單地談話，但鄭白雪好像認為我是不得已才前去賣身的。

不過我認為這種走向還不錯，畢竟無法預測的女人最不可信。

具有危險性卻能保護我的人就在眼前，她臉上有著莫名的責任感。

從今天起，她會更努力讓自己成長。

因為她清楚如果自己沒有力量，就只能眼睜睜放手讓我走。

這種情況，對流著斗大淚滴的她而言宛如一部紀錄片，但對我來說則是肥皂劇。

想到自己故意將此事小題大作，我不自覺地笑了。

「不會發生像上次一樣的事了。」

「嗚……」

「我愛妳。」

「啊……啊啊……」

我這輩子沒說過這種話，但看到鄭白雪癱軟在地，並渾身顫抖，便讓我覺得這種臺詞好像還挺管用。

我又吻了她的額頭，然後緩緩邁開步伐。

有一部分的計畫生變，我不得不稍微推進我與鄭白雪之間的關係。

我對她的評價並不差。我也可以選擇在美好的氣氛下和她發展，但是這種危機四伏的情況反而更能牢固我們的關係。

因為自身力量過於微薄而可能受到傷害的不只鄭白雪，我也一樣。

我們缺乏能夠排除未知困難的力量，腦子不好的人就只有身體活受罪的份。

當然這句話反過來說也一樣。

我很快地來到了紅色傭兵公會的駐點。

一名公會成員詫異地看著我，匆忙向我跑來。

「請問您有何貴幹？」

「我是來見車熙拉大人的。」

「啊！請您稍等。」

「沒問題。」

感覺我的來訪引起了周遭人群的側目。

過沒多久後，一名公會的成員對我點頭道：「您可以進去了，在最後一間房間。」

「好的。」

我事先有考慮過該如何開口，但對於如何解決問題還是感到有些茫然，腳步也無緣無故地變得沉重。

我想車熙拉應該對我這個人不怎麼感興趣。

要是我說我想加入紅色傭兵，事情或許會不同，但我並沒有要那麼做。

我敲了敲門，房間裡傳來了聲音。

「進來。」

「是。」

我推開門走進去，一眼就看到靠在床上打哈欠的女人。

她依然是一頭紅髮，並且穿著暴露的衣服。

我像上次一樣，不知道該看哪裡好，不過我掩飾了慌張的情緒，試圖與眼前的當權者對視。

「看來你改變心意了？」

「不是那樣的。」

「那麼……你為什麼要獨自過來找我呢……說實話，我很不高興，畢竟我剛作了個美夢，卻被你打斷了。而且我最討厭男人來試探我……我也不認為你是因為忘不了我這個姐姐，才會拋棄可愛的戀人來找我……」

我不知道該怎麼應對，因為我還沒摸透車熙拉是個怎麼樣的人。

從她豪爽的性格看來，不能用過於怯場或懦弱的態度應對。

既然我是來提議的，我就該表現地堂堂正正。

我吸了口氣，說出想說的話：「我希望您能成為我的贊助者。」

現場一片沉默。

車熙拉露出些許詫異神色，又立刻用有些誘惑的嗓音饒有興致地問道。

「嗯……你……很會嗎？」

什麼意思……

＊　＊　＊

她的表情實在很有趣。

除了好奇，更明顯的是面對獵物時垂涎欲滴的模樣。

「其實到目前為止，還沒人敢如此明目張膽……看來你很有自信？老實說，你的臉的確是我的菜……因為我喜歡蛇相臉。我很滿意你那雙細長的眼睛，說白了，雖然不怎麼帥卻很有魅力。」

「那個……」

「我也不是想沒想過花錢將你買下，不過我得先測試一下這是不是值得信賴的商品才行……你覺得呢？」

她翹起腿，並拍了拍身邊的位子示意我坐下。

我這才知道她把我的提議誤解成了什麼。

我的臉瞬間通紅。

不過……雖然「贊助」這個詞足以引起誤會，但她看起來不像會笨到聽不懂我說的意思。

她很可能正在認真考慮。

「我不是那個意思。」

「那是什麼意思？」

「我是……」

「李基英，我投資你的前提是你得加入我們公會。當然，不管你是要跟你可愛的戀人一起來，或是你自己來，其實我都可以接受……雖然你看起來沒什麼天賦，但我不會覺得煉金術師這個職業不好，而且建立良好的關係也不是件壞事。」

「啊。」

「但你加入別的公會的同時，又想接受我方投資，那是不可能的。該贊助你的不是我，是你隸屬的公會。要我投資毫無關係的陌生人？我寧可每個月付費陪你玩幾次，還比較划算，而且這樣對我更有利……聽懂了嗎？」

他媽的，這太令人感到衝擊了。

她的意思是，比起投資李基英這個人的成長潛力，付費讓我跟她上床更划算。

當然了，用這種方式獲得庇護也不錯。

我不清楚她是不是演的，但她現在看起來非常想占有我，而那種情感與其說是喜歡，更近乎發現了一個有意思的玩具。

我厭惡即便是這個瞬間，還在想如果聽那女人的話成為她的狗，是不是能夠獲利的自己。

但是我不能貶低自己。

一下子就得到手的玩具總有一天會玩膩，我不想變成那樣。

「我當然理解您說的，車熙拉大人，我並非提議您成為我個人的金主。我是希望您能成為我們這個最先完成新手教學副本攻掠的團隊的投資者。金賢成和鄭白雪的成長指日可待，也許他們將成為這片大陸上數一數二的強者。」

「所以呢？」

「什麼？」

「所以又怎麼樣？他們會不會成長和我沒關係。我已經是這片大陸上屈指可數的強者之一了。而且我們公會的成員不管去到哪都毫不遜色。我雖然想要有魔法師的團隊，但只要撒出金幣，我隨時能僱得到魔法師。紅色傭兵所擁有的財力足以立刻僱用魔道公會或魔塔的魔法師。而且鄭白雪至少需要花費三年的時間才能成長……在那之前，我有什麼理由要贊助你？」

「……」

「我需要的是隸屬於紅色傭兵的魔法師，而不是別人手中的東西。如果你要繼續講這些沒用的話，不如乖乖來我身邊撒嬌幾下，我給你的價格不會太吝嗇，還會送你很多禮物。」

可惡……把我當作娼妓的這番話實在令人不知所措。

不管怎麼說，她都把我說的話視為玩笑，全然不當一回事。

我慢慢從懷裡拿出一件裝備。

車熙拉對我的動作露出好奇的表情。雖然只有一下子，但我清楚看見了她的眼神閃過異樣。

這是當然的，因為我手中抓著的是第一次見面時，她親手塞到我手上的東西。

〔魔力項鍊（稀有級）〕

〔配戴此項鍊後可提升魔力3點。具有大幅提升魔法效果的功能。最初發現地點無法確知。〕

「我不需要這種東西。」

車熙拉看著掉落到床邊的項鍊，瞬間投來意外的神色。

她看起來就像完全無法理解現在究竟發生什麼狀況。

「你……」

「又不是金幣。」

雖然這確實是魯莽的行為，但至少我們能認真對話了。

「……」

「我需要的是妳的名聲與力量，也就是名為傭兵女王車熙拉的這面招牌。我對這種東西沒有興趣。」

「你真的知道你現在做的事代表什麼意思嗎？就算不可以對新人動手是大家都默認的規則，但你用這種方式出頭對你自己可沒什麼好處。看來你是因為一直有好的條件湧來，才會看不清楚自己的地位啊……」

「我當然知道自己的地位，也知道只要妳一句話，我就會在這裡消失得無影無蹤，更明白我有可能走在路上就突然神不知鬼不覺地被別人殺掉……」

「……」

「所以我才需要妳……不，需要您。」

當我直直望著她，慢慢地說出這句話的時候，房裡開始瀰漫起殺氣與魔力。

那個名為李雪浩的老頭根本無可比擬的壓迫感瞬間迎面而來。

「真有趣。明明知道自己沒地位還敢這麼做，更讓人煩躁呢。我終於明白你的想法，也知道你的意思了。你在這麼短的時間內就能掌握我的個性，這也蠻有趣的……坦白說，你真的是我喜歡的類型啊。能在我面前義正嚴詞的男人沒幾個……我也不知道多久沒有受到這種待遇了，甚至對方還是一個進來沒多久的新人……」

「……」

「不過你應該也有認知到，條件有點超過了吧？也就是說，煉金術本來就是一場等價交換。你把我當成人肉盾牌來用，就代表你準備了價值相當的商品，沒錯吧？如果不是這樣，你就必須為你的行為付出代價。」

跟她談話真是費勁。

但目前還算不上失敗，只要能繼續對話下去，就還有改善的餘地。

「說吧。」

「第一點……是我以後製造的藥水收益股份。」

我用顫顫巍巍的手，從懷裡抽出《拉姆斯．托克的煉金學概論》丟到地上。

她臉上的表情浮現一絲興趣。

「你說得好像你會成為很偉大的人一樣……雖然我不知道你從哪裡得到這本英雄級的書，但如果這是你全部的條件，可能會有點棘手？」

「我會給您……百分之一的分紅。」

「就這樣？」

「這就已經是無盡的財富了。」

其實根本是無憑無據的裝腔作勢與謊言。

不過站在她的立場，說不定會巧妙地變成值得信賴的內容。

為什麼？因為我賭上了自己的性命。

「第二點……是與我們公會的同盟關係。」

「我剛剛說過了，我對不屬於我的東西沒興趣。」

「我們以後會強大到您想像不到的程度。」

「你根本就是個騙子。」

「我不是開玩笑的，我們會變得更強大，並且成為代表這個帝國的公會。我們會作為紅色傭兵的盟友，與您同進退。現在只需要投資一點小錢，您就能搶在其他公會或勢力之前，和我們維持長久的友好關係。」

「你知道你現在說的話都是廢話吧？我投資與否和你能不能製造出好的藥水，或是你們那個團隊能否成長，都沒有任何關係。」

「第三。」

「……」

「我會給您您需要的魔法師。」

「屁話。」

「我們最快會在三年，不，是兩年內，從這次新手教學副本的生存者當中選出最有用的人才，將其製作成表格後把名單交給您。」

我看到她緊閉雙唇，逐漸安靜下來。

如果說紅色傭兵培養遠距離職群的計畫才剛起步，那麼我的提議對她來說肯定有巨大的吸引力。

「聽起來很有意思……但你能保證做得到嗎？」

「我有信心的第一個原因是，我很快就會成為手握交涉權的帕蘭公會幹部。」

「嗯……」

「第二個原因是……」

「……」

「祕密。」

「你！」

「您不是說煉金術的基本就是等價交換嗎？」

我的祕密就是我有能夠找到人才的能力。

雖然得到她的庇護很重要，不過要是把底牌全部亮出，最後吃虧的會是我們。

車熙拉沉默不語，她肯定在思索我說的祕密與她給予的庇護能不能形成等價交換。

我希望她能像漫畫裡出現的豪爽角色一樣爽快地答應，讓我能在這裡圓滿解決事情。

不過事情的發展好像不會如我所願。

我看到她神色嚴肅地動腦思考，似乎是在衡量利害得失。

該死的。說不定她正在猜我的祕密會是什麼。

是什麼讓我如此確信我們這個團隊會成長，而且能夠幫她找到有成長潛力的魔法師。

就算她沒辦法完全猜中我的祕密，或許也能推論出一部分真相。

就在我懷疑自己是否透露太多資訊之際。

「我在藥水上的持股要從百分之一提升到百分之三，還有除了魔法師名單，還要把近戰職群的名單一起給我。另外，庇護的方式由我決定。」

「什麼……」

「你不是需要我的庇護嗎？庇護的方式由我決定，我保證沒人敢動你。」

「您要用什麼方式……」

「這個我今天內會告訴你，所以你要不要接受？」

我當然沒有理由拒絕。

「那麼就請多多關照了。」

「我們之後再找時間單獨聊聊吧……」

說完後我看到車熙拉揮著手，示意我離開。成功了。

她的表情看起來很滿足，我可以感覺到她對我的提議甚是滿意。

我安靜轉身走出房間，就看見一群人向車熙拉房間蜂擁而至。

這些人看起來都是近戰職群。

我用心眼掃視後，立刻看出他們是紅色傭兵的幹部，大概是要針對我們剛才的談話進行會議討論。

她肯定是要問這些幹部對我剛才所提議的內容有什麼看法，以及要保護我個人的安全。

問題是她該如何保護我。

當我與高采烈地走出紅色傭兵宿舍時，狀態欄突然跳出一則訊息，讓我得知了她的想法。

〔您已獲得新的稱號。〕

「什麼？」

〔稱號：傭兵女王的情夫〕

「他媽的。」

這是我來到這片大陸後獲得的第一個稱號。

第025話 權力

和帕蘭公會的協商進行得十分順利。

我們開設個人帳戶後就馬上收到了簽約金，也確定能得到重要職位，就只差還沒拿到英雄級道具。

一切確實和約定的條件相同。

其實，我們直到最後一刻都還在煩惱要不要加入帕蘭公會，不過越了解他們就越覺得還不錯。

不同於紅色傭兵公會將權威集中在公會會長手上，帕蘭公會的組織劃分得比我想像得還要細。

公會會長、公會副會長，下面則是六個團隊與幾個行政機關。

簡單來說，帕蘭公會是由六個小隊組成的，每個小隊的成員數為五到十五人不等。

我不清楚其他公會體系的結構，然而我好像明白金賢成為何屬意帕蘭公會——方便我們一起行動。

正如那小子所願，我們一加入，帕蘭公會就新設了一支小隊。

第七小隊的隊長是金賢成。

雖然目前很難說正式成立，不過我們在公會裡站穩腳跟是早晚的事。

這些都是帕蘭公會許諾過要給我們的。剩下還沒兌現的是英雄級道具以及我的職位。

他們可能正在煩惱要把我安排到哪裡，畢竟他們必須準備一個不亞於李雪浩那個老頑固的職位。

沒過多久，他們就安排好了。

我的職位是「非戰鬥職群特殊行政官」，一看就知道是定位模糊，且準備倉促的職位。

原先屬於小隊的隊員卻坐上行政職位本來就相當罕見，而這是李尚熙考慮到我和金賢成小隊一起打下了成長基礎才給予的方便。無論如何，帕蘭公會因為我而多了一個行政職位。

沒有人知道我會被分配到什麼工作。

他們大概會要我幫忙整體行政工作的進行，但現在又不方便直接把工作交給我。在這如此倉促之下安排的職位，我還能奢求什麼呢。

「基英先生，外面送來了你的禮物。」

「啊，謝謝你，賢成先生。」

那是傭兵女王送給情夫的禮物。該死……

從她說一切由她決定時，我就預感不妙了，但沒想到她的作風會如此明目張膽。

我也懷疑過這是不是她對那天傲慢的我所施以的小小報復，但她每天都送來手寫信和驚人的禮物，看來她應該是覺得既然決定要投資了，就要做得確實一點。

我想要的一切都實現了。至少在貝妮戈爾神聖帝國裡沒人敢動傭兵女王的情夫。

但不應該是這樣，這和我想要的方式有些不同。

與我的心慌意亂不同，帕蘭公會突然與神聖帝國最有力的紅色傭兵迅速拉近了關係，因而迎來了意外的蓬勃發展。而我無疑是促成這一切的中心人物，因此我在公會內的地位也提高了。

不過還是有人會對我投以不懷好意的視線。

因為有傳聞指稱「紅色傭兵公會的傭兵女王車熙拉被剛通過新手教學的新人迷得神魂顛倒，而且對方還是帕蘭公會的幹部，目前受到女王瘋狂地追求中。」

除此之外，還有一些屁話。比方我有地下情人卻做出這種事，又或者是床上技術高超，甚至有說我和車熙拉在地球就勾搭上了等鬼話。

當然，這些都是紅色傭兵公會自己放的風聲。

謠言已經在這附近的地區傳開了，因此極有可能也傳遍了神聖帝國。

他媽的……

我呆呆地看著眼前堆得像山一樣高的禮物，站在我身旁的金賢成壓低聲音和我搭話。

這小子肯定也感到驚慌又荒謬，因為這與他想像中的車熙拉相差甚遠。

「能告訴我你和她到底聊了什麼嗎？」

「沒什麼，我只是請她贊助我們，我也不知道她為什麼要這樣。這可能是個惡作劇吧。」

「嗯……也許是吧。不過從這些禮物看來，她對你的印象很好。」

我聽到金賢成說的話以後，瞄了一眼堆放在門口的東西，不禁覺得金賢成會這樣誤解也有道理。

〔古代共和國煉金術藥水工具組（英雄級）〕

〔這是從古代共和國傳承下來的煉金術工具組。於地下實驗室被發現，儘管經過漫長的歲月仍舊保持完好。經過特殊藥物處理過，且帶有魔力，是個不平凡的裝備，有著優越的品質與性能。使用後可提升製作藥水的成功率，並可暫時提高使用者的幸運數值。〕

不僅這個。

〔米諾陶洛斯的血管（稀有級）〕

〔報喪女妖的魔力精華（稀有級）〕

〔洞穴巨人的血液（稀有級）〕

〔來歷不明的怪獸血液（稀有級）〕

〔神聖帝國的聖水（稀有級）〕

地上還堆放著一箱箱煉金時需要的各種催化劑。

箱子最上方更放著一封充滿愛意的手寫信。

一直都很感謝你。雖然這些只是一點小心意，但希望你能收下。這是我對這世上最帥的男人的愛——車熙拉。

「這……他媽的……」

我當然不會不喜歡。畢竟沒有人會不喜歡收到禮物或者昂貴的東西，而且我也不在意他人的視線。

唯一的問題就在於鄭白雪。

我收到禮物的消息一傳開，她的表情差得難以言喻。

我原本還擔心她會對傭兵女王送的禮物施展魔法，但她反而是號啕大哭，似乎是對自己幫不上我感到了壓力。

她很清楚這些是她現在無法為我做的。儘管我一直努力說服她，我與車熙拉之間沒有任何關係，我愛的只有她一個，不過她獨自一個人待著的時間變得更多了。

她像在自我折磨一樣，瘋狂地修練魔法。

除了和我短暫在一起的時間之外，她幾乎是不眠不休地修練。

當然，肢體接觸的時候也不算在內，畢竟如果連那樣相處的時間都沒有，鄭白雪絕對撐不下去。

那是再次確認彼此感情的時間，對她來說，也是替沾到髒東西的我消毒的時間。

「白雪在哪裡？」

「白雪小姐應該在後面的湖畔那裡。她最近好像在修練水屬性魔法。你去那邊應該就能找到她。至於德久先生他……」

「德久？」

「德久先生好像也在湖邊造船。他好像是今天早上開始的……」

「造船嗎？」

「是的。白雪小姐一直望著湖面，可能想划船去玩吧……我覺得那對修練有幫助，就放任他們去了。」

不知為何，我背脊一陣發涼。

不知道朴德久又在打什麼鬼主意，但感覺事情不太妙，我沒來由地吞了吞口水，金賢程又再次開口。

「話說回來，你那邊事情進展得還順利嗎？」

「是的，很順利。雖然現在還很難跟上會議內容……但我對帕蘭公會又多了一些了解。現在其他地方也開啟了新手教學副本，不久後好像還會開放轉會市場，只可惜帕蘭公會沒有餘力再去投資攻掠組了……有的話頂多也只能投資一兩名而已。他們最終好像決定投資在有潛力的生存者身上。」

「嗯……是因為我們的原因吧。」

非常正確的答案。

「可以這麼說沒錯。所以我在考慮要不要動用我們的入會簽約金……」

「這個主意很不錯，相信公會也會很高興。」

「那是再好不過了，你的想法呢？」

「我在考慮和公會的其他小隊合作，一起進去副本。公會肯定很樂見我們這支小隊能快速壯大。雖然要等這次事情完成後再說，但我們還是先提前做好準備吧。」

「你想好要去哪裡了嗎？」

「目前還沒決定。我個人認為探索尚未被發現的副本應該能獲得不錯的經驗，不過公會認為應該先從基本的外出打怪開始會比較好。」

「啊，原來如此。」

「我還有會議要開，先回去了。基英先生你呢？」

「啊，那我也要先走了。」

「好，那我們晚點見。」

這是一段非常有意義的對話。我看向金賢成，他正向我輕輕點頭示意。

金賢成負責制定我們今後的行動方針，而我在一旁輔助他。

那就是在所有新手教學結束後，把沒被市場選擇或自己做不出選擇，並已經完成培訓的人招募到我們這一小隊。

儘管金賢成必須親自確認對方在上輩子是否與我們有過糾葛，但基本上他還是想把所有工作都交給我處理，因為這小子好像意識到了我做得比他想像中還要好。

由於我在短時間內做出的表現超乎他的預期，他露出一副自己沒看錯人的欣慰模樣，真的很有趣。

我必須讓他更加信任我，最好要讓他認為我在各個方面都能派得上用場。

金賢成一定認為自己得到了有用的智囊。

我邁開腳步，往培訓中心走去，那裡是新人接受訓練的地方，也是集中管理新手教學副本生存者的地方。

就像我剛才和金賢成說的一樣，基礎培訓就快結束了。

除了要一邊準備招聘新人，還要製作名單給車熙拉，我當然要比其他人更早到才有利。

其他副本人員有可能比他們更重要，但這裡也許有我不知道的生存者，我認為還是去查看一下會比較好。

「今天帕蘭公會的幹部會過來，各位在結束既短暫又漫長的培訓後，可以接受各個公會的招聘。請按照規定行事，謝謝。」

「好的。」

今天在訓練所的演武場中進行了好一陣子的培訓。

我一邁開步伐往前走，便立刻有人向我打招呼，不過對方並不是演武場上的學員。

「辛苦了。」

「啊！不辛苦，組長。」

「我還沒正式上任呢，教官。」

「哈哈，您可是馬上會成為帕蘭公會棟梁的人才啊。」

「謝謝您這麼說。」

「不過話說回來，您怎麼會來這裡……現在距離開始還有一段時間……」

「啊，我想說親自來看看他們應該會比較好，既然我坐上了超乎我應得的位子，我就更應該全力以赴才對。」

「真不愧是您……」

只不過是一段短暫的對話，卻打動了曝曬在豔陽下的人們。

不認識我的人可能以為是位高權重的人來了，表情很是緊張，而之前在營地就認識我的人則是搞不清楚狀況。

我看著人們一臉不可置信的表情，只覺得擁有權力還真爽啊。

果然一個人的成功，取決於自己會不會選陣營。

我們一起掉落在這個世界，又一起進到這個地方，但我和他們的處境卻相差甚遠。

而且是天壤之別。

* * *

一邊已經成為公會的幹部，一邊還只是等著被公會或戰隊招聘的人，這情況可謂是非常諷刺。

老實說，我的心情並不差，因為我現在這個樣子，彷彿在告訴他們我的選擇並沒有錯。

我環顧四周，看見了李智慧和其他營地的人，他們狀態看起來不錯。

考量到這段時間她接受了艱苦的訓練，還能有這樣的健康狀態，已經算不錯了。

因為是要賣到市場的商品，所以負責管理新手教學副本的帕蘭公會也有努力栽培她。

最誇張的是，她的身體狀況比我和鄭白雪都好。她最一開始明明還無法適應，看來現在應該是接受了事實。儘管難以置信，但我現在切身感受到自己進入了這個世界。

除了營地的人之外，還有許多我不認識的生存者。

我用心眼快速瀏覽一遍他們的資料。魔力值稀有級以上、英雄級以下、英雄級以上，果然都不怎麼起眼。

雖然出現了一些稀有級以上的，但應該都不會是車熙拉想要的人。

當然，我還是得對擁有優良天賦的人進行審查。

我開始在腦中將這群人進行分配，因為就算判定成相同等級，還是必須把同等級「以上」和「以下」的人分成不同類別。

「感覺很新奇呢。」

「是的。」

不僅是學員的表情，這位教官的態度也讓我感到非常愉悅。

很顯然，他們認為盡可能討好我，對他們來說更有利。

在帕蘭公會旗下的七個小隊中，有些不屬於任何一隊的阿貓阿狗，他們似乎覺得討好我的話，就能加入這次新開設的小隊裡。

加入帕蘭公會正式創立的小隊，不只意味著能夠調漲年薪，還意味著能得到各種福利，並在公會的支援下持續成長。

以這位教官為例，在他成為公會普通成員之後，雖然混跡於此，卻始終沒有被任何小隊選中。

他肯定是在打雜或替公會跑腿的時候走上了這條路。

其實，帕蘭公會只會投資能夠展現出成長潛能的成員。

有些人認為是因為自己沒有得到投資，才無法成長，但是反過來說，如果本身能力夠出色，肯定還是會有小隊想帶走的。

用心眼查看教官的資訊後，我明確感受到這位教官的成長有限，因為他的能力值整體都很低。

「哈哈哈哈哈。」

「畢竟我才來這裡沒多久……話說回來，我很好奇這裡的培訓都是怎麼進行的。」

「好的，我這就仔細說明。其實您只要當作是接受最基本的培訓就行了。」

「好的。」

「首先，我的第一個目標是讓這裡的人都獲得職業，不過實際上只有部分的人能獲得職業。不打怪，僅接受培訓就獲得職業的只有少數人，這種情況常常發生在有天賦的人身上。」

鄭白雪就屬此類。

「完全沒有戰鬥經驗的生存者很難找到適合自己的職業，因此他們必須接受各種訓練。以魔法師、祭司為例，由於必須先檢測自己是否能感知魔力，很多未能通過的學員最後會選擇改往近距離職群發展。除此之外，學員還能學到很多東西，像基本戰鬥方法、貨幣單位等。被判定為無法戰鬥的人則會成為非戰鬥職群，另外接受職業教育。例如負責打掃、烹飪和處理雜務等。有些人會在帝國居民經營的餐廳或鐵舖工作，有人則利用在地球的專長從事服務業，如美容院等。」

「這樣啊……」

「那些接受公會投資的創業人後續反應都還不錯。紅色傭兵公會的車熙拉大人也有專屬髮型師。」

「原來如此，我了解了。」

這是我第一次聽說這件事，車熙拉比我想像的還重視自己的外貌。她身為女人，會這麼做是很正常的事，但不知為何，我無法想像車熙拉打扮保養的樣子。

「那麼那些進入非戰鬥職群的人……」

「基本上會尊重個人意願，不過站在訓練所的角度，並不鼓勵那麼做。在沒有任何基礎的情況下在大陸生存的結果往往不太好。雖然會按規定援助金幣，但光靠那筆錢是不可能有立足之地的……大部分的人還是希望能獲得公會或戰隊的青睞，雖然不管去到哪裡都一樣危險……但在這個世界裡，人們都還是會希望能有個歸屬。」

「嗯……原來如此。」

「大部分的人都希望能去到中、大型公會……不過已有一定地位的公會對投資新人這方面興趣缺缺。他們想要的是不像新人的新人……嗯……就是像李基英先生您這樣的人。」

「不像新人的新人，或者說有經驗的新人」這句話好像在哪裡聽過很多次。

「中小戰隊怎麼樣？」

「我不知道該怎麼說，不過中小戰隊的情況更差。沒被中、大型公會選擇的人，大多會加入中小戰隊……但新人加入後的生還率並不高。」

「這樣啊。有什麼特別的原因嗎？」

「主要原因是由於中小戰隊沒有如大型公會般的條件，不得不派新人前去遠征。雖然每個公會的情況都不同，但就像地球上有黑心企業一樣，這裡也有很多這種不好的戰隊。他們明明沒有能力，卻勉強成員接下大型公會的委託，導致事故頻發……而且越來越多戰隊的隊長為了取得成果而剝削成員，不考慮他們的安危……很多人都是無酬工作，甚至連基本保險都沒有，最終落得死亡的下場。」

「我懂你的意思了。」

我已經大致明白這片大陸的運作法則，沒有必要再繼續聽下去了。

雖然很難說明清楚，但這裡就像現代社會的完美縮影，只不過是改變了背景而已。

大型公會是每個人的理想中的職場，反之，中小戰隊只會壓榨戰隊成員，而且年薪本身也有落差。

先在這裡站穩腳跟的既得利益者，替後來加入的新人打造了宛如地獄般的環境。

有趣的是，從事生產工作或服務業的人占比並不低。雖然這是無奈之舉，但我認為，有必要對非戰鬥職群人員進行一次審查。因為其中不乏一些不清楚自己才能而跑去賣麵包的人。

「除此之外，還會有針對大陸整體常識的教育，教導各個公會之間的關係，以及神聖帝國、共和國和王國聯盟的關係與歷史。」

「這些我們都還沒學。」

「像組長您這樣的情況，會從公會的角度進行教育。學員也一樣，如果剩下的人員，有人加入其他公會或戰隊，各個公會也會另外進行教育。您可以把這視為一種培訓。公會內部也會有研修時間，幫助新人按照自己的傾向成長。」

「這樣啊。」

「帕蘭公會比起其他公會相對自由，其他公會就比較複雜了。」

「原來如此。謝謝您告訴我這些。」

「不客氣，我很高興能幫上您。」

我輕拍這傢伙的肩膀。這個舉動看起來有些傲慢，但這傢伙卻不自覺地揚起笑容。

「日後我會報答您的，作為今天您用心解釋的謝禮。」

「您、您不用這樣做沒關係。」

「不，我很感謝您。」

只有經歷過同樣苦難的人才能像我們這樣惺惺相惜。

我把視線從感到開心的教官身上挪開，並再次打量四周，發現了用微妙神情看著這裡的李智慧。

該不該帶她進來公會呢？

我的意思當然不是要接受她成為我們團隊的成員。就目前而言，短時間內我們肯定會忙得不可開交。我不僅要製作給車熙拉的名單，還要找到金賢成小隊需要的人手，此外還必須抽出時間接受帕蘭公會的培訓，以及處理所有行政工作。

不僅如此，還要探索副本以及製造藥水。

金賢城正在計畫的副本也得找時間去攻掠，另外還必須將培訓完的學員送到大陸其他地方。

這些事讓我分身乏術，我需要一個能夠在身邊協助我的人。如果是像李智慧一樣機伶的人，我應該就能把基本的工作分配出去。

「您在找什麼嗎？」

「不，沒什麼。」

我又一次環顧四周，這次我看見了熟悉的面孔出現在訓練所。是李尚熙，還有金賢成。

沒看到討人厭的老頭李雪浩。既然他被下令停職反省，應該就是待在公會裡休養吧。

幾名行政組長也同時出現，我朝他們打了聲招呼後，他們也朝我點頭致意。

我們的級別差不多，所以他們會有這種反應也很正常。

正在和我交談的教官則是連忙向前和正在等待的公會幹部們打招呼。

李尚熙一一和公會成員打招呼後，便走到我面前。

「您已經到了啊。」

「是的，李尚熙大人。」

「我已經先向賢成先生提過了，如果您有需要額外增加人力，我允許你們招募新人。如果有需要公會協助的地方請儘管說，我們會一定會盡全力幫忙。」

「謝謝。」

李尚熙溫婉地笑著。

和我身邊那些不正常的人不同，和李尚熙在一起會讓我感到異常安心。雖然這不是該對三十三歲女人該說的話，不過感覺她就像大家的母親，也就是說她的確讓人感到很安心。

「感謝您的努力付出。」

「不，是我要感謝您才對。」

我們稍微打過招呼後，便各自找到位置坐下。在場的學員們不禁露出緊張的神色。

帕蘭公會的真正掌權者就在他們面前，他們肯定在思考自己能否被選中。

現場沒有任何大張旗鼓的儀式。雖然我有預料到不會有向國旗敬禮這種流程，但就結業典禮來說，實在過於簡陋了。

帕蘭公會的副會長安靜地走上講臺並開口道：「一路走來辛苦大家了。各位不明所以地被帶到這裡來，經歷了辛苦的日子，雖然沒有很久，但大家還是都撐過來了。」

「我雖然希望各位在這片大陸站穩腳跟之前，能夠接受更多的教育，但很抱歉，由於各種因素，我無法這麼做。你們很快就會離開這裡，從今天起……你們之中的一些人有可能會受到公會或戰隊的招聘，也有一些人可能會和其他志同道合的人一起創立戰隊。」

「即使不是這兩種情況，也能作為非戰鬥職群待在神聖帝國。各位將在此以各種不同的方式生活，但是我有一句話想告訴各位。」

現場變得異常安靜。

「請務必活下來。」這句話同時也適用於我。

「我們帕蘭公會在自由之都琳德西部成立了公會總部，我們會一直等待各位的加入。」

她點了點頭並隨即離開的模樣，讓在場的人感到詫異。

帕蘭公會沒有打算招聘這裡的任何一個人。或許其他公會也會發生類似的情況。

換言之，他們認為沒必要投入公會的資金與人力去幫助此次生存者的成長。

果不其然，這裡和其他地方都一樣，充滿了利益糾葛，真是殘忍呢……

第026話　自由之都琳德

我不覺得我一定要救他們。

考慮到培養真正的戰鬥人員所需的資金與時間等因素，帕蘭公會寧可摒棄少數精銳也很正常。

如果帕蘭公會還沒招聘我們這支團隊，他們也許很有機會，不過現在帕蘭公會已經為了招聘我們而付出巨大的代價。

儘管這些人並非真的無能，但現在才從新手教學副本裡出來已經太遲了，所以他們被看中的機會相對於我們更小，也就是說，帕蘭公會很清楚投資在他們身上是種愚昧的行為。

「招聘到此結束。」

一看到領導層低頭轉身準備離開，被留在現場的人一個個都目瞪口呆。

「賢、賢成先生！」最終有人忍不住大聲開口。

「我……我們……請帶我們……帶我們走吧。」這番發言有點荒謬。

我當然知道發言者是曾經待在營地的其中一人，連名字都記不起來的人。

是享用著金賢成投餵糧食的人之一，也是曾經罵過鄭白雪的人之一。

他當初一聽到要出去打怪，就安靜地別過身；早已去世的鄭振浩第一次到營地的時候，他也是抱大腿抱得最緊的傢伙。

在新手教學中提供足以安全休息的營地還不夠，甚至拿走了寶貴的糧食。

臉皮再厚也沒這麼誇張。

也就是說他希望在接受所有培訓之後，金賢成能替他往後的人生負責。

教官們也是一臉驚慌。

從某種層面上來說，一名徹底的弱者能說出這句話，真的很了不起。

換作是我，絕對不可能說出這種話。

這情況用不著我開口，因為他不是對我說的，決定權完全在金賢成手上。
儘管這小子是個濫好人，但他應該也不會那麼蠢吧。
不，我確實有點擔心。
畢竟當初在副本中集合生存者，替大家準備營地本來就不是普通人會做的事。
「你……你要負責到底啊……」
恐怕他自己也不知道自己在說什麼鬼話吧。
緊迫感會讓人變得強大，有時也會讓人變得愚蠢。
李尚熙靜靜地看著金賢成，並詢問這是不是在新手教學副本結下的緣分。
「也……也帶我們一起走吧……」
獲得勇氣的瘋子接二連三出現，場面荒謬到讓人失笑的程度。
看見那些沒做出行動的失敗者努力嘗試將自己從地獄中拯救出來，真令人感到慌張。
「你不會就這樣拋棄我們吧？」
「賢成先生！」
「賢成先生，帶我們走……」
金賢成慢慢地走向他們。
雖然我有些不安，不過看到那小子咬著嘴唇，貌似心情不好。
這是很正常的反應。遇到這種情況，即便是聖人也免不了會生氣。
果不其然，金賢成微微低頭後開口：「很抱歉。」
「什麼？」
「我和各位的緣分似乎就到此為止了。」
「呃。」
那一瞬間我差點笑出聲，因為比我想的更大快人心。
「與其和我一起走，不如在新環境裡過各自的人生會更好。和各位相處的時間雖然很短暫，但同時也很愉快。」

「那……那個……」

「城市裡是安全的。」

「哪有這種……這麼不負責任的話。」

真不知道哪裡不負責任了。

雖然現在出面會顯得過於傲慢，但我還是忍不住上前回應。

「我們沒有任何義務要對各位負責。」

「什麼？」

「雖然可能跟各位理想的舒適生活有一段差距，不過至少城市裡是安全的，不會再發生危急性命的事。」

「可是……」

「我再說一次。說到底，我們非親非故，我和賢成先生都沒有任何義務要對各位負責。」

我都這麼親切地解釋了，他還是一臉沒搞懂的樣子，表情看起來很是冤枉，似乎是感到忿忿不平，覺得為什麼我們可以在這裡，他卻只能在那裡。

一群傻瓜，不願意做出犧牲，就得不到任何東西。

恐怕這傢伙永遠也不會明白。

他散發出就算是死抓著褲管也要抱大腿的氣勢靠近我們，我稍微揚起嘴角，掏出懷中的金幣袋。

「這是最後一次，給你的禮物，也許能有一點幫助。」

那傢伙匆忙接過袋子的表情可真是精彩。

雖然還是一臉遭到背叛的表情，但似乎知道沉重的袋子裡裝的東西有多珍貴，於是寶貝地收進懷中。

袋子裡的金幣數目不大。然而，周圍人的視線瞬間聚集到他身上。

「謝、謝謝。」

「希望你能活下來，有緣再會……」
「好的……」
他好像仍然沒有領悟到有所犧牲才能有所得的道理。
我不清楚這傢伙在城市裡能不能守住金幣或性命，反正與我無關。
我扔出幾塊錢，不過想擺脫試圖黏在身上的水蛭罷了。
李智慧好像知道我為什麼要在大庭廣眾之下扔出錢袋。她用看傻瓜似的眼神看著那傢伙。
我對李智慧沒有纏著我感到有些驚訝，不過看她靜觀其變的態度，應該是有所打算吧。
她可能是被其他公會選擇了。
她與我的性格相近，所以也可能會動用口才培養自己的同伙。
總覺得把她帶在身邊會被扯後腿，但拋棄她又有點可惜……
最值得關注的是她的態度。她很有自信，認為自己沒有什麼好惋惜的，似乎也覺得沒必要非得跟我一起走下去，這種態度讓我產生了興趣。
我已經用心眼看過她的資料，知道她一無所有，不過我覺得她會比那些阿貓阿狗更好。
我看著李智慧，慢慢開口：「後會……有期。」
「嗯……好的。」
這句話不是別人說的，而是我說的，對此她好像很開心。
李智慧與我四目相交，她輕輕地點了點頭。
我不知道她會不會加入帕蘭公會，不過總有一天會再見面的。
我轉頭看向後方，只見李尚熙與金賢成點了點頭。
還沒移動腳步，就先聽見了李尚熙的聲音。
「基英先生真是心地善良呢。不過看來公會發的基礎生活補助還不錯……」
「那點錢不算什麼，畢竟我們在新手教學副本裡同甘共苦過。那我們現在馬上就要前往琳德了嗎？」

「是的。這裡的整理工作已經大致完成了。其實我本來希望時間能更充裕一點，不過要準備的東西實在太多了。」

「啊，學員們……」

「他們會直接和我們一起前往自由之都。我們先出發再說吧。」

「好的。」

帕蘭公會的普通公會成員和教官們都在四處奔波。

有一種在新手教學副本的生活就此結束的感覺，對此我沒有多少留戀，反而開始期待全新的城市生活。

而車熙拉送來的禮物堆成了小山，讓我的行李看上去非常多，和公會成員們站在一起時尤為醒目。

「基英哥。」

「大哥！」

朴德久和鄭白雪也正在為啟程做準備。

看上去有些消瘦的鄭白雪走向我，朴德久則是沒來由地惋惜道：「我沒想到會這麼快就出發了，好像有急事一樣。真可惜……」

「可惜什麼……」

「就是這個！」

那是一艘用繩子拴住的小渡船。好像還沒製作完成，但我沒想到他們把在湖邊做的東西也帶來了。

我無法判斷朴德久的手藝好不好，但看上去品質非常好。他手怎麼那麼巧啊？

「要是再給我一點時間，我還打算去附近的營地划船的說……這是我親手做的，我捨不得扔，只好帶走了。」

「你的行李應該已經很多了吧……」

「放在這裡拖著走就好了，不會有問題的……而且還能順便鍛鍊體力，要是基英哥走累了，你可以和大姐一起坐上去，我拉你們。」

「路途沒那麼遠，不需要這樣。」

不知道為什麼，我現在不想坐上去。

「聽說自由之都附近連一片湖都沒有……唉。」

「以後一定要一起坐喔……基英哥。」

「好。」

我輕摸鄭白雪的頭，她開心地笑了。

看到她的狀態比想像中的更好，我這才放心了些。

雖然我不太確定，但她好像和朴德久聊了很多事，我大致能看出朴德久在穩住鄭白雪的情緒這方面幫了很大的忙。

「現在好像該出發了。」

「是的，賢成先生。」

規模不大也不小的帕蘭公會開始慢慢地移動。

雖然要走很久讓人感到有些煩躁，卻也不失愉快。

因為這是我難得能和金賢成、朴德久與鄭白雪度過的平靜時光。

「那個……我今天嘗試了一個新魔法……」

「喔，這樣啊。」

「我親眼目睹了，真的非常了不起……大姐一念完咒語，湖水就突然分成兩半了，對吧？以前村裡的阿姨有說過某個摩東還是摩北的人曾經將大海分成兩半，我居然親眼目睹了。」

「你想說的是摩西吧。」

「對對對！摩西，好像是這名字沒錯。大哥真聰明，總之就是那樣子。」

朴德久的話變多了，金賢成看起來心情很好。

鄭白雪可能沒睡好，她邊打瞌睡邊走，還不忘牽著我的手。

帕蘭公會的高層在途中進行了詳盡的說明，我們也度過了可能是最後一次的休息時間。

我們走了一陣子，一座高聳的鐘塔映入眼簾。

我微微側目，看向金賢成。

這對我來說是一個開始，對這小子也是。

他的神色錯綜複雜，我實在摸不清他在想什麼。

不過他要想的事肯定很多，包括過去發生過的事以及未來即將發生的事，還有關於帕蘭公會與我們這支團隊的事。

看來他正在冷靜地整理思緒中。

反觀鄭白雪的表情，彷彿在看新婚房。

看她嘴角不禁上揚的樣子，好像把這裡當成我們兩人以後一起生活的地方了。

「這裡是……」

「琳德……」

地球人在神聖帝國落地生根的地方。

自由之都琳德。

「新世界，我朴德久來啦！」

「噗哈！」

＊　＊　＊

「哇啊啊啊！」

「哇……」朴德久和鄭白雪接連發出巨大的感嘆聲。

帕蘭公會的高層看著我們，露出了微笑，大概是因為我們第一次來到城市的反應，讓他們想起了從前。

西城門一打開，一座雄偉的城市便映入眼簾。建築樣式似乎參考了西式建築，感覺處處都住了地球人。

其中最引人注目的就是這群黑髮人。

「自由之都琳德是韓國人定居的地方。」

「啊，你這麼一說，我好像有聽說過其他國家的人也被召喚了。」

「是的，以神聖帝國擁有的新手教學副本為例，韓國人、日本人與臺灣人都被召喚了，並且來到神聖帝國的城市裡定居。你可以在琳德看見日本人跟臺灣人。因為都是地球人，所以就群居在一起了。」

偏偏是日本人……雖然我不反感日本人，但總覺得有些不對勁。

「那共和國……」

「被召喚到共和國的是中國人和俄國人。」不過還是比在那裡受到各種限制來得好。

我又再次打量了四周的風景，這附近有在商店裡販售商品的人，還有去打怪的團隊。

「徵求祭司。」

「徵求一起打怪的祭司。」

「販售道具！稀有級的道具！」

這裡就像遊戲中的廣場化作現實的樣貌，充滿了生命力。

朴德久和鄭白雪會如此瞪大眼睛，可能也是因為看到這副光景。

不算高聳的建築散發著古色古香的氣息，中間穿插著裝潢華麗的商店，還有坐在露臺上用餐的人。

就連我也有種出國旅行的感覺，看到大家的表情像劉姥姥逛大觀園一樣，我不禁失笑。

當然，我看到的可不只有美好的景色。

和公會所在的西區不同，遠處有一座廢棄的建築。

「嗯……原來也有貧民窟啊。」

「是的。」

在這裡雖看不見貧民窟的生活，卻不難想像那裡的狀況。這裡的貧富差距遠比我預想的嚴重。

「城市內雖推行福利政策，但效果不彰……」

周圍的人都在看著我們竊竊私語，但這和現在的我完全沒關係。

我們走過入口，經過廣場，看見了巨大的建築物。

李尚熙見到朴德久瞪大眼睛的模樣後，默默地笑了。

「歡迎來到帕蘭公會。」眼前是一座高聳入雲的建築，比我想像中的還要氣派。

從外觀上看不出是個走向沒落的公會，不，也可能正是因為逐漸沒落，才會更注重外表吧。

李尚熙大概是看到我們欣喜的模樣覺得很開心，微笑著對我們說：「我來為大家導覽環境。」

「好的。」

「一樓是大廳和休息區，其他公會或組織來委託的時候通常會在這裡進行。不僅如此，這裡也有能讓各位放鬆身體的地方。如果想簡單聚餐，可以去一樓的酒吧。其他小隊和公會成員經常在這裡聚會，希望你們能多加利用。」

「好的，我知道了。」

「喔喔……大哥，這裡好像還能喝酒。」

「是的，而且我敢保證絕對比外面的酒吧更好。地下還有免費的公會餐廳，請大家盡情利用。」

「好、好棒喔……」

「此外，第七小隊的各位可以使用二樓。」

「二樓？」

「是的，一起上去吧。」

現在這個場景就像我們在參觀剛購買的新房子一樣。

在一樓大廳安靜站著的接待員向我們打招呼，我也點了點頭回應。隨後我們一行人來到二樓，看見了一個寬敞的空間。

「這裡有很多空房，各位可以選擇自己喜歡的房間。」

當我看到一樓的面積時，就已經大概有了底，果不其然，供我們使用的二樓空間也很大。走廊本身就很寬敞，還有很多房間，再加上我們這個小隊的人數較少，空間就相對更大了。

房間內部看起來也不賴。一個人睡稍嫌太大的床，還有基本的桌椅和書櫃等，雖然看起來有些空蕩，不過一想到這是以後我們要住的房間，心情就不由自主變好了。

「基英哥……」

鄭白雪輕輕拉著衣領，靠在我身上，她好像有所期待，但我並不想和她共用一個房間。要努力裝傻也是挺費事的。

「啊，房間好像太多了……我們只需要用三間房間就可以了，副會長。」

「……」

「我和老兄各用一間。大姐和大哥用一間就可以了……」

這個豬頭……

「啊……那樣當然也沒問題，不過……」

「嗯……我覺得旁邊那間房好像很不錯。」

「您可以隨便挑沒關係。」

朴德久和李尚熙的表情貌似有些遺憾，看來這句話大概不是真心的。

真是一場奇妙的心理戰。最後，鄭白雪選擇了我隔壁的房間，而我決定使用金賢成與朴德久對面的房間。雖然鄭白雪就住我隔壁，這讓我有些擔心，可是她卻笑嘻嘻地，看上去很高興的樣子。這至少比她先前趁大家睡覺時偷跑到我旁邊躺著好，頂多就是把牆壁鑿出個洞而已吧。

「演武場與訓練場就在建築物後方。雖然沒有個人演武室，不過有第七小隊可以使用的聯合訓練場。如果想單獨使用演武室，可以到大廳申請。」

「好，我明白了。」

「還有，基英先生……」

「是。」

「我們有另外為您安排一個單獨的空間。」

「什麼？」

「請跟我來。」

「好的。」

我跟著心情看似不錯的李尚熙走，朴德久、鄭白雪與金賢成也好奇地跟在我後頭。

我一走進位於二樓走廊盡頭的房間，立刻不自覺地張大了嘴。

這是我來到琳德後第一次感到如此震驚。

「您以後可以在這裡工作。」

「哇……」

房間一角堆滿了書，更引人注目的是，房裡擺滿了煉金時要用的裝備。

這裡不但有燒杯、燒瓶等現代物品，還有很多我認得的煉金術基本道具。另一邊依照類別擺放著各種催化劑和材料，還有一個設有煉金魔法陣的煉金罈也格外引人注目。

車熙拉送的禮物也大致幫我整理好了，古代共和國煉金術藥水工具組也整齊地擺放在一旁。

「這裡是您以後要用的煉金工房。其實我本來想準備更大的空間給您，不過因為是第一次替非戰鬥職群的人準備工作空間，所以……」

「不……這已經很足夠了。」

「為了防止實驗中可能會混入雜質，我們在整間房間都設下了消毒用的魔法神器。在房間盡頭也設置了其他便於通風的神器，您可以放心使用。還有，考慮到可能發生無法預測的意外，這裡也設置了基本的防禦魔法。」

「謝謝。」

說實在的，我有點感慨，畢竟我在地球時，從來都不曾擁有過屬於自己的空間。

「哇啊，好像科學家使用的實驗室耶……」

「基英哥，好酷啊。」

事實上，這裡所有物品的價值都比不上車熙拉送的禮物，但我卻沒有因此感受到被冷落。

我甚至好奇當初掉到這片大陸的煉金術師中，有沒有人像我一樣一開始就站在這麼好的出發點上。

英雄級的書籍、英雄級的煉金術工具組、公會贊助的有模有樣的工房，甚至還有大型公會會長支援我的無數個材料及催化劑。

如果有了這些條件還做不出成果的話，被罵廢物也無話可說。

他們替我準備的這個環境，可以讓我做任何我想做的事。

煉金術被認為是沒有效率的職業，除了要消耗大量的金幣，而且跟使用魔法相比，效果的確不怎麼樣，技術轉移所涉及的投資成本也是個問題，但這都與我無關。

有了這樣的條件，我想做什麼都能做得出來。

「大哥！該去吃飯了……」

「不了，德久，你們先去吃吧。」

「為什麼？」

「我有幾樣東西需要先實驗看看，你和白雪先去吃吧。」

朴德久的表情看起來有些遺憾。

李尚熙看我的眼神就像看著一個立志發憤讀書的孩子。從母親的立場上來看，子女展現出學習的熱忱，當然是值得開心的事。她不但替我買了習題本，還準備了書房，身為子女，我理應努力回報。

就算我休息一天再做也無所謂，但我眼下有很多想嘗試的事。

自從得到煉金術師這個職業，我總算迎來了能嘗試腦中想法的機會。

「其實今天原本想簡單聚個餐的，正好其他小隊也都出去了，看來只能改到下次了。如果有任何需要，去一樓大廳說一聲就行了。那麼，我先上樓了。今天沒介紹到的公會內部設施，下次會一起說明。」

她笑盈盈的樣子，看上去有些可愛。

「嗯，那我也要去做訓練了，還要整理一下行李……大姐，妳呢？」

「我……我也有……有東西要練習。」

「老兄呢？」

「我得去逛一下這座城市。」

「咦？」

「我很好奇神殿和貧民窟那裡有什麼，所以想去附近走走。」

我突然有點擔心，以這小子的性格來說，他可能會像上次一樣跑去貧民窟當義工。

但想到他之前在培訓中心的樣子，便覺得他應該不是那麼傻的傢伙，就勉強相信他一次好了。

「我剛才看到廣場上聚集了很多人。」

「好像大部分都是在招募小隊成員……我想看看有沒有人願意和我們合作。」

我這才大致理解了這小子的想法。

原來。雖然不知道是在貧民窟或是神殿，不過這座城市有重生者選定的第五名成員。

第027話　貧窮不等於善良

〔已發現新配方。〕
〔基本體力藥水製作成功。〕
〔智力值上升1點。〕
〔結合中毒草與巨怪之血。新催化劑調配成功。〕
〔智力值上升1點。〕
〔結合中毒草與魔力精華。新催化劑調配成功。〕
〔結合中毒草與獸人的臼齒。新催化劑調配失敗。〕

所謂的煉金術並沒有多麼困難，當然也不是毫無技術含量可言，從使用煉成魔法陣的時機、根據催化劑材料改變而有所不同的魔法陣種類、注入魔法陣的魔力多寡，到催化劑與材料的契合度，都必須經過仔細考量。

換句話說，使用煉金術就類似做實驗，而且還是一旦失敗，便會損失慘重的實驗，因此不得不謹慎。

由於素材本身十分昂貴，導致每次實驗必須投入大把金幣。考慮到這一點，在製作藥水或調配催化劑之前，都得先鑽研理論並建立各種假說，以假說為背景進行假想實驗後，再以假想實驗為基礎投入實戰。

基本上，這是其他煉金術師使用煉金術的方法。

而我，當然不包含在內。

為什麼呢？因為我錢多。

假想實驗什麼的管他去死，我一心埋頭調製催化劑和藥水。

理論和假說都先丟到一邊去，我只專注於實驗的結果，也就是先透過實驗得出結論，再來思考這個結論是怎麼來的。

這麼做的效率自然和那些光是要做出一種稀有級催化劑，就得心驚膽顫準備一個月的煉金術師不同。

〔已失敗。〕

〔已失敗。〕

〔已失敗。〕

我不會浪費時間找出失敗的原因，只要稍微換個方法就行了。

〔已成功。〕

那個方法正是極限大撒幣。

最近這一週我大概在不知不覺中噴了一千金幣，但是並非一無所獲。雖然還沒有什麼亮眼的成果，不過我已經把市面上販售的基本藥水配方都記在腦中了，而且智力值與魔力值也有所提升，這就相當於花錢買了能力值。

正當我打算再次對著煉金工具大撒幣時，門外傳來了呼喚聲。

「大哥！」

「啊，進來吧，別忘了用神器消毒……」

「知道了。」

房門被輕輕推開，出現在門口的是朴德久，鄭白雪也在他旁邊。

我看到他手上捧著一堆包裹，就能猜到他為什麼來找我了。

「怎麼會是你過來？公會裡的其他普通成員答應要幫我整理包裹，我也跟大廳的接待員說好了，你下次可以不用自己搬。」

「呃……還不是因為如果不這麼做，就很難見到你。我們明明住在同一個屋簷下，真不知道為什麼要見你一面這麼難。包裹放在這裡可以嗎？」

「隨便放就好。謝了，德久。」

「嘿嘿，小事一樁啦。」

「基、基英哥，你吃飯了嗎？」

「啊。」

我瞥了一眼時間，才發現已經過了許久，太過專注導致我沒注意到時間的流逝。

「我……我做了一點吃的……」

「啊，那就一起吃吧。」

「就這麼辦！」

我看著興奮得不已的朴德久和鄭白雪，忍不住笑了出來。

稍微確認了一下包裹的內容物，之前訂購的東西都有確實送達。

「對了，大哥你訂這些東西都要用在哪裡啊？」

「這些都是要用在煉金術上的催化劑。」

「哇，這就是大哥做的藥水啊……這種藥水連瀕死的人都能救活嗎？」

「那倒不行，這只能治療基本的傷口而已。啊，白雪，那邊的東西不能亂碰，也別想喝下去。」

「好……好的！」

「我不太懂這些啦，不過我知道大哥正在做很不得了的東西。話說回來，你打算做什麼啊？」

「這個嘛……首先……」

「嗯。」

「要做能賺錢的東西。」

眼前的朴德久和鄭白雪露出了有點呆愣的表情，讓我不自覺地笑出聲。

但我不是隨便說說而已。

正如字面上的意思，錢對我而言是最重要的。有多少花費，當然就要有多少收入。投資了多少金錢，就要做出具有相應價值的東西。

換句話說，我要成為金賢成小隊的金主。

我必須交出成果，讓車熙拉願意繼續投資我，儘管我已經大致把名單整理好並交出去了，還是得持續證明自己是有用之才。

至於我在製作什麼，這當然是祕密，沒必要讓朴德久和鄭白雪知道。

「對了，賢成先生最近都在幹嘛？」

「這麼說來，我好像也很久沒看到賢成先生了。」

「嗯……就跟大哥的狀況差不多吧。我會和他一起在演武場進行訓練，但訓練結束後，他老是往貧民窟跑，還打包一堆食物帶去。」

「嗯？」

「雖然我早就知道他很善良了，但他根本比天使還像天使。不知道他是不是在當什麼志工，已經連續一週都這樣了……咳，他也是很令人尊敬啦。」

「是嗎？他每天都去？」

「應該是吧。啊！我好像還有聽到人家說新副本怎麼樣的……總之他在城裡到處跑，感覺像是在找人，又像是去搜集情報……唯一可以確定的是，金賢成那位老兄真的很善良。」

當志工？是很適合他沒錯。

我有想過那小子也許會去找他認識的人，帶回新的人才，不過這似乎比我想像中更花時間。從他不斷進出貧民窟這一點看來，那裡可能有什麼線索，然而事情進行得並不順利。他如果能立刻把人帶回來的話，就不會到現在還在那裡當志工了。

「不知道他是不是一直惦記著那裡的人，他偶爾會皺著眉頭，看起來憂心忡忡。」

說不定是出了什麼問題。

感覺去看一看也不是什麼壞事，反正我目前在製作的東西已經進入了收尾階段，也很好奇今後要熟悉的伙伴有什麼樣的天賦和傾向。

我隨意嚥下鄭白雪做的食物，便看見她臉上浮現喜色。

「看來我也得去一趟了……」

「欸？真的嗎？」

「我有點好奇，也想知道貧民窟的狀況……」

「我、我也要去，基英哥。」

「那就一起去吧？」

「嗯……嗯！」

朴德久似乎也想去，但是又不想介入我和鄭白雪之間。

他好像還覺得自己應該快點讓出空間給我們，於是匆匆忙忙地結束用餐。

「那我們要現在去嗎？白雪？」

「嗯……嗯！」

既然心中有了想法，就應該趕快付諸行動。

我和鄭白雪馬上動身離開公會，一開始覺得不可思議的風景看久了之後也習慣了。

雖然我還沒去過廣場以外的地方，但總覺得好像要走上一段路。

既然都要去了，我想盡可能節省時間，因此攔了一輛馬車。

一坐上馬車，便看見鄭白雪緊緊牽著我的手，露出了非常開心的表情。

一路上有種城市旅遊的感覺，沿路的景色也很有意思。

隨著馬車慢慢移動，周圍的氣氛逐漸產生變化，從原本的乾淨明亮變成了昏暗髒亂。

駕駛馬車的馬夫臉色也不太好，可能是因為周遭充滿了濕氣，也可能是空氣本身就令人感到不快。

更重要的是，人們的穿著打扮及臉上的神情更是和西區截然不同。

「話說，你們為什麼要來這種地方啊？」

「也沒什麼特別的原因，只是因為剛來到這座城市不久，有點好奇這裡是什麼樣的地方罷了。」

「啊，看來公會開出了很優渥的條件招攬你們吧。」

「哈哈，雖然自己說很不好意思，但確實是那樣沒錯。」

看到那些人，就像看到了典型的失敗者。

他們走路時都總是低垂著頭，而且一臉不安，擔心我們會對他們不利。這些人不但沒有自信出去打怪，甚至連公會或戰隊都不敢加入。

我沒辦法得知他們每個人在此落地生根的原因，但至少能感覺到這裡瀰漫的不是正面積極的氣氛。

「基英哥，這裡的氣氛和西廣場不太一樣呢。」

「嗯，妳也這麼覺得吧？」

我覺得原本還在擔心這裡會不會有危險的自己簡直就像傻瓜一樣。

乘著馬車穿梭於貧民窟的鄭白雪和我在這裡根本是來自上流階級的情侶。

那些沒錢沒勢的人傷害不了我們，因為他們沒有那個氣魄與能耐，頂多只會互相鬥毆。

我們下了馬車以後，情況也沒有改變。那些人似乎連向我們搭話乞討都不敢，只是遠遠地提防著我和鄭白雪。

就在這時，我發現有個地方聚集了很多人。

在衣衫襤褸的人群之中，一名衣著整潔的女子映入眼簾。

〔您正在確認玩家宣熙英的狀態欄與天賦等級。〕

〔姓名：宣熙英〕

〔稱號：被遺棄者的聖女〕

〔年齡：32〕
〔傾向：理想的奉獻者〕
〔職業：太陽祭司（英雄級）〕
〔職業效果：習得基礎神聖之力知識〕
〔職業效果：習得中級神聖之力知識〕

〔能力值〕
〔力量：30／成長上限值低於普通級〕
〔敏捷：28／成長上限值高於普通級〕
〔體力：30／成長上限值低於英雄級〕
〔智力：45／成長上限值高於英雄級〕
〔韌性：32／成長上限值低於稀有級〕
〔幸運：45／成長上限值高於英雄級〕
〔神聖：69／成長上限值高於傳說級〕
〔裝備：無〕
〔特性：聖女的祈禱〕
〔總評：即便說這位玩家是為了成為祭司而生都不為過。與人性敗壞的玩家李基英之間存在著極為明顯的差異。請不要妄想接近她，因為她是一位非常純潔的人，不能被玩家李基英玷汙。〕

我不以為意地掃過如今已習以為常的總評後，再次打量起那個女人。

靠……除非我的眼睛瞎了，否則我敢肯定我們的第五名成員絕對是她。

傳說級的神聖值……

她看起來已經來到這裡一段時間了，但她的潛在能力不知為何讓我聯想到了鄭白雪。

我沒有看到金賢成的身影，倒是有其他人聚集在那個女人旁邊。

那些人不是遊民，他們的穿著打扮清一色乾淨整潔，但看起來隸屬於不同的單位，因為他們的服裝和旗幟都不一樣。

唯一可以確定的是，那些人全都圍繞著名叫宣熙英的女人，對她阿諛奉承，他們的目的不言而喻。

八成是想挖角她。

看來金賢成這次想拉攏的人才不是只有他認識而已，而是大家都想要的人才，是未來已經獲得保障，但去處未定的人才。

我可以明白金賢成為什麼經常往這裡跑，又為什麼有那麼多看似和志工服務無關的戰隊人員聚集在這裡了。

所有人都忙著假裝自己很有愛心，為了討好那女人而和她一起當志工，那副模樣令人大開眼界。

被遺棄者的聖女？

在我眼裡，他們不過是被一群不想工作的畜生當成了冤大頭。

我忍不住喃喃自語，卻忘了身旁有個會對我的想法給予無限肯定的鄭白雪。

「簡直就是一群畜生。」

「對呀，基英哥，他們看起來就像畜……畜生一樣呢！」

剛才中斷的對話似乎讓她感到十分焦慮，因此她拚命地發出了同意的吶喊。

和我幾近無聲的低語不同，鄭白雪的聲音有點大，使眾人的視線都集中到了我們身上。

媽的……

＊　＊　＊

我大概想像得到現在我和鄭白雪在他們眼中是什麼樣子。

我們光是外表就和這裡格格不入。在場的其他人連好好洗個澡都有困難，鄭白雪卻整個人乾乾淨淨，好像還化了妝，甚至穿著一身漂亮的衣服，但我們又不像現在看著我們的那些人一樣是來當志工的。

換句話說，我們在別人眼裡就只是一對因為對貧民窟感到好奇，而跑來閒逛的無腦小情侶。坦白說，就算現在發生暴動，我也無話可說。

不過被貧民丟石頭的極端狀況當然沒有發生，因為在自由之都琳德，整潔的打扮意味著擁有強大的武力、權力和財富。

他們肯定會擔心惹禍上身，然而這不代表他們眼神中的敵意會跟著消失。

其實他們露出什麼樣的眼神都和我沒有半點關係。但那個疑似被金賢成看中的女人——宣熙英正瞪著我們，這就不是一個好消息了。

鄭白雪似乎也深深意識到自己闖了禍，不自覺地開始看我的臉色。

結果宣熙英穿過那群貧民，大步流星地向我走來。

我不知道這樣形容是否恰當，但宣熙英給我的印象就像是教會裡的大姐姐，有一頭長髮和大大的眼睛，看起來一副從沒吃過苦的樣子。

我不由自主地避開了她的視線，還來不及思考該怎麼收拾這個局面，宣熙英便率先開口：「請向他們道歉。」

「請收回對他們的辱罵，然後向他們道歉。這裡沒有人應該受到你們辱罵。」

甚至連那些從各戰隊前來挖角她、看似在對她拍馬屁的人都提高了音量，荒謬的情況令人差點失笑。

「我不知道你們是誰、來自什麼地方，但你們還是道歉比較好。」

「請你們立刻收回剛才的辱罵。」

「你們是帕蘭公會的人嗎？」

現場不見紅色傭兵和其他大型公會的蹤影，其他中小型戰隊的人態度比我想像中沉著，或許他們不敢亂來的主要原因是我們別在胸口的帕蘭徽章。

那女人說出那番話我還可以理解，但其他戰隊和公會的傢伙大聲嚷嚷就令人啼笑皆非了。「自私的野心家」、「精於計算的分析家」——那些傢伙不管怎麼看都和志工服務搭不上邊，傾向越負面的人說話卻越大聲。

然而現在的情況任誰看了都會覺得他們是正義的一方，我們則是說話不經大腦的情侶，誰善誰惡立場分明。

要說是失言嗎？不對，這絕對不能說是失言。

我不清楚這場挖角戰持續了多久，金賢成對那女人的拉攏又進展到了什麼程度，但是在競爭對手這麼多的前提下，根本就不可能用正常的方式邀請她加入。

這種場面想必也不是第一次發生了，總覺得可以想像得出來之前的情況。

對那女人而言，救濟貧民是最優先的。她所有的心思都在這裡，當然不可能加入戰隊或公會參與遠征。然而，我轉眼間就想到了適合那女人的全新拉攏手段。

鄭白雪似乎有點垂頭喪氣，我輕輕攬過她的肩膀，緩緩開口。

「我不會收回。」

「什……什麼？」

「我說我不會收回剛才說的話。」

「那是什麼意思……」

「這些人什麼事也不做，只會吃別人給的東西，我不認為說他們像畜生一樣有什麼不對。」

「你在說什麼？你……原來是帕蘭公會的人啊。」

「我的發言和我隸屬的公會無關，我是不是帕蘭的人並不重要。這純屬我個人的想法，和帕蘭沒有關係。」

「話是有分能說和不能說的，你對這個地方一無所知，只是有好衣服穿、有好的地位，不代表有資格批評他們。」

我沉默了片刻，這個舉動可能助長了宣熙英的氣勢，我看見她再次開口。

「大家都不是自願待在這裡的，而是各有各的苦衷，才不得已聚集在這裡。在這片大陸上，只要一不注意就可能喪命。像你這種因為具備特殊天賦而被好的公會延攬，之後就得過且過的人，是不會理解他們的心情的。」

她說到「具備特殊天賦」時，我差點笑出聲，但「得過且過」這句話倒是讓我微微蹙起眉頭。

「真是可笑。」

「什麼？」

「雖然我才剛來到這裡沒多久，但我這段時間拚命的程度少說也是那些人的十倍，在場的其他人大概都和我一樣，那邊來自戰隊的各位也是。大家不僅賭上性命去打怪，而且對各種粗活、各種苦差事來者不拒，努力求生才得以爬到今天的位置。沒有人想死，也沒有人想做這種工作。」

「你……」

「我也一樣。我在鬼門關前走了好幾回，才有機會加入帕蘭。反觀那些人，他們從來沒有為自己的人生賭上任何東西。」

「不是的，他們……」

「我好像知道他們為什麼會變成那樣了。」

「你在說什麼？」

「把他們變成那樣的人就是妳。」

她露出一臉不知道我在說什麼鬼話的表情。

但只要冷靜下來想一想，就會知道我說得沒錯。

「是妳寵壞了他們。妳讓他們有東西吃、有地方待、有衣服穿，是這樣的妳寵壞了他們，是你們把他們變成了失敗者。」

「你懂什麼？憑、憑什麼說那種話？你說自己才剛來到這裡沒多久吧？你、你又不清楚這個城市的現況，就說出那種話……貧民之所以會存在，不是因為我……明、明明就是你這種人造成的。」

我是不清楚這裡的情況，但我很了解她這種人。

「啊啊啊，妳是說像我一樣認真生活的人啊。」

「我不是說認真生活的人，我是說像你這種人不僅會無視、鄙視地位低於自己的人，而且只在乎自身利益，才是導致琳德腐敗的原因。」

她說的也沒錯，但我不能只是同意她的論點。

「我從來沒有為了鞏固自身利益而危害別人的權利，雖然有些人可能會有那種感覺就是了……妳好像沒有聽懂我剛才說的話。妳應該幫助的不是這裡的人，而是賭上性命去遠征的冒險家，還有在艱難的環境中工作的勞動者。」

這無疑是強詞奪理，別人聽了可能會覺得我在胡說八道。

老實說，我對志工服務沒什麼不滿，我個人反而很尊敬從事這種活動的人，但是這個女人用錯方法了。

從她的傾向「理想的奉獻者」看來，說不定她是那種為了奉獻而奉獻的類型。

「我好像明白你在說什麼了，你、你是想說『給他魚吃，不如教他釣魚』這種誰都知道的道理吧？至少你沒資格說這種話，因為你什麼事也沒做。沒有為他們做出任何行動的你……說出來的話沒有說服力。」

「我就是打算做出行動才來到這裡的。」

「什麼……」

我輕輕勾起嘴角，開口說道：「我要僱用在這裡的所有人。」

「咦？」

「我要僱用在這裡的所有人。工作內容不會很危險，但可能會很辛苦。妳不用太擔心，因為凡是行動自如的人都能做這份工作，我也會給他們高於基本薪資的報酬。」

「啊……」

「這是可以擺脫現狀、重新振作的機會。雖然無法為大家提供宿舍，但至少能供應午餐。」

「你在打什麼主意？」

「各位是要繼續留在這裡依附他人過活，還是要堂堂正正地成為社會的一員，完全取決於你們的選擇。現在是時候靠自己的力量振作起來了，各位。」

我靜靜環顧四周，現場一片沉默。

然而，有個人率先鼓起勇氣發問，之後便陸續有人提出問題。

「請問可以說明一下是什麼工作嗎？」

「就像我剛才說的，只是簡單的工作。我保證絕對不危險，各位可以想成是單純的勞動。」

「那時薪是……」

「時薪是一金幣，如果出現加班的情況，會另外給付加班費，每日基本工作時數就訂為八小時好了。」

群眾馬上騷動了起來。

「各位要是覺得沒辦法相信我，那我先聘請這邊這位女士擔任本公司的顧問，讓大家安心。」

「我可沒說過我要做！」

「妳不是應該來監視我，看我想做什麼嗎？」

「話、話是這麼說沒錯……」

「這對各位來說是一個機會，身體不方便的人也絕對做得來這份工作。沒錯，就是這樣。」

「聘請宣熙英擔任公司的顧問」這句話大概是關鍵，慢慢開始有人舉起手來。

「我要做。」

「我……我也要。」

「我也要……」

「只、只要給我機會，我一定會努力的。」

接二連三舉起手的群眾，以及用不敢置信的眼神看著我的宣熙英，還有其他戰隊的人向我投來的視線都令我心情大好。

「那我們明天就馬上開始工作吧。工作內容很簡單，各位什麼都不用準備，只要明早九點過來報到就可以了。」

事已至此，宣熙英看起來也開始為自己剛才說的話感到難為情了，不過她的表情說明了她還是沒有完全相信我。

其實她相不相信我都無所謂。

鄭白雪似乎對宣熙英有點警戒，我摸了摸她的頭，接著頭也不回地轉身離去，宣熙英隨即悄悄靠了過來，用極為緩慢的速度開口。

「我、我不知道該對你說些什麼……總、總之，謝謝你，不過……」

「妳不用向我道謝，反正不會有多大的改變。」

「那是什麼意思……」

「我剛才已經跟妳說得很清楚了。」

「什麼？」

「是妳把他們寵壞的。」

那些人是不是真的被宣熙英寵壞了並不重要，反正她遲早也會這麼認為。

＊　＊　＊

「你在打什麼主意？」

「我沒有打什麼主意，我只是想向妳證明我是對的。」

「看來你很有錢呢，竟然只因為這樣，就僱用了他們所有人……」

我不禁笑了出來。我哪有什麼錢……坦白說，要同時僱用在場的所有人當然是個問題，畢竟我現在連要用在煉金術上的催化劑都不夠用，手頭上也沒有多餘的閒錢。

但那些人並不是毫無用處。這是個可以用極低成本進行的臨床實驗，並將宣熙英那女人的既有觀念粉碎的機會。換句話說，這是一樁能帶來各種好處的交易。

我為什麼必須粉碎宣熙英腦袋裡那些沒用的觀念呢？理由很簡單，因為我認為這麼做才能讓她加入我們。

她來到這裡三年了，從兩年前開始被稱為「被遺棄者的聖女」。打從一開始就沒有加入戰隊或公會，而是隸屬於神殿。離開神殿後一直致力於從事志工活動，兩年來拒絕了各大公會和中小型戰隊的邀約。這就是宣熙英華麗的經歷。

她明明可以像我一樣走菁英路線，卻偏偏選擇進入神殿，這個舉動特別引人注目。她拒絕加入戰隊和公會的原因非常簡單。因為這位「被遺棄者的聖女」肩負著必須救濟貧民的重大使命。

長達兩年的時間裡，她都在拒絕公會和戰隊的邀約。在這個過程中，八成有人開出了我無法想像的條件，「正式為貧民提供援助」可能也包含其中。

儘管如此，她仍拒絕了對方的提議，理由可想而知——因為她覺得自己必須親力親為。

我當然不知道她為什麼那麼關心這些人。老實說，我既不想知道，也沒必要知道。

因為現在最重要的是讓那女人別再把他們擺在第一順位，也就是說，讓她和那些貧民分開是我的第一道課題。

我向前方瞥了一眼，正在努力工作的人們映入眼簾。有幾個人看起來相當積極，讓我一度懷疑自己的計畫會不會失敗，但我並不會特別擔心。

「貧民窟還有一些找不到工作的人吧……妳不用去看他們嗎？」

「因為我得監視你，看看你想幹什麼好事。而且不用你說，我也會抽空過去。」

「我能幹什麼好事？搬石頭只是單純的勞動，雖然天氣有點熱，太陽又很大，但他們久違地流下了有意義的汗水。看到他們像這樣親身體會勞動真正的價值，我都想跟著一起搬石頭了。」

「你這番話聽起來像是在嘲諷他們呢。」

「那是妳的錯覺。」

宣熙英現在對我當然沒有好感，畢竟我全盤否定了她的價值觀。換作是我，也不會對這樣的人抱有好感。

不過這樣的狀況不壞。我接近她的方式和過去接近她的那些人截然不同，至少成功在她心中留下了深刻的印象。

「你之前說我寵壞了他們，到底是什麼意思？」

「就是字面上的意思。他們不是不能工作，只是不想工作而已。」

「你好像沒看到正在工作的那些人呢。」

「我看得很清楚，非常清楚，但妳知道嗎？」

「知道什麼……」

「這樣的職缺在自由之都琳德到處都找得到。」雖然是有點危險的工作就是了。

「和我一起工作的話，待遇當然會比較好一點，這是無可否認的事實……不過類似的工作機會還有很多。我聽說東區正在推動市區改建工程，紅色傭兵公會也在招募建造魔塔所需的雜工。不僅如此，妳知道新手教學副本附近也正在進行大規模工程嗎？他們應該多少都知道這件事。」

「……」

「我昨天是有稍微刺激他們，激發他們的工作意願。他們一定會想證明自己不是畜生，也可能是因為被遺棄者的聖女大人就在一旁看著，所以想展現出自己不同於以往的一面。沒錯，他們一定是這麼想的。」

「這……」

「他們都是被慫恿的，因為我並不是慫恿他們向下沉淪，而是引導他們積極向上，所以他們可能連自己受到了慫恿都不知道。但即便如此，這樣的情況也持續不了太久。」

「什麼……」

「人的本性沒有那麼容易改變。他們現在很有幹勁，我也看得出來他們充滿正能量，可是這撐不過一個月的。比起在烈日下辛苦工作，在貧民窟裡遊手好閒的日子更令人懷念，他們會開始想念妳提供的舒適圈，畢竟沒有人想體會氣喘吁吁的痛苦。」

「我了解你的想法了，但你說的話沒有一句是對的，人是有可能改變的。」

「那我推測那些人是被妳這位『被遺棄者的聖女大人』給改變了，妳覺得這個推論怎麼樣呢？妳把一群平凡的人變成了只會茶來伸手，飯來張口的畜生。」

「你！」

眼前的宣熙英渾身顫抖，她緊緊咬著嘴唇，彷彿想賞我一記耳光，一雙大眼甚至噙著淚水。

我思考了一下自己是不是對一個什麼都不懂的小女生太苛刻了，但我認為這樣的刺激對她來說是有必要的。她雖然相信我說的是錯的，卻無法抹滅內心萌生的懷疑。

光是一點小小的動搖，就能摧毀這個藉由為他人奉獻來追尋自我價值的女人。

畢竟「被遺棄者的聖女大人」看起來脆弱得不堪一擊。

「你所想的那種事是不會發生的。覺得他們會按照你的推論行動是一種傲慢又自負的想法，這個世界絕對不會按照你所想的方式運轉。」

「這就難說了。」

「就、就算事情真的變成那樣……在我看來，他們還是比你有價值多了。」

「妳這麼想，有任何根據嗎？」

「這是顯而易見的事實，不需要佐證。」

「……妳有聽過『哀兵效應』嗎？就是認為弱者即善、強者即惡的基本邏輯謬誤，被遺棄者的聖女大人。」

「……」

「貧窮並不等於善良。他們在妳面前或許只是一群純樸善良的人，那是因為他們在妳面前扮演著社會體系的犧牲者，但他們在某些時候也是加害者。貧民窟不是住著一群天使的天國，而是和我們生活的地方一樣的社會。沒錯，那裡是一個社會，各種骯髒的、令人難以置信的事情比比皆是的社會。」

「社會並不像你想的一樣……」

「社會是腐敗的，有人的地方就一定會有衝突。妳不相信的話，我想推薦妳做一個小小的實驗。」

「什麼意思……」

「妳自己當一次貧民就知道了。試著放下救濟他們的聖女身分，和他們站在同樣的位置上，以貧民的身分生活看看，妳一定會有所體悟。只要一個星期，不對，一天就夠了。」

「我不能……」

「我知道妳在擔心什麼，妳是在擔心沒有妳的話，有些人可能會餓死吧，但只有一天沒關係的，不是還有一群了不起的朋友在跟著妳做志工服務嗎？」

雖然宣熙英不在的話，他們也不會出現就是了。站在那些人的立場來看，既然聖女不在，他們當然也沒理由特地跑去貧民窟。

我再次勾起嘴角，試探性地開口，「還是妳對自己沒信心？」

「不是那樣的……」

「我會幫妳做好準備，妳就當作去體驗一下貧民生活吧。」

「你真的……是個很討厭的人。」

「妳如果對自己有信心，那妳大可接受我的提議。」

「這不是有沒有信心的問題，他們又不是動物園裡的動物，你……」

「妳要接受？還是不接受？妳如果接受的話，我可能也會被聖女大人的信念感動，進而產生想當志工的念頭。這是個機會，既然妳可以幫助到有困難的人，妳應該接受才對吧。」

「你會後悔的。」

「這個嘛，會後悔的不是我，而是妳。」

她緊咬下唇轉身離去的模樣十分可笑。

她也太天真了吧。來到這個不屬於地球的地方後，還能保有那份天真，從某種角度來看也是一種天賦。

宣熙英應該會想證明自己的想法沒有錯，不過她恐怕要吃苦頭了。想到這裡，我就忍不住笑了出來。

我重新抬起頭望向前方，看見正在努力工作的人們，他們為了毫無意義的搬石頭工作而竭盡全力的模樣盡收眼底。

「喂！那邊的！」

「這我好像搬不動……」

「那就大家一起搬吧。」

「好。」

「喂！老金！你快過來！」

「我搬完這個就過去！」

這景象可真是溫馨啊。

宣熙英的身影才剛消失在視線外，我便看見鄭白雪朝我跑來。雖然她的表情看起來有點不安，但我擁抱她一下，她的心情似乎就好了起來。她一隻手拿著筆記本，看來應該有認真做我交代給她的工作。

「基英哥。」

「妳有好好照我說的去做吧？」

「有。」

「那就說來聽聽吧。」

「好！就、就是……十三號實驗體好像有點無精打采的，二十五號好像在生氣……七號和八號看起來很認真工作。」

「我剛才有聽到裡面傳來一些吵鬧聲。」

「是五十六號和七十五號，好像是在工作中出了什麼問題……那、那邊的事我不太清楚，對不起。」

「沒關係，只要知道有發生問題就夠了。三十八號狀況如何？」

「啊，三十八號有點漫不經心的感覺……好像還會時不時躲到別人看不到的地方休息，而、而且……他還說他不幹了。九十三號和九十五號都對三十八號說的話表示贊同。」

「啊，這樣啊，這個結果不錯。辛苦妳了，白雪。這是給妳的謝禮。」

「基……基英哥。」

「另外，我還想問妳一件事……妳可以用魔法改變人的外貌嗎？」

「這我不太……」

「只要用魔力稍微改變一下外表就好，有點類似幻覺魔法的概念，會很困難嗎？」

「啊！這樣我應該辦得到，不過你為什麼要問這個……」

那當然是因為——

「因為感覺必須讓不食人間煙火的公主殿下見識一下人們生活的地方有多骯髒。」

鄭白雪在我眼前綻放燦爛的笑容：「嗯，說得也是。」

＊　＊　＊

不知為何，只要想起李基英那張臉，手腳就會不自覺地顫抖。宣熙英並沒有生氣，只是覺得難以理解。

她當然沒有錯。幫助他人是天經地義的事。沒錯，這是天經地義的事。

李基英什麼都不懂，沒有人是自願來到貧民窟的，每個人都有各自的苦衷。

有些人沒有收到任何公會或戰隊的聯絡，也有些人是因為出去打怪時意外成了殘廢，而不得不來到這裡；有些人是因為家人生病而被趕上大街，有些人則是找不到工作。

換句話說，是這個社會讓他們被迫露宿街頭的。

琳德，神聖帝國，不對，這整片大陸都有錯。這個社會不懂得關懷弱者，是個自私自利的社會。縱然有社會福利制度，貧民卻享受不到那些福利。

在這片人人都只在乎自身利益的大陸上，必須有人挺身而出才行。

「這樣會很危險。」

「不，不會有危險的。」

「妳要怎麼想是妳的自由，但妳最好還是做一下最基本的安全措施，畢竟沒有人知道什麼時候會發生什麼事。」

「你為什麼要那麼想呢？」

「我才想問妳為什麼不那麼想。」

「你之所以沒辦法理解我，是因為你沒有好好正視那些人。」

「我的回答和妳一樣，沒有好好正視他們的人反而是妳，祭司小姐。他們並不是需要幫助的可憐人。真正需要幫助的是想振作起來的人，而不是自願躺著的人。」

「我不想再聽你的詭辯了。」

「是是是，在妳聽來一定覺得是詭辯吧，妳說的都對。」

「那我就照你說的出發了，希望你遵守約定。」

「沒問題，那是當然的。請務必平安歸來。」

他說的話根本沒必要回答。就算換了副模樣進入貧民窟，也不會帶來什麼不同。

其實宣熙英沒必要接受這種連玩笑都稱不上的提議，即便如此，她還是選擇獨自進入貧民窟，原因只有一個。

因為她想證明自己沒有錯，因為她想證明那個男人是錯的。

只是在遠處觀望，和與那些人一同呼吸、一同生活，這兩者之間分明存在著差異。

大家都是單純得像傻瓜一樣的人。這裡有因為受到一點小幫助，就流著淚向她道謝的老夫婦，也有摘花給她，說要報答她的孩子。

有很多事物是那個男人沒有注意到的，但是在過去近兩年的時間裡，宣熙英一直看在眼裡。她和那些人溝通、對話，一起相處了很長一段時間。李基英是因為沒有看過那樣的大家，才會說出那種話。

宣熙英慢慢移動著腳步，周遭的氣氛在不知不覺間逐漸變得陰森。

這是她每天都會來的地方，此刻卻讓人覺得有點陌生。明明已經到了用餐時間，卻仍未看到那些平常和她一起當志工的人，看來他們今天可能有其他事，所以沒辦法來。

這個地方無論何時都是一樣的，雖然惡臭刺鼻，但她早就習以為常了。

也許是因為和一開始相比，已經適應了很多，因此她現在已經能夠若無其事地穿梭其中。

她轉頭望向四周，看見人們像往常一樣有氣無力地躺臥在地。

她還看見一些人正在閒聊，一些人望著其他區域；照顧孩子們的人和手勾著手走路的情侶也映入眼簾。

那個男人說得沒錯，這裡不是天國。雖然這裡沒有便利設施，沒有小吃攤，也沒有像樣的房子，但這裡也是人住的地方，是平凡無比的人們生活的地方。

宣熙英不禁露出笑容。

再稍微往裡面走一點，人們果然都三五成群地聚在裡頭。

其實這裡稱不上是一座廣場，原本是一塊什麼也沒有的空地，自從宣熙英來到這裡後，人們都自然而然聚集到此處，才被稱為「廣場」。這裡也是貧民們口中的「營地」，是個具有象徵性意義的空間。

宣熙英悄悄在一旁找了個位子待著，出現在視線中的是一張張熟悉的面孔。

那個人分明是李基英帶走的男丁之一。雖然不知道現在應該在工作的他為何會在這裡，但想必有什麼理由吧。

就在宣熙英靜靜觀察四周時，耳邊傳來了宏亮的嗓音。

「老金！你今天沒去工作啊？」

「什麼工作？」

「就是那個鳳眼小子說要僱用大家去做的……」

「啊啊啊，我不幹了。」

「什麼？」

「做那個累死人了。他叫我們搬一些不知道幹嘛用的石頭，老實說那種工作不適合我。」

「啊？你之前不是還說『這次真的要重新出發』什麼的嗎？」

「我是有那麼想過，可是感覺在那邊拚死拚活地工作，跟在這邊吃那個女人給的飯，好像沒什麼差別。」

「你這個人啊，這番話要是被別人聽到，你肯定會挨上一頓臭罵。」

「他們要聽就讓他們聽啊。我看今天這個氣氛，那女人大概不會來了……當初好像不該發神經說要去工作，她以後要是不來了怎麼辦？」

「應該還是會來吧，今天可能只是生病了。」

「祭司生病說得通嗎？」

「也可能是大姨媽來啊。即便是祭司，也不可能違反大自然的法則吧？」

「你說得還真有道理。」

這段發言讓人有點無法理解。宣熙英懷疑自己聽錯了，於是再次側耳聆聽。

但她沒有聽錯，那些人確實說著她聽不懂的話。

「唉，真令人不爽……我都快餓死了……身體也沒什麼力氣……」

「等等，那裡有個沒看過的傢伙……」

儘管對方似乎沒有明確點出是在說自己，宣熙英還是下意識縮起身體，她抬起手大概遮住臉，並逃離廣場。

她不知道自己為什麼要逃，只覺得好像有種不能繼續待在那裡的感覺。其實準確來說，是因為她不想再繼續聽那些人的對話了，不過她沒有餘裕同時思考太多件事情。

「是妳把他們寵壞的。」
那個男人的聲音在腦海中響起。
世界彷彿產生了天翻地覆的大轉變，令人費解的景象接連闖入視野，至今從未見過的情景在眼前展開。
「我會算你便宜一點。」
「妳鼻子還真靈啊，一下子就嗅到了錢的味道。」
「因為我知道你跟那個男人一伙……當然也知道你有賺錢囉。」
手勾著手走路的情侶現在看起來不再是情侶，而是妓女和買春的中年男子。
「才這些而已？」
「對……對不起。」
「你們這些臭小鬼欠教訓是吧……」
「啊啊！」
和孩子們在一起的男人也不是在照顧他們，而是在向他們勒索。
街上的遊民正在用廉價蘭姆酒解渴，有人聚眾欺壓少數人，有男人在調戲女人，這些聲音全都傳入了她的耳中。
宣熙英還看見有人在路邊嘔吐後，就那樣放著嘔吐物不管，也看到有人對躺在地上痛苦呻吟的人視若無睹，從旁徑直走過。
「喂！」這輩子從未聽過的髒話令人不知所措。
這很正常，不管到哪個地方都一樣，沒必要因此動搖。無論是什麼樣的地方，都有惡劣的人存在，應該盡量避免以偏概全。
然而，忽然闖入腦海中的想法讓宣熙英不由得嚥下一口口水。
如果那個男人說的是對的呢？如果真的是她搞錯了呢？如果她看到的只是其中的一部分，李基英看到的才是整體呢？如果一直以來都沒有正視那些人的，其實是自己的話……

各種錯綜複雜的想法交織在一起。

她開始看見過去不曾看見的事物，那些她站在助人的立場時，完全沒有注意到的事物。

「他們在某些時候也是加害者。」

他說得沒錯。宣熙英原本認定是弱者的人，在某些時候或某個地方，也是加害者。

她之所以直到現在都沒有遭逢變故，是因為她比那些人地位更高；她之所以直到現在都沒有成為受害者，是因為她穿著好衣服，又被強者圍繞。

但現在情況不一樣了，她頓時領悟了那個男人為什麼會說這裡很危險。

她得離開這裡。

此刻的她也是這個社會的一員。就在她吞下一口唾沫，迅速移動腳步時——

「不想被捅的話就別動。」

一道聽起來喉間帶痰的聲音從身後傳來，但比聲音更令人在意的是，她能感覺到背後有一把刀。

「咦……咦？」

「妳是第一次來這裡吧？沒想到會讓我釣到一條大魚。妳以為像這樣用帽子把臉遮住，別人就看不出來妳是從外面來的嗎？」

「你……你想做什麼……」

「妳是明知故問嗎？還是真的不知道？」

「請你……不要這樣。」

「妳知道在深夜裡一個人四處遊蕩有多危險吧？」

「請……請饒我一命……」

「這就要看妳身上有多少東西了。運氣不好就是死路一條，運氣好自然能活下來。」

宣熙英大概理解現在發生了什麼事，因為她能感覺到對方將刀子抵在自己背上。

雖然腦中不斷想著要念誦咒語，嘴巴卻不聽使喚。由於事情發生得太過突然，再加上她是第一次遇到這種情況，因此雙腿止不住地顫抖。

就在她不自覺跌坐在地時，後腦勺傳來了一陣重擊。

「啊啊啊啊啊！」身體自然而然向一旁倒去。

還來不及回神，便感覺頭髮被人用力抓住。她拚命轉動眼珠，想尋找能夠求救的對象，然而視線中的幾個男人都只是靜靜注視著她，彷彿覺得很有趣似的。

「請……請幫……」

她看見了熟悉的面孔，也看見了分發食物的時候出現過的人，這些人曾經和她有說有笑。

他們都有各自的苦衷，都是很純樸的人，宣熙英認為他們一定會幫助自己，因為現在發生的事情是不對的。

然而實際上沒有一個人對她伸出援手，大家不是迴避視線，就是一邊對她指指點點一邊訕笑，無一例外。

「請不要這樣，請……請放過啊啊啊！」

一顆拳頭朝著腹部砸了過來，隨即又粗暴地揮向她的臉。她感覺嘴巴裡在淌血，但也許是因為太過恐懼，她甚至無法尖叫出聲。

當宣熙英使出神聖之力，準備念誦咒語時，碩大的拳頭來到眼前。

「啊啊啊！請不要這樣，不要……誰來幫幫我，拜託……請幫幫我。」

「在這裡的都是跟我一樣的傢伙，妳要他們幫妳什麼忙？」

「不……不是那樣的。」

「妳是明知如此還跑到這裡來的嗎？而且還只有自己一個人。噗哧，妳這是在告訴大家『快來吃了我』嗎？」

他不是在說貧民窟。宣熙英在剎那間領悟了那個男人所說的「這裡」指的是廣場的西側區域。

每到當志工的日子，她都會經過這裡，她以前一直無法理解為何人們會說這裡是不能進入的區域。

還來不及理清思緒，一張大臉就在眼前俯視著她。

「媽的，居然是個窮光蛋嗎？」

那張臉有一半因為燙傷而潰爛，看起來有多處都已腐爛壞死。

男人的嘴巴和全身上下都散發出了令人作嘔的惡臭。

「嗚嘔。」

「小姐，妳覺得我很噁心嗎？」

「我……我沒有。」

她的頭再次被迫轉向一邊，還沒感受到左臉傳來的痛楚，脖子就被人用力掐住。呼吸不到空氣的同時，不知為何感覺渾身作痛。

「我很噁心嗎?!」

「啊啊啊啊！」

「我！很噁心嗎?!」

「救……救命，誰來……幫啊啊啊啊！」她覺得自己快死了。

「拜託幫幫……」

「小姐，我不知道妳幹嘛一直找人幫忙……妳覺得這裡有人幫得了妳嗎？需要幫忙的話就去附近的戰隊找自警團求助啊，在這裡的傢伙光顧自己生存都已經夠忙了，沒有人會幫妳的……」

「拜託……」

「噗呵呵呵。」

用興味盎然的表情、對接下來要發生的事情拭目以待的表情，看著宣熙英的人們，都對救人沒有興趣。

「這樣會很危險。」

「不……不行。」

「他們在某些時候也是加害者。」

「幫幫我，拜託……誰來幫幫我……」

「真正需要幫助的是想站起來的人，而不是自願躺著的人。」
「我錯了，拜託……幫幫我。」
「是妳把他們變成畜生的。」
「救救我，我錯了！拜託！啊啊啊啊！住手！住手！」
「所以我是怎麼說的，祭司小姐？」
「啊……」
「我不是說了，貧窮的人並非全都是善良的嗎？」
宣熙英轉過頭，出現在眼前的是她最不想看到的那張臉。

＊　＊　＊

我一低下頭，便看見宣熙英頗為狼狽的模樣。
我當然知道發生了什麼事，因為我從頭到尾都在看著這個沒見過世面的女人。
此刻的她，涕淚縱橫的臉上充滿懼色。
當然，在看清來人是我的剎那，她就朝我露出了彷彿看見救命繩從天而降的表情，但我並沒有對她產生同情心。
最有趣的莫過於她所表現出的反差。
看到她和今早相比，產生一百八十度大轉變的模樣，我不禁揚起嘴角。
人類果然很有趣。
她認為自己應該保護的貧民如今成了加害者，而原本被她鄙視的我則成了拯救她的人。
目睹這樣的情況，不笑出來才怪，這是我這輩子遇過最有趣的狀況。
可能是因為被狠狠揍了一頓，宣熙英的臉高高腫起，頭髮凌亂地披散著，身上到處青一塊紫一塊，不知道被什麼東西劃破的傷口還流著血，和我第一次見到她時那副端莊的模樣判若兩人。

如果我沒有出現，她恐怕已經慘遭不測了。

「嗚嗚……」

宣熙英眼中噙滿的淚水霎時落下。

我可以感覺到那群扯著她頭髮的強盜全都盯著我瞧。

「你又是哪位？」

「你沒必要知道，垃圾。」

「真是令人無言的傢伙……我在問你是誰，你這個臭小子。」

「不准動。」

我當然沒有信心能把在場的人全都殺了，畢竟我是柔弱的魔法師，又是以寡敵眾。

我也不是相信在我身後默念咒語的鄭白雪，我相信的反而是他們——那些滿腦子只想發洩自身欲望的垃圾，那些欺善怕惡的人。

果不其然，他們馬上就露出了戰戰兢兢的表情。

即便我和鄭白雪的穿著打扮與他們無異，理直氣壯的模樣卻讓他們畏縮了起來。

「兩……兩位是從哪裡來的呢？」

「這你沒必要知道。」

「呃……」

我往後看了一眼，鄭白雪便發動剛才念誦的咒語。

那些人還來不及發出驚呼，蠶食著四周的不明魔力就逐一將他們捕獲。

所有人都搞不清楚發生了什麼事，慘叫聲此起彼落。

雙眼圓睜、瑟瑟發抖的宣熙英連滾帶爬地朝我這裡跑來，她知道我能保護她。

「我不是說了會很危險嗎？」

「謝謝，謝謝，謝謝你幫助我。」

「妳可以稍微離我遠一點，妳已經安全了。」

她正抓著我的褲管不放。

「怎麼樣？到處看看之後有什麼感想？」

「謝謝，謝謝你幫助我。我們快、快點出去，快點……離開這裡……」

看來她已經沒辦法理性地思考了，過度的恐懼讓她滿腦子只想離開這裡。

我不清楚這個女人是怎麼通過新手教學的，不過她顯然無法承受這樣的情況。

對於想認真和她談一談的我來說，簡直就像踩到屎一樣，這不是我所樂見的結果。

我想要的不僅僅是將她解救出來，還要有更進一步的對話。

「放手。」

「咦？」

「我叫妳放手，妳這個不食人間煙火的女人，小心我再把妳丟回去。」

「請、請不要那麼做，拜託……拜託……」

「妳覺得怎麼樣？」

「什麼……」

「就近觀察了那些妳覺得很可憐的人以後，感覺怎麼樣？」

「你、你說的沒有錯，你是對的，你說的都是對的。」

她的腦袋沒辦法正常運轉，臉上盡是迫切之色，她拚命吶喊並不是因為對自己錯誤的想法感到後悔，只是想逃避現況而已。

「白雪，把魔法解除。」

「好的，基英哥。」

「不要！拜託不要！」

我要解除的當然不是對那些人施加的束縛魔法，而是施在宣熙英身上的幻覺魔法，以便讓她露出原貌。

隨著鄭白雪慢慢將魔力收回，宣熙英的臉龐完全顯露了出來。

「妳好好看著那裡。」

「什麼？」

那群垃圾剛才還在恐嚇威脅我們這位珍貴的祭司，現在明白自己惹到誰以後，一個個臉色鐵青。

雖然那副表情與其說是後悔，不如說是發現大事不妙，但他們至少知道自己惹錯人了，畢竟他們惹到的人可是集萬千戰隊的寵愛於一身的重要人才。

目睹那些傢伙爆粗口的模樣，讓我差點失笑。

「請……」

「想要我饒你們一命嗎？」

看到他們點頭後，我立刻勾起嘴角，接著開口，「那你們可以……殺了這個女人嗎？」

他們一臉聽不懂我在說什麼的表情，看來還需要詳細說明，於是我繼續說道：「我在問你們能不能殺了她？」

我看見那些和禽獸沒兩樣的傢伙鬼迷心竅般地點了點頭。

「你問這個……做什麼？」

「我個人有點不爽這個女人，又覺得這樣好像蠻有看頭的。至於真正的理由，像你們這樣的垃圾不用知道。重點是你們要不要動手？這是我給你們的機會。」

「……」

「不幹的話就去死吧。」

「我……我幹。」

「這就對了。」

我注意到宣熙英的表情有些愣住。

「大、大哥……你怎麼可以……」

「你們這些臭小子都給我閉嘴，照他說的去做，反正結果都一樣。」

「真的沒問題嗎？」

他輕輕點頭，接著回答：「當然。」

「真的嗎？」

「我不知道這該說是運氣好還是不好……總之謝謝你放我一條生路。」

「大哥……再怎麼說……」

「閉嘴，臭小子。反正這女的也跟其他人一樣。『被遺棄者的聖女』什麼的都是屁。你沒看到她剛剛哭得一把鼻涕一把眼淚的嗎？你不想幹就閃邊去，廢物。」

「我、我沒有說我不幹……」

「我從一開始就看那女的不順眼了，她算哪根蔥？憑什麼決定要不要幫助別人……雖然很感謝她讓我免於挨餓，但我早就知道遲早會有這麼一天了。噗呵呵，人生在世，本來就世事難料，不是嗎？」

「你說得對。」

也許是氣氛使然，有著燙傷疤痕的男人說出了對我相當有利的話。

光看那個男人的外表就能大概猜到他是個混蛋，實際上更是個超乎我想像的大混蛋，讓我幾乎快要笑出聲來。

宣熙英不再被恐懼籠罩，反倒成了一副心灰意冷的樣子。

我不確定此時此刻的她在想些什麼，但她的錯愕想必更甚於我的驚訝。

我不知道自己奉獻生命幫助人，卻被對方否定是什麼心情，或許就和鄭白雪失去我的感覺差不多吧。

結果——

「嗚嗚嗚……」

伴隨著一聲嗚咽，宣熙英爆發出淒涼的哭聲。

「噗哈哈哈哈。」

那些禽獸恐怕根本沒有受到良心的譴責，反而哄堂大笑的模樣令人咋舌。

說實話，這樣的場面讓人看了心裡不是很舒服。

我慢慢邁開腳步，一靠近宣熙英，那群原本正打算包圍她的人便理所當然地慢慢退開。

我又慢慢將視線轉向宣熙英，只見她用一種難以形容的表情注視著我。

「你沒必要……嗚嗚……沒必要做到這個地步吧？」

「看來我們終於可以對話了呢。」

「你沒必要做到這個地步吧……嗚嗚……」

「我只是希望妳能稍微正視一下現實，才幫了妳一把而已。所以呢？妳覺得這個地方如何？」

「你是對的，嗚嗚……你是對的。是我錯了，我……」

「不，不是那樣的。」

「什麼……」

「妳沒有錯。」

「你在說什麼？」

「就是字面上的意思，宣熙英小姐。妳沒有錯，妳是一位很高尚的人。為他人犧牲這種事，普通人是辦不到的。」

「……」

「我很敬重妳。如果我是妳的話，肯定沒辦法天天來為這種人奉獻。妳為他們奉獻卻不求回報，明明可以接受公會或戰隊的支援，卻不追求物欲，而是選擇堅守自身的價值。妳辛苦地站在第一線為這些人奔走，這我都知道。」

宣熙英一臉茫然，不明白我在說什麼。

「妳身處於比其他人更低的位置——不好意思，其實我觀察過妳的住處，就妳的社會地位來說，那裡絕對不是妳該住的地方。妳在每一件事情上都做出了退讓，正如字面上的意思，真的是『每一件事』。妳還帶動了其他人，讓戰隊和公會開始關注貧民。沒錯，妳是一位很高尚的人。」

「別……別說傻話了。」

「把他們變成畜生的人不是妳。我之前會那麼說，只是因為我嫉妒妳擁有我所沒有的東西，妳的高尚、美麗、真誠都是我所沒有的，是我的心態太扭曲了。」

「……」

她開始放聲大哭，雖然不知道她是覺得獲得了安慰，還是在為現在的處境流淚，但至少能知道她的想法和以前不同了。

「妳絕對沒有錯。」

「嗯……嗚嗚……」

「妳是一位高尚的人。」

「嗯……」

「妳是一位值得尊敬的人。」

「嗯……」

「有錯的人……」

「嗯……」

「是他們。」

「嗯。」

「這些忘恩負義的傢伙、禽獸般的畜生才有錯。」

「……」

「這些人連自己得到了什麼都不知道，還背叛妳，這樣的人才有錯。讓琳德、神聖帝國以及社會腐敗的就是這些人。即便品德高尚的人不斷為社會奉獻，只要還有這樣的人存在，這個社會就沒辦法好起來。都是他們害的，都是因為有這些人，貧民窟的狀況才無法獲得改善，又遭受無謂的誤解，還為妳高尚的情操蒙上了一層灰。」

「嗯……嗚嗚……」

「這些人別說試著振作起來了，連想振作的念頭都沒有，就是他們讓這個地方腐敗的。」

「嗯，嗯，嗯。」

「好了，那麼……我們現在開始做真正的志工服務吧，祭司小姐。」

我的一番鬼扯沒有得到答覆，不過我看見宣熙英緩緩起身，接過我遞給她的短劍。

「讓我們一起打造美麗的琳德。」

第028話　理想的奉獻者

「讓我們一起打造美麗的琳德。」

映照在視野中的是宣熙英難以言喻的表情，她緊緊咬著嘴唇，神情十分莊重。

我其實也沒想到她會表現出如此充滿幹勁的一面，雖然我有做一些鋪陳，但她的表現比我想像中更積極。

我想像中的畫面是她驚恐害怕、猶豫不決的樣子，不過她的想法好像和我預想的不太一樣。我的鋪陳奏效了嗎？

從她顫抖的手腳看來，她在潛意識裡可能還是對於現在這個情況感到相當抗拒，然而已經頹喪到極致的精神狀態似乎不允許她正常思考。

我不知道我的解讀是否正確，但此刻宣熙英的表情中無疑帶著一股使命感。

她拿著短劍緩緩走了出去，那道身影不知為何令人聯想到某種宗教儀式。

簡短的祈禱和高舉雙手的動作也是。從表面上看來，她彷彿對那些人沒有一絲埋怨。

「祭司大人……是我們……是我們錯了。」

「我們剛、剛才大概是瘋了，我們一定是瘋了。」

「請您饒我們一命吧，祭司大人，拜託您了。」

「請您饒命，拜託……請原諒我們這一次……」

「魔法師大人……您、您不是說會饒我們一命嗎？您說會饒我們一命的……」

他們在這種情況下還乞求饒命的模樣令人不忍直視。

那些已經被鄭白雪用魔法禁錮四肢、只等著短劍落下的人就近在眼前，宣熙英卻轉過身來看向我。

「真、真的……真的……要動手嗎？」

她的聲音聽起來像是在求我替她踩下煞車，但我當然不打算那麼做。

「對，妳不用擔心，妳現在要做的事和妳至今所做的事沒有不同，只要這麼想就可以了。這毫無疑問是在幫助別人，有垃圾就應該清理掉才對。」

「嗯……」

宣熙英是必須和我們一起行動的人才。

我對她投以一個燦爛的笑容，她高舉的短劍便開始落下，慘叫聲隨之傳來。

她彆扭地拿著短劍往下捅刺的模樣與其說詭異，不如說崇高。

「啊呃啊啊啊！」

「祭司大人……！饒命……」

「請幫……」

「啊啊啊啊！」

或者也可以用「驚悚」來形容那副模樣。

鮮血不斷飛濺，悲鳴不絕於耳，沒有人回應他們的呼救。

雖然這裡是被魔力封鎖的密閉空間，但即便沒有設置這樣的措施，也不會有人來這裡幫助他們。

正如那些傢伙剛才所說的，在這個地方，向他人求助本身就是一件愚蠢至極的事。

貧民窟裡的人們光是顧自己的安危就已經夠忙了，他們根本沒有要幫助別人的想法。想到宣熙英之前都在為這樣的人奉獻，就令人不禁失笑。不過即便如此，她也沒有咒罵或埋怨他們。

宣熙英看起來就只想默默地做完自己要做的事。連我都看得出她的雙手不自然地顫抖，雙眼也不時蒙上一層恐懼，但她沒有接受我的幫助。

「祭司大人！祭司大人！求求您了……」

「妳這個狗娘養的婊子！妳這樣還算是個人嗎？」

「對不起，拜託……拜託！」

「啊呃啊啊啊啊！」

她的臉上微微泛著紅潮，腫脹的雙眼和額頭上的傷口都流著血，聽到我的提問後，帶著微笑開口。

「感覺如何？」

沒過多久，就連呻吟聲都逐漸變得微弱，靜靜喘著氣的宣熙英嘴角掛著微妙的笑意。

就我的標準來看，根本不可能有人像她那樣捨己為人。

或許宣熙英打從一開始就不是正常人。

「真的……很有成就感呢。」

她的聲音有些令人不寒而慄，但不知為何，我卻覺得那樣的她有點美。

我本來很擔心她的精神狀況，不過看起來並沒有很糟。

幸虧有中間諸多因素的幫助，我灌輸給她的全新價值觀終於順利在她心裡扎根了。

「那我們走吧。」

「要去哪裡……」

我沒有直接提議要她加入我們，只是一言不發地伸出手，並感覺到她握住了我的手。

鄭白雪好像有點不安，但這點程度還不至於構成問題。

「志工服務現在有了全新的意義，而這種全新的志工服務是沒辦法獨自進行的。除此之外，和以前不太一樣的是，今後從事服務活動時必須低調一點，我會和妳一起進行的。」

「一起？」

「沒錯，一起。今後妳若想實踐自己的價值觀，勢必會遇到很多問題，畢竟妳要做的是一般人沒辦法理解的事。」

「是的。」

「妳沒有錯，這一點就由我來證明。」

「是……基英先生。」

「不過現在要先治療傷口……」

「沒關係，我可以自己來。」

宣熙英開始默念咒語，傷口轉眼間便恢復如初，令人嘖嘖稱奇。

我也體驗過一次鄭白雪的戒指帶來的治療效果，但宣熙英的傷口復原速度比我當時感受到的還快，可見她很強。

祭司在這個地方是很稀有的，要找到適合當祭司的人就已經很不容易了，有兩下子的祭司更是難得一見。

這女人的神聖之力有傳說級的潛力，一想到能和她一起行動，我的心情自然愉悅了起來，至少以後不用擔心被不長眼的箭射死了。

剩下的任務就是和這個女人一起歸隊。

在我們慢慢行進的同時，鄭白雪朝我靠了過來，似乎是在為我剛才對宣熙英展現出的親切態度感到憂心的樣子。

宣熙英則是在距離我稍遠的地方輕聲向我搭話。她沒有說什麼重要的內容，就只是日常對話。回想起剛剛才發生的事，日常對話不免讓人覺得有些諷刺，不過鄭白雪偶爾也會回應宣熙英，由此看來兩人大概都沒有在彼此身上感覺到違和感。

就在這時，我發現有一道頗為熟悉的人影朝這裡走來。

「賢成先生？」

「我還在想是不是你，原來真的是基英先生啊。居然會在這裡遇見你，真巧，我以為你一直待在煉金工房裡……你和白雪小姐出來玩嗎？」

「啊，其實……」

我看了宣熙英一眼，她立刻露出燦爛的笑容，開口說道：「你好，初次見面，我叫宣熙英，來這裡做志工服務……」

「啊，妳好，初次見面，我叫金賢成。」

他們兩個看起來是第一次見到對方，讓我有些驚慌。

一個小不點從金賢成身後緩緩現身，闖入了我的視野。

那個小鬼稚氣未脫，難以辨別是男是女。他的眼中還帶有一抹莫名的狠戾之氣，臉上的髒汙說明了他來自貧民窟。

難不成……

我迅速發動心眼，卻看見了不得了的畫面。

〈您正在確認玩家金藝莉的狀態欄與潛在能力。〉

〈姓名：金藝莉〉

〈稱號：無，仍需多多努力。〉

〈年齡：14〉

〈傾向：受傷的小偷〉

〈職業：弓箭手〉

〈職業效果：習得基礎弓術知識〉

〈能力值〉

〈力量：10／成長上限值高於英雄級〉

〈敏捷：31／成長上限值高於傳說級〉

〈體力：12／成長上限值低於英雄級〉

〈智力：15／成長上限值低於英雄級〉

〈韌性：14／成長上限值低於英雄級〉

〈幸運：15／成長上限值高於英雄級〉

〈魔力：10／成長上限值高於傳說級〉

〈總評：擁有高於傳說級的成長上限值，在敏捷與魔力方面皆具備傳說級的潛在能力，其他方面的潛在能力也是玩家李基英無可比擬的。請小心行動，不要帶給小孩子負面影響。儘管曾經受過傷害，她仍是個純真的孩子。雖然是個很機靈的小鬼，但請不要討厭她。」

除了金賢成以外，我還是第一次看到有人的能力值全都是英雄或傳說級。

我頓時明白了金賢成那小子的目標並不是宣熙英。

他之所以會跑來貧民窟，打從一開始就是為了把這個小鬼帶回去。

我的視線微微往下移動，便看見她倏地躲回了金賢成身後。可能是因為受到了驚嚇，也可能是對於不熟悉的狀況感到不知所措。

我注意到宣熙英看著那個小鬼的眼神不太友善，幸好沒有發生什麼問題。

「啊，這孩子是……」

「她是我在貧民窟偶然遇見的孩子，因為覺得她看起來很有潛力，所以我才把她帶回來，想教她一些東西。她的心思很細膩，好像也已經獲得職業了。雖然年紀還小，不太適合出去打怪……啊！她現在還很怕生，大家可能需要花一點時間和她熟悉。」

「啊……這樣啊。」

「那基英先生怎麼會在這裡呢？」

「我也一樣，在貧民窟到處逛的時候，偶然跟祭司小姐結緣……和她聊著聊著，覺得滿聊得來的。」

「原來如此。」

靜靜看著宣熙英的金賢成似乎真的是第一次見到她，我可以感覺到他正默默打量著宣熙英。他們真的不認識嗎？

如果我是金賢成，就會努力在讓那個小鬼入隊的同時，想盡辦法讓宣熙英也加入我們。

她可是擁有成長上限值高於傳說級的神聖之力，無論如何都是有潛力撼動未來的人之一。

其實他們不可能完全不認識，貧民窟的規模是大了點沒錯，但宣熙英身邊總是跟著一群人，說不定金賢成見過她幾次。

儘管如此，金賢成卻不曾想過要邀請她加入我們，就表示她沒有在金賢成心中留下特別的印象。

這有可能嗎？

她是出路已經獲得保障的祭司，雖然現在也算是個人才，但未來還會再繼續成長。

就在這時，我的腦海中突然閃過一個奇怪的想法。萬一，真的只是萬一，宣熙英在不遠的將來會遭遇某種不可預期的變故，那我就能理解金賢成為什麼沒有把心思放在她身上了。

在金賢成的第一次人生中，這個時期的他想必忙得暈頭轉向。

說不定他為了適應環境而拚命奔走，根本沒空關心貧民窟或周遭的傳聞。

畢竟琳德很大，其他地方同一時間也正在發生各種事情。

假如他為了生存而出去打怪，或是在哪裡閉關修練，那的確有可能沒聽說過關於「被遺棄者的聖女大人」的傳聞。

我也想過宣熙英當時或許一直過著像現在這樣的生活，不過按照常理來說，她會那麼做的可能性很低。

我想起了「錐處囊中，其末立見」這句話，覺得自己的推論又更有說服力了。

這一切都只是我個人的猜想，但「宣熙英過去什麼事都還來不及做就離開了人世」這個想法莫名在我腦中揮之不去。

我當然無從得知她是怎麼死的，可能是接受了某個戰隊或公會的邀請，後來在外出遠征的途中喪命，可能是被不久之後爆發的戰爭波及，也可能是因病過世，或是被捲入戰隊和公會的利害關係中而遇害。

再不然——也不能排除死在貧民手上的可能性。

金賢成重生前發生的事我不可能全都知道。雖然我只能猜測，但不知為何，我總覺得在金賢成的前一次人生中，宣熙英度過了有點淒涼的一生。

不對，我幾乎可以確定就是如此。

「以後請多關照，熙英小姐。」

「我才是……請多關照，賢成先生，我可能要打擾你們一段時間了。」

畢竟她是理想的奉獻者。

第029話　重生者便車

就結論來說，金賢成帶回來的小鬼金藝莉，和我帶回來的宣熙英，兩人都加入金賢成小隊了。

雖然決定隊員人選完全屬於第七小隊隊長金賢成的權限，不過行政組還是有幾個人投來了不滿的眼神。

因為金賢成沒有事先和他們進行充分的協商，換言之，就是擅自作主決定了這件事。

當然，那些人之所以會看金賢成不順眼，主要還是因為金賢成才剛當上隊長不到一年而已。

撇開這一點不談，我們所做的這項決定還是令他們感到非常驚訝，而那些瘋老頭並沒有對此多作表示。

畢竟我們招攬到了許多戰隊和公會垂涎的人才宣熙英，而且還以極低的金額簽了約，自然堵住了他們的嘴。

宣熙英曾表示不會加入任何戰隊和公會，如今卻加入了帕蘭，這個消息傳開後，帕蘭的聲勢水漲船高也是理所當然的。

金賢成小隊原本就受到不少關注，這下更是成了整個自由之都琳德矚目的焦點。

我不清楚被召喚到此地的生存者們有什麼樣的歷史，但我想琳德應該不曾有新成立的小隊受到如此大的關注。

「大哥！用餐時間到了。」

「知道了。」

正當我一如往常待在煉金工房裡埋頭做實驗時，朴德久輕輕敲了敲門，並走了進來。

最近我們小隊每天都會固定一起享用三餐，這不只是為了熟悉新隊友——宣熙英和金藝莉，也是為了開會討論小隊的整體狀況和今後的計畫。

相較於團結一心的四人，新來的兩人總是會讓人覺得有點距離感。

鄭白雪和宣熙英似乎意外地合得來，不過當然還稱不上很親近。

至於怕生的金藝莉，我到現在還沒跟她說過話。

不知道她是用了什麼魔法，還是很擅長察覺誰是掌權者，她只黏著金賢成一個人，那副模樣令人啞口無言。

雖然早有預感需要花上一些時間才能和她拉近距離，但目前為止還沒有半點進展，實在令人頗為鬱悶。

就在我一邊胡思亂想，一邊整理著散落四處的東西時，朴德久開口說道：「話說，大哥都在做什麼實驗啊？」

「各種實驗都做。因為一次做很多個，所以很難跟你說明。」

「只要告訴我一個就好，不行嗎？我都快好奇死了。你天天關在煉金工房裡做實驗，也該告訴我一個了吧？」

「嗯……」

「哎唷，不要這樣嘛，你就告訴我一個啦。」

「我最近在做的是能刺激情感的藥水……」

「那種東西是能做出來的嗎？」

「目前還僅止於理論，實際上可以說是幾乎不可能成功。但是我覺得刺激人類的基本欲求是可以辦到的……」

「比如說？」

「比如說性欲、睡意、食欲等等。其實準確來說並不是刺激情感，只是讓人變得懶洋洋的，或是產生疲倦感之類的……」

「哎唷……那樣不就是刺激情感嗎？」

「人類有趣的地方就是這點。人類這種動物，會相信自己的感覺就是情感。舉例來說，假設我做了一種能使肌肉鬆弛、讓身體放鬆的藥水好了，只要我說我對藥水施加了某種魔法，人們就會覺得身體真的懶洋洋的，因為大腦會擅自解讀身體發送的信號。」
「這樣啊……」
「其他情況也一樣。只要讓身體發熱，或是讓心跳速度稍微加速，就會讓人變得只要稍微刺激一下，就很容易興奮或發脾氣。」
「總覺得聽起來很可怕耶……」
「或者是？」
「如果是用在智力比較低的對象身上，會更容易成功，或者是……」
「精神狀況比較不穩定的對象之類的。」
「唔……」
朴德久的表情看起來有點害怕。
聽到光靠藥水就能左右別人的情感，似乎讓他非常驚慌。
雖然我最近研究出的藥水還挺有趣的，不過老實說，成品還不適合拿來使用。
因為只有在極端的狀況下才能發揮功效，而且製造時需要很多種材料。
也就是說，現在還沒辦法完全派上用場。
其實這種藥水只是我為了開發其他藥水而製作的試驗品，但也不能說毫無用處。
「我開玩笑的。」
「啊？」
「我開玩笑的，那種事怎麼可能辦到嘛。」
「原來如此，大哥！」
「我只是想像了一下而已。實驗本來就是從想像開始的啊，也就是說發想很重要。」
「喔！那天馬行空的發想也有可能實現嗎？」
「只要情況剛好吻合就有可能。」
「愛情靈藥這種的也可以嗎？」

「那不就是我剛才說的那種藥水的延伸嗎？」

「那喝了就能提升能力值的藥水呢？或是能讓人變透明的藥水，還有……」

「……」

「能讓人變成怪物的藥水，這也做得出來嗎？」

我不知道朴德久是明知故問還是瞎說，但他說的每一種都剛好是我正在研究的藥水。

我用略帶吃驚的表情看向他，他便眉飛色舞地提供了一堆點子，真是令人嘆為觀止。

其中有些點子甚至是我沒想到的，讓我莫名有種對他刮目相看的感覺。

這小子到底是笨蛋還是天才啊？感覺他總有一天會拋出完全在我想像範圍之外的點子。

雖然他完全不管理論什麼的，只是單純把覺得有趣的點子說出來，不過偶爾會有一些讓人覺得醍醐灌頂的發言，讓人不自覺記在腦中。

我們緩緩走下樓，來到公會總部的地下室，果不其然看見其他隊員都聚集在那裡。

「基英哥，你來啦？」

「基英先生。」

「請坐。」

鄭白雪開心地朝我這裡看過來，宣熙英也以一身端莊的打扮靜靜坐在餐桌前。金賢成點頭歡迎我，而年紀最小的金藝莉似乎還對我抱有戒心。

「早安。」

「早。」

我才剛坐下，鄭白雪就立刻將餐點端了過來。

宣熙英則是悄悄倒了一杯水，放在我面前。

令人震驚的是，宣熙英的傾向沒有改變，她依然是「理想的奉獻者」。

大概是因為她聽取了我的建議，將當時的行為視為一種志工服務，才會有這樣的結果，但我認為她可能已經不再符合「理想的奉獻者」這個傾向了。

另一方面，她的職業倒是出現了變化。

〔暗黑祭司（英雄級）〕

原本的「太陽祭司」變成了「暗黑祭司」。

我本來覺得應該是那時候的事情對職業造成了影響，但經過幾次觀察，她的能力好像沒有產生任何改變。

宣熙英還是可以使用神聖魔法，金賢成見識過她的能力後，也露出了相當驚訝的表情。

另外，熱衷於修練的鄭白雪當然也有明顯的成長，她的魔力值突破了四十，而我親愛的重生者金賢成本來就無須多言。

成長速度較為緩慢的反而是朴德久。

他的韌性值雖然有在持續上升，但力量值和體力值的成長卻有點遲滯不前，敏捷值就更不用說了，幾乎毫無變化。

他本人大概是最鬱悶的，不過最懂他心情的人其實是我，因為我的能力值之前也曾經在原地踏步。

大家都差不多就座後，金賢成靜靜地開口，「那我們開動吧。」

「大家慢用哦。」

「祝各位用餐愉快。」

這支小隊的隊長是金賢成，對他表示尊重是理所當然的。我對他點了點頭，接著在安靜的氛圍中開始用餐，偶爾還會聽見一些閒聊聲傳來，大家聊著各式各樣的話題。

正當眾人一邊聊天一邊度過用餐時光時，我看見金賢成對著我們緩緩開口，「我有事想和各位說。」

周遭當然頓時安靜了下來。

「什麼事？」

「我今天早上收到了副會長的提議。」

「什麼提議？」

「攻掠副本的提議。不是只有我們小隊而已，隸屬於附近其他大型公會的小隊應該也會一起進入副本。我想聽聽看大家對此有何看法。」

突如其來的狀況讓人覺得有點莫名其妙。

我當然早就料到我們遲早會去打怪或攻掠副本了，因為我們小隊是剛來到這裡不久的新人，急需培養實力。

現在小隊一共有六名成員，如果連金藝莉那個小鬼也一起去，是勉強看起來像一支隊伍的樣子，因此收到提議的時間點還不錯。

稍微讓我感到意外的是，其他公會的小隊也要去。

我本來以為要去攻掠副本的話，可以去只有重生者知道的副本，搜刮只有重生者知道的好東西，體驗一趟愉快的攻掠之旅，所以我自然會覺得沒理由和其他突然出現的不速之客同行。

「可以麻煩你說明一下背景嗎？」

我不得不提出這樣的問題。

金賢成聽到我的提問後微微一笑，接著說道：「當然可以。我也沒有聽說很詳細的內情，只知道有一支中堅小隊在新手教學副本鄰近區域發現了一個新的副本。」

「那……」

「問題是那支小隊不是由某個公會成立的，而是來自各個公會和戰隊的人組成的聯誼性小隊，他們在聚會時發現了那個副本，因此變得有點難以界定副本屬於哪個公會。」

我大概知道發生什麼事了。

「那發現副本的人沒有要親自參與攻掠嗎？」

「是的，因為他們經過調查後，判定那個副本屬於普通級，或者頂多算是稀有級，所以好像覺得沒有攻掠的必要。我猜公會內部應該會另外給予他們獎勵，攻掠完成後也會將副本的所有權分出一部分給他們。」

「他們是覺得與其自己攻掠，不如由各公會和戰隊推派出正在成長中的小隊，然後將那個副本拿來當成對小隊的投資。」

簡單來說，就是由來自不同公會成員組成的聯誼性小隊偶然發現了一個稀有級副本。

問題是副本的等級對那支聯誼性小隊的隊員來說太低了，因此他們覺得與其進入副本後彼此大打出手傷和氣，還不如將副本讓給現在需要累積經驗的其他小隊。

他們的關係還真好啊。居然沒有為了爭奪所有權起糾紛，而是選擇共享，感覺蠻不可思議的。

其實對那些發現副本的傢伙而言，既能得到各公會的獎勵，又能分到副本一部分的所有權，簡直可以拍手叫好了。

從那些傢伙不想把心力耗費在一個稀有級的副本這點看來，感覺他們都具有一定程度的社會地位。

畢竟如果是會執著於金錢或道具的人，打從一開始就不可能把攻掠副本的機會讓給別人了。

「這次預計由我們帕蘭公會、紅色傭兵公會、魔道公會，以及黑天鵝公會各派出一支小隊前往。副本雖然是稀有級，但規模有點大，據說所有小隊一起行動也不成問題。成功攻掠副本後，應該會根據各小隊的貢獻度分配道具……」

「根據貢獻度嗎？」

「沒錯，不過我們這次進入副本的目的不是獲取道具或賺錢，而是累積經驗。」

我已經能大致預見金賢成的計畫是什麼樣子了。

他雖然說了一堆，但目的其實只有一個——小隊的成長。

既然重生者認為這是正確的方向，那我當然沒理由拒絕他。

賢成啊，真是謝了。

是時候集體搭上重生者便車了。

——《重生使用說明書01》完

CD007
重生使用說明書 01
회귀자 사용설명서

作　　者　흙수저 (wooden spoon)
譯　　者　何瑋庭、劉玉玲、黃莞婷
封面設計　C　C
封面繪者　阿　蟬
責任編輯　胡可葳

發　　行　深空出版
出 版 者　星巡文化有限公司
地　　址　臺北市中正區重慶南路一段 57號 7樓之 5
電　　話　(02)7709-6893
傳　　真　(02)7736-2136
電子信箱　service@starwatcher.com.tw
官網網址　www.starwatcher.com.tw
初版日期　2024年 08月

總 經 銷　聯合發行股份有限公司
地　　址　新北市新店區寶橋路 235巷 6弄 6號 2樓
電　　話　(02)2917-8022

國家圖書館出版品預行編目 (CIP) 資料

重生使用說明書 / 흙수저 (wooden spoon)
著 . -- 初版 . -- 臺北市 :
星巡文化有限公司出版 : 深空出版發行 , 2024.08
冊 ;　公分
ISBN 978-626-74122-5-1(第 1 冊 : 平裝). --
862.57　113006521